KB036099

THE DUNE
CHRONICLES
2
DUNE MESSIAH
듄의 메시아

듄의 메시아

THE DUNE CHRONICLES

2

FRANK HERBERT

프랭크 허버트

DUNE MESSIAH

김승욱 옮김

황금가지

DUNE MESSIAH

by Frank Herbert

사형수 감방에서 익스의 브론소와 나눈 대화 내용 발췌

질문 무앗딥의 역사에 대해 당신이 그런 입장을 취하게 된 계기가 무엇인가?

응답 내가 왜 당신의 질문에 대답해야 하지?

질문 내가 당신의 말을 기록으로 보존해 줄 테니까.

응답 아! 역사학자에게 궁극의 매력을 갖는 말이로군!

질문 그럼 내게 협조하겠는가?

응답 그러지 못할 것도 없지. 하지만 내가 어디서 영감을 얻어 『역사의 분석』을 쓰게 되었는지 당신은 결코 이해하지 못할걸. 결코. 당신들 사제들은 잃을 것이 너무 많아서…….

질문 일단 한번 해봐.

응답 해보라고? 뭐, 그것도…… 그러지 못할 이유가 없군. 난 사람들이 이 행성을 흔히 듄이라고 부르기 때문에 이 행성에 대한 일반적인 인식이 피상적인 수준에 머물게 되었다는 걸 깨달았지. 아라키스가 아니라 듄이라는 데에 주목해야 해. 역사는 사막으로서의 듄, 프레멘의 탄생지로서의 듄에 집착하고 있어. 그래서 물의 희소성 때문에 생겨난 관습들과 프레멘이 몸에서 배출되는 수분을 대부분 재활용해 주는 사막복을 입고 반쯤 유목민과 비슷한 생활을 했다는 사실에만 관심이 집중되어 있지.

질문 그럼 그런 것들이 사실이 아니란 말인가?

응답 피상적인 사실일 뿐이야. 사람들은 그 피상적인 사실들 밑에 무엇이 있는지 무시하고 있어……. 마치 내가 태어난 행성 익스가 우리 태양계의 아홉 번째 행성이라는 이유로 그런 이름을 갖게 됐다는 사실을 제대로 조사해 보지도 않고 익스를 이해하려고 노력하는 것과 같지. 아냐…… 아냐. 듄을 사나운 폭풍이 부는 곳으로만 보아서는 안 돼. 거대한 모래벌레들의 위협만을 생각해서는 안 돼.

질문 하지만 그것이 아라키스의 특징을 결정하는 중요한 요소들이야!

응답 중요하다고? 물론이지. 하지만 그런 요인들 때문에 사람들은 아라키스를 단 하나의 시각으로만 바라보고 있어. 듄이 스파이스 멜란지의 유일한 산지라는 점 때문에 생산물이 단 하나밖에 없는 행성이 된 것과 똑같아.

질문 그래. 그 신성한 향료, 스파이스에 대한 당신의 생각을 자세히 설명해 봐.

응답 신성하다고! 신성한 물건들이 항상 그렇듯이, 스파이스도 한편에서는 우리에게 좋은 것을 주지만 그 반대편에서는 우리에게서 뭔가를 빼앗아 가고 있어. 스파이스는 수명을 연장시켜 주고 훈련받은 사람들에게는 미래를 볼 수 있게 해주지. 하지만 중독이라는 가혹한 시련을 안겨주고 눈에 그 표식을 남겨. 지금 당신 눈처럼 흰자위가 전혀 없이 푸른색뿐인 눈이 된다고. 당신의 눈, 당신에게 시각을 주는 그 기관이 대조나 대비가 전혀 없는 단 하나의 시점만을 갖게 되는 거야.

질문 그런 이단적인 주장 때문에 당신이 이 감방에 들어오게 된 거야!

응답 날 이 감방에 집어넣은 건 당신들 사제들이야. 모든 사제들이 그렇듯이, 당신도 일찍부터 진실을 이단이라고 부르는 법을 배웠군.

질문 당신이 여기 들어온 건 폴 아트레이데스가 무앗딥이 되기 전에 그의 인간성에 반드시 필요한 요소였던 어떤 것을 잃어버렸다고 감히 주장했기 때문이야.

응답 그가 여기서 벌어진 하코넨 전쟁에서 아버지를 잃었다는 사실은 말할 필요도 없지. 폴과 레이디 제시카를 탈출시키려고 자신을 희생한 던컨 아이다호의 죽음도 마찬가지고.

질문 당신이 냉소적이라는 건 잘 알겠어.

응답 냉소적이라고! 그야말로 이단보다 더 큰 죄인걸. 하지만 이봐, 난 사실 냉소주의자가 아냐. 난 관찰자이자 논평가일 뿐이야. 난 아이를 가진 어머니와 함께 사막으로 도망친 폴에게서 진정한 고귀함을 보았어. 물론 그의 어머니는 그에게 짐인 동시에 커다란 자산이기도 했지.

질문 당신들 역사가들의 문제는 그 어떤 것도 가만히 내버려두지 않는다는 것이야. 당신은 거룩한 무앗딥에게서 고귀함을 보면서도 거기에 냉소적인 각주를 달아놓아야만 직성이 풀리지. 그러니 베네 게세리트도 당신을 고발할 수밖에.

응답 당신들 사제들이 베네 게세리트 자매들과 공통의 명분을 내세우는 건 당연한 일이지. 베네 게세리트도 자기들이 하는 일을 감추는 덕분에 목숨을 부지하고 있으니까. 하지만 그들도 레이디 제시카가 베네 게세리트의 훈련을 받은 사람이었다는 사실은 감출 수 없어. 그녀가 아들에게 베네 게세리트의 방식을 훈련시켰다는 건 당신도 알겠지. 이것을 하나의 현상으로 보고 그들의 정신 조종 기술과 유전자 프로그램을 자세히 설명한 것, 그것이 바로 내 '죄'였어. 무앗딥은 비록 당신들의 예언자가 되었지만 원래는 베네 게세리트가 멋대로 이용하려 했던 메시아, 즉 그들의 퀴사츠 해더락이었다는 사실에 주의가 쏠리는 걸 당신들이 원하지 않으니까.

질문 당신에게 내려진 사형 선고에 대해 혹시나 하고 생각할 여지를 당신이 말끔히 없애버리는군.

응답 죽으면 한 번 죽지, 두 번 죽겠어.

질문 죽음도 여러 가지야.

응답 나를 순교자로 만들지 않게 조심해. 난 무앗딥이…… 말해 봐. 당신이 이 지하 감옥에서 하고 있는 일을 무앗딥도 알고 있나?

질문 우린 사소한 일을 가지고 거룩한 가족을 귀찮게 하지 않아.

응답 (웃음) 그래, 폴 아트레이데스가 이런 걸 위해서 프레멘 사이에 은신처를 얻으려고 그렇게 싸웠던 거로군! 그가 모래벌레를 타고 조종하는 법을 배운 것도 이런 걸 위해서였어! 당신 질문에 대답한 것이 실수였네.

질문 하지만 난 당신의 말을 기록으로 보존해 주겠다는 약속을 지킬 거야.

응답 그래, 정말로? 그럼 내 말 잘 들어, 이 타락한 프레멘, 신이라고는 당신 자신밖에 갖지 못한 사제라는 양반! 당신은 대답해야 할 게 많아. 폴에게 처음으로 대량의 멜란지를 줘서 미래의 환영들을 그에게 열어준 건 바로 프레멘의 의식이었어. 그 멜란지가 레이디 제시카의 태중에 있던 알리아를 각성시킨 것도 바로 프레멘의 의식에서였지. 알리아가 자기 어머니의 기억과 지식을 모두 가지고 완전한 인지 능력을 갖춘 채 이 세상에 태어난 것이 그녀 자신에게 과연 어떤 의미였을지 생각해 본 적 있나? 세상에 그것보다 더 끔찍한 강간은 없을 거야.

질문 신성한 멜란지가 없었다면, 무앗딥은 모든 프레멘의 지도자가 되지 못했을 거야. 그 거룩한 경험이 없었다면, 알리아도 알리아가 되지 못했을 거야.

응답 당신들 프레멘의 맹목적인 잔인함이 없었다면, 당신은 사제가 되지 못했을 거야. 아아, 난 당신들 프레멘을 잘 알아. 당신은 무앗딥이 당신들 것이라고 생각하지. 그가 챠니와 짝이 되었으니까. 그가 프레멘의 관습을 받아들였으니까. 하지만 그는 프레멘이 되기 전에 먼저 아트레이데스였고, 베네 게세리트의 숙련자에게 훈련을 받았어. 그는 당신들이 전혀 모르는 훈련을 받은 사람이야. 당신들은 그가 당신들에게 새로운 조직과 새로운 임무를 가져다줬다고 생각했지. 그는 당신들의 사막 행성을 물이 풍부한 낙원으로 바꿔주겠다고 약속했어. 그리고 그런 비전들로 당신들을 현혹시키면서 그는 당신들의 처녀성을 빼앗아 간 거야!

질문 그런 이단적인 주장도 '듄의 생태적 변화'가 신속하게 진행되고 있다는 현실을 바꾸진 못해.

응답 그래, 나는 그 변화의 뿌리를 추적하고 그 결과를 탐색하는 이단을 저질렀지. 저기 아라킨 평원에서의 전투가 프레멘이 제국 사다우카를 패배시켰음을 온 우주에 가르쳐줬는지는 몰라도, 그 밖에 뭘 가르쳐줬지? 코리노 가문의 우주 제국이 무앗딥 치하의 프레멘 제국이 된 것밖에 없지 않아? 당신들의 지하드는 겨우 12년밖에 걸리지 않았지만, 그것이 가르쳐준 교훈이라니. 이제 제국은 무앗딥과 이룰란 공주의 결혼이 사기극이었다는 걸 알고 있어!

질문 감히 무앗딥을 사기꾼이라고 욕하는 건가!

응답 그 때문에 당신들이 날 죽인다 하더라도 내 말은 이단이 아냐. 공주는 그의 짝이 아니라 그의 왕비가 되었어. 그가 사랑하는 자그마한 프레멘 여자, 챠니가 바로 그의 짝이지. 이걸 모르는 사람은 없어. 이룰란은 옥좌를 향한 길을 열어준 열쇠였을 뿐이야.

질문 무앗딥에게 반대하는 음모꾼들이 당신의 『역사의 분석』을 자기들의 슬로건으로 내놓은 이유를 이제 분명히 알겠군!

응답 난 당신을 설득하지 못할 거야. 난 그걸 알아. 하지만 음모를 꾸민 사람들은 『역사의 분석』이 나오기 전에 자기들의 주장을 내놨어. 12년에 걸친 무앗딥의 지하드가 그런 주장을 만들어낸 거야. 과거의 권력 집단들을 결합시켜서 무앗딥에게 반대하는 음모에 불을 붙인 것이 바로 그 지하드라고.

멘타트 황제인 폴 무앗딥과 그의 여동생 알리아는 너무나 많은 신화에 둘러싸여 있기 때문에 이 신화의 베일 뒤에 있는 진정한 인간을 보기가 어렵다. 그러나 폴 아트레이데스라는 이름으로 태어난 남자와 알리아라는 이름으로 태어난 여자는 분명히 존재했다. 그들의 육체는 공간과 시간에 종속되어 있었으며, 예지력 덕분에 그들이 시간과 공간의 일반적인 한계를 초월했다 하더라도 그들 역시 인간에 속하는 사람들이었다. 그들도 현실 속의 우주에 현실적인 자취를 남긴 현실 속의 사건들을 경험했다. 그들을 이해하기 위해서는 그들의 재앙이 온 인류의 재앙이었음을 알아야 한다. 따라서 무앗딥이나 그의 여동생이 아니라 그들의 후손인 우리 모두에게 이 글을 바친다.

—「무앗딥 용어 색인」의 헌사. 마디 영혼교의 『타블라 메모리엄』에서 발췌

무앗딥 황제의 통치는 인류 역사상 그 어떤 시대보다 많은 역사가를 만들어냈다. 대부분의 역사가들은 자기만의 시각을 고집하는 분파주의적 행동을 보였으며 다른 학파에 대해 시기심을 드러냈다. 그러나 무앗딥이 그토록 많은 행성에서 그토록 커다란 열정을 불러일으켰다는 사실은 그의 독특한 영향력이 어느 정도였는지를 말해 준다.

물론 그는 하나의 이상이자, 이상화된 존재로서 역사의 구성 요소들을

갖고 있었다. 고대로부터 내려온 귀족 가문에서 폴 아트레이데스라는 이름으로 태어난 그는 베네 게세리트 출신이었던 어머니 레이디 제시카로부터 프라나 빈두 훈련을 깊이 받았으며, 이를 통해 근육과 신경에 대해 놀라운 통제력을 갖게 되었다. 그러나 그보다 더 중요한 것은 그가 멘타트였으며, 종교적으로 배척당한 고대인들의 기계적 컴퓨터를 능가하는 지적인 능력을 갖추고 있었다는 점이다.

무앗딥은 무엇보다도 우선 베네 게세리트 교단이 수천 세대에 걸쳐 유전자 교배 프로그램을 통해 추구해 온 퀴사츠 해더락이었다.

그런데 '동시에 여러 장소에' 존재할 수 있는 이 퀴사츠 해더락, 예언자, 베네 게세리트가 인류의 운명을 통제하는 도구로 사용하고자 했던 사람인 그는 황제 무앗딥이 되어 자신이 물리친 패디샤 황제의 딸과 정략결혼을 했다.

여러분도 다른 역사책을 읽고 피상적인 사실을 이미 알고 있을 테니 이 역설에 대해, 이 순간에 내포된 실패에 대해 한번 생각해 보라. 무앗딥의 거친 프레멘들은 실제로 패디샤의 샤담 4세를 제압했다. 그들은 사다우카 군단과 대가문들의 연합군, 하코넨의 군대, 그리고 랜드스라드에서 투표에 의해 승인된 돈으로 구입한 용병들을 무너뜨렸다. 그는 우주 조합을 무릎 꿇렸으며, 베네 게세리트가 자기 것이라고 생각했던 종교적 왕좌에 여동생 알리아를 앉혔다.

그가 한 일은 이것뿐만이 아니다.

무앗딥의 퀴자라트 선교사들은 지하드를 통해 우주 전역에서 종교 전쟁을 벌였다. 지하드는 표준력으로 겨우 12년밖에 지속되지 못했지만, 그 기간 동안 종교적 식민주의에 의해 인간이 살고 있는 온 우주가 극히 일부를 제외하고는 모두 한 사람의 통치를 받게 되었다.

그가 이렇게 했던 것은 듄이라는 이름으로 더 많이 알려져 있는 행성 아라키스를 장악함으로써 이 우주의 궁극적인 화폐인 멜란지, 불로초의 효능을 지닌 향료이자 생명을 주는 독이기도 한 그 스파이스를 독점하게 되었기 때문이다.

심리적 화학 작용에 의해 시간을 펼쳐 보여주는 멜란지는 이상적인 역사의 또 다른 구성요소였다. 멜란지가 없었다면, 베네 게세리트 교단의 대모들은 관찰과 인간의 통제라는 재주를 발휘할 수 없었을 것이다. 멜란지가 없었다면, 조합의 조종사들은 우주에서 항해를 할 수 없었을 것이다. 멜란지가 없었다면 수십억, 수천억의 제국 시민들이 중독의 금단 현상으로 목숨을 잃었을 것이다.

멜란지가 없었다면, 폴 무앗딥도 예언을 할 수 없었을 것이다.

이처럼 엄청난 힘을 내포하고 있는 순간 속에 실패 또한 포함되어 있었음을 우리는 알고 있다. 대답은 하나뿐이다. 정확하고 절대적인 예언은 치명적이라는 것.

다른 역사가들은 무앗딥이 겉으로 분명하게 드러난 음모자들, 즉 우주 조합, 베네 게세리트 교단, '얼굴의 춤'이라는 기술로 변장한 베네 틀레이랙스의 과학적인 초도덕주의자들에게 패배했다고 말한다. 그들은 무앗딥의 황실에 간첩이 있었음을 지적한다. 무앗딥의 예언력을 흐리게 만들었던 듄 타로 카드의 역할을 크게 평가한다. 어떤 역사가들은 무앗딥이 죽음의 세계에서 다시 불려와 그를 죽이도록 훈련받은 육체, 즉 '골라'를 받아들일 수밖에 없었음을 보여준다. 그러나 그 골라가 어린 폴의 목숨을 구하기 위해 목숨을 잃은 아트레이데스의 가신, 던컨 아이다호였음을 그들도 분명히 알고 있을 것이다.

그들은 또한 '찬양관(官) 코르바'가 이끌었던 퀴자라트 비밀결사를 설명한다. 그들은 무앗딥을 순교자로 만들고 프레멘 출신의 후궁인 챠니에게 그 비난을 돌리고자 했던 코르바의 계획 속으로 우리를 한 발 한 발 이끌어준다.

이 중에 어떤 것이 역사 속에서 드러난 사실들을 설명할 수 있겠는가? 그들은 설명하지 못한다. 예언이 가진 치명적인 본성을 통해서만 우리는 그처럼 먼 곳을 내다볼 수 있었던 그 거대한 힘의 실패를 이해할 수 있을 뿐이다.

다른 역사가들이 이 사실의 발견으로부터 뭔가를 배우게 되기를 바란다.

—『역사의 분석: 무앗딥』, 익스의 브론소 지음

신과 인간 사이에는 어떠한 구분도 존재하지 않는다. 신은 인간 속으로 부드럽게 섞여든다.

—무앗딥의 금언

흉악한 음모를 꾸미려 하고 있는데도, 틀레이랙스의 얼굴의 춤꾼인 사이테일의 머릿속에는 애처로운 연민의 감정이 자꾸만 떠올랐다.

'난 무앗딥을 비참하게 만들고, 그의 죽음을 초래한 것을 후회하게 되겠지.' 그는 생각했다.

자신과 함께 음모를 꾸미고 있는 사람들에게 그는 자신의 이런 선량함을 조심스럽게 숨겼다. 그러나 그러한 감정은 공격자보다 희생자와 동일시하는 편이 더 편안하다는 사실을 그에게 알려주었다. 그것은 틀레이랙스 인들의 특징이었다.

사이테일은 멍한 침묵 속에서 다른 사람들과 조금 거리를 두고 서 있었다. 정신 독약에 대한 논의가 벌써 한동안 계속되고 있었다. 토론은 정력적이고 맹렬했지만, 대(大)학파들의 전문가들이 각각 자신의 교리와 가까운 문제를 다룰 때 항상 보여주는 맹목적이고 강박적인 분위기 속에서 정중하게 진행되고 있었다.

"당신이 그를 꼬챙이에 꿰어버렸다고 생각한 바로 그 순간에, 그가 전혀 다치지 않았다는 걸 알게 될 것이오!"

베네 게세리트의 늙은 대모이며, 이곳 왈락 제9행성으로 그들을 불러 모은 사람인 가이우스 헬렌 모히암의 목소리였다. 막대기 같은 몸에 검은 로브를 입은 그녀는 사이테일의 왼쪽에 있는 공중의자에 쭈글쭈글한 마녀처럼 앉아 있었다. 그녀의 아바 두건이 뒤로 젖혀져 은색 머리칼 밑으로 피부가 가죽처럼 변해 버린 얼굴이 드러났다. 마치 해골 가면을 뒤집어쓴 것 같은 그녀의 얼굴에서 움푹 꺼진 눈이 사람들을 쏘아보고 있었다.

그들은 집합 자음과 결합 모음으로 이루어진 '미라바사' 언어를 사용하고 있었다. 그 언어는 섬세하고 세밀한 감정을 전달하기 위한 도구였다. 조합의 조종사인 에드릭이 마치 고개를 살짝 숙여 인사하는 듯한 분위기의 목소리에 조롱을 담아 대모에게 뭐라고 대답했다. 경멸과 정중함을 한데 섞는 그의 솜씨가 놀라웠다.

사이테일은 조합의 사절을 바라보았다. 에드릭은 겨우 몇 발짝 떨어진 곳에서 오렌지색 기체가 담긴 통 속을 헤엄치고 있었다. 그가 들어가 있는 통은 베네 게세리트가 이번 모임을 위해 건축한 투명한 돔의 중앙에 놓여 있었다. 그의 몸은 길쭉하게 늘어난 것 같은 모양이었으며, 발에는 지느러미가 달리고 부채 모양의 커다란 막 같은 것이 손을 대신하고 있어서 왠지 인간이 아닌 듯한 느낌을 주었다. 그는 낯선 바다에 떠 있는 물고기였다. 그가 들어가 있는 통의 환기구가 불로초의 효능을 지닌 향료 멜란지 냄새가 물씬 풍기는 엷은 오렌지색 구름을 토해 냈다.

"만약 이 길로 나아간다면, 우리는 어리석음 때문에 죽고 말 거예요!"

이것은 이 모임에 참석한 네 번째 사람이자 음모에 가담하는 멤버가 될지도 모르는 사람인 이룰란 공주, 즉 그들이 공통의 적으로 삼고 있는 사람의 아내(사이테일은 그녀가 그의 아내일 뿐, 짝이 아니라는 사실을 자신에게 일깨웠다)의 목소리였다. 그녀는 에드릭이 들어가 있는 통의 한쪽 모서리 근처에서 있었다. 키가 큰 금발의 미녀인 그녀가 파란색 고래 모피로 된 로브를 입고 거기에 어울리는 모자를 쓴 모습은 눈이 부실 정도였다. 그녀의 귀에서 황금 단추처럼 생긴 귀걸이가 반짝였다. 그녀는 귀족적인 오만함을 유지하고 있었지만, 뭔가에 열중하고 있는 듯한 매끄러운 이목구비에는 그녀가 베네 게세리트의 훈련을 받은 사람으로서 자신을 통제하고 있음이 드러났다.

사이테일은 사람들의 말과 얼굴에 나타난 뉘앙스에서 이 장소에 내포되어 있는 뉘앙스로 생각을 옮겼다. 돔 주위는 녹아 내리는 눈이 지저분하게 뒤덮인 나지막한 산들로 온통 둘러싸여 있었다. 자오선에 걸려 있는 푸르스름한 하얀색의 작은 태양 빛이 눈 위에 반사되어 축축한 푸른색의 얼룩을 만들었다.

'왜 꼭 이 장소를 택했을까?' 사이테일은 속으로 생각했다. 베네 게세리트가 아무 생각 없이 무슨 일을 하는 경우는 거의 없었다. 사방이 탁 트여 있는 이 돔의 구조를 생각해 봐도 그랬다. 사방이 막힌 전통적인 장소였다면 에드릭은 아마 밀실 공포증으로 불안해졌을 것이다. 그것은 그가 행성이 아니라 광활한 우주에서 태어나 그곳에서 살아왔기 때문에 심리적으로 어쩔 수 없는 일이었다.

하지만 특별히 에드릭을 위해 이런 장소를 지은 것은…… 그의 약점을 날카롭게 지적하며 이런 식으로 손가락질을 하다니.

'그렇다면 여기서 나를 겨냥하고 있는 것은 무엇일까?' 사이테일은 생각했다.

"당신은 할 말이 아무것도 없는 거요, 사이테일?" 대모가 채근했다.

"저를 이 바보들의 싸움에 끌어들이고 싶은 겁니까? 뭐, 좋습니다. 우리의 상대는 어쩌면 메시아인지도 모르는 사람입니다. 그런 사람에게 전면 공격을 하면 안 되죠. 그 사람이 순교자가 된다면 우리가 패배할 테니까요."

사람들이 모두 사이테일을 빤히 바라보았다.

"당신은 위험이 그것뿐이라 생각하는 거요?" 대모가 물었다. 그녀의 목소리에서 바람이 새는 듯한 소리가 났다.

사이테일은 어깨를 으쓱했다. 그는 이 모임을 위해 부드럽고 둥글둥글한 모습을 택했다. 그의 얼굴은 유쾌했고, 통통한 입술에는 활기가 없었으며, 몸은 마치 부풀어 오른 만두 같았다. 그는 자신과 함께 음모를 꾸미고 있는 사람들을 유심히 살피면서 자신이 이상적인 선택을 했다고 생각했다. 아마도 본능 덕분이었을 것이다. 여기 모인 사람들 중에서 몸매와 얼굴을 자유자재로 바꿀 수 있는 사람은 그뿐이었다. 그는 인간 카멜레온인 얼굴의 춤꾼이었으며, 지금은 다른 사람들에게 아주 가벼이 취급당할 외모를 하고 있었다.

"그렇소?" 대모가 그를 다그쳤다.

"전 침묵을 즐기고 있었습니다. 우리의 적의를 목소리로 드러내지 않는 편이 더 낫습니다." 사이테일이 말했다.

대모가 뒤로 몸을 기댔다. 사이테일은 그녀가 자신을 다시 평가하고 있음을 알 수 있었다. 그들은 모두 심오한 프라나 빈두 훈련을 받은 사람들이라서 자신의 근육과 신경을 통제할 수 있었다. 그런 능력을 가진 사람은 그들 외에는 거의 없었다. 그러나 얼굴의 춤꾼인 사이테일은 다른 사람들에게는 전혀 없는 근육과 신경의 연결 능력을 갖고 있었을 뿐만 아니라, 다른 사람의 외모는 물론 정신까지도 흉내 낼 수 있는 '공명'이라는 특수한 능력까지 갖고 있었다.

사이테일은 대모에게 재평가의 시간을 충분히 준 다음 입을 열었다. "독이라니요!" 그는 아무 억양이 없는 목소리로 말했다. 이 말의 비밀스러운 의미를 이해하는 사람은 그뿐이었다.

에드릭이 몸을 뒤척이다가 입을 열자, 반짝이는 공 모양의 스피커에서 그의 목소리가 울려 나왔다. 스피커는 그가 들어가 있는 통의 모서리 근처에서 이룰란의 머리 위를 선회하고 있었다. "우리가 얘기하고 있는 것은 정신 독약이오. 물리적인 독이 아니라."

사이테일이 소리 내어 웃었다. 미라바사의 웃음소리는 상대의 껍질을 벗겨버릴 수도 있었다. 그는 능력을 전혀 숨기지 않았다.

이룰란이 그의 행동을 인정한다는 듯 미소를 지었다. 그러나 대모의 눈가에는 분노가 희미하게 나타났다.

"그만두시오!" 모히암이 갈라진 목소리로 소리쳤다.

사이테일은 웃음을 멈췄다. 그러나 이제 그는 이 자리에 모인 사람들의 주목을 받고 있었다. 에드릭은 말없이 분노에 싸여 있었고, 대모는 분노 속에서도 잔뜩 경계하고 있었으며, 이룰란은 이 상황을 즐기면서도 어리둥절한 표정이었다.

"우리 친구 에드릭님께서는 온갖 미묘한 방법들을 훈련받은 베네 게세리트 마녀 두 명이 기만의 진정한 사용법을 배우지 못했다고 말씀하고 계십니다." 사이테일이 말했다.

모히암은 시선을 돌려 베네 게세리트의 본거지인 이 행성의 차가운 산들을 노려보았다. 사이테일은 그녀가 지금 지극히 중요한 사실들을 눈치채기 시작했다는 것을 깨달았다. 그건 좋은 일이었다. 그러나 이룰란의 경우에는 얘기가 달랐다.

"당신은 우리와 한편이오, 아니오, 사이테일?" 에드릭이 물었다. 쥐의 눈 같은 그의 자그마한 눈이 사이테일을 노려보았다.

"내가 누구 편인지는 중요하지 않습니다." 사이테일이 말했다. 그는 이룰란에게 계속 주의를 기울이면서 말을 이었다. "공주님은 고작 이런 걸 보려고 그렇게 많은 위험을 무릅쓰며 그 먼 거리를 달려온 건가, 그런 생각을 하고 계시지요?"

이룰란이 고개를 끄덕였다.

"인간 모양의 물고기와 진부한 말을 주고받는 것이 문제인가요, 아니면 틀레이랙스의 뚱뚱한 얼굴의 춤꾼과 논쟁을 벌이는 것이 문제인가요?" 사이테일이 물었다.

그녀는 에드릭의 통 옆에서 물러나면서 진한 멜란지 냄새가 짜증스러운 듯 고개를 흔들었다.

에드릭이 그 순간을 놓치지 않고 멜란지 알약을 자기 입안에 던져 넣었다. 그는 스파이스를 먹고 스파이스를 호흡했다. 사이테일은 분명히 그가 스파이스를 마시기도 할 것이라고 생각했다. 그럴 만도 했다. 스파이스는 조합 조종사들의 예지력을 향상시켜 우주 공간에서 조합의 하이라이너를 빛보다 빠른 속도로 조종할 수 있게 해주는 물건이었다. 에드릭은 스파이스에 의해 확장된 의식으로 우주선의 미래를 내다보고 위험을 피했다. 그는 지금 또 다른 종류의 위험을 감지하고 있었지만, 그의 예지력으로는 그 위험을 찾아내지 못할 것 같았다.

"내가 여기 온 건 실수였던 것 같군요." 이룰란이 말했다.

대모가 고개를 돌리고 눈을 떴다가 감았다. 묘하게 파충류 같은 모습이었다.

사이테일은 이룰란에게서 에드릭의 통으로 시선을 옮겼다. 자신과 같은 것을 보게 이룰란을 유도하는 행동이었다. 이제 그녀는 에드릭을 혐오스러운 존재로 바라보게 될 것이다. 사람을 대담하게 노려보는 시선, 가스 속에서 부드럽게 움직이고 있는 괴물 같은 발과 손, 그의 주위에서 연기처럼 소용돌이치는 오렌지색 기체. 이룰란은 에드릭의 성적인 버릇을 궁금해하며 저런 사람과 짝짓기를 한다면 정말 기분이 이상할 것이라는 생각을 하게 될 터였다. 이제는 에드릭을 위해 마련된 무중력장 발생기조차 그가 그녀 자신과 얼마나 다른 존재인지를 알려주는 물건으로 보일 것이다.

"공주님." 사이테일이 말했다. "여기 있는 에드릭 덕분에 공주님 남편이 지닌 예언의 시야는 특정한 사건들을 볼 수 없습니다. 지금 이 일도 거기에 포함되리라…… 생각합니다."

"아마 그렇겠죠." 이룰란이 말했다.

대모가 눈을 감은 채 고개를 끄덕이며 입을 열었다. "예지력을 가진 사람들조차 예지력이라는 현상을 잘 이해하지 못하고 있지."

"나는 완전한 조합 항법사로서 그 '능력'을 갖고 있소." 에드릭이 말했다.

대모가 다시 눈을 떴다. 그리고 베네 게세리트 특유의 강렬한 시선으로 탐색하듯이 얼굴의 춤꾼을 바라보았다. 그녀는 그에게서 발견되는 사소한 특징들을 평가하고 있었다.

"아닙니다, 대모님. 저는 겉으로 보이는 것처럼 단순한 사람이 아닙니다." 사이테일이 중얼거리듯이 말했다.

"우리는 이 두 번째 시각이라는 능력을 이해하지 못하고 있어요." 이룰란이 말했다. “그 점이 중요합니다. 에드릭은 제 남편이 항법사의 영향력이 미치는 지역 안에서 일어나는 일을 보거나, 알거나, 예언할 수 없다고 말합니다. 하지만 영향력의 범위가 과연 어디까지일까요?”

“이 우주에는 제가 결과를 보고서야 겨우 존재를 알아챌 수 있는 사람들과 물건들이 존재합니다.” 에드릭이 말했다. 물고기 같은 그의 입이 가느다란 일직선 모양을 하고 있었다. “저는 그들이 여기…… 혹은 저기…… 혹은 어딘가에 있었다는 것을 압니다. 물속에 사는 생물들이 지나가면서 물결을 일으키듯이, 예지력도 ‘시간’ 속에 물결을 일으키죠. 저는 공주님의 남편이 있었던 장소를 본 적이 있습니다. 하지만 공주님의 남편이나, 아니면 그와 같은 목적을 갖고 그에게 진정한 충성을 바치는 사람들의 모습을 직접 본 적은 한 번도 없습니다. 예지력의 숙련자가 자신에게 속한 사람들을 은폐시키는 능력이 바로 이런 겁니다.”

“이룰란 님은 당신에게 속한 사람이 아닙니다.” 사이테일은 이렇게 말하고 나서 곁눈질로 공주를 슬쩍 바라보았다.

“왜 반드시 내가 있는 곳에서 음모를 의논해야 하는지, 그 이유를 다 알지 않소.” 에드릭이 말했다.

이룰란이 기계에 대해 설명할 때 같은 목소리로 입을 열었다. “당신도 나름대로 쓸모가 있는 것 같군요.”

‘이제 공주가 저자의 정체를 제대로 파악했군. 잘됐어!’ 사이테일은 속으로 생각했다.

“미래는 우리가 만들어나가야 하는 것이죠. 그 점을 잊지 마십시오, 공주님.” 그가 말했다.

이룰란이 얼굴의 춤꾼을 흘끗 바라보았다.

“폴과 같은 목적을 갖고 그에게 충성을 바치는 사람들이라. 그렇다면 그의 프레멘 병정들 중 몇 명도 그의 망토를 입고 있는 셈이군요. 그가 그들을 위해 예언하는 것을 본 적이 있어요. 그들이 자기들의 마디인 무앗딥에게 아첨의 말을 외치는 걸 들은 적도 있고요." 그녀가 말했다.

'자기가 여기서 시험대에 서 있다는 걸 공주가 알아챘군. 그녀를 살려둘 것인지, 죽일 것인지 그 판단이 아직 내려지지 않았다는 것도. 우리가 마련해 놓은 함정을 알아챈 거야.' 사이테일은 속으로 생각했다.

그의 시선이 순간적으로 대모의 시선과 마주쳤다. 순간 그는 대모도 이룰란에 대해 같은 생각을 하고 있다는 것을 깨닫고 기분이 이상해졌다. 베네 게세리트는 물론 그들이 키워낸 공주에게 상황을 간결하게 알려주면서 그녀의 머릿속에 교묘한 거짓을 주입해 놓았을 것이다. 그러나 베네 게세리트가 자신이 받은 훈련과 본능을 믿어야 하는 순간이 반드시 오게 마련이었다.

"공주님이 황제에게 가장 바라는 것이 무엇인지 저는 알고 있습니다." 에드릭이 말했다.

"그걸 모르는 사람도 있나요?" 이룰란이 물었다.

"공주님은 새로운 왕조의 어머니가 되고 싶어 하시죠." 에드릭이 마치 그녀의 말을 듣지 못한 것처럼 말을 이었다. "공주님이 우리와 합류하지 않으신다면, 그 소망은 결코 이루어지지 않을 겁니다. 저의 예지력을 걸고 말씀드리는 겁니다. 황제는 정치적인 이유로 공주님과 결혼했지만 공주님은 결코 그의 침대에 들지 못할 겁니다."

"그러니까 예지력은 관음증이기도 한 모양이군요." 이룰란이 이죽거렸다.

"황제는 공주님보다 그 프레멘 첩과 더 확고하게 결합되어 있습니다!" 에드릭이 소리쳤다.

"하지만 그녀는 그에게 후계자를 주지 못하고 있어요." 이룰란이 말했다.

"강렬한 감정의 첫 번째 희생자는 이성이죠." 사이테일이 중얼거렸다. 그는 이룰란의 분노가 마구 쏟아져 나오는 것을 느끼며, 자신의 경고가 영향을 미치는 것을 보았다.

"그녀는 그에게 후계자를 주지 못하고 있다고요." 이룰란이 말했다. 그녀의 목소리에서 절제된 차분함이 느껴졌다. "내가 몰래 피임제를 주고 있으니까. 내가 그걸 인정하길 바란 건가요?"

"황제는 그걸 발견하지 못할 겁니다." 에드릭이 미소를 지으며 말했다.

"난 그에게 말할 거짓말을 준비해 두었어요. 그에게 진실을 알아내는 감각이 있는지 몰라도, 가끔은 진실보다 거짓이 더 믿기 쉬운 경우도 있죠."

"이제 선택을 해야 합니다, 공주님. 하지만 무엇이 공주님을 보호해 주고 있는지 알아야 해요." 사이테일이 말했다.

"폴은 내게 적절한 대우를 해주고 있어요. 그가 평의회를 열 때 나도 참석하니까." 이룰란이 말했다.

"공주님이 그의 황비였던 지난 12년 동안 그가 공주님께 조금이라도 따스하게 대한 적이 있습니까?" 에드릭이 물었다.

이룰란은 고개를 저었다.

"그는 저 악명 높은 프레멘 무리를 이용해서 공주님의 아버님을 폐위시키고, 옥좌에 대한 자신의 권리를 확고하게 만들기 위해 공주님과 결혼했습니다. 하지만 결코 공주님을 황후의 자리에 올려주지 않았죠." 에드릭이 말했다.

"에드릭은 감정으로 공주님의 마음을 뒤흔들어 놓을 생각입니다. 재미있지 않습니까?" 사이테일이 말했다.

이룰란은 얼굴의 춤꾼을 흘끗 바라보았다. 그의 얼굴에 뻔뻔스러운 미소가 떠올라 있었다. 그녀는 눈썹을 추켜세우는 것으로 그 미소에 답했다. 그녀는 자신이 에드릭에게 휘말려서 이 자리를 떠나는 것이 음모의 일부이며, 그렇게 되면 지금 이곳에서 벌어지는 일들이 폴의 예지의 시야로부터 감춰지리라는 것을 이제 완전히 인식하고 있었다. 사이테일은 그것을 알 수 있었다. 그러나 만약 그녀가 이 자리에 있는 사람들과 한편이 되는 것을 미룬다면…….

"에드릭이 우리의 음모를 지나치게 좌우하고 있다고 생각하십니까, 공주님?" 사이테일이 물었다.

"난 우리의 토론을 통해 제시된 최선의 의견에 따르겠다고 이미 약속했소." 에드릭이 말했다.

"그럼 최선의 의견을 선택하는 사람은 누굽니까?" 사이테일이 물었다.

"공주님이 우리와 합류하지 않고 이 자리를 떠나시기를 바라는 거요?" 에드릭이 물었다.

"에드릭은 공주가 진심으로 우리와 합류하기를 바라고 있소. 우리 사이에 속임수가 있어서는 안 되지." 대모가 으르렁거리듯이 말했다.

사이테일은 이룰란이 몸의 긴장을 풀고 생각에 잠겨 있는 것을 보았다. 그녀의 손이 로브의 소매 안에 감춰져 있었다. 지금 그녀는 에드릭이 던진 미끼, 즉 왕조를 창립하는 것에 대해 생각하고 있을 터였다. 그리고 이 음모자들이 그녀 자신으로부터 스스로를 보호하기 위해 어떤 계획을 마련해 놓았는지 궁금하게 여기고 있을 터였다. 그녀는 지금 많은 것들을 머릿속으로 견주어보고 있었다.

이윽고 이룰란이 말했다. "사이테일, 당신들 틀레이랙스 인들은 명예에 대해 좀 이상한 생각을 갖고 있다고 하더군요. 희생자에게 반드시 탈출할 수 있는 수단을 준다고 들었어요."

"그들이 그 수단을 찾을 수만 있다면, 그렇죠." 사이테일이 동의했다.

"내가 희생자인가요?" 이룰란이 물었다.

사이테일이 갑자기 폭소를 터뜨렸다.

대모는 코웃음을 쳤다.

"공주님." 에드릭이 부드럽게 상대를 설득하려는 듯한 목소리로 말했다. "공주님은 이미 저희 계획의 일원입니다. 그 점에 대해서는 걱정하지 마세요. 공주님은 베네 게세리트의 상급자들 명령에 따라 황실을 염탐하고 계시지 않습니까?"

"폴은 내가 내 스승들에게 보고하고 있다는 걸 알아요." 이룰란이 말했다.

"하지만 공주님은 그 스승들에게 공주님의 황제에게 반대하는 강력한 선전 자료를 주고 계시지 않습니까?" 에드릭이 물었다.

'"우리의" 황제가 아니라 "공주님의" 황제로군. 이룰란 같은 베네 게세리트가 그런 말실수를 놓칠 리 없지.' 사이테일은 속으로 생각했다.

"문제는 힘을 어떻게 사용하는가 하는 것입니다." 사이테일이 에드릭의 통 옆으로 가까이 다가가면서 말했다. "우리 틀레이랙스 인들은 온 우주에 존재하는 것이라고는 물질에 대한 결코 충족시킬 수 없는 욕망뿐이며 진정 확고하게 믿을 수 있는 것은 에너지밖에 없다고 생각합니다. 그런데 에너지는 학습 능력을 갖고 있죠. 제 말을 잘 들으십시오, 공주님. 에너지는 학습 능력을 갖고 있습니다. 이걸, 우리는 힘이라고 부릅니다."

"당신은 우리가 황제를 패배시킬 수 있다는 확신을 아직 내게 심어주지 못했어요." 이룰란이 말했다.

"우리 자신도 아직 확신하지 못합니다." 사이테일이 말했다.

"어디를 봐도 우리는 그의 힘과 부딪치게 돼요. 그는 퀴사츠 해더락입니다. 한꺼번에 여러 장소에 있을 수 있는 사람이죠. 그는 마디입니다. 그의 가장 사소한 변덕조차 퀴자라트의 선교사들에게 절대적인 명령으로 받아들여져요. 그는 고대의 가장 뛰어난 컴퓨터조차 능가하는 계산능력을 지닌 멘타트입니다. 그리고 그는 무앗딥입니다. 그가 프레멘 군단에게 내리는 명령으로 행성의 인구가 줄어들죠. 그는 미래를 내다볼 수 있는 예지의 시각을 갖고 있습니다. 그는 우리 베네 게세리트가 갈망하는 유전자 패턴을 갖고 있어요……."

"우리도 그가 어떤 사람인지 알고 있소." 대모가 공주의 말을 끊고 불쑥 끼어들었다. "그리고 저주스러운 존재인 그의 여동생 알리아가 똑같은 유전자 패턴을 갖고 있다는 사실도 알지. 하지만 그들 또한 인간이오. 두 사람 다. 따라서 그들에게도 약점이 있을 것이오."

"그럼 그 인간적인 약점은 어디 있습니까?" 얼굴의 춤꾼이 물었다. "그의 지하드를 수행하고 있는 신자들의 군대에서 그 약점을 찾을까요? 황제의 퀴자라로 하여금 황제에게 등을 돌리게 만들 수 있습니까? 대가문들의 권위를 이용하는 건 어떻습니까? 랜드스라드의 의회가 말로만 시끄럽게 떠들어대는 것 이상의 일을 할 수 있는 겁니까?"

"난 초암 사를 추천하오. 초암은 기업이고, 기업은 이윤을 좇게 마련이니까." 에드릭이 통 안에서 몸을 돌리면서 말했다.

"아니면 황제의 어머니를 이용할 수도 있겠군요. 레이디 제시카는 칼라단에 머물고 있다고 알고 있습니다만, 아들과 자주 연락을 한다더군요." 사이테일이 말했다.

"그 배신자. 그년을 훈련시킨 내 손을 잘라버리고 싶은 심정이오." 모히암이 냉정한 목소리로 말했다.

"우리의 음모에는 지레가 필요합니다." 사이테일이 말했다.

"우리는 단순한 음모꾼들이 아니오." 대모가 반박했다.

"아, 그렇지요. 우리는 정력적이고 필요한 걸 빨리 배우지요. 그래서 우리가 인류를 확실하게 구원해 줄 수 있는 진정한 희망인 거고요." 사이테일이 절대적인 확신을 표현할 때 사용하는 어조로 말했다. 어쩌면 그것은 틀레이랙스 인이 표현할 수 있는 최고의 비웃음이었다.

사이테일의 어조에서 그 미묘한 의미를 이해한 것은 대모뿐인 것 같았다. "왜지?" 그녀가 사이테일에게 물었다.

그러나 얼굴의 춤꾼이 대답하기도 전에 에드릭이 헛기침을 하며 입을 열었다. "철학을 가장한 헛소리를 늘어놓지 맙시다. 모든 의문은 하나로 요약될 수 있습니다. '이 세상의 모든 사물들이 존재하는 이유가 무엇인가?' 모든 종교, 기업, 정부와 관련된 의문에서 파생되는 질문은 하나입니다. '누가 힘을 휘두르는가?' 동맹, 연합, 집합체, 이 모두가 힘을 추구합니다. 그렇지 않다면 그들이 추구하는 것은 신기루에 지나지 않아요. 힘 이외의 모든 것은 무의미합니다. 생각할 줄 아는 존재라면 대부분 이걸 깨닫게 됩니다."

사이테일은 어깨를 으쓱했다. 그것은 순전히 대모만을 겨냥한 제스처였다. 에드릭이 그를 대신해서 대모의 질문에 대답을 한 셈이었다. 거만을 떠는 저 바보 녀석이야말로 그들의 가장 커다란 약점이었다. 대모가 이 사실을 분명히 이해하도록 하기 위해 사이테일은 이렇게 말했다. "스승의 말에 주의 깊게 귀를 기울이면, 교훈을 얻게 됩니다."

대모가 천천히 고개를 끄덕였다.

"공주님, 선택을 하시지요." 에드릭이 말했다. "공주님은 운명의 도구로 선택되셨습니다. 최고의……."

"그런 찬사는 그런 소리를 듣고 휘둘리는 사람들한테나 써먹으세요. 아까 당신이 유령에 대해 얘기했죠. 저승에서 돌아온 자를 이용해서 황제를 오염시킬 수 있다고. 설명해 보세요." 이룰란이 말했다.

"아트레이데스는 스스로 무너질 겁니다!" 에드릭이 의기양양하게 소리쳤다.

"수수께끼 같은 얘기는 그만둬요!" 이룰란이 쏘아붙였다. "그 유령이라는 게 뭐죠?"

"아주 보기 드문 유령입니다. 육체도 있고, 이름도 있죠. 그 몸은 던컨 아이다호라는 이름으로 알려진 유명한 검술 대가의 것입니다. 이름은……."

"아이다호는 죽었어요. 폴이 내 앞에서 그의 죽음을 자주 슬퍼한다고요. 아이다호가 내 아버지의 사다우카에게 죽임을 당하는 걸 폴이 직접 보았어요."

"공주님 아버님의 사다우카는 패배 속에서도 지혜를 버리지 않았습니다. 한 지혜로운 사다우카 장교가 부하들의 손에 죽은 사람들의 시체 속에서 그 검술 대가의 모습을 발견했다고 가정해 볼까요? 그래서 어떻게 됐을까요? 그런 훈련을 받은 육체를 이용하는 방법이 존재합니다…… 재빨리 조치를 취한다면 말이죠."

"틀레이랙스의 골라군요." 이룰란이 곁눈질로 사이테일을 바라보면서 속삭이듯 말했다.

사이테일은 자신을 바라보는 그녀를 지켜보면서 얼굴의 춤꾼으로서 자신이 지닌 능력을 발휘했다. 그의 얼굴이 마치 물처럼 흐르면서 다른 모습으로 바뀌고, 몸의 살이 움직이면서 자리를 바꿨다. 이윽고 공주 앞에 호리호리한 남자가 모습을 드러냈다. 얼굴의 둥근 윤곽은 조금 남아 있었지만, 피부 색깔이 더 검었고 이목구비가 약간 더 평평했다. 몽고주름이 뚜렷한 눈 밑으로 광대뼈가 선반처럼 높이 솟아 있었다. 흐트러진 머리카락은 검은색이었다.

"이런 모양의 골라입니다." 에드릭이 사이테일을 가리키며 말했다.

"혹시 그냥 다른 얼굴의 춤꾼 아닌가요?" 이룰란이 물었다.

"얼굴의 춤꾼이 아닙니다. 얼굴의 춤꾼은 오랫동안 감시를 받아야 하는 상황에서는 발각될 위험이 있습니다. 아닙니다. 그냥 우리의 지혜로운 사다우카 장교가 아이다호의 시체를 악솔로틀(axolotl, 멕시코산 도롱뇽. 물속에서 논다는 뜻으로 환경이 바뀌면 변태를 한다 — 옮긴이) 탱크에 넣을 수 있게 보존해 놓았다고 생각하는 것이 어떻겠습니까? 그러지 못할 이유도 없지 않습니까? 그 시체는 역사상 가장 뛰어난 검술 대가이자 아트레이데스 가문의 고문이었던 군사적 천재의 살과 신경을 갖고 있었습니다. 그가 받았던 훈련과 그가 가지고 있던 능력을 잃어버리는 것은 정말 낭비가 아니겠습니까? 그 시체를 되살려서 사다우카의 교관으로 쓸 수도 있는데 말입니다."

"난 아버지가 비밀을 털어놓는 사람들 중의 한 명이었는데도 그런 얘기를 들은 적이 전혀 없어요."

"아아, 하지만 공주님의 아버님은 패배했고, 몇 시간도 되지 않아 공주님은 새로운 황제에게 팔리는 몸이 되었습니다."

"그를 정말 되살린 건가요?" 이룰란이 다그치듯 물었다.

에드릭이 불쾌할 정도로 흡족한 표정을 띠면서 대답했다. "우리의 지혜로운 사다우카 장교가 신속한 조치를 취해야 한다는 것을 알고, 방부처리를 한 아이다호의 시체를 즉시 베네 틀레이랙스로 보냈다고 생각하는 게 어떻겠습니까? 그리고 거기서 한 발 나아가 그 장교와 그의 부하들이 이 사실을 공주님의 아버님께 알리기 전에 죽어버렸다면 어떨까요? 뭐, 공주님의 아버님은 그걸 알았다 해도 그 사실을 이용할 수 없는 입장이긴 했지만요. 어쨌든 그렇게 해서 틀레이랙스 인들에게 시체가 보내졌다는 물리적 사실만이 남아 있게 된 것입니다. 물론 그 시체를 보내는 방법은 단 한 가지뿐이었죠. 하이라이너를 이용하는 것. 우리 조합 사람들은 우리가 수송하는 모든 화물에 대해 당연히 잘 알고 있습니다. 그렇다면 이 시체에 대해 알게 된 우리가 황제에게 어울리는 선물로 이 골라를 사들이는 것은 더욱더 지혜로운 행동이 될 것이라고 생각하지 않았겠습니까?"

"정말로 그를 되살린 모양이군요." 이룰란이 말했다.

처음과 마찬가지로 통통하고 땅딸막한 모습으로 돌아간 사이테일이 입을 열었다. "우리의 친구 에드릭이 길게 늘어놓은 말처럼, 저희는 그를 되살렸습니다."

"그럼 아이다호에게 어떤 세뇌를 걸어놓았죠?" 이룰란이 물었다.

"아이다호라고요?" 에드릭이 사이테일을 바라보며 말을 이었다. "아이다호라는 사람에 대해 아는 게 있소, 사이테일?"

"우린 당신들에게 헤이트라는 이름의 생물을 팔았습니다." 사이테일이 말했다.

"아, 그래, 헤이트. 당신들이 우리에게 그를 판 이유가 뭐지?"

"우리가 우리 나름대로 퀴사츠 해더락을 만들어낸 적이 있기 때문입니다."

이 말에 대모가 재빨리 그 늙은 머리를 들고 사이테일을 올려다보았다. "우리한테는 그런 말 없었잖아!" 그녀가 비난했다.

"묻지 않으셨으니까요." 사이테일이 말했다.

"당신들은 그 퀴사츠 해더락을 어떻게 제압했죠?" 이룰란이 물었다.

"자신의 자아를 표현하는 특정한 방법을 만들어내는 데 평생을 바친 생물이라면 그 자아 표현의 대립물이 되느니 차라리 죽음을 택할 겁니다." 사이테일이 말했다.

"무슨 말인지 이해를 못 하겠군." 에드릭이 과감하게 말했다.

"자살한 게로군." 대모가 으르렁거리듯이 말했다.

"제 말을 잘 들으세요, 대모님." 사이테일이 경고했다. 그의 어조에 담겨 있는 뜻은 사실 '당신은 성적인 대상이 아니다. 지금까지 한 번도 성적인 대상이었던 적이 없고, 성적인 대상이 될 수도 없다'는 것이었다.

그는 자신의 노골적인 어조에 담긴 뜻을 대모가 완전히 이해할 때까지 기다렸다. 그녀가 그의 의도를 잘못 이해해서는 안 되었다. 대모는 사이테일의 말 속에 담긴 의미를 깨닫고 분노의 단계를 지나 새로운 의미를 깨달아야 했다. 베네 게세리트의 유전자 교배에 필요한 조건을 틀림없이 알고 있는 틀레이랙스 인이 그런 비난을 할 수는 없다는 깨달음이었다. 그러나 그의 말 속에는 틀레이랙스 인의 특징과 완전히 어긋나는 천박한 모욕이 담겨 있었다.

에드릭이 미라바사 언어 중에서도 사람을 달래는 어조를 이용해 분위기를 바꾸려고 재빨리 나섰다. "사이테일, 당신이 우리에게 헤이트를 판 것은 그를 이용하는 방법에 대해 우리와 같은 생각을 갖고 있기 때문이라고 하지 않았소?"

"에드릭, 내가 허락할 때까지 입 다물고 있어요." 사이테일이 말했다.

에드릭이 여기에 뭐라고 항의를 하려고 하자 대모가 소리쳤다. "입 닥쳐, 에드릭!"

에드릭은 흥분해서 팔다리를 허우적거리며 통 속에서 뒤로 물러났다.

"우리의 일시적인 감정은 우리가 공통으로 갖고 있는 문제의 해결책에 전혀 도움이 되지 않습니다. 감정은 이성을 흐리죠. 지금 우리와 관계있는 감정은 우리가 이렇게 한자리에 모이는 계기가 된 근본적인 공포뿐이니까." 사이테일이 말했다.

"우리도 알고 있어요." 이룰란이 대모를 흘끗 바라보면서 말했다.

"우리를 가려주고 있는 방패의 위험한 한계를 반드시 명심해야 합니다. 예지력은 스스로 이해할 수 없는 것을 우연히 발견할 수 없습니다." 사이테일이 말했다.

"당신은 교활하군요, 사이테일." 이룰란이 말했다.

'내가 얼마나 교활한 사람인지 공주가 알게 해서는 안 돼. 이 일이 끝나고 나면 우린 우리가 통제할 수 있는 퀴사츠 해더락을 갖게 될 거야. 이 자리의 다른 사람들은 아무것도 갖지 못할 테지.' 사이테일은 속으로 생각했다.

"당신들은 어떻게 퀴사츠 해더락을 만들어냈소?" 대모가 물었다.

"우리는 여러 가지 순수한 본질들을 가지고 실험했습니다. 순수한 선과 순수한 악. 고통과 공포를 만들어내는 데에서만 기쁨을 느끼는 순수한 악인은 상당히 많은 것을 가르쳐줄 수 있죠." 사이테일이 말했다.

"우리 황제의 할아버지인 하코넨 노남작, 그 사람도 틀레이랙스의 창조물이었나요?" 이룰란이 물었다.

"그렇지 않습니다. 하지만 자연이 우리의 창조물 못지않게 위험한 것들을 만들어내는 경우도 많죠. 우리는 창조물을 연구할 수 있는 상황에서만 그것을 만들어냅니다."

"감히 나를 제쳐두고 이런 식으로 대우하다니!" 에드릭이 항의했다. "이 모임을 은폐시켜 주는 것이 도대체 누군 줄……."

"아시겠습니까? 우리를 은폐시켜 주는 최선의 판단을 내리는 사람이 누굽니까? 그것이 어떤 판단이죠?" 사이테일이 물었다.

"헤이트를 황제에게 어떻게 줄 것인지 그 방법을 토론해야 하오." 에드릭이 고집을 부렸다. "내가 알기로는 아트레이데스가 원래 본거지에서 배운 오랜 도덕이 헤이트에게 반영되어 있소. 헤이트는 황제가 더 쉽게 자신의 도덕적 본성을 확장하고, 삶과 종교의 긍정적이고 부정적인 요소들을 파악할 수 있게 만들어주는 존재가 되어야 하오."

사이테일은 상냥한 시선으로 한자리에 있는 사람들을 둘러보며 미소를 지었다. 그들은 그가 기대하던 그대로였다. 늙은 대모는 자신의 감정을 낫처럼 휘둘렀다. 이룰란은 훈련을 잘 받은 사람이었지만 그 훈련의 목적이었던 임무에 실패했다. 베네 게세리트의 창조물로서 결함을 지닌 존재가 된 것이다. 에드릭은 마술사의 손에 지나지 않았다. 그는 이 모임을 은폐시키고 주의를 흐트러뜨리는 존재였다. 지금 에드릭은 다른 사람들에게 무시당하고 샐쭉해져서 침묵을 지키고 있었다.

"이 헤이트라는 존재가 폴의 정신에 독을 푸는 도구로 사용되는 건가요?" 이룰란이 물었다.

"뭐, 그런 셈입니다." 사이테일이 말했다.

"그럼 퀴자라트는요?"

"말 속에 강조되는 부분을 살짝 바꿔서 감정을 미끄러뜨리기만 해도 동경의 감정이 적의로 바뀔 수 있습니다."

"그럼 초암은요?"

"그들은 이윤이 있는 곳으로 몰려들 겁니다."

"다른 권력집단들은?"

"정부의 이름을 빌려야지요. 비교적 힘이 떨어지는 집단들을 도덕과 진보의 이름으로 한데 묶을 겁니다. 우리에게 반대하는 자들은 내분 때문에 자멸할 테고요."

"알리아도?"

"헤이트는 다목적용 골라입니다. 황제의 여동생은 여성을 유혹할 목적으로 만들어진 매력적인 남성에게 주의를 빼앗길 나이입니다. 그녀는 그의 남성다움과 멘타트 능력에 끌릴 겁니다."

모히암이 깜짝 놀라서 늙은 눈을 크게 떴다. "그 골라가 멘타트라고? 그건 위험한 짓이오."

"멘타트는 정확한 판단을 내리기 위해 반드시 정확한 자료를 갖고 있어야 해요. 만약 폴이 그에게 우리가 준 선물의 저의를 분명하게 설명하라고 한다면 어떻게 되는 거죠?" 이룰란이 말했다.

"헤이트는 진실을 말할 겁니다. 그래도 달라지는 건 하나도 없습니다." 사이테일이 말했다.

"그러니까 폴에게 도망칠 문을 열어주겠다는 거군요." 이룰란이 말했다.

"멘타트라니!" 모히암이 투덜거렸다.

사이테일은 늙은 대모를 흘끗 바라보았다. 그녀의 반응 속에 오랜 증오의 색깔이 배어 있음을 그는 알 수 있었다. '생각하는 기계'가 우주 대부분의 지역에서 깡그리 파괴되었던 버틀레리안 지하드의 시대 이래 컴퓨터는 불신의 대상이었다. 그 오랜 감정이 인간 컴퓨터를 바라보는 시선에도 색깔을 입혔다.

"난 당신이 미소를 짓는 표정이 마음에 들지 않소." 모히암이 사이테일을 노려보며 진실을 말할 때의 목소리로 불쑥 말했다.

사이테일도 진실을 말할 때의 목소리로 대답했다. "저도 대모님을 기쁘게 해줄 생각은 별로 없습니다. 하지만 우린 협력해야 합니다. 그건 우리 모두 다 알고 있는 일이죠." 그는 에드릭을 흘끗 바라보며 말을 이었다. "그렇지 않습니까, 에드릭?"

"당신은 고통스러운 교훈을 가르치는군. 내가 내 동료 음모꾼들의 공통된 판단에 반대해서는 안 된다는 뜻을 분명히 해두고 싶은 모양이지?" 에드릭이 말했다.

"보셨죠, 저 사람도 배울 줄 아는군요." 사이테일이 말했다.

"난 그것 말고 다른 것들도 알아." 에드릭이 으르렁거렸다. "아트레이데스는 스파이스를 독점하고 있지. 멜란지가 없으면 난 미래를 탐색할 수 없어. 베네 게세리트도 진실을 말하는 능력을 잃게 될 거고. 스파이스를 저장해 놓은 게 있기는 하지만, 그것도 언젠가는 다 떨어지겠지. 멜란지는 아주 강력한 카드야."

"우리 문명은 하나 이상의 카드를 갖고 있습니다. 그래서 공급과 수요의 법칙이 실패합니다." 사이테일이 말했다.

"당신은 그 비밀을 훔치려고 하는군. 미친 프레멘들이 지키고 있는 그 행성과 그도 함께!" 모히암이 가쁜 숨소리를 내면서 말했다.

"프레멘은 예의 바르고 교육도 받았지만 무지합니다. 그들은 미치지 않았어요. 그들은 지식을 아는 것이 아니라 믿음을 갖도록 훈련받은 사람들입니다. 믿음은 조작될 수 있죠. 위험한 건 지식뿐입니다." 사이테일이 말했다.

"하지만 내게 왕조를 창립할 것이 남게 될까요?" 이룰란이 물었다.

그 자리에 있는 사람들은 모두 그녀의 목소리에서 그녀가 이 음모에 진심으로 동참하려 한다는 뜻을 읽었다. 그러나 미소를 지은 사람은 에드릭뿐이었다.

"그럼요. 남게 될 겁니다." 사이테일이 말했다.

"그건 지배자로서 아트레이데스가 종말을 맞이한다는 걸 뜻하죠." 에드릭이 말했다.

"예지의 재능이 부족한 사람들도 그런 예언은 할 수 있을 겁니다. 프레멘의 속담처럼 '메크텁 알 멜라'인 거죠." 사이테일이 말했다.

"'그것은 소금으로 적혀 있다.'" 사이테일이 인용한 프레멘 속담을 이룰란이 번역했다.

그녀가 이 말을 하는 동안 사이테일은 베네 게세리트가 이곳에 자신을 위해 마련해 둔 것이 무엇인지 깨달았다. 결코 그의 것이 될 수 없는 아름답고 지적인 여성. '뭐, 좋아. 어쩌면 내가 다른 기회에 저 여자의 모습을 흉내 내게 될지도 모르겠군.' 그는 생각했다.

모든 문명은 집단의 거의 모든 의식적 의도를 차단하거나, 배신하거나, 취소시킬 수 있는 무의식적인 힘과 투쟁해야 한다.

—틀레이랙스의 명제(증명되지 않았음)

폴은 침대에 걸터앉아 사막 장화를 벗기 시작했다. 사막복의 동력원인 발꿈치의 펌프 작용을 원활하게 해주는 윤활제 때문에 역겨운 냄새가 났다. 늦은 시간이었다. 그는 밤산책을 길게 끄는 바람에 자신을 사랑하는 사람들에게 걱정을 시키고 말았다. 산책이 위험한 것은 사실이었다. 그러나 그것은 그가 즉시 알아채고 대응할 수 있는 종류의 위험이었다. 밤에 익명의 존재로 아라킨의 거리를 산책하는 데에는 거역할 수 없는 매력이 있었다.

그는 기다란 발광구 아래의 구석으로 장화를 던져버리고 사막복의 여밈 부분에 손을 댔다. 너무나 피곤했다. 그러나 피곤한 것은 그의 근육뿐, 그의 머릿속은 들끓고 있었다. 평범한 사람들의 일상이 부럽기 짝이 없었다. 성 바깥에서 이름 없이 흘러가는 대부분 사람들의 삶을 황제는 공유할 수 없었다. 그러나…… 사람들의 시선을 끌지 않고 거리를 걷는 것은 정말 대단한 특권이었다. 시끄럽게 떠들어대는 탁발 순례자들의 옆을 지나가는 것, 프레멘이 가게 주인에게 "손이 젖은 놈!"이라고 욕하는 소리를 듣는 것…….

폴은 거리의 기억에 빙긋 웃으며 사막복에서 빠져나왔다.

그는 벌거벗은 채 자신의 세계의 파장에 묘하게 동조된 상태로 서 있었다. 이제 듄은 역설의 행성이었다. 포위당했으면서도 권력의 중심인 곳. 포위를 당하는 것은 권력의 불가피한 운명이라고 그는 결론지었다. 그는 초록색 카펫을 내려다보며 발바닥에 닿는 그 거친 감촉을 느꼈다.

거리에는 바람에 실려 방어벽을 넘어온 모래가 발목 높이까지 쌓여 있었다. 그 위를 사람들이 밟고 지나다니는 바람에 모래먼지가 숨이 막힐 정도로 피어올라 사막복의 필터를 막아버렸다. 성의 정문에서 송풍기를 통과해 먼지를 씻어냈는데도 여전히 먼지의 냄새를 맡을 수 있었다. 사막의 추억이 가득한 냄새였다.

'그때는 시절도 다르고…… 위험도 달랐지.'

그 시절에 비하면 지금 그가 거리를 혼자 걸으면서 부딪치는 위험은 사소한 것이었다. 그러나 그가 사막복을 입는 것은 곧 사막을 입는 것이었다. 몸에서 배출되는 수분을 재활용하는 모든 장치가 달린 사막복이 미묘하게 그의 사고에 영향을 미쳐 그의 행동을 사막의 패턴으로 고정시켰다. 그는 야성의 프레멘이 되었다. 사막복은 단순한 변장이 아니라, 그를 그의 도시적 자아와는 완전히 다른 사람으로 만들어주었다. 사막복을 입으면 그는 안전을 버리고, 전사로서 과거의 기술들을 몸에 걸쳤다. 그러면 순례자들과 도시 사람들이 그의 옆을 지나치면서 눈을 내리깔았다. 그들은 야성적인 사람을 건드리지 않았다. 도시 사람들에게 사막을 상징하는 얼굴이 있다면, 그것은 사막복의 필터에 코와 입이 가려진 프레멘의 얼굴이었다.

사실 과거 시에치 시절에 알던 사람이 그의 걸음걸이나 냄새, 또는 눈빛만 보고 지금의 그를 알아볼 위험은 아주 적었다. 게다가 그런 일이 일어난다 하더라도 그 사람이 적일 가능성도 아주 적었다.

문의 커튼이 휙 움직이는 소리와 함께 빛이 물결처럼 밀려 들어와 그의 상념을 깨뜨렸다. 챠니가 백금으로 된 쟁반 위에 그의 커피 세트를 얹어 들고 들어왔다. 원격 조종되는 발광구 두 개가 그녀의 뒤를 따라 들어와 각각 정해진 자리로 쏜살같이 움직였다. 전구 하나는 침대의 머리맡에 자리를 잡았고, 나머지 하나는 챠니 곁에서 어른거리면서 그녀가 일하는 것을 밝혀주었다.

챠니는 연약하지만 영원한 힘을 지닌 사람처럼 움직였다. 그녀는 독립적이지만, 또한 아주 연약했다. 그녀가 커피 세트 위로 구부린 모습을 보며 그는 그녀와 처음 만났던 시절을 떠올렸다. 그녀의 가무잡잡한 얼굴은 여전히 장난꾸러기 요정 같아서 겉으로 보기에는 전혀 세월의 영향을 받지 않은 것 같았다. 그러나 흰자위가 없는 그녀의 눈꼬리 근처를 자세히 살펴보면 주름살을 발견할 수 있었다. 사막의 프레멘들은 그 주름살을 '모래의 자취'라고 불렀다.

그녀가 하갈의 에메랄드 손잡이가 달린 주전자 뚜껑을 들어 올리자 연기가 피어올랐다. 그녀가 뚜껑을 다시 닫는 것을 보니 커피가 아직 다 끓지 않은 모양이었다. 임신한 여성의 모습에 세로로 홈이 파여 있는 은빛 주전자는 가니마로서 그의 것이 되었다. 다시 말해서, 그가 일 대 일의 결투에서 그 주전자의 전 소유주를 죽이고 전리품으로 얻었다는 뜻이다. 야미스. 그것이 그 남자의 이름이었다…… 야미스. 죽음으로서 묘하게 불멸의 존재가 된 야미스. 그는 죽음을 피할 수 없음을 알고 저 물건을 손에 들었을까?

챠니가 잔을 꺼냈다. 푸른 도자기 잔들이 거대한 주전자 밑에 시종들처럼 몸을 웅크렸다. 잔은 세 개였다. 커피를 마실 두 사람을 위해 각각 하나씩, 그리고 전에 이 주전자를 소유했던 모든 사람들을 위한 잔이 하나.

"금방 될 거예요." 그녀가 말했다.

그러고 나서 그녀가 그를 바라보았다. 폴은 자신이 그녀의 눈에 어떻게 비치는지 궁금했다. 아직도 호리호리하면서도 강인하지만 프레멘에 비해 물이 풍부한 몸매의 이국적인 다른 행성 사람으로 보일까? 그는 지금도 사막에서 도망자로 지내던 시절에 '프레멘의 타우' 속에서 그녀를 받아들인 우슬이라는 부족의 이름을 가진 사람인 걸까?

폴은 자신의 몸을 내려다보았다. 단단한 근육, 날씬한 몸매…… 몇 개 더 늘어난 흉터들. 하지만 황제로서 12년을 살았음에도 그의 몸은 기본적으로 예전과 똑같았다. 시선을 들면서 그는 거울에 비친 자신의 얼굴을 얼핏 보았다. 푸른자위에 푸른 눈동자가 있는 프레멘의 눈은 스파이스에 중독되었다는 표시였다. 코는 아트레이데스답게 날카로웠다. 그는 투우장에서 사람들에게 커다란 구경거리를 선사하며 죽어간 아트레이데스 가문 사람의 손자로서 딱 어울리는 모습을 하고 있었다.

그 노인의 말이 폴의 머릿속에 저절로 떠올랐다. "다스리는 사람은 다스림을 받는 사람들에 대해 결코 돌이킬 수 없는 책임을 진다. 너는 머슴이다. 그래서 때로 네가 다스리는 사람들에게는 기껏해야 즐거운 일에 지나지 않을, 사심 없는 사랑의 행동을 보여주어야 한다."

사람들은 지금도 그 노인에 대한 기억을 애정으로 간직하고 있었다.

'그럼 나는 아트레이데스의 이름을 위해 무엇을 했지?' 그는 스스로에게 질문을 던졌다. '난 양 떼 사이에 늑대를 풀어놓았어.'

잠깐 동안 그는 자신의 이름으로 자행되는 폭력과 죽음에 대해 생각했다.

"이제 침대 안으로 들어가세요!" 챠니가 날카롭게 명령했다. 신하들이 듣는다면 틀림없이 충격을 받을 만한 어조였다.

그는 그녀의 명령에 따랐다. 그리고 양손으로 머리를 받친 채 똑바로 누워서 챠니의 익숙한 움직임 속으로 기분 좋게 빠져들었다.

이 방이 갑자기 즐거워졌다. 이 방은 백성들이 상상하는 황제의 침실과 전혀 달랐다. 끊임없이 움직이는 발광구의 노란 빛 때문에 챠니 뒤쪽의 선반에 놓인 색색가지 유리병들의 그림자가 움직였다. 폴은 그 병의 내용물들을 말없이 속으로 되뇌었다. 사막에서 약으로 쓰이는 성분들을 말린 것, 연고, 향, 기념품들…… 타브르 시에치에서 가져온 모래 조금…… 오래전…… 12년 전에 죽은 첫 아이의 머리카락. 아무 죄도 없는 구경꾼에 지나지 않던 그 아이는 폴을 황제로 만들어준 그 전투에서 목숨을 잃었다.

스파이스 커피의 풍부한 향기가 방을 가득 채웠다. 폴은 숨을 들이쉬면서 챠니가 커피를 준비하고 있는 쟁반 옆의 노란색 그릇을 흘끗 바라보았다. 그 그릇에는 견과류 가루가 들어 있었다. 언제 어느 곳에서도 피할 수 없는 독약 탐지기가 탁자 밑에서 음식들 위로 곤충 같은 팔을 뻗어 흔들었다. 그 꼴을 보니 화가 났다. 사막에서 살던 시절에는 독약 탐지기가 전혀 필요하지 않았는데!

"커피가 다 끓었어요. 배고파요?" 챠니가 말했다.

그는 성난 목소리로 아니라고 대답했다. 그러나 그의 목소리는 아라킨 외곽의 들판에서 우주를 향해 쏘아져 올라가는 스파이스 운반선의 휘파람 같은 비명 소리에 묻혀버렸다.

그래도 챠니는 그가 화를 내고 있음을 알았다. 그녀는 커피를 잔에 따라 그의 손 근처에 놓은 뒤 침대 발치에 앉아 그의 바지자락을 걷어 올린 다음, 사막복을 입고 거리를 걷느라 뭉친 다리 근육을 주무르기 시작했다. 그녀가 부드럽게 무심한 목소리로 입을 열었지만 그는 그녀의 그런 태도에 속지 않았다. "이룰란이 아이를 갖고 싶어 하는 것에 대해 우리 얘기 좀 해봐요."

폴이 눈을 번쩍 떴다. 그리고 챠니를 조심스럽게 살펴보면서 입을 열었다. "이룰란이 왈락에서 돌아온 지 이틀도 채 안 됐소. 그런데 벌써 그녀가 당신에게 왔다 간 거요?"

"우린 이룰란의 좌절감에 대해 얘기한 적이 없잖아요." 챠니가 말했다.

폴은 억지로 자신의 정신을 긴장시키며 사소한 것까지도 놓치지 않는 엄격한 관찰의 시선으로 챠니를 살펴보았다. 그의 어머니가 베네 게세리트의 서약을 깨고 그에게 가르쳐준 베네 게세리트 방법이었다. 그는 챠니에게 그런 방법을 사용하는 것을 별로 좋아하지 않았다. 그녀와 함께 있을 때면 긴장을 점점 증가시키는 능력을 사용할 필요가 거의 없다는 점이 그가 그녀에게서 벗어나지 못하는 이유 중의 하나였다. 챠니는 대부분의 경우 경솔한 질문들을 던지지 않았으며, 프레멘의 예의를 지켰다. 그녀가 그에게 던지는 질문은 대개 실질적인 것들이었다. 챠니의 관심을 끄는 것은 그녀의 남자가 갖고 있는 지위에 영향을 미치는 사실들, 즉 평의회에서 그가 발휘하는 힘, 그의 군대의 충성심, 그의 동맹들이 지닌 능력과 재능 등이었다. 그녀의 기억 속에는 수많은 사람들의 이름과 상호 참조 표시가 되어 있는 세부 사항들이 보관되어 있었다. 그녀는 지금까지 알려진 모든 적들의 중요한 약점, 반대 세력을 처리하기 위해 사용할 수 있는 방법들, 군사 지도자들의 전투 계획, 기본적인 산업의 세공 및 생산 능력 등을 일사천리로 말할 수 있었다.

그런데 왜 지금 그녀가 이룰란에 대해 묻는 것일까?

"내가 당신의 마음을 어지럽혔군요. 그럴 생각은 없었는데." 챠니가 말했다.

"그럼 당신의 원래 의도는 무엇이었소?"

그녀가 수줍게 미소를 지으며 그와 눈을 마주쳤다. "여보, 만약 화가 났다면 감추지 말아요."

폴은 침대의 머리판에 털썩 몸을 기댔다. "내가 이룰란과 헤어지는 게 낫겠소? 이제 그녀를 써먹을 수 있는 곳은 한정되어 있소. 게다가 그녀가 이번에 베네 게세리트의 본거지에 갔다 온 것에 대해 느낌이 좋지 않아."

"그녀와 헤어지면 안 돼요." 챠니가 말했다. 그리고 계속 그의 다리를 주무르면서 사무적인 어조로 말을 이었다. "그녀가 당신을 적들과 연결시켜 주는 연결점이라고 당신 스스로 여러 번 말했어요. 그녀의 행동을 통해 적들의 계획을 읽을 수 있다고 말이에요."

"그럼 왜 그녀가 아이를 원한다는 얘기를 꺼낸 거요?"

"당신이 그녀를 임신시킨다면, 우리의 적들이 당황할 것이고 이룰란의 입장도 취약해질 거라고 생각해요."

그는 자신의 다리 위에서 움직이는 그녀의 손길을 통해 이런 말을 하는 것이 그녀에게 얼마나 힘든 일인지 느낄 수 있었다. 목이 메어왔다. 그가 부드럽게 말했다. "챠니, 내 사랑, 난 그녀를 내 침대에 들이지 않겠다고 맹세했소. 아이는 그녀에게 너무 많은 권력을 쥐어줄 거야. 그녀가 당신의 자리를 대신 차지하면 좋겠소?"

"나한테 자리 같은 건 없어요."

"그렇지 않아, 시하야, 내 사막의 봄. 왜 갑자기 이룰란에게 관심을 쏟는 거요?"

"난 그녀가 아니라 당신을 걱정하는 거예요! 만약 그녀가 아트레이데스의 아이를 임신한다면, 그녀의 친구들이 그녀가 정말 자기들 편인지 의심하게 될 거예요. 우리 적들이 그녀를 믿지 못할수록 그들에게 있어 그녀의 쓸모는 줄어들게 돼요."

"그녀가 아이를 갖는 건 당신의 죽음을 의미할 수도 있소. 이곳에서 어떤 음모들이 꾸며지고 있는지 당신도 알잖소." 폴이 한 팔을 휘둘러 성 전체를 가리키며 말했다.

"당신에게는 후계자가 반드시 필요해요!" 그녀가 갈라진 목소리로 말했다.

"아아."

그래, 그것이었다. 챠니는 그에게 아이를 낳아주지 못했다. 그렇다면 누군가 다른 사람이 반드시 아이를 낳아야 했다. 그럼 이룰란이 어떤가? 챠니의 생각은 바로 이런 것이었다. 아이를 임신시키는 것은 반드시 사랑의 행위를 통해 이루어져야 했다. 제국 전체가 인공적인 방법들을 강력한 금기로 여기고 있기 때문이었다. 이것은 챠니가 도달한 프레멘 식 결론이었다.

폴은 이런 새로운 깨달음을 바탕으로 챠니의 얼굴을 유심히 살펴보았다. 어떤 의미에서는 자신의 얼굴보다 더 잘 알고 있는 얼굴이었다. 그는 이 얼굴이 열정으로 부드러워지는 것도, 달콤한 잠에 빠진 것도, 공포와 분노와 슬픔에 잠긴 것도 모두 보았다.

그는 눈을 감았다. 챠니가 소녀였을 때의 기억이 다시 떠올랐다. 봄에 베일을 쓴 모습, 노래를 부르는 모습, 그의 옆에 누워 잠에서 깨어나던 모습. 그 모습들이 너무나 완벽해서 그는 거기에 흠뻑 빠져버렸다. 그의 기억 속에서 그녀가 미소를 지었다……. 처음에는 수줍게, 나중에는 부자연스럽게. 마치 그녀가 그의 머릿속에 떠오른 자신의 모습으로부터 도망치고 싶어하는 것 같았다.

폴의 입안이 바짝 말랐다. 한순간 황폐화된 미래에서 피어오르는 연기의 냄새가 느껴지고, 또 다른 종류의 환영이 그에게 명령을 내렸다. 떠나라…… 떠나라…… 떠나라. 그의 예지의 환영은 너무나 오랫동안 영원을 엿들으면서 낯선 언어의 단편들을 포착하고, 그의 것이 아닌 육체와 돌들의 말에 귀를 기울였다. 끔찍한 목적과 처음 맞닥뜨린 그날 이후 그는 평화를 찾게 될지도 모른다는 희망을 안고 미래를 엿보았다.

물론 방법이 하나 있었다. 그는 그 방법의 핵심을 모르면서도 그 방법을 속속들이 알고 있었다. 기계적인 기억 속의 미래가 그에게 엄격한 지시를 내린 덕분이었다. 떠나라, 떠나라, 떠나라…….

폴은 눈을 떴다. 챠니의 얼굴이 단호했다. 그녀는 다리의 마사지를 멈추고 이제 가만히 앉아 있었다. 순수하기 그지없는 프레멘의 모습이었다. 그녀가 방 안에 그와 단둘이 있을 때 자주 머리에 두르곤 하는 푸른색 네조니 스카프 아래 이목구비는 그가 친숙하게 알고 있는 그 모습 그대로였다. 그러나 단호한 결의가 가면처럼 그녀를 덮고 있었다. 그것은 그에게는 낯선 고대의 사고방식이었다. 프레멘의 여자들은 수천 년 동안 남자를 다른 여자와 공유했다. 그 과정이 항상 평화로웠던 것은 아니지만, 그들은 파괴를 불러오지 않는 방법을 알고 있었다. 이 신비스러운 프레멘의 사고방식이 챠니의 머릿속에서도 활동하고 있었다.

"내가 원하는 후계자를 낳을 사람은 당신뿐이오." 그가 말했다.

"그것도 당신이 이미 본 건가요?" 그녀가 분명히 예지력을 지칭하는 어조로 물었다.

폴은 예전에도 여러 번 그랬듯이, 예지력의 미묘한 특징을 어떻게 설명해야 할지 고민했다. 예지의 환영 속에서 그는 물결처럼 흔들리는 천 위에 놓인 수많은 '시간선'들이 흔들리는 것을 보았다. 그는 강에서 손바닥으로 물을 떠올릴 때를 생각하며 한숨을 쉬었다. 물은 파르르 진동하면서 손가락 사이로 빠져나가 버렸다. 그의 얼굴이 기억으로 흠뻑 젖었다. 너무나 많은 예지의 환영이 가하는 압박 때문에 점점 불분명해지는 미래 속에 어떻게 자신을 깊이 담글 수 있을까?

"그럼 보지 못한 거로군요." 챠니가 말했다.

생명이 소진될 정도로 애쓰지 않으면 거의 접하기 어려운 미래의 환영, 그것이 슬픔 이외에 무엇을 보여줄 수 있을까? 폴은 스스로에게 물었다. 그는 자신이 황량한 중간 지대를 차지하고 있음을 느꼈다. 그 황폐한 곳에서 그의 감정은 이리저리 표류하고 흔들리면서 억제되지 않은 불안감 때문에 밖으로 휩쓸려 나갔다.

챠니가 그의 다리를 덮어주면서 말했다. "아트레이데스 가문의 후계자 문제를 우연에 맡기거나, 여자 한 사람에게만 맡겨둘 수는 없어요."

폴은 아마 어머니도 똑같은 말을 했을 거라고 생각했다. 혹시 레이디 제시카가 챠니와 몰래 연락을 취하고 있는 것은 아닌지 궁금해졌다. 그의 어머니라면 아트레이데스 가문을 먼저 생각할 것이다. 그것은 베네 게세리트가 그녀에게 가르치고 주입시킨 사고방식이었으며, 그녀가 베네 게세리트로부터 등을 돌린 지금도 영향력을 발휘하고 있을 터였다.

"오늘 이룰란이 나를 만나러 왔을 때 당신이 우리 얘기를 엿들었군." 그가 비난하듯 말했다.

"네, 엿들었어요." 챠니가 그의 시선을 피하면서 말했다.

폴은 이룰란과 만났을 때의 기억에 정신을 집중했다. 그때 그는 가족용 응접실로 들어가 챠니의 베틀에 아직 완성되지 않은 로브가 걸려 있는 것을 보았다. 방 안에서는 알싸한 모래벌레 냄새가 났다. 방 안에 널리 퍼져 있는 멜란지의 강렬한 계피향을 거의 감춰버리는 사악한 냄새였다. 누군가가 변화되지 않은 스파이스 추출액을 엎지르고서 치우지 않아 스파이스를 섞어 짠 융단과 섞여버린 모양이었다. 그런 결합은 결코 유쾌하지 않았다. 스파이스 추출액이 융단을 녹여버린 것이다. 융단이 있던 자리의 플래스톤 바닥에 기름 자국이 엉겨 있었다. 그는 이걸 치우라고 사람을 부를까 생각했지만 스틸가의 아내이자 챠니의 가장 친한 여자 친구인 하라가 방으로 들어와서 이룰란의 도착을 알렸다.

그는 할 수 없이 그 불쾌한 냄새 속에서 이룰란과 면담을 진행해야 하는 상황에 이르자 '불쾌한 냄새가 재앙을 예고한다'는 프레멘의 미신을 머릿속에서 떨쳐버리지 못했다.

하라가 밖으로 물러가고 이룰란이 들어왔다.

"어서 오시오." 폴이 말했다.

이룰란은 회색 고래의 모피로 만든 로브를 입고 있었다. 그녀가 옷을 단단히 여미면서 손으로 머리를 만졌다. 그녀는 그의 부드러운 말투에 어리둥절해하고 있었다. 그녀의 머릿속에서 상황을 재평가하는 생각들이 혼란스럽게 엉키면서 그녀가 이 만남을 위해 틀림없이 준비했을 분노의 말들이 사라져가는 것이 느껴졌다.

"베네 게세리트 교단이 마지막 남은 도덕의 흔적을 잃어버렸다는 것을 보고하러 온 모양이군." 그가 말했다.

"그렇게 터무니없는 말을 하다니, 그거 위험한 것 아닌가요?" 그녀가 물었다.

"터무니없는 말과 위험이라, 의문의 여지가 있는 결합이로군." 그는 어머니가 베네 게세리트의 서약을 깨뜨리고 가르쳐준 베네 게세리트의 훈련 덕분에 그녀가 뒤로 물러나고 싶은 충동을 억누르고 있다는 것을 감지했다. 충동을 억제하느라 그녀의 마음 저변에 깔려 있던 공포가 잠깐 겉으로 드러났다. 그는 그녀가 별로 내키지 않는 임무를 맡았음을 알 수 있었다.

"그들이 황실의 피를 이어받은 공주에게 너무 많은 것을 기대하고 있는 모양이오." 그가 말했다.

이룰란의 몸이 뻣뻣하게 굳었다. 폴은 그녀가 자신을 단단하게 통제하고 있음을 알아차렸다. 그녀가 정말 무거운 짐을 지게 된 모양이라고 그는 속으로 생각했다. 예지의 환영이 이 미래를 왜 조금도 보여주지 않았는지 궁금하다는 생각이 들었다.

이룰란이 천천히 긴장을 풀었다. 공포에 굴복하거나 뒤로 물러나는 것은 쓸데없는 짓이라는 결론을 내린 것이다.

"기후가 아주 원시적인 패턴으로 돌아가게 내버려뒀더군요." 그녀가 로브 위로 팔을 문지르면서 말했다. "오늘은 날씨가 아주 건조하고 모래폭풍이 불었어요. 이곳에 다시는 비를 내리지 않을 작정인가요?"

"날씨 얘기를 하려고 여기에 온 것이 아니잖소." 폴이 말했다. 그는 자신이 이중의 의미 속에 잠겨버렸음을 느꼈다. 이룰란은 지금 자신이 받은 훈련 때문에 터놓고 얘기할 수 없는 어떤 사실을 그에게 전달하려고 하는 걸까? 그런 것 같았다. 그는 갑자기 자신이 어딘가에 내동댕이쳐져서 표류하고 있는 것 같은 느낌을 받았다. 이 파도를 헤치고 어딘가 안정된 곳으로 당장 돌아가야 했다.

"난 반드시 아이를 낳아야 해요." 이룰란이 말했다.

그는 고개를 가로저었다.

"난 내 뜻을 관철시켜야 해요!" 그녀가 쏘아붙였다. "필요하다면, 내 아이의 아버지가 되어줄 다른 사람을 찾겠어요. 당신을 오쟁이진 남편으로 만드는 거죠. 어디 폭로할 테면 해봐요."

"오쟁이진 남편이 되는 것쯤 당신이 원한다면 상관없소. 하지만 아이는 안 되오."

"나를 어떻게 막을 생각이죠?"

그가 상냥하기 그지없는 미소를 지으며 대답했다. "당신을 교수형에 처하겠소. 꼭 그래야 한다면."

그녀는 너무나 충격을 받아 잠시 침묵을 지켰다. 폴은 챠니와 자신의 거처로 통하는 두꺼운 커튼 뒤에서 챠니가 엿듣고 있음을 느꼈다.

"난 당신의 아내예요." 이룰란이 속삭이듯 작은 소리로 말했다.

"이런 멍청한 장난은 그만둡시다. 당신은 당신의 역할을 수행할 뿐이오. 우리 둘 다 내 아내가 누구인지 잘 알고 있잖소."

"그래요, 나는 그저 정략결혼의 상대일 뿐이죠." 그녀가 씁쓸함이 한껏 배어 있는 목소리로 말했다.

"난 당신에게 잔인한 행동을 하고 싶지 않소."

"나를 선택해서 이 자리에 세운 건 당신이에요."

"아니, 내가 아니오. 운명이 당신을 선택했지. 그리고 당신의 아버지가 당신을 선택했소. 베네 게세리트가 당신을 선택했고 조합이 당신을 선택했소. 그런데 그들이 다시 한번 당신을 선택한 모양이군. 이번에는 그들이 어떤 일을 위해 당신을 선택한 거요, 이룰란?"

"왜 내가 당신 아이를 낳을 수 없다는 거죠?"

"그건 당신에게 선택된 역할이 아니니까."

"황제의 후계자를 낳는 건 내 권리예요! 내 아버지는……."

"당신의 아버지는 짐승이었고, 지금도 짐승이오. 그가 자신이 다스리고 보호해야 할 인류와의 연결점을 거의 모두 잃어버렸다는 걸 우리 둘 다 알고 있소."

"아버지가 당신보다 더 미움을 받았던가요?" 이룰란이 불끈 화를 내며 말했다.

"좋은 질문이오." 그가 그녀에게 동의했다. 그의 입가에 냉소적인 미소가 살짝 걸려 있었다.

"당신은 내게 잔인한 짓을 하고 싶지 않다고 하지만……."

"바로 그 때문에 당신이 얼마든지 애인을 만들어도 좋다고 한 거요. 하지만 내 말을 잘 들으시오. 애인을 만드는 건 좋지만, 불쾌하게 태어난 아이를 내 집으로 데리고 들어오지는 마시오. 난 그 애를 내 아이로 인정하지 않을 거요. 당신이 신중하게 행동하는 한…… 그리고 아이를 만들지 않는 한 나는 당신이 어떤 남자와 결합하더라도 불평하지 않을 것이오. 이런 상황에서 내가 다른 감정을 느끼는 게 바보짓이지. 하지만 내가 당신에게 아무 대가 없이 허락한 이 기회를 이용할 생각은 하지 마시오. 옥좌를 이어받을 후계자의 혈통을 통제하는 것은 바로 나요. 베네 게세리트가 그 혈통을 통제하는 게 아니지. 조합도 마찬가지고. 이건 내가 저기 아라킨 평원에서 당신 아버지의 사다우카 군단을 분쇄하고 얻은 특권 중의 하나요."

"그럼 당신이 모든 책임을 지세요." 이룰란은 이렇게 말하고 휙 몸을 돌려 방을 나갔다.

이 만남을 떠올린 폴은 이 기억으로부터 자신의 의식을 떼어 침대 위에서 자기 옆에 앉아 있는 챠니에게 집중했다. 그는 이룰란에 대한 자신의 양면적인 감정을 이해할 수 있었다. 챠니가 내린 프레멘다운 결정도 이해할 수 있었다. 상황이 달랐다면 챠니와 이룰란은 친구가 되었을 수도 있었다.

"당신의 결정은 뭔가요?" 챠니가 물었다.

"아이를 낳지 않는 것." 그가 말했다.

챠니가 오른손 엄지와 집게손가락으로 프레멘의 크리스나이프 상징을 그렸다.

"그렇게 될 수도 있소." 폴이 인정했다.

"아이를 낳아도 이룰란과의 문제가 전혀 해결되지 않을 거라고 생각하는 건가요?" 그녀가 물었다.

"그런 생각을 하는 건 바보뿐일 거요."

"난 바보가 아니에요, 여보."

분노가 그를 사로잡았다. "내가 언제 당신더러 바보라고 한 적이 있소! 하지만 지금 우리가 얘기하고 있는 건 망할 놈의 로맨스 소설 같은 게 아냐. 저 복도 아래쪽에 있는 건 진짜 공주요. 그녀는 제국 궁정의 온갖 추악한 음모 속에서 자란 사람이오. 그녀에게 음모를 꾸미는 건 그 멍청한 역사 얘기를 쓰는 것만큼이나 자연스러운 일이란 말이오!"

"그녀가 쓰는 역사 얘기는 멍청하지 않아요."

"그렇겠지." 그가 분노를 억제하며 그녀의 손을 잡고 말을 이었다. "미안하오. 하지만 그 여자는 많은 음모를 갖고 있소. 음모 속에 또 음모가 있지. 그녀가 갖고 있는 야망 중의 하나에 굴복하면, 또 다른 야망을 부추기는 꼴이 될 수도 있소."

챠니가 부드러운 목소리로 말했다. "내가 항상 그런 얘기를 하지 않았던가요?"

"물론, 그랬지." 그는 그녀를 물끄러미 바라보면서 말을 이었다. "그럼 당신이 하고 싶은 얘기가 도대체 뭐요?"

그녀가 그 옆에 누워 그의 목에 머리를 기댔다. "그들은 당신과 어떻게 싸워야 할지 결정을 내렸어요. 이룰란에게서 비밀스러운 결단의 냄새가 풍겨요."

폴은 그녀의 머리카락을 쓰다듬었다.

챠니는 쓸데없는 생각을 다 걷어가 버렸다.

끔찍한 목적이 그를 살짝 건드렸다. 그것은 그의 영혼 속에서 일고 있는 코리올리 바람과 같았다. 끔찍한 목적이 휭휭 소리를 내며 그의 존재를 이루고 있는 틀 사이로 지나갔다. 그때 그의 몸은 그의 정신이 결코 배우지 못했던 것들을 알아차렸다.

"챠니, 내 사랑." 그가 속삭였다. "내가 지하드를 끝내기 위해서라면, 퀴자라트가 내게 강요하는 그 망할 놈의 신격화로부터 나 자신을 떼어 내기 위해서라면 어떤 대가라도 치를 수 있다는 걸 알고 있소?"

그녀가 부르르 몸을 떨었다. "당신이 명령만 내리면 되잖아요."

"아, 아냐. 내가 지금 죽는다 해도, 내 이름이 여전히 그들을 이끌 거요. 아트레이데스의 이름이 종교를 빙자한 이 학살극과 한데 묶여 있다는 걸 생각하면……."

"하지만 당신은 황제예요! 당신은……."

"난 명목상의 대표일 뿐이오. 신격화가 되었을 때 신이라 불리는 자가 더 이상 통제할 수 없는 한 가지가 바로 그것이오." 쓴웃음이 그의 몸을 뒤흔들었다. 그는 꿈에서도 생각해 본 적이 없는 왕조들 속에서 미래가 자신을 돌아보는 것을 느꼈다. 그는 어딘가로 내동댕이쳐져서 운명의 고리로부터 해방되어 울고 있었다. 계속 이어지는 것은 그의 이름뿐이었다. "난 선택되었소. 어쩌면 태어날 때부터…… 내가 그 일에 대해 뭐라고 말할 수 있기 전에 선택이 이루어졌다는 건 분명하오. 난 선택되었소."

"그럼 선택을 되돌리면 돼요."

그녀의 어깨를 안고 있는 그의 팔에 힘이 들어갔다. "시간이 흐르면 그렇게 되겠지, 내 사랑. 내게 조금만 시간을 줘요."

흘리지 못한 눈물이 그의 눈을 뜨겁게 태웠다.

"우린 타브르 시에치로 돌아가야 해요. 돌로 만들어진 이 텐트 안에는 겨뤄야 할 것이 너무 많아요." 챠니가 말했다.

그는 고개를 끄덕였다. 그녀의 머리를 덮고 있는 매끄러운 스카프에 닿은 그의 턱이 움직였다. 마음을 편안하게 해주는 그녀의 스파이스 냄새가 코를 가득 채웠다.

시에치. 그는 이 고대의 차콥사 단어에 빨려들었다. 시에치라는 말은 위험한 시기에 안전을 찾아 물러날 수 있는 곳이라는 뜻이었다. 챠니의 말을 듣고 나니, 광활한 사막의 풍경, 먼 곳에서 다가오는 적을 분명히 볼 수 있는 그 깨끗한 공간이 못 견디게 그리워졌다.

"부족은 무앗딥이 돌아오기를 기대하고 있어요." 그녀가 고개를 들어 그를 바라보며 말을 이었다. "당신은 우리에게 속해 있어요."

"난 예지의 환영에 속해 있소." 그가 속삭였다.

그리고 그는 지하드에 대해 생각했다. 광활한 우주 곳곳에서 뒤섞이고 있는 유전자와 그것에 종지부를 찍을 수 있는 방법을 그에게 알려준 환영에 대해 생각했다. 과연 그 대가를 꼭 치러야 하는 것일까? 그러면 마치 깜부기불이 하나씩 꺼져가는 것처럼 모든 증오가 사라질 것이다. 하지만…… 아! 그 무시무시한 대가라니!

'난 결코 신이 되고 싶지 않았어. 그저 보석 같은 이슬이 아침에 사라져가듯이 사라져버리고 싶었을 뿐. 난 천사들과 저주받은 자들로부터 도망치고 싶었어. 혼자서…… 마치 실수인 듯이.' 그는 생각했다.

"시에치로 돌아갈 건가요?" 챠니가 채근했다.

"그래." 그가 속삭이듯 말했다. '난 그 대가를 치러야 해.'

챠니가 깊은 한숨을 쉬며 그에게 몸을 기댔다.

'내가 지금까지 게으름을 피운 거야.' 그는 생각했다. 그리고 그 순간 사랑과 지하드가 경계선처럼 자신을 가두고 있음을 알았다. 지하드가 틀림없이 취하게 될 그 수많은 목숨들과 비교하면, 아무리 사랑받는 사람이라 하더라도 그 한 목숨이 과연 무엇이란 말인가? 한 사람의 불행과 수많은 사람들의 고통을 견주는 것이 가능한 일인가?

"여보?" 챠니가 의문을 담은 어조로 그를 불렀다.

그는 그녀의 입술에 손을 갖다 댔다.

'나 자신을 포기하겠어. 아직 힘이 남아 있을 때 밖으로 달려 나가 새들도 찾지 못할 공간 속을 날아다닐 거야.' 이것은 쓸모없는 생각이었다. 그도 알고 있었다. 지하드는 그의 망령을 따를 테니까.

그가 어떤 대답을 할 수 있을까? 어리석기 때문에 잔인한 사람들이 그를 비난할 때 그가 뭐라고 설명할 수 있을까? 누가 그의 말을 이해해 줄까?

'난 그저 뒤를 돌아보며 이렇게 말하고 싶었을 뿐이야. "저기! 저기에 나를 구속할 수 없는 삶이 있다. 봐라! 내가 사라진다! 인간이 고안해 낸 그 어떤 구속도, 그 어떤 그물도 다시는 나를 가두지 못할 것이다. 난 나의 종교를 포기한다! 이 영광스러운 순간은 나의 것이다! 난 자유다!"라고. 하지만 그건 공허한 말일 뿐이야!'

"어제 방어벽 밑에서 커다란 모래벌레가 목격되었어요. 길이가 100미터도 넘는 놈이었다고 하더군요. 요즘은 그렇게 큰 벌레가 이곳까지 들어오는 경우는 드물어요. 아마 물이 그들의 접근을 막고 있는 모양이에요. 사람들 말로는 그 벌레가 무앗딥을 사막으로 부르려고 온 거래요." 챠니가 그의 가슴을 꼬집으며 말을 이었다. "지금 날 비웃고 있죠!"

"그렇지 않소."

변할 줄 모르는 프레멘의 신화적 상상력에 폴의 가슴이 오그라들었다. 그것은 그의 생명줄에 얹어진 아답, 힘겨운 기억이었다. 그는 칼라단에서 살던 어린 시절 자신의 방을 기억했다……. 돌로 된 그 방에서 어두운 밤에 보았던…… 환영! 그것은 그가 처음으로 예지력을 접했던 순간들 중 하나였다. 그의 정신이 그 환영 속으로 뛰어 들어가는 것이 느껴졌다. 그는 베일에 가려진 구름 같은 기억(환영 속의 환영) 속에서 가장자리에 흙먼지가 장식처럼 붙은 로브를 입고 한 줄로 늘어선 프레멘들을 보았다. 그들은 높은 바위에 난 틈새를 행진하듯 지나가고 있었다. 그들의 손에는 천으로 싼 길쭉한 짐이 들려 있었다.

그 환영 속에서 폴 자신이 말하는 소리가 들렸다. "대체로 다정했어…… 하지만 무엇보다 다정한 건 바로 너야…….'

아답이 그를 놓아주었다.

"왜 그렇게 말이 없는 거죠? 뭐예요?" 챠니가 속삭였다.

폴은 몸을 부르르 떨면서 얼굴을 돌린 채 일어나 앉았다.

"내가 사막의 가장자리까지 갔다 온 것 때문에 화가 났군요." 챠니가 말했다. 그는 말없이 고개를 저었다.

"내가 거기에 간 건 오로지 아이를 갖고 싶었기 때문이에요." 챠니가 말했다.

폴은 아무 말도 할 수 없었다. 어린 시절에 보았던 그 환영의 생생한 힘에 자신이 소진되는 것이 느껴졌다. 끔찍한 목적! 이 순간 그의 온 인생은 자리를 떠나는 새의 움직임 때문에 흔들린 나뭇가지와 같았다……. 그리고 그 새는 기회였다. 자유 의지였다.

'난 예지력이라는 미끼에 굴복해 버렸다.' 그는 속으로 생각했다.

이 미끼에 굴복했기 때문에 길이 하나밖에 없는 삶에 자신이 고착되어 버린 것인지도 모른다는 느낌이 들었다. 어쩌면 예지력이 미래를 알려주지 않은 게 아닐까? 어쩌면 예지력이 미래를 '만든' 건 아닐까? 그가 그 옛날의 각성 속에 스스로를 가둬버리고 미래의 거미줄에 자신을 노출시켜서 지금 이 순간에도 무서운 입을 벌리고 그를 향해 다가오는 미래의 거미줄에 희생자가 되어버린 걸까?

베네 게세리트의 격언 하나가 그의 머릿속에 떠올랐다. '가공되지 않은 힘을 사용하는 것은 스스로를 더 강대한 힘들에 대해 무한히 취약한 존재로 만든다.'

"당신은 그 때문에 화가 난 거예요." 챠니가 그의 팔을 만지면서 말했다. "부족이 과거의 의식들과 피를 희생 제물로 바치는 관습을 부활시킨 건 사실이에요. 하지만 난 그런 것에는 전혀 참여하지 않았어요."

폴은 몸을 떨면서 깊이 숨을 들이쉬었다. 급류처럼 밀려오던 환영이 흩어지면서 깊고 고요해졌다. 그 환영의 흐름은 그의 손이 닿지 않는 곳에 있는, 모든 것을 흡수해 버리는 힘과 함께 움직였다.

"부탁이에요. 난 아이를 갖고 싶어요. 우리 아이를. 그게 그렇게 끔찍한 일인가요?" 챠니가 애원했다.

폴은 그녀의 팔을 쓰다듬었다. 그녀가 그의 팔을 만지고 있는 곳과 같은 자리였다. 그는 그녀에게서 몸을 떼어내고 침대에서 일어나 발광구를 껐다. 그리고 발코니의 창가로 가서 커튼을 열었다. 이곳까지 침입해 들어온 깊은 사막의 흔적은 냄새뿐이었다. 그의 맞은편에 창문이 없는 벽 하나가 밤하늘을 향해 솟아 있었다. 벽으로 둘러싸인 정원과 파수병처럼 서 있는 나무들, 널찍한 이파리들, 촉촉한 잎사귀들 속으로 달빛이 비스듬하게 스며들었다. 어둠 속에서 하얗게 빛나는 꽃들과 나뭇잎 사이로 보이는 별빛이 물고기가 살고 있는 연못에 비쳤다. 그는 순간적으로 프레멘의 눈으로 그 정원을 보았다. 물이 마구 낭비되고 있는 정원이 낯설고 위협적이고 위험하게 보였다.

그는 물장수들을 생각했다. 그의 손에서 물이 후하게 분배되는 바람에 그들의 삶은 파괴되어 버렸다. 그들은 그를 증오했다. 그는 과거를 죽여 버렸다. 그를 증오하는 사람들은 또 있었다. 과거에 귀중한 물을 살 돈을 마련하기 위해 몸부림쳤던 사람들조차 그가 과거의 삶을 바꿔버렸다는 이유로 그를 증오했다. 무앗딥의 명령에 의해 생겨난 생태계의 패턴이 이 행성의 풍경을 개조해 나감에 따라 인간들의 저항이 늘어났다. 그가 행성 전체를 변화시킬 수 있다고 생각한 것이, 자신이 지정한 곳에서 자신이 지정한 대로 자라고 있는 모든 것을 변화시킬 수 있다고 생각한 것이 주제넘은 짓이었을까? 설사 그가 성공을 거뒀다 하더라도, 저 바깥에서 기다리고 있는 우주는 또 어찌해야 할 것인가? 우주도 이 행성과 비슷한 대접을 받게 될까 봐 두려워하고 있을까?

그는 갑작스럽게 커튼을 닫아버리고 통풍기도 닫았다. 그리고 어둠 속에서 챠니가 있는 곳을 향해 돌아섰다. 그곳에서 그녀가 기다리고 있는 것이 느껴졌다. 그녀의 물고리들이 순례자들이 탁발할 때 흔드는 종처럼 딸랑딸랑 소리를 냈다. 그 소리를 향해 어둠 속을 더듬어 나아가자 앞을 향해 쭉 뻗은 그녀의 팔이 손에 잡혔다.

"여보, 내가 당신의 마음을 어지럽힌 건가요?" 그녀가 속삭였다.

그녀의 팔이 그를 에워싸면서 동시에 그의 미래까지 에워쌌다.

"당신 때문이 아니오. 아…… 당신 때문이 아니야."

필드 프로세스 방어막과 레이저총의 등장, 그리고 공격자와 피공격자 모두에게 치명적인 이 두 물건 사이의 폭발적인 상호 작용 때문에 무기 제조 기술은 현재의 상황을 결정짓는 결정적인 요인이 되었다. 원자 기술의 특별한 역할까지 살펴볼 필요는 없다. 나의 제국 안에 있는 모든 가문들이 원자 무기를 배치해서 50여 개나 되는 다른 가문의 행성 기지들을 파괴할 수 있다는 사실이 불안 요인이 되고 있는 것은 사실이다. 그러나 우리는 모두 파괴적인 보복에 대한 예방책들을 갖고 있다. 조합과 랜드스라드는 이 힘을 억제하는 열쇠를 쥐고 있다. 나는 그런 문제보다 인간을 특수 무기로 개발하는 문제에 대해 더 걱정하고 있다. 소수의 권력 집단들이 개발하고 있는 이 무기는 사실상 한계가 없는 분야이다.

—「무앗딥: 전쟁 대학을 위한 강연」, 『스틸가 연대기』 중에서

노인은 문간에 서서 푸른자위에 푸른 눈동자가 있는 눈으로 바깥을 내다보고 있었다. 모든 사막 사람들이 낯선 사람에 대해 태어날 때부터 갖고 있는 의심이 그의 눈 속에 베일처럼 드리워져 있었다. 모진 주름살이 하얀 턱수염 사이로 보이는 그의 입가를 괴롭혔다. 그는 사막복을 입고 있지 않았다. 집 안에 있던 수분이 열린 문을 통해 쏟아져 나가고 있다는 사실을 잘 알면서도 사막복에 신경 쓰지 않는다는 데에 많은 의미

가 있었다.

사이테일은 허리를 숙여 인사하면서 음모에 가담한 사람들끼리 인사할 때 사용하는 손짓을 했다.

노인의 뒤쪽 어디에선가 아무런 가락이 없는 세무타 음악의 불협화음을 뚫고 울부짖는 듯한 레벡(rebec, 중세의 3현 악기 — 옮긴이)의 소리가 들려왔다. 노인의 태도에 약에 취한 듯 멍한 느낌은 없었다. 세무타에 취한 것이 다른 사람이라는 얘기였다. 그러나 닳고 닳은 사람들이 즐기는 악습인 세무타를 이곳에서 발견하게 된 것이 사이테일에게는 이상하게 느껴졌다.

"먼 곳에서부터 인사를 전합니다." 사이테일이 이번의 만남을 위해 선택한 단조로운 얼굴로 미소를 지으며 말했다. 순간, 자신이 선택한 얼굴을 이 노인이 알아볼지도 모른다는 생각이 들었다. 이곳 듄에 살고 있는 나이 든 프레멘들 중 일부는 던컨 아이다호를 직접 만난 적이 있었다.

사이테일은 재미있을 것 같다는 생각으로 이 얼굴을 선택한 것이 어쩌면 실수였을지도 모른다는 결론을 내렸다. 그러나 감히 여기서 얼굴을 바꿀 수는 없었다. 그는 불안한 시선으로 거리를 훑어보았다. 저 노인은 나를 집 안으로 들일 생각이 없는 걸까?

"내 아들을 아시오?" 노인이 물었다.

적어도 이 말은 미리 정해진 응답 신호 중의 하나였다. 사이테일은 주위에 혹시 의심스러운 점은 없는지 살펴보는 시선의 긴장을 늦추지 않은 채 적절한 암호를 댔다. 지금 자신이 처해 있는 상황이 마음에 들지 않았다. 이 집은 막다른 골목의 맨 안쪽에 위치하고 있었다. 주위의 집들은 모두 지하드에 참전했던 퇴역군인들을 위해 지어진 것이었다. 이 집들은 티에마그를 지나 제국 분지까지 뻗어 있는 아라킨의 교외 마을을 형성하고 있었다. 이 골목을 에워싸고 있는 벽들은 아무런 무늬도 없는 암갈색의 플라스멜드였고, 군데군데 단단하게 봉인된 문들이 검은 그림자처럼 늘어서 있었다. 그리고 벽 여기저기에는 욕설이 휘갈겨져 있었다. 그가 서 있는 문 옆에도 베리스라는 사람이 혐오스러운 병을 아라키스로 가져왔으며, 그 병 때문에 남성의 기능을 잃어버렸다는 내용의 낙서가 분필로 적혀 있었다.

"동행이 있소?" 노인이 물었다.

"혼자입니다." 사이테일이 말했다.

노인은 여전히 신경질이 날 정도로 머뭇거리면서 헛기침을 했다.

사이테일은 인내심을 가져야 한다고 자신을 타일렀다. 이런 식의 접선에는 나름대로 위험이 있었다. 아마 노인에게는 그렇게 머뭇거려야 하는 이유가 있을 것이다. 하지만 시간은 적절했다. 창백한 태양은 머리 위에 높이 떠 있었고, 이 동네 사람들은 문을 봉인한 채 집 안에 들어앉아서 가장 뜨거운 한낮을 낮잠으로 보내고 있었다.

노인은 새로 이사 온 이웃 때문에 신경을 쓰고 있는 걸까? 옆집은 한때 무앗딥의 무서운 죽음의 특공대 페다이킨의 일원이었던 오테임에게 배정되어 있었다. 그리고 촉매 역할을 맡은 난쟁이 비자즈가 오테임과 함께 기다리고 있었다.

사이테일은 노인에게 시선을 돌렸다. 왼쪽 소매가 텅 비어서 어깨에 대롱대롱 매달려 있는 모습과 사막복을 입지 않고 있다는 사실이 눈에 띄었다. 이 노인에게는 명령을 내리는 지휘자의 분위기가 있었다. 그는 지하드에서 단순한 보병 노릇이나 하던 사람이 아니었다.

"손님의 이름을 물어도 되겠소?" 노인이 물었다.

사이테일은 안도의 한숨이 나오려는 것을 참았다. 이제야 노인이 자신을 받아들이려는 모양이었다. "저는 잘입니다." 그는 이번 임무를 위해 자신에게 부여된 이름을 댔다.

"나는 파로크요. 한때 지하드에서 제9군단의 바샤르였지. 이 말을 듣고 뭐 느껴지는 것 없소?"

사이테일은 이 말 속에서 위협을 읽었다. "스틸가에게 충성하는 타브르 시에치에서 태어난 분이군요."

파로크가 긴장을 풀며 한쪽 옆으로 비켜섰다. "내 집에 온 것을 환영하오."

사이테일은 노인의 옆을 미끄러지듯 지나쳐서 그늘이 드리워진 중앙 홀로 들어갔다. 바닥에는 푸른색 타일이 깔리고, 벽에는 반짝이는 무늬가 수정으로 조각되어 있었다. 중앙 홀 뒤쪽으로 지붕이 있는 안뜰이 보였다. 반투명한 필터를 통해 들어온 빛이 첫 번째 달빛을 받은 하얀 밤처럼 은빛이 나는 유백색으로 사방을 비추고 있었다. 거리에 면한 문이 그의 등 뒤에서 삐걱거리는 소리를 내며 수분이 새어 나가지 않도록 단단하게 닫혔다.

"우리는 고귀한 종족이었소." 파로크가 앞장서서 안뜰을 향하며 말했다. "우리는 쫓겨난 사람들이 아니었소. 우리는 이런…… 열곡 마을에서 살지 않았단 말이오! 방어벽의 하바냐 능선 위에 우리의 훌륭한 시에치가 있었소. 벌레 한 마리만 잡으면 그놈이 우리를 사막 안쪽의 케뎀(Kedem, 동방(東方)이라는 뜻의 히브리 어 ― 옮긴이)까지 데려다주었지."

"지금 같지는 않았겠죠." 사이테일이 동의했다. 파로크가 무엇 때문에 음모에 가담했는지 이제 알 수 있었다. 이 프레멘 노인은 과거를 간절하게 그리워하고 있었다.

두 사람은 안뜰로 들어갔다.

사이테일은 파로크가 방문객에 대한 강렬한 혐오감을 억누르려고 애쓰고 있음을 깨달았다. 프레멘들은 완전히 푸른색으로 뒤덮인 이바드의 눈이 아닌 다른 눈들을 믿지 않았다. 프레멘들은 다른 행성 사람들이 보지 말아야 할 것을 봐버리는 초점 없는 눈을 갖고 있다고 말하곤 했다.

두 사람이 안뜰로 들어갔을 때 세무타 음악은 이미 들리지 않았다. 발리세트를 퉁기는 소리가 세무타 음악을 대신했다. 처음에는 아홉 개의 음계로 이루어진 코드가 연주되다가 곧 나라즈의 행성들에서 인기 있는 노랫가락이 분명하게 들려오기 시작했다.

눈이 빛에 익숙해지자 오른쪽의 아치 밑에 놓인 나지막한 소파 위에 젊은이 하나가 책상다리를 하고 앉아 있는 것이 보였다. 젊은이의 눈은 텅 빈 구멍이었다. 사이테일이 그 젊은이에게 눈의 초점을 맞추는 순간, 그 젊은이는 맹인답게 섬뜩할 만큼 뛰어난 솜씨로 노래를 부르기 시작했다. 그의 목소리는 높고 달콤했다.

"바람이 불어와 땅을 날려보냈다.
하늘도 날려보냈다.
사람들까지 모두!
이 바람은 누구인가?
나무들은 꼿꼿하게 서서
사람들이 물을 마시던 곳에서 물을 마신다.
나는 너무 많은 행성들과
너무 많은 사람들과
너무 많은 나무들과
너무 많은 바람들을 만났다."

사이테일은 이것이 원래 노래 가사와 다르다는 것을 눈치챘다. 파로크는 그를 젊은이에게서 떨어진 반대편 아치 밑으로 데려가 타일이 깔린 바닥에 흩어진 쿠션을 가리켰다. 바닥의 타일들은 바다 생물들의 모양을 그려내고 있었다.

"저것은 예전에 시에치에서 무앗딥이 앉았던 쿠션이오." 파로크가 둥근 언덕처럼 솟아 있는 검은 쿠션을 가리키며 말했다. "거기 앉으시오."

"폐를 끼치겠습니다." 사이테일이 검은 언덕 같은 쿠션에 몸을 묻으며 말했다. 그는 미소를 지었다. 파로크는 지혜를 보여주었다. 그는 숨겨진 의미가 담긴 노래와 비밀의 메시지가 담긴 말에 귀를 기울이면서도 현자처럼 충성심에 대해 이야기했다. 어느 누가 폭군 같은 황제의 무서운 권력을 부정할 수 있겠는가?

파로크가 노래의 박자를 흐트러뜨리지 않은 채 노래 사이에 말을 끼워 넣었다. "내 아들의 노래가 신경에 거슬리지는 않소?"

사이테일은 자신의 정면에 놓인 쿠션을 손짓으로 가리키며 차가운 기둥에 등을 기댔다. "저는 음악을 좋아합니다."

"내 아들은 나라즈를 정복할 때 눈을 잃었소. 그곳에서 치료를 받았지. 저 아이는 그곳에 머물러야 했소. 우리 종족의 여자들 중에 저런 꼴이 된 남자를 받아들일 사람은 없소. 하지만 나라즈에 어쩌면 내가 평생 만나지 못할 손자들이 있다는 사실을 알고 이상한 기분이 들더군. 나라즈의 행성들에 대해 알고 있소, 잘?"

"젊었을 때 저와 같은 얼굴의 춤꾼들로 이루어진 무용단과 함께 그곳을 순회한 적이 있습니다."

"당신도 얼굴의 춤꾼이라는 얘기군. 안 그래도 당신 모습이 의아했소. 내가 옛날에 알던 사람을 연상시키는 얼굴이라서."

"던컨 아이다호 말입니까?"

"그래, 그 사람이오. 황제의 녹을 받는 검술 대가였지."

"그는 죽임을 당했다고 들었습니다."

"그렇다고 하더군. 그래, 당신이 정말 남자이기는 한 거요? 얼굴의 춤꾼들에 대해 들은 이야기가 있는데……." 파로크가 어깨를 으쓱했다.

"저희는 자다카 양성 인간입니다. 마음대로 성별을 바꿀 수 있죠. 저는 지금은 남자입니다."

파로크가 입을 굳게 다물고 생각에 잠겼다가 잠시 후 입을 열었다. "다과를 좀 내오는 게 좋겠소? 물을 마시고 싶소? 아니면 차가운 과일?"

"이야기만으로도 충분합니다."

"손님이 원하시는 대로." 파로크가 사이테일의 맞은편에 있는 쿠션에 자리를 잡으며 말했다.

"무한한 시간의 길의 아버지, 아부 디두르에게 축복을." 사이테일이 말했다. '됐어! 내가 조합의 조종사가 있는 곳에서 와서 조종사의 은폐효과를 누리고 있다는 말을 단도직입적으로 했으니.'

"삼중의 축복이 내리기를." 파로크가 의식을 치를 때처럼 두 손을 꼭 쥐고 무릎 위에 포개면서 말했다. 혈관이 굵게 튀어나온 늙은 손이었다.

"멀리서 어떤 대상을 바라보면 그것은 근본적인 원리만 보이기 마련입니다." 사이테일이 말했다. 요새와도 같은 황제의 성에 대해 이야기하고 싶다는 뜻이었다.

"어둡고 사악한 것은 아무리 멀리 떨어진 곳에서도 사악하게 보일 수 있소." 파로크가 말했다. 이것은 이야기를 미루는 게 좋다는 뜻이었다.

'왜지?' 사이테일은 속으로 생각했다. 그러나 그의 입에서 나온 말은 이런 것이었다. "아드님께서는 어쩌다가 눈을 잃으셨습니까?"

"나라즈를 방어하던 자들이 암석 연소기를 사용했소. 내 아들이 너무 가까이에 있었지. 망할 놈의 원자 무기 같으니! 암석 연소기도 법으로 금지시켜야 하오."

"그 물건은 법망을 아슬아슬하게 피하고 있죠." 사이테일이 동의했다. '나라즈에서 암석 연소기라니! 그런 얘기는 들은 적이 없어. 이 노인이 지금 이 자리에서 암석 연소기 얘기를 꺼낸 이유가 뭐지?'

"난 아들에게 당신들 틀레이랙스의 장인들에게서 눈을 사다 주겠다고 제의했소." 파로크가 말했다. "하지만 틀레이랙스의 눈이 그 사용자를 노예로 만들어버린다는 얘기가 군단 내에서 떠돌고 있지. 내 아들은 그 눈은 금속인데 자기 몸은 살로 이루어져 있기 때문에 그 두 가지를 결합시키는 것은 틀림없이 죄악이 될 거라고 말했소."

"사물의 근본 원리는 원래의 의도와 반드시 맞아야 합니다." 사이테일이 말했다. 대화의 방향을 자신이 원하는 정보 쪽으로 되돌리려는 노력이었다.

파로크의 입술이 가늘어졌다. 그러나 그는 고개를 끄덕였다. "당신이 원하는 것을 솔직하게 말해 보시오. 당신이 말한 조합의 조종사를 우리가 믿는 수밖에 없으니."

"황제의 성에 들어가 본 적이 있습니까?"

"몰리토의 승리를 축하하는 연회에 참석했었소. 익스에서 만든 최고의 우주 난방기가 있었는데도 온통 돌로 된 성안은 아주 추웠지. 그 전날 밤에 우리는 알리아의 신전 테라스에서 잠을 잤소. 당신도 알겠지만, 황제는 그 안에 나무들을 갖고 있소. 여러 행성에서 가져온 나무들을. 우리 바샤르들은 제일 좋은 초록색 로브를 입고 따로 마련된 우리 탁자에 앉았소. 음식을 너무 먹었고, 술도 너무 많이 마셔댔지. 그곳에서 보았던 것들 중 일부가 역겨웠소. 걸음을 걸을 수 있는 부상자들이 목발에 의지한 채 발을 질질 끌면서 왔소. 우리의 무앗딥은 자기가 불구자로 만들어 버린 사람이 몇 명이나 되는지 아마 알지 못할 거요."

"그 연회에 반감을 느낀 겁니까?" 사이테일이 물었다. 스파이스 맥주가 도화선이 되어 벌어지는 프레멘의 떠들썩한 잔치를 이미 알고 하는 말이었다.

"시에치에서 우리의 영혼이 함께 섞이는 것과는 달랐소. 거기에는 타우가 없었으니까. 병사들에게 여흥거리로 여자 노예들이 주어졌고, 사람들은 서로 자기들이 겪은 전투와 부상에 대한 얘기들을 나눴소."

"그러니까 저 커다란 돌더미 같은 건물 속에 들어간 적이 있다는 얘기군요." 사이테일이 말했다.

"무앗딥이 우리를 위해 테라스에 모습을 드러냈소. 그는 '우리 모두에게 행운이 있기를'이라고 말했지. 그런 곳에서 사막의 인사법을 사용하다니!"

"그의 개인 거처가 어디 있는지 아십니까?" 사이테일이 물었다.

"안쪽 깊숙한 곳이오. 깊은 안쪽 어딘가에 있지. 그와 챠니가 수많은 벽들로 둘러싸인 성안에서 유목민 같은 생활을 하고 있다는 얘기를 들었소. 그가 중앙 홀로 나오는 것은 공식적인 알현을 위한 것이오. 성에는 손님을 접견하는 홀과 공식적인 회의장이 있고, 건물 한 채가 온전히 개인 경호원들을 위해 할당되어 있소. 의식을 치르는 장소와 통신을 위한 은밀한 공간도 있소. 그리고 그의 요새 아래 깊은 곳에 방이 하나 있는데, 그곳에 발육이 멎은 벌레 한 마리가 해자에 둘러싸여 있다고 들었소. 해자에는 벌레를 독살하는 데 사용될 물이 들어 있지. 그는 그곳에서 미래를 읽는다고 하더군."

'신화와 사실이 온통 뒤섞여 있어.' 사이테일은 속으로 생각했다.

"정부의 일꾼들이 어디든 황제를 따라다니고 있소. 사무원들과 시종들, 그리고 시종들을 위한 시종들. 그는 스틸가처럼 과거에 자신과 가까웠던 사람들만 신뢰한다오."

"당신은 아니군요."

"그는 내가 존재한다는 사실조차 잊었을 거요."

"그가 성을 출입할 때는 어떻게 움직입니까?"

"아주 작은 오니솝터 착륙장 하나가 내벽에서 돌출된 것 같은 모양으로 마련되어 있소. 무앗딥은 그곳에 오니솝터를 착륙시킬 때 다른 사람이 조종하는 것을 허락하지 않는다고 하더군. 조심스럽게 진입해야 하기 때문에 조금만 계산을 잘못해도 절벽 같은 벽에 부딪쳐서 그 저주스러운 정원으로 추락해 버릴 수 있다고 들었소."

사이테일은 고개를 끄덕였다. 이 말은 사실일 가능성이 컸다. 공중에서 황제의 거처로 그런 식으로 접근하는 것은 분명히 안전한 방법이었다. 아트레이데스 가문 사람들은 모두 뛰어난 조종사였다.

"그는 자신의 디스트랜스 메시지를 운반하는 수단으로 사람들을 이용하고 있소. 사람에게 파동 번역기를 심는 것은 인간의 품위를 떨어뜨리는 짓이오. 사람이라면 반드시 자신의 목소리를 자신의 뜻대로 사용할 수 있어야 하오. 소리 속에 숨겨진 다른 사람의 메시지를 전달하는 데 사용되어서는 안 되는 것이오."

사이테일은 어깨를 으쓱했다. 지금 시대에 커다란 권력을 가진 사람들은 모두 디스트랜스를 사용했다. 메시지를 보낸 사람과 그것을 받는 사람 사이에 어떤 방해물이 생겨날지는 아무도 모르는 일이었다. 디스트랜스는 놀라울 정도로 복잡하게 바꿔버릴 수 있는 자연적인 소리 패턴의 미묘한 왜곡에 의존하고 있기 때문에 정치적인 집단들의 암호 해독

술로도 해독이 되지 않았다.

"그런데 그의 세리(稅吏)들조차 그 방법을 사용하고 있소. 내가 한창 때에는 하등 동물에게만 디스트랜스를 심었는데." 파로크가 투덜거렸다.

'하지만 세입에 관한 정보는 반드시 비밀로 해야 할 필요가 있지. 공식적인 재산의 진정한 규모가 백성들에게 알려지는 바람에 무너진 정부가 한둘이 아니니까.' 사이테일은 생각했다.

"프레멘 병사들은 지금 무앗딥의 지하드에 대해 어떻게 생각하고 있습니까? 자신들의 황제를 신으로 만드는 것에 반대하고 있나요?" 사이테일이 물었다.

"병사들은 대부분 이런 일에 대해 생각조차 하지 않소. 그들은 지하드에 대해 옛날의 나와 같은 생각을 갖고 있지. 대부분이 그렇소. 지하드는 낯선 경험과 모험을 겪고 재산을 마련할 수 있는 원천이오. 내가 지금 살고 있는 이 열곡의 오두막집 말인데……." 파로크는 손짓으로 안뜰 전체를 가리키며 말을 이었다. "이 집을 사는 데 스파이스 60리다가 들었소. 90콘타르나 되는 양이오! 옛날 같으면 그런 재산은 내가 상상도 할 수 없는 것이었소." 파로크는 고개를 설레설레 저었다.

뜰의 건너편에서 눈먼 젊은이가 발리세트로 사랑의 발라드를 연주하기 시작했다.

'90콘타르라. 정말 이상하군. 그것이 엄청난 재산인 건 사실이야. 다른 많은 행성 사람들에게 파로크의 이 오두막집은 궁전처럼 보이겠지. 하지만 모든 건 상대적이야. 콘타르 그 자체도. 예를 들어서, 파로크는 스파이스의 무게를 표시하는 이 단위가 어디서 유래했는지 알고 있을까? 예전에 낙타 한 마리에 실을 수 있는 분량이 1.5콘타르밖에 되지 않았다는 사실을 생각해 본 적이 있을까? 아닐 거야. 파로크는 아마 낙타나 지구의 황금시대에 대해 들어본 적도 없을걸.' 사이테일은 생각했다.

파로크가 아들의 발리세트 멜로디와 이상할 정도로 박자가 잘 맞는 어조로 말했다. "나는 크리스나이프와 10리터에 달하는 물고리들, 그리고 내 아버지의 것이었던 창, 커피 세트, 내가 살던 시에치에 존재하는 어떤 기억보다 더 오래된 빨간 유리병 하나를 갖고 있었소. 내 몫의 스파이스도 있었지만, 돈은 한 푼도 없었지. 나는 부자였지만 그걸 몰랐소. 내 아내는 두 명이었소. 한 명은 평범하고 사랑스러운 여자였고, 다른 한 명은 멍청하고 고집이 셌지. 하지만 그 여자의 몸과 얼굴은 천사 같았소. 나는 프레멘의 나입이었고, 모래벌레를 타는 사람이었으며, 거대한 야수와 모래의 주인이었소."

뜰 건너편에 있는 젊은이가 더욱 빠른 박자로 멜로디를 연주하기 시작했다.

"나는 굳이 생각하지 않아도 자연스럽게 떠오르는 많은 지식을 갖고 있었소. 나는 우리의 모래 밑 깊숙한 속에 물이 있으며, 그 물이 작은 창조자들 때문에 그곳에 붙들려 있다는 것을 알고 있었소. 우리 조상들이 샤이 훌루드에게 처녀를 희생 제물로 바쳤다는 것도 알고 있었소……. 리에트 카인즈가 그런 행위를 중단시켰다는 것도. 우리가 그것을 중단한 것은 잘못된 일이었소. 나는 모래벌레의 입속에 있는 보석을 본 적이 있소. 내 영혼에는 네 개의 문이 있었고, 나는 그 문들을 모두 알고 있었소."

파로크는 입을 다물고 생각에 잠겼다.

"그런데 아트레이데스가 마녀인 어머니와 함께 나타난 거로군요." 사이테일이 말했다.

"그렇소. 우리 시에치에서 우리가 우슬이라는 이름을 주었던 자. 그 이름은 우리들 사이에서만 사용되는 비밀의 이름이었소. 우리의 무앗딥,

우리의 마디! 그가 지하드를 주창했을 때, 나를 비롯한 몇몇 사람들은 이렇게 물었소. '왜 내가 그곳에 싸우러 가야 합니까? 그곳에는 내 친척이 하나도 없습니다.' 하지만 다른 사람들은 그곳으로 갔소. 젊은이들, 내 친구들, 내 어린 시절의 동무들. 그들은 돌아와서 이 아트레이데스라는 구세주의 마법 같은 힘과 능력에 대해 이야기했소. 그는 우리의 적인 하코넨과 싸웠소. 우리 행성을 낙원으로 만들어주겠다고 약속했던 리에트 카인즈가 그에게 축복을 내렸소. 이 아트레이데스라는 자가 우리 행성과 우리의 우주를 변화시키려고 왔으며, 밤에 황금색 꽃이 피어나게 만들 수 있는 사람이라는 얘기들이 떠돌았소."

파로크는 양손을 치켜들고 손바닥을 자세히 들여다보았다. "사람들은 첫 번째 달을 가리키며 이렇게 말했소. '그의 영혼이 저기 있다.' 그래서 그가 무앗딥으로 불리는 것이오. 난 이 모든 것을 이해할 수 없었소."

그는 손을 내리고 뜰 건너편에 있는 자신의 아들을 물끄러미 바라보았다. "내 머리에는 아무 생각도 없었소. 내 가슴과 배와 음부에만 생각이 있었지."

배경으로 깔리는 음악의 템포가 더욱 빨라졌다.

"내가 왜 지하드에 참전했는지 아시오?" 파로크의 늙은 눈이 사이테일을 뚫어지게 바라보았다. "바다라는 것이 있다는 소리를 들었소. 이곳 모래언덕들 사이에서만 살아온 사람이 바다의 존재를 믿는 것은 아주 어려운 일이오. 여기에는 바다가 하나도 없으니까. 듄의 사람들은 한 번도 바다를 본 적이 없소. 우리는 바람덫을 갖고 있었소. 리에트 카인즈가 우리에게 약속했던 위대한 변화를 위해 우리는 물을 모았소……. 무앗딥이 손짓 한 번으로 이룩해 내고 있는 이 위대한 변화 말이오. 카나트는 상상할 수 있었소. 운하를 통해 땅 위로 물이 흐른다는 그것. 이것을 바탕으로 나는 강의 모습을 그려볼 수 있었소. 하지만 바다라니."

파로크는 자신의 뜰을 덮고 있는 반투명한 막을 올려다보았다. 마치 그 너머의 우주를 탐색하려는 것 같았다. "바다라니." 그가 말했다. 나지막한 목소리였다. "내 머리로는 그것을 도저히 그려볼 수가 없었소. 하지만 나와 알고 지내던 사람들이 이 놀라운 물건을 직접 보았다고 했소. 난 그들이 거짓말을 했다고 생각했지. 하지만 내가 직접 알아보지 않을 수 없었소. 내가 참전한 것은 그 때문이오."

젊은이가 발리세트로 마지막 코드를 크게 퉁긴 다음, 물결치는 듯한 이상한 리듬의 새로운 노래를 연주하기 시작했다.

"당신의 바다를 찾았습니까?" 사이테일이 물었다.

파로크는 침묵을 지켰다. 사이테일은 노인이 자신의 말을 듣지 못한 모양이라고 생각했다. 발리세트로 연주되는 음악 소리가 두 사람 주위에서 밀물처럼 높아졌다가 썰물처럼 잦아들기를 반복했다. 파로크는 그 박자에 맞춰 숨을 쉬었다.

"석양이 있었소." 이윽고 파로크가 입을 열었다. "나이 많은 화가들 중 한 사람쯤은 그런 석양을 그린 적이 있는지도 모르지. 그 안에는 붉은색이 있었소. 내가 갖고 있는 병의 유리와 같은 색. 황금색이 있었소…… 파란색도. 엔페일이라고 불리는 행성이었소. 그곳에서 나는 내 군단을 승리로 이끌었소. 우리는 어떤 산의 고갯길에 올랐는데 그곳의 공기에는 속이 메스꺼울 정도로 물이 가득 들어 있었소. 난 숨을 쉴 수가 없을 정도였지. 그리고 내 발 아래에 친구들에게서 들었던 그것이 있었소. 물이 끝없이 펼쳐져 있는 곳. 우리는 그것을 향해 행군하듯 내려갔소. 나는 그 안으로 들어가서 물을 마셨지. 물에서는 쓴맛이 났고, 나는 병에 걸렸소. 하지만 나는 그것을 보았을 때의 놀라움을 지금까지 한시도 잊어본

적이 없소."

사이테일은 자기도 모르게 이 늙은 프레멘의 놀라움과 경외감에 공감하고 있었다.

"나는 바닷속에 몸을 담갔소." 파로크가 바닥의 타일에 새겨진 수중 생물들의 모습을 내려다보며 말을 이었다. "누군가가 물 아래로 가라앉는가 하면…… 또 다른 사람이 물속에서 솟아오르곤 했소. 존재한 적도 없는 과거를 기억할 수 있을 것 같은 기분이 들었소. 나는 무엇이든 받아들일 수 있을 것 같은 눈으로 주위를 둘러보았소……. 정말 무엇이든 받아들일 수 있을 것 같았소. 물속에 시체 하나가 있었소. 우리가 죽인 행성 방위군의 병사였소. 근처에는 통나무 하나가 물 위에 떠 있었소. 커다란 나무에서 잘라낸 것이었지. 지금도 눈을 감으면 그 통나무가 눈에 보이는 듯해. 나무의 한쪽 끝은 불에 타서 까맣게 되어 있었소. 물속에는 천 조각도 있었소. 갈기갈기 찢기고 더러운…… 노란색 누더기 조각에 지나지 않는 물건이었지. 이 모든 것을 보고 나서야 나는 그 물건들이 왜 이곳에 왔는지 이해할 수 있었소. 내가 그것들을 볼 수 있도록 그곳에 나타났던 것이오."

파로크는 천천히 고개를 돌려 사이테일의 눈을 뚫어지게 들여다보았다. "우주는 미완성이오, 알겠소?"

'이 노인네는 말이 많지만 깊이가 있군.' 사이테일은 속으로 생각했다. "당신이 거기서 깊은 인상을 받았다는 걸 잘 알겠습니다." 그가 말했다.

"당신은 틀레이랙스 인이오. 당신은 많은 바다를 보았겠지. 내가 본 바다는 그것 하나뿐이오. 하지만 나는 바다에 대해 당신이 모르는 것 한 가지를 알고 있소."

사이테일은 자기도 모르게 이상한 불안감에 사로잡혔다.

"혼돈의 어머니는 바다에서 태어났소. 내가 물을 뚝뚝 떨어뜨리면서 그 물속에서 나왔을 때 근처에 퀴자라 타프위드 한 명이 서 있었소. 그는 물에 들어가지 않고 모래 위에 서 있었소…… 젖은 모래 위에……. 내 부하들 중 그와 마찬가지로 두려움을 느끼고 있던 자들이 함께 있었소. 그는 자기가 접근할 수 없던 어떤 것을 내가 이미 배웠음을 알고 있다는 시선으로 나를 유심히 바라보았소. 나는 이미 바다를 아는 생물이 되어 있었고, 그것이 그를 겁에 질리게 만든 거요. 바다는 나를 잡고 있던 지하드라는 병을 치료해 주었고, 그는 그 사실을 알아챘던 것 같소."

사이테일은 파로크가 이야기를 하는 도중에 어느덧 음악이 멈춰버렸다는 사실을 깨달았다. 발리세트가 침묵한 순간을 정확하게 집어낼 수 없다는 사실에 마음이 불편해졌다.

파로크가 마치 지금까지 했던 얘기와 관계가 있는 얘기를 하듯이 말을 계속했다. "모든 문에는 경비 장치가 되어 있소. 황제의 요새 안으로 들어갈 길은 없소."

"그것이 그 요새의 약점입니다." 사이테일이 말했다.

파로크가 목을 위로 쭉 빼면서 그를 응시했다.

"들어가는 길이 하나 있습니다." 사이테일이 설명했다. "대부분의 사람들이, 바라건대 황제 자신도 포함해서, 그런 방법이 없다고 믿는다는 사실…… 그것이 우리에게는 이로운 점입니다." 사이테일은 입술을 문질렀다. 자신이 선택한 얼굴이 새삼 낯설고 이상하게 느껴졌다. 음악을 연주하던 젊은이의 침묵이 마음에 걸렸다. 이건 파로크의 아들이 메시지의 전달을 다 끝냈다는 뜻일까? 메시지가 음악 속에 응축되어 그것을 통해 전달되었음은 분명했다. 그 메시지는 사이테일의 신경계에 각인되어 적절한 순간이 되면 그의 부신피질에 박힌 디스트랜스에 의해 해독

될 것이다. 만약 메시지 전달이 끝났다면, 그는 자기도 모르는 말을 담은 그릇이 된 셈이었다. 그는 데이터가 찰랑거리는 그릇이었다. 이곳 아라키스에 있는 음모 조직의 모든 세포들, 모든 사람들의 이름과 접선에 필요한 구절들, 모든 필수적인 정보가 거기에 담겨 있었다.

이 정보만 있으면 아라키스라는 세계에 도전해서 모래벌레 한 마리를 사로잡아 무앗딥의 권한이 미치지 않는 곳에서 멜란지의 문화를 새로 시작할 수도 있었다. 또한 무앗딥을 꺾으면서 스파이스에 대한 독점권도 무너뜨릴 수 있었다. 이 정보만 있으면 많은 일을 할 수 있었다.

"여자가 여기 와 있소. 지금 그 아이를 보겠소?" 파로크가 물었다.

"이미 보았습니다. 아주 세심하게 살펴보았지요. 그녀는 지금 어디 있습니까?" 사이테일이 말했다.

파로크가 손가락을 퉁겼다.

젊은이가 레벡을 들어 올리고 활로 악기를 켰다. 레벡의 현에서 세무타 음악이 울부짖듯이 흘러나왔다. 그 소리에 끌린 것처럼 파란 로브를 입은 젊은 여자 하나가 젊은이 뒤의 문간에 나타났다. 온통 이바드의 푸른색뿐인 그녀의 눈에 마약으로 인한 몽롱함이 가득했다. 그녀는 스파이스에 중독된 프레멘이었다. 그리고 이제는 다른 행성에서 온 악습에 사로잡혀 있었다. 그녀의 의식은 세무타 속 깊숙한 곳에 묻혀서 어딘가로 사라져버린 채 음악의 황홀경에 빠져 있었다.

"오테임의 딸이오." 파로크가 말했다. "내 아들은 장님이면서도 부족의 여자를 얻을 수 있을까 싶어서 저 아이에게 마약을 주었소. 그러나 당신도 보면 알겠지만, 내 아들의 승리는 공허한 것이오. 아들이 얻고 싶어 했던 것을 세무타가 가져가 버렸으니까."

"저 여자의 아버지는 모르고 있습니까?" 사이테일이 물었다.

"저 아이 자신도 모르고 있소. 내 아들이 저 아이에게 거짓 기억을 제공해 주면, 저 아이는 그 거짓 이유 때문에 자기가 우리 집을 찾아온다고 생각해요. 저 아이는 자기가 내 아들을 사랑하는 줄 알고 있소. 저 아이의 가족도 그렇게 믿고 있고. 그들은 내 아들이 완전한 남자가 아니기 때문에 화를 내고 있지만, 물론 간섭하려 들지는 않을 것이오."

음악이 점점 잦아들다가 마침내 잠잠해졌다.

젊은이가 손짓을 하자 여자가 그의 옆에 앉아 몸을 기울이고 그가 속삭이는 말에 귀를 기울였다.

"당신은 저 아이를 어떻게 할 작정이오?" 파로크가 물었다.

사이테일은 다시 한번 뜰을 자세히 살펴보았다. "이 집에 우리 말고 누가 또 있습니까?" 그가 물었다.

"지금은 우리뿐이오. 당신은 저 아이를 어떻게 할 건지 아직 대답하지 않았소. 내 아들이 그걸 알고 싶어 하오."

사이테일은 마치 대답을 하려는 것처럼 오른팔을 내밀었다. 그의 로브 소매 속에서 반짝이는 바늘이 쏜살같이 튀어나와 파로크의 목에 파묻혔다. 비명도 없었고 자세도 변하지 않았다. 1분 후면 파로크는 이미 죽은 사람이겠지만, 바늘에 발라진 독 때문에 얼어붙은 듯 꼼짝도 하지 않고 앉아 있었다.

사이테일은 천천히 몸을 일으켜 눈먼 음악가에게 다가갔다. 바늘이 휙 날아가 그 젊은이의 몸에 박혔을 때, 그는 여전히 여자에게 뭐라고 중얼거리고 있었다.

사이테일은 여자의 팔을 잡고 자리에서 일어나라고 부드럽게 손짓했다. 그리고 그녀가 보기 전에 자신의 얼굴을 바꿨다. 그녀가 똑바로 일어서서 그의 얼굴을 응시했다.

"무슨 일이에요, 파로크?" 그녀가 물었다.

"내 아들은 이제 피곤해서 쉬어야 한다." 사이테일이 말했다. "이리 오너라. 뒷길로 나가자."

"우린 정말 좋은 얘기를 했어요. 저 사람이 틀레이랙스의 눈을 사라는 제 말을 받아들인 것 같아요. 그러면 저 사람은 다시 남자가 될 거예요."

"그런 말이라면 내가 벌써 몇 번이나 하지 않았느냐?" 사이테일이 그녀를 재촉해 뒷방으로 데리고 가면서 물었다.

그는 자신의 목소리가 외모와 정확하게 맞아떨어진다는 사실에 자부심을 느꼈다. 그의 목소리는 지금쯤이면 분명히 죽은 사람이 되어 있을 그 늙은 프레멘의 것과 조금도 다르지 않았다.

사이테일은 한숨을 쉬었다. 그는 자신이 연민의 감정을 갖고 그 일을 수행했다고 혼잣말을 했다. 피해자들도 위험이 있다는 사실을 분명히 알고 있었을 것이다. 이제는 이 젊은 여자에게 기회를 주어야 할 차례였다.

제국이 창조되는 시기에 목적의 공허함으로 고생하는 일은 없다. 목표가 사라지고 모호한 의식(儀式)이 그 자리를 대신하는 것은 제국이 완전히 확립되었을 때이다.

—이룰란 공주의 『무앗딥 어록』

알리아는 이번 제국 평의회가 아주 형편없는 회의가 되리라는 것을 깨달았다. 그녀는 논쟁이 점점 힘을 얻어 에너지를 쌓아가는 것을 느꼈다. 챠니를 보지 않으려는 이룰란, 신경질적으로 종이를 뒤적이는 스틸가, 퀴자라 코르바를 바라보는 폴의 험악한 표정.

그녀는 발코니 창문을 통해 흙먼지 자욱한 오후의 햇빛을 볼 수 있도록 황금색 회의 탁자 끝에 앉았다.

그녀가 들어오는 바람에 말을 끊어야 했던 코르바가 폴을 향해 하던 말을 계속했다. "폐하, 제 뜻은 지금은 옛날만큼 신이 많지 않다는 것입니다."

알리아가 고개를 뒤로 젖히고 웃음을 터뜨렸다. 그 때문에 그녀의 아바 로브에 달린 검은 두건이 뒤로 떨어지면서 얼굴이 드러났다. 그녀의 눈은 푸른자위에 푸른 눈동자가 있는 '스파이스의 눈'이었고, 모자처럼 얹혀 있는 청동색 머리카락 밑의 얼굴은 어머니와 같은 달걀형이었다. 코는 작고, 입은 크고 풍만했다.

코르바의 얼굴이 그가 입고 있는 오렌지색 로브와 거의 비슷한 색으로 변했다. 그가 알리아를 노려보았다. 머리끝까지 화가 치민 대머리 난쟁이 같은 모습이었다.

"아가씨의 오라버님에 대해 사람들이 무슨 말을 하는지 아십니까?" 그가 힐문했다.

"당신들 퀴자라트에 대해 사람들이 뭐라고 하는지는 알고 있어요." 알리아가 반격했다. "당신들은 성직자가 아니라 신의 첩자예요."

코르바가 도움을 요청하듯이 폴을 쏘아보며 말했다. "우리는 무앗딥의 명령에 의해 파견된 사람들입니다. 무앗딥께서 백성들의 진실을 아실 것이며, 백성들 또한 그분의 진실을 알게 될 것이라는 명령 말입니다."

"첩자들." 알리아가 말했다.

코르바는 감정이 상한 표정으로 입을 꾹 다물었다.

폴은 여동생을 바라보며 그녀가 코르바를 도발하는 이유가 무엇인지 생각해 보았다. 그러다가 갑자기 알리아가 이미 성숙한 여성이 되었으며, 처음으로 나타나는 젊음의 눈부신 순수함으로 아름답게 빛나고 있음을 깨달았다. 지금 이 순간까지 자신이 그 사실을 눈치채지 못했다는 것이 놀라웠다. 알리아는 열여섯에 가까운 열다섯 살이었고, 어머니가 되지 않은 대모였다. 그녀는 처녀 여사제로서 미신을 숭상하는 대중에게 두려운 숭배의 대상이었다. 사람들은 그녀를 칼의 알리아라고 불렀다.

"이곳은 당신 여동생이 경거망동을 해도 되는 자리가 아닙니다." 이룰란이 말했다.

폴은 그녀의 말을 무시하고 코르바에게 고개를 끄덕이며 입을 열었다. "광장이 순례자들로 가득 차 있소. 나가서 기도를 이끄시오."

"하지만 저들이 기다리는 건 당신입니다, 폐하." 코르바가 말했다.

"터번을 쓰시오. 거리가 머니까 사람들은 절대로 그대를 알아보지 못할 거요."

폴에게 무시당한 이룰란은 짜증을 억누르면서 코르바가 명령을 수행하기 위해 자리에서 일어나는 것을 지켜보았다. 그때 갑자기 에드릭이 자신의 행동을 알리아에게는 숨겨주지 못할지도 모른다는 불안한 생각이 들었다. '저 폴의 누이에 대해 우리가 정말로 알고 있는 게 뭐지?' 그녀는 속으로 질문을 던졌다.

챠니가 무릎 위에서 두 손을 단단하게 깍지 낀 자세로 탁자 건너편의 스틸가를 잠깐 바라보았다. 그는 그녀의 숙부이자 폴의 국무장관이었다. 저 늙은 프레멘 나입은 사막 시에치의 소박한 생활을 그리워할까? 챠니는 생각했다. 그녀는 스틸가의 검은 머리가 가장자리에서부터 하얗게 변하기 시작했음을 눈치챘다. 그러나 굵은 눈썹 밑의 두 눈은 여전히 먼 곳을 내다보고 있었다. 그것은 야생의 독수리 같은 시선이었다. 그의 턱수염에는 사막복을 입고 평생을 보낸 덕분에 생긴 집수튜브의 흔적이 아직도 남아 있었다.

챠니의 시선 때문에 불편해진 스틸가가 회의실을 둘러보았다. 그의 시선이 발코니로 통하는 창문과 그 바깥에 서 있는 코르바에게서 멈췄다. 코르바가 축복을 내리기 위해 길게 뻗은 팔을 들어 올리자, 오후의 태양이 그의 뒤에 있는 창문에 붉은 후광을 비춰주는 술수를 부렸다. 한순간 스틸가의 눈에는 궁정 퀴자라인 코르바가 불타는 수레바퀴에 못 박혀 있는 것처럼 보였다. 코르바가 팔을 내리자 그 환상은 깨졌다. 그러나 스틸가는 충격에서 벗어나지 못했다. 분노와 좌절감에 휩싸인 그의 생각이 알현실에서 기다리고 있는 아침꾼 탄원자들과 무앗딥의 옥좌를 둘러싸고 있는 증오스러운 겉치레로 향했다.

황제와 함께 회의를 갖는 사람들은 그에게서 결점과 실수를 찾아내고 싶어 한다고 스틸가는 생각했다. 이것이 신성모독일지도 모른다는 느낌이 들었지만, 그는 어쨌든 그러고 싶었다.

코르바가 자리로 돌아오는 동안 멀리서 군중이 웅성거리는 소리가 방안으로 들어왔다. 코르바의 뒤에서 발코니 문이 쿵 하고 닫히면서 소리를 차단했다.

폴의 시선이 퀴자라 코르바의 뒤를 좇았다. 코르바가 폴의 왼쪽에 앉았다. 그의 검은 얼굴은 차분했고, 눈은 광신으로 번득이고 있었다. 종교적 권력을 누린 그 순간을 즐긴 기색이었다.

"영적인 존재가 소환되었습니다." 그가 말했다.

"주님께 감사하시지요." 알리아가 말했다.

코르바의 입술이 하얗게 질렸다.

폴은 다시 한번 여동생을 유심히 살피면서 그녀의 동기가 무엇인지 생각해 보았다. 그는 그녀의 순수함이 기만을 가려준다고 속으로 혼잣말을 했다. 그녀도 그와 마찬가지로 베네 게세리트 유전자 교배 프로그램의 산물이었다. 퀴사츠 해더락의 유전자가 그녀의 몸속에서 과연 무엇을 만들어냈을까? 그와 그녀 사이에는 항상 신비스러운 차이점이 있었다. 그녀의 어머니가 가공하지 않은 멜란지 독을 이기고 살아남았을 때 그녀는 자궁 속에 든 태아였다. 그때 어머니와 아직 태어나지 않은 딸이 동시에 대모가 되었다. 그러나 동시성이 곧 동일성을 가져다주지는 않았다.

그 경험에 대해 알리아는 그 무서운 순간에 자신이 깨어나 의식을 느꼈으며, 어머니가 받아들이고 있던 수없이 많은 다른 삶들을 자신의 기억이 흡수했다고 말했다.

"난 내 어머니이자 동시에 다른 모든 사람이 되었어. 난 아직 형태도 갖추어지지 않았고 태어나지도 않았지만 그때 그곳에서 나이 많은 사람이 됐어." 그녀는 이렇게 말했다.

알리아는 폴이 자신을 생각하고 있음을 느끼고 그에게 미소를 지어 보였다. 그의 표정이 부드러워졌다. '코르바에게 냉소적인 농담 이외의 반응을 보일 수 있는 사람이 누가 있겠나? 사제로 변신한 죽음의 특공대원보다 더 우스꽝스러운 게 어디 있겠어?' 그는 속으로 생각했다.

스틸가가 서류를 톡톡 두드렸다. "폐하께서 허락하신다면, 시급하고 긴박한 문제를 말씀드리고자 합니다."

"튜필 조약 말이오?" 폴이 물었다.

"조합은 우리가 튜필 협약국의 정확한 위치를 모르는 상태에서 이 조약에 서명해야 한다고 주장하고 있습니다. 랜드스라드의 사절들도 그들을 어느 정도 지지하고 있습니다." 스틸가가 말했다.

"당신은 어떤 압력을 가했습니까?" 이룰란이 물었다.

"저의 황제께서 이 일을 위해 고안하신 압력을 사용했습니다." 스틸가가 말했다. 딱딱하고 형식적인 그의 대답에는 공주 황비를 마땅찮게 생각하는 그의 모든 감정이 그대로 담겨 있었다.

"나의 주인이자 남편이신 분." 이룰란이 폴을 향해 몸을 돌리면서 말했다. 그로 하여금 반드시 그녀의 존재를 인정하게 만들기 위해서였다.

'챠니 앞에서 호칭의 차이를 강조하는 건 약점이야.' 폴은 속으로 생각했다. 이런 순간에는 폴도 스틸가처럼 이룰란이 싫었다. 그러나 연민이 그의 감정을 누그러뜨렸다. 이룰란은 베네 게세리트의 앞잡이라는 점을 제외하면 아무것도 아니었다.

"뭐요?" 폴이 말했다.

이룰란이 그를 뚫어지게 쏘아보며 입을 열었다. "만약 폐하께서 저들 몫의 멜란지 방출을 보류하신다면……."

챠니가 반대한다는 듯 고개를 저었다.

"우리는 조심스럽게 움직이고 있소. 튜필은 패배한 대가문들의 피난처로 남아 있소. 그곳은 최후의 수단을 상징하지. 우리 신민들 모두가 마지막으로 안전을 구할 수 있는 곳이란 말이오. 그 피난처가 노출되면 공격받기도 쉬워지겠지." 폴이 말했다.

"그들이 사람을 숨겨줄 수 있다면, 다른 것들도 숨길 수 있습니다." 스틸가가 묵직하게 울리는 목소리로 말했다. "어쩌면 군대를 숨겨줄지도 모르고, 아니면 새로 시작되는 멜란지의 문화도……."

"사람을 궁지로 몰면 안 돼요." 알리아가 말했다. "그들이 평화로운 존재로 계속 남아 있기를 원한다면 말이에요." 그녀는 자신이 이미 예상했던 논쟁 속으로 끌려 들어갔다는 사실을 깨닫고 조금 후회했다.

"그럼 우리는 아무 소용없이 10년간의 협상을 한 거로군요." 이룰란이 말했다.

"우리 오라버니의 행동 중에 아무 소용이 없는 건 없어요." 알리아가 말했다.

이룰란은 서판을 집어 들고 손마디가 하얗게 될 정도로 꽉 움켜쥐었다. 폴은 그녀가 베네 게세리트 방법으로 감정을 억제하고 있음을 알았다. 스스로의 내면을 꿰뚫는 듯한 시선과 심호흡이 그 증거였다. 그녀가 기도문을 반복해서 중얼거리는 소리가 금방이라도 들려올 것 같았다.

이윽고 그녀가 말했다. "우리가 얻은 게 뭐죠?"

"우린 조합을 불안정한 상태로 묶어두고 있어요." 챠니가 말했다.

"우린 적들과 최후의 대결을 벌이고 싶지 않아요. 특별히 그들을 죽이고 싶은 것도 아니고요. 아트레이데스의 깃발 아래서 이미 진행되고 있는 살육으로도 충분해요." 알리아가 말했다.

'저 아이도 그걸 느끼고 있구나.' 폴은 생각했다. 자신과 알리아가 모두 평화로움과 거친 움직임의 황홀경에 빠진 시끄럽고 우상 숭배적인 우주에 대해 거역할 수 없는 책임감을 느끼고 있다는 사실이 이상했다. '우리가 그들을 그들 스스로에게서 보호해야 하는 건가? 그들은 매 순간 무(無)를 가지고 놀고 있어. 공허한 인생, 공허한 말들. 그들이 내게 요구하는 게 너무 많아.' 목에 뭔가가 단단하게 꽉 들어찬 것 같았다. 그가 얼마나 많은 순간들을 잃게 될 것인가? 어떤 아들들을 잃게 될 것인가? 어떤 꿈을 잃게 될 것인가? 예지의 환영이 드러내 보여준 것에 그만한 가치가 있는가? 먼 미래의 사람들에게 "무앗딥이 없었다면 당신들도 존재하지 못했을 것이다"라고 말해 줄 사람이 누구인가?

"그들에게 멜란지를 주지 않는 것으로는 아무것도 해결할 수 없을 거예요." 챠니가 말했다. "조합의 항법사들이 시공을 들여다보는 능력을 잃어버리겠죠. 베네 게세리트의 공주님 자매들도 진실의 감각을 잃어버릴 거예요. 때가 되기도 전에 죽는 사람도 있겠죠. 통신 체계도 무너질 거예요. 그러면 누가 비난을 받게 될까요?"

"그들은 일이 그 지경이 되도록 내버려두지 않을 거예요." 이룰란이 말했다.

"그럴까요? 무슨 이유로? 누가 조합을 비난할 수 있겠어요? 그들은 속수무책일 거예요. 그것도 아주 분명하게."

"짐은 현재의 조약 문서에 서명하겠소." 폴이 말했다.

"폐하, 저희들 마음속에 의문이 하나 있습니다." 스틸가가 자신의 손을 열심히 들여다보면서 말했다.

"뭐요?" 폴은 늙은 프레멘에게 주의를 집중했다.

"폐하께는 특정한…… 능력이 있습니다. 조합과 상관 없이 튜필 협약국들의 위치를 파악하실 수는 없습니까?" 스틸가가 말했다.

'능력이라니!' 폴은 생각했다. 스틸가는 "당신에게는 예지력이 있습니다. 미래에서 튜필로 이어지는 길을 찾아낼 수는 없습니까?"라고는 도저히 말할 수 없었던 모양이었다.

폴은 탁자의 황금색 표면을 바라보았다. 문제는 항상 똑같았다. 말로 표현할 수 없는 것의 한계를 어떻게 설명할 수 있을까? 모든 능력의 선천적인 운명인 분열에 대해 이야기해야 하는가? 스파이스로 인한 예지력의 변화를 느낀 적이 없는 사람이 국지적인 시공이나 개인적인 이미지 매개체, 또는 그와 관련된 감각적 포획물이 전혀 없는 의식(意識)을 어떻게 이해할 수 있을 것인가?

그는 알리아를 바라보았다. 그녀는 이룰란에게 주의를 기울이고 있었다. 알리아가 그의 움직임을 느끼고 그를 잠깐 바라본 다음 고갯짓으로 이룰란을 가리켰다. 아아, 그렇지. 우리가 내놓는 모든 대답은 이룰란이 베네 게세리트에게 보내는 특별 보고서에 실릴 것이다. 그들은 자기들의 퀴사츠 해더락에 대한 해답을 찾는 작업을 결코 포기하지 않았으니까.

하지만 스틸가에게는 대답을 들을 자격이 있었다. 그것은 이룰란도 마찬가지였다.

"경험이 없는 초심자들은 예지력을 '자연의 법칙'에 복종하는 것으로 이해하려 하지." 폴이 말했다. 그는 두 손을 뾰족한 첨탑 모양으로 모으고 말을 이었다. "그러나 하늘이 우리에게 말을 거는 것이 바로 예지력이라고 말해도 틀린 말은 아닐 것이오. 미래를 읽는 능력은 인간 존재의 조화로운 행위라고 말이오. 다시 말해서 예언은 현재의 흐름 속에 들어 있는 자연스러운 결과인 것이오. 예언은 자연의 가면을 쓰고 있지. 그러나 목표와 목적들을 미리 얘기하는 태도로 그런 능력을 사용할 수는 없소. 파도에 사로잡힌 나뭇조각이 자기가 어디로 가고 있는지 말하지는 않는 법이오. 예언에는 인과 관계가 전혀 없소. 원인은 전달과 합류의 기회가 되오. 흐름들이 만나는 장소가 되는 것이지. 예지력을 받아들인 사람은 지식인들이 혐오하는 개념들로 자신을 가득 채우게 되오. 따라서 그의 지적인 의식은 지성을 거부하지. 그렇게 지성은 그 과정의 일부가 되어 정복당하오."

"그럼 하실 수 없단 말씀입니까?" 스틸가가 물었다.

"만약 내가 예지력으로 튜필을 찾으려 한다면, 아마 이것이 튜필을 숨겨줄 것이오." 폴이 이룰란을 똑바로 바라보며 말했다.

"혼돈이에요!" 이룰란이 반발했다. "거기에는 아무런…… 아무런…… 일관성이 없어요."

"난 그것이 어떤 자연의 법칙에도 복종하지 않는다고 말했소." 폴이 말했다.

"그럼 폐하께서 그 능력으로 볼 수 있거나, 할 수 있는 일에 한계가 있는 건가요?" 이룰란이 물었다.

폴이 대답을 하기 전에 알리아가 입을 열었다. "친애하는 이룰란, 예지력에는 전혀 한계가 없어요. 일관성이 없다고요? 일관성은 우주에 꼭 필요한 부분이 아니에요."

"하지만 폐하의 말씀은……."

"한계가 없는 것의 한계에 대해 오빠가 어떻게 분명한 정보를 제공해 줄 수 있겠어요? 그 한계는 지성의 범위를 넘어서는 거예요."

'알리아가 못된 짓을 하는군.' 폴은 생각했다. 그런 말은 이룰란의 경계심을 불러일으킬 것이다. 이룰란은 아주 조심스러운 의식을 갖고 있었으며, 정확한 한계로부터 유래된 가치들에 크게 의존하고 있었다. 그의 시선이 코르바에게 향했다. 코르바는 '영혼으로 귀를 기울인다'는 종교적인 상념의 자세로 앉아 있었다. 저 퀴자라트가 이 대화를 어떻게 이용할까? 더 많은 종교적 신비를 만들어낼까? 경외심을 불러일으키는 데 사용할까? 의심의 여지가 없었다.

"그럼 폐하께서는 현재의 내용 그대로 조약에 서명하실 겁니까?" 스틸가가 물었다.

폴은 미소를 지었다. 스틸가의 판단에 의하면, 예언이라는 화제는 이미 끝난 것이다. 스틸가의 목표는 진실의 발견이 아니라 오로지 승리였다. 평화, 정의, 그리고 견실한 화폐 제도, 이런 것들이 스틸가의 우주를 지탱했다. 그는 뭔가 현실감 있게 눈에 보이는 것, 즉 조약 문서의 서명을 원했다.

"그렇게 서명할 것이오." 폴이 말했다.

스틸가가 새로운 서류철을 집어 들었다. "익스 지역에 있는 현장 지휘관들이 보낸 최근의 통신 내용에 의하면 헌법 제정을 요구하는 소요가 있다고 합니다." 그가 챠니를 슬쩍 바라보았다. 챠니는 어깨를 으쓱했다.

눈을 감고 기억의 각인을 위해 이마에 양손을 대고 있던 이룰란이 눈을 뜨고 강렬한 시선으로 폴을 유심히 바라보았다.

"익스 연합은 항복을 제의하고 있습니다." 스틸가가 말했다. "하지만 그들이 협상을 위해 보낸 대표자들은 제국 세금의 액수에 대해 의문을 제기하고…….”

“내가 제국에 행사하는 의지에 법적인 한계를 설정하고 싶은 거로군. 누가 나를 다스리겠소? 랜드스라드? 초암?” 폴이 말했다.

스틸가는 서류철에서 인스토리 종이로 된 메모를 꺼냈다. “우리 공작원이 초암 소수파 회합에서 이 메모를 보내왔습니다.” 그가 단조로운 목소리로 암호를 읽기 시작했다. “‘권력을 독점하려는 황제의 시도를 반드시 저지해야 한다. 우리는 아트레이데스에 관한 진실을 말해야 한다. 그가 랜드스라드의 입법권과 종교적인 제재, 그리고 관료적 효율성이라는 삼중의 사기극 뒤에서 어떤 책동을 하고 있는지 말해야 한다.’” 그는 메모를 서류철 속으로 다시 밀어 넣었다.

“헌법이라.” 챠니가 중얼거렸다.

폴이 그녀를 잠깐 바라본 다음 다시 스틸가에게 시선을 돌렸다. ‘이렇게 해서 지하드가 비틀거리게 되는군. 하지만 나를 구하기에는 이미 늦었어.’ 폴은 생각했다. 이 생각이 감정적인 긴장을 불러왔다. 그는 미래의 지하드를 환영 속에서 처음으로 보았을 때와 그때 경험했던 공포와 혐오감을 기억해 냈다. 물론 그 이후로 그는 그보다 더 끔찍한 환영들을 보았다. 현실 속에서 폭력과 함께 살아오기도 했다. 그는 신비주의의 힘으로 충만한 자신의 프레멘들이 종교 전쟁에서 자기들 앞에 있는 모든 것을 쓸어버리는 모습을 이미 보았다. 그는 이제 지하드를 새로운 시각으로 보고 있었다. 영원에 비하면 지하드는 물론 짧고 유한한 발작 같은 것이었다. 그러나 과거의 모든 것을 가려버릴 만큼 엄청난 공포가 그 뒤에 있었다.

‘그 모든 것이 내 이름으로 행해지고 있지.’ 폴은 생각했다.

“어쩌면 그들에게 형식적인 헌법을 줄 수도 있겠죠. 반드시 실질적인 헌법이어야 할 필요는 없어요." 챠니가 제안했다.

"기만은 정치적 도구 중 하나죠." 이룰란이 동의했다.

"권력에는 한계가 있소. 헌법 속에서 희망을 찾으려는 사람들은 그 점을 항상 발견하지." 폴이 말했다.

코르바가 경건한 자세를 풀고 몸을 똑바로 세웠다. "폐하?"

"뭐요?" 폴은 코르바에게 대답을 하면서 속으로 생각했다. '그래, 저 녀석을 봐! 저놈은 어쩌면 상상 속에서 만들어진 법의 통치에 대해 비밀스러운 호감을 품고 있는지도 몰라.'

"먼저 종교적인 헌법을 만들면 어떻겠습니까? 신자들을 위해서……." 코르바가 말했다.

"안 돼!" 폴이 날카롭게 쏘아붙였다. "짐은 이것을 칙령으로 만들 것이오. 지금 내 말을 기록하고 있소, 이룰란?"

"예, 폐하." 이룰란이 말했다. 그가 그녀에게 강제로 떠맡긴 시시한 역할에 대한 혐오감 때문에 쌀쌀맞기 그지없는 목소리였다.

"헌법은 궁극의 독재가 되오. 헌법은 저항할 수 없을 만큼 엄청난 규모로 조직화된 권력이지. 헌법은 사회적 권력이 동원된 것이며, 양심을 전혀 갖고 있지 않소. 헌법은 가장 높은 사람과 가장 천한 사람을 뭉개버리고 품위와 개성을 모두 제거해버릴 수 있소. 헌법은 불안한 균형점이며 한계가 없소. 하지만 내게는 한계가 있소. 내 백성들에게 궁극의 보호를 제공하려는 마음에서 나는 헌법을 금지시키겠소. 오늘 날짜와 그 밖에 필요한 것들을 덧붙여서 이것을 칙령으로 만드시오." 폴이 말했다.

"세금에 대한 익스 인들의 걱정을 어떻게 처리할까요, 폐하?" 스틸가가 물었다.

폴은 화난 표정으로 뭔가를 골똘히 생각하고 있는 코르바의 얼굴에서 억지로 시선을 떼면서 말했다. “의견이 있소, 스틸?”

“우린 반드시 세금에 대한 통제권을 갖고 있어야 합니다, 폐하.”

“내가 튜필 조약에 서명하는 대가를 조합에 물리겠소. 익스 연합을 우리 세금 제도에 굴복시키는 거지. 조합의 수송선이 없으면 익스 연합은 교역을 할 수 없소. 그러니 세금을 지불할 거요.”

“좋은 생각입니다, 폐하.” 스틸가가 또 다른 서류철을 꺼내며 헛기침을 했다. “살루사 세쿤더스에 대한 퀴자라트의 보고서입니다. 이룰란 공주의 아버님이 자신의 부대에게 착륙 훈련을 실시하고 있다고 합니다.”

이룰란은 갑자기 자신의 왼손 손바닥을 열심히 들여다보기 시작했다. 그녀의 목에서 맥박이 크게 고동쳤다.

“이룰란, 당신 아버지가 갖고 있는 1개 군단이 장난감에 불과하다는 주장을 아직도 계속할 생각이오?” 폴이 물었다.

“겨우 1개 군단을 갖고 아버지가 뭘 할 수 있겠어요?” 그녀가 물었다. 그리고 가늘게 뜬 눈으로 그를 뚫어지게 바라보았다.

“그러다가 스스로 죽음을 초래할 수도 있겠죠.” 챠니가 말했다.

폴이 고개를 끄덕였다. “그리고 내가 비난을 받겠지.”

“난 지하드의 지휘관들 중에서 이런 얘기를 들으면 정신없이 달려들 사람을 몇 명 알고 있어요.” 알리아가 말했다.

“하지만 그건 아버지의 경찰 병력일 뿐이에요!” 이룰란이 항변했다.

“그럼 그들이 착륙 훈련을 받을 필요가 없지. 당신 아버지에게 보내는 다음 편지에 그의 미묘한 입장에 대한 내 견해를 솔직하고 직접적으로 언급하시오.” 폴이 말했다.

그녀가 시선을 내리깔았다. “알겠습니다, 폐하. 이 문제가 그걸로 끝났으면 좋겠군요. 제 아버지가 돌아가시면 훌륭한 순교자가 될 테니까요.”

"음음음. 내 동생은 내가 명령을 내리지 않는 한 아까 언급했던 지휘관들에게 전갈을 보내지 않을 것이오." 폴이 말했다.

"제 아버지에 대한 공격은 분명히 겉으로 드러나는 군사적 위험이 아닌 다른 위험을 안고 있습니다. 백성들이 아버지의 재위시절을 되돌아보면서 분명한 향수를 느끼기 시작했어요." 이룰란이 말했다.

"너무 지나치군요." 챠니가 무서울 정도로 진지한 프레멘의 목소리로 말했다.

"그만!" 폴이 명령했다.

그는 대중들의 향수에 대한 이룰란의 말을 생각해 보았다. 그래, 거기에는 일말의 진실이 있었다. 이룰란이 다시 자신의 가치를 증명한 것이다.

"베네 게세리트가 공식적인 탄원서를 보내왔습니다." 스틸가가 또 다른 서류철을 내놓으면서 말했다. "폐하의 혈통을 보존하는 문제에 대해 폐하와 상의를 하고 싶답니다."

챠니가 무서운 장치가 들어 있는 물건을 보듯 곁눈질로 서류철을 훔쳐보았다.

"교단에 언제나 보내던 변명을 보내시오." 폴이 말했다.

"꼭 그래야 하나요?" 이룰란이 힐문했다.

"어쩌면…… 지금이 그 문제를 논의해야 할 때인지도 몰라요." 챠니가 말했다.

폴은 세게 고개를 저었다. 그가 지불할 것인지 아직 결정을 내리지 못한 대가의 일부가 바로 이 문제라는 것을 그들은 도저히 알 수 없을 터였다.

그러나 챠니는 물러서려 하지 않았다. "전 제가 태어난 타브르 시에치의 기도의 벽에 갔다 왔어요." 그녀가 말했다. "의사들의 진찰도 받았죠. 사막에 무릎을 꿇고 샤이 훌루드가 사는 깊은 곳으로 제 생각을 보낸 적도 있어요. 그런데도…….” 그녀가 어깨를 으쓱하며 말을 이었다. “아무 소용이 없었어요.”

‘과학과 미신, 모든 것이 그녀를 실망시켰어. 아트레이데스 가문에 후계자를 낳아주는 것이 어떤 결과를 초래할지 그녀에게 말해 주지 않는 나도 그녀를 실망시키고 있는 건가?’ 그는 생각했다. 시선을 들자 연민의 표정을 짓고 있는 알리아의 눈이 보였다. 여동생이 연민을 느낀다는 사실이 아주 불쾌하게 느껴졌다. 그녀도 그 무서운 미래를 본 걸까?

“폐하에게 후계자가 없으면 이 왕국이 위험해진다는 걸 폐하도 아셔야 합니다.” 이룰란이 말했다. 그녀는 매끄러운 설득의 어조가 담긴 베네 게세리트의 목소리의 힘을 이용하고 있었다. “이런 문제를 논의하기 어려운 것은 당연합니다. 하지만 그 문제를 밝은 곳으로 끌고 나올 필요가 있습니다. 황제는 단순히 한 사람이 아닙니다. 황제의 상징이 왕국을 이끌죠. 만약 황제가 후계자 없이 죽는다면, 시민들의 소요가 반드시 뒤따를 겁니다. 폐하께서는 백성들을 사랑하시니 그들을 그런 상태로 남겨두고 떠날 수는 없겠죠?”

폴은 몸을 밀듯이 탁자에서 일어나 발코니 창문으로 성큼성큼 걸어갔다. 창문 바깥에서는 도시의 불에서 나오는 연기가 바람 때문에 납작해져 있었다. 하늘은 점점 어두워지는 은청색이었고, 저녁을 맞아 방어벽에서 떨어져 내리는 흙먼지가 하늘의 빛깔을 부드럽게 만들어주었다. 그는 자신의 북쪽 영토를 코리올리 폭풍으로부터 보호해 주는 남쪽의 절벽들을 물끄러미 바라보았다. 자신에게는 마음의 평화를 지켜주는 그런 방어벽이 왜 없는 건지 모르겠다는 생각이 들었다.

회의에 참석한 사람들은 그가 금방이라도 분노를 터뜨릴 수 있는 상태가 되었음을 인식하고, 그의 뒤에서 조용히 앉아 기다리고 있었다.

폴은 시간이 자신에게로 물밀듯이 몰려드는 것을 느꼈다. 그는 여러 개의 균형들로 이루어진 평정에 자신을 억지로 밀어 넣으려고 했다. 그곳에서라면 그가 새로운 미래의 모습을 만들어낼 수 있을지도 몰랐다.

'떠나라…… 떠나라…… 떠나라.' 폴은 생각했다. 만약 그가 챠니를 데리고 이곳을 떠나 튜필에서 피난처를 구한다면 무슨 일이 일어날 것인가? 그래도 그의 이름은 뒤에 남을 것이다. 그리고 지하드는 더 끔찍한 중심점을 새로 찾아 거기에 기댈 것이다. 그리고 여기에 대한 비난 역시 그가 받을 것이다. 문득 새로운 것을 찾으려고 손을 뻗다가 가장 중요한 것을 떨어뜨릴지도 모른다는 무서운 생각이 들었다. 그가 내는 아주 자그마한 소리조차 우주를 산산이 무너뜨려서 우주의 작은 조각 하나도 다시 붙잡을 수 없게 만들어버릴지 모른다는 생각도 들었다.

그의 발밑에 있는 광장은 성스러운 여행 하즈를 위해 초록색과 하얀색 옷을 차려입은 순례자 무리를 위한 무대가 되어 있었다. 순례자들은 성큼성큼 걷고 있는 아라키스의 안내인 뒤에서 관절이 빠진 뱀처럼 앞으로 나아갔다. 그들의 모습을 보며 폴은 지금쯤 자신의 접견실에 탄원자들이 빽빽이 들어차 있을 거라는 생각을 떠올렸다. 순례자들이라니! 집 없이 떠돌아다니는 그들의 생활은 그의 제국을 위한 혐오스러운 부의 원천이 되어 있었다. 하즈 때가 되면 우주의 길은 종교적인 방랑자들로 가득 찼다. 그들은 끝도 없이 계속해서 몰려들었다.

'내가 이 모든 것들을 어떻게 움직인 거지?' 그는 자문했다.

물론 이 모든 일은 스스로 움직이기 시작한 것이었다. 그들은 이 짧은 발작을 일으키기 위해 어쩌면 수 세기 동안 애썼을 유전자 안에 원래 들어 있었다.

사람들은 그 깊은 종교적 본능에 떠밀려서 부활을 바라며 몰려왔다.

순례 여행은 이곳, '재탄생의 장소이자 죽어야 할 장소인 아라키스'에서 끝났다.

악의에 찬 늙은 프레멘들은 순례자들의 물을 원한다고 말했다.

순례자들이 정말로 찾고 있는 게 무엇인지 폴은 생각을 해보았다. 그들은 성지를 찾아왔다고 했다. 그러나 우주에 에덴의 근원이나 영혼을 위한 튜필 같은 곳이 존재하지 않는다는 사실은 그들도 분명히 알고 있을 터였다. 그들은 아라키스를 모든 신비가 해명되는 미지의 장소라고 불렀다. 이곳은 그들의 우주와 다음 우주 사이의 연결 고리였다. 무서운 것은 그들이 만족한 표정으로 이곳을 떠나간다는 사실이었다.

'저들은 여기서 뭘 찾는 걸까?' 폴은 자문했다.

그들은 흔히 종교적 황홀경에 빠진 채 이상한 새들처럼 날카로운 비명으로 거리를 가득 채웠다. 실제로 프레멘들은 그들을 '철새'라고 불렀다. 그리고 여기서 죽은 소수의 순례자들은 '날개 달린 영혼'이라고 불렸다.

폴은 한숨을 쉬며 자신의 군단이 새로 행성을 정복할 때마다 순례자들의 원천이 새로 생겨난다는 생각을 했다. '무앗딥의 평화'에 대한 감사의 마음이 그들을 순례자로 만들었다.

'모든 곳에 평화가 있지……. 무앗딥의 가슴속만 제외하고 모든 곳에.' 폴은 생각했다.

그를 구성하고 있는 요소들 중 일부가 싸늘하고 해묵은 어둠 속에 끝없이 잠겨 있는 것 같았다. 그의 예지력은 모든 인류가 품고 있는 우주의 이미지를 바꿔버렸다. 그는 안전한 우주를 뒤흔들어 안전이 있던 자리에 지하드를 가져다 놓았다. 그는 인간의 우주와 싸워 이기고, 우주보다 앞서 생각하며 예언을 했지만 이 우주를 여전히 이해할 수 없다는 확신이 그를 가득 채웠다.

그가 사막에서 물이 풍부한 낙원으로 바꿀 것을 명령했던 발밑의 이 행성은 살아 있었다. 이 행성의 맥박은 인간의 맥박만큼 역동적이었다. 이 행성은 그에게 대항하고 저항하면서 그의 명령으로부터 슬그머니 빠져나갔다…….

누군가의 손이 폴의 손안으로 기어들어 왔다. 내려다보니 챠니가 걱정스러운 눈으로 그를 올려다보고 있었다. 그 눈이 그의 정신을 빼앗았다. 챠니가 속삭였다. "제발, 여보, 당신의 루(ruh, 다리 어(語)로 '영(靈)'이라는 뜻 — 옮긴이) 자아와 싸우지 말아요." 그녀의 손에서 감정이 쏟아지듯 흘러나와 그의 기운을 북돋워주었다.

"시하야." 그가 속삭였다.

"아무래도 우리 둘이서 곧 사막으로 가야겠어요." 그녀가 낮은 목소리로 말했다.

그는 그녀의 손을 꼭 쥐어준 다음 손을 떼고 다시 탁자로 돌아가서 섰다.

챠니가 자리에 앉았다.

이룰란은 입을 꾹 다물고 스틸가 앞에 있는 서류들을 노려보고 있었다.

"이룰란은 자신이 제국 후계자의 어머니가 되겠다고 제의하고 있소." 폴이 말했다. 그는 챠니를 흘끗 바라본 다음 다시 이룰란에게 시선을 돌렸다. 그러나 이룰란은 그와 시선을 마주치려 하지 않았다. "그녀가 내게 전혀 사랑을 품고 있지 않다는 건 우리 모두 잘 알고 있소."

이룰란이 숨을 죽였다.

"정치적인 주장에 대해서는 나도 알고 있소." 폴이 말했다. "내가 걱정하는 것은 인간적인 주장들이오. 만약 공주 황비가 베네 게세리트의 명령에 묶여 있는 몸이 아니라면, 만약 그녀가 개인적인 권력에 대한 욕망 때문에 이것을 원하는 것이 아니라면, 아마 나의 반응은 아주 달랐을 것이오. 그러나 현실이 그러니만큼 나는 그 제안을 거절하겠소."

이룰란이 떨리는 소리로 깊이 숨을 들이마셨다.

폴은 자리에 다시 앉으면서 이룰란이 저렇게 자제력을 잃어버린 모습을 한 번도 보지 못했다는 생각을 했다. 그가 그녀를 향해 몸을 기울이면서 말했다. "이룰란, 진심으로 미안하오."

그녀가 턱을 치켜들었다. 그녀의 눈에 순수한 분노의 표정이 떠올라 있었다. "난 당신의 동정을 원하지 않아요!" 그녀가 숨죽인 소리로 외쳤다. 그리고 스틸가에게 시선을 돌리며 말을 이었다. "시급하고 긴박한 문제가 더 있나요?"

스틸가가 폴에게 단단히 시선을 고정시킨 채 말했다. "문제가 하나 더 있습니다, 폐하. 조합이 아라키스에 공식적인 사절을 보내겠다고 다시 제의해 왔습니다."

"우주 깊은 곳을 돌아다니는 사람으로 말입니까?" 코르바가 물었다. 그의 목소리에 광신적인 혐오감이 가득했다.

"아마 그렇겠지." 스틸가가 말했다.

"이런 문제는 극도로 신중하게 생각해 보셔야 합니다, 폐하." 코르바가 경고했다. "나입 평의회는 그걸 좋아하지 않을 겁니다. 실질적인 조합원이 이곳 아라키스에 오는 것 말입니다. 그들은 자신들의 발이 닿는 땅을 모두 오염시킵니다."

"그들은 통 안에서 살기 때문에 땅을 밟지 않소." 폴이 말했다. 그의 목소리에 짜증이 드러나 있었다.

"어쩌면 나입들이 스스로 문제를 해결하려고 할지도 모릅니다, 폐하." 코르바가 말했다.

폴은 그를 쏘아보았다.

"그들은 결국 프레멘이니까요, 폐하." 코르바가 강력하게 주장했다. "우린 우리를 억압했던 사람들을 데려온 게 조합이라는 사실을 잘 기억하고 있습니다. 그들이 우리의 비밀을 적들에게서 보호해 준다며 우리를 협박해서 스파이스를 가져갔던 것도 잊지 않았습니다. 그들은 우리에게서 모든 것을 갈취……."

"그만!" 폴이 날카롭게 소리쳤다. "내가 그걸 잊어버렸다고 생각하는 거요?"

코르바는 자신의 말에 담긴 의미를 이제야 깨달은 사람처럼 알아들을 수 없는 소리로 말을 더듬다가 이렇게 말했다. "폐하, 용서해 주십시오. 폐하가 프레멘이 아니라는 뜻은 아니었습니다. 저는……."

"그들은 키잡이를 보낼 것이오. 만약 그 키잡이가 이리로 오는 것에 위험이 있음을 볼 수 있다면 오지 않으려고 할 것이오." 폴이 말했다.

갑작스러운 공포 때문에 입안이 바짝 말라버린 이룰란이 입을 열었다. "폐하께서는…… 키잡이가 이리로 오는 모습을 이미 보신 겁니까?"

"내가 키잡이를 봤을 리가 없지 않소." 폴이 그녀의 어조를 흉내 내어 말했다. "하지만 난 키잡이가 있던 곳과 그가 가려고 하는 곳을 볼 수 있소. 그들이 키잡이를 보내든 말든 내버려두시오. 어쩌면 그 키잡이도 쓸모가 있을지 모르지."

"명령대로 하겠습니다." 스틸가가 말했다.

이룰란은 손으로 미소를 가리면서 생각했다. '그럼 그게 사실이군. 우리 황제께서는 키잡이를 보지 못해. 둘 다 서로에 대해 장님 신세인 거야. 우리 음모는 밝혀지지 않았어.'

'다시 한번 드라마가 시작된다.'

—폴 무앗딥 황제, 사자의 옥좌에 오르는 즉위식에서

알리아는 조합원 일행이 다가오는 것을 지켜보기 위해 감시용 창문을 통해 커다란 접견실을 내려다보았다.

정오의 날카로운 은빛 햇빛이 채광창을 통해 홀 바닥으로 쏟아졌다. 홀 바닥은 수초가 있는 늪지의 모습을 흉내 내기 위해 초록색과 파란색의 깨지기 쉬운 타일로 장식되어 있었고, 새나 동물을 나타내는 이국적인 색깔들이 여기저기에 물을 뿌린 듯 칠해져 있었다.

조합원들은 낯선 정글에서 몰래 사냥감을 뒤쫓는 사냥꾼들처럼 타일의 무늬 위를 움직였다. 그들은 회색 로브, 검은색 로브, 오렌지색 로브로 이루어져 움직이는 도안 같았으며, 대사의 역할을 맡은 키잡이가 오렌지색 기체 속에서 헤엄치고 있는 투명한 통 주위를 둘러싸고 있었다. 얼핏 보기에는 아무렇게나 늘어선 듯한 모습이었다. 통은 회색 로브를 입은 두 명의 수행원에게 이끌려서 무게를 지탱해 주는 장 속에서 미끄러지듯이 움직였다. 마치 도크 안으로 들어오는 장방형 우주선 같았다.

알리아 바로 밑에는 폴이 높은 단 위의 사자 옥좌에 앉아 있었다. 그는 물고기와 주먹 모양의 상징이 달린 새로운 공식 왕관을 쓰고 있었다. 그의 몸을 덮고 있는 것은 보석이 달린 황금색의 의식용 로브였다. 개인용 방어막이 아지랑이처럼 그를 둘러싸고 있었다. 그리고 단의 양쪽 가장자리와 바닥으로 이어진 계단 위에는 경비병들이 둘로 나뉘어서 날개처럼 배치되어 있었다. 스틸가는 하얀 로브에 허리띠 대신 노란 끈을 두르고 폴의 오른쪽 두 계단 밑에 서 있었다.

남매로서 공유하고 있는 공감대 덕분에 그녀는 폴이 자신처럼 흥분으로 들끓고 있음을 알 수 있었다. 그러나 다른 사람들이 그 사실을 느낄 수 있을지는 의심스러웠다. 그는 오렌지색 로브의 수행원에게 주의를 계속 집중하고 있었다. 수행원은 맹목적으로 상대를 쏘아보는 금속 눈으로 좌우 어느 쪽에도 시선을 주지 않았다. 그는 호위병처럼 대사 일행의 오른쪽 앞 귀퉁이에서 걷고 있었다. 오렌지색 로브 밑으로 드러난 그의 검은 고수머리와 그 아래 비교적 평평한 얼굴, 그리고 그의 모든 몸짓이 자신이 낯익은 존재임을 소리 높여 외치고 있었다.

던컨 아이다호였다.

던컨 아이다호일 리가 없는데도, 현실은 그랬다.

어머니가 스파이스를 변화시킬 때 자궁 속에서 흡수했던 거부할 수 없는 기억들이 모든 속임수를 꿰뚫는 리하니 암호 해독법에 따라 알리아에게 이 남자의 정체를 알려주었다. 그녀는 폴이 수많은 개인적 경험이 담긴 눈으로, 그리고 감사의 마음과 어린 시절을 함께 보낸 사람에 대한 추억이 담긴 눈으로 그를 보고 있음을 알았다.

그는 던컨이었다.

알리아는 몸을 부르르 떨었다. 대답은 하나뿐이었다. 저자는 원래 던컨 아이다호였던 사람의 시체에서 다시 만들어진 틀레이랙스의 골라였다. 던컨은 폴을 구하려다가 죽었다. 따라서 저자는 악솔로틀 탱크가 만들어낸 생산품임이 분명했다.

골라는 검술의 달인답게 당당하고 조심스럽게 걸었다. 대사가 들어 있는 통이 황제의 단에서 열 발짝 떨어진 곳에 미끄러지듯 멈추자 그도 걸음을 멈췄다.

알리아는 결코 벗어날 수 없는 베네 게세리트 방법을 통해 폴의 동요를 읽었다. 그는 이제 더 이상 과거의 기억을 통해 골라를 보고 있지 않았다. 그는 그냥 골라를 바라보는 것이 아니라 자신의 온 존재로 그를 뚫어지게 바라보고 있었다. 그가 자신을 억제하느라 근육을 긴장시킨 채 조합의 대사를 향해 고개를 끄덕이며 입을 열었다. "당신 이름이 에드릭이라고 들었소. 우리 궁정에 오신 것을 환영하오. 이것을 계기로 우리 사이에 새로운 이해가 생겨나기를 바라는 바이오."

키잡이 에드릭은 오렌지색 기체 안에서 버릇없이 몸을 뒤로 기대는 듯한 자세를 잡더니 멜란지 캡슐 하나를 입안에 던져 넣고 나서야 폴과 시선을 마주쳤다. 그의 통 한쪽 귀퉁이에서 빙글빙글 움직이고 있는 자그마한 변환기에서 기침 소리가 흘러나오더니 곧 냉담하고 귀에 거슬리는 목소리가 들려왔다. "황제 폐하 앞에 몸을 숙이고 저의 신임장과 작은 선물을 드릴 기회를 간청합니다."

보좌관 한 명이 두루마리 문서를 스틸가에게 전달했다. 스틸가는 험악하게 인상을 찌푸리며 서류를 자세히 살펴보고 폴을 향해 고개를 끄덕였다. 그리고 두 사람 모두 단 아래에 얌전하게 서 있는 골라에게 시선을 돌렸다.

"황제 폐하께서 선물을 알아보셨군요." 에드릭이 말했다.

"그대의 신임장을 받게 되어 기쁘오. 저 선물에 대해 설명해 보시오." 폴이 말했다.

에드릭은 통 속에서 몸을 굴려 골라에게 시선을 돌렸다. "이 사람은 H, a, y, t, 헤이트라고 합니다." 그가 이름의 철자를 밝히면서 말했다. "저희 조사관들의 말에 따르면, 헤이트에게는 아주 흥미로운 과거사가 있습니다. 그는 여기 아라키스에서 살해당했지요……. 머리의 부상이 하도 심해서 재생시키는 데 몇 달이 걸렸습니다. 그의 시체는 기나즈 학파의 숙련된 검술 달인의 자격으로 베네 틀레이랙스에 팔렸습니다. 저희는 그가 폐하의 가문에서 신뢰받던 가신인 던컨 아이다호가 분명하다는 사실에 주의를 기울이게 되었습니다. 그래서 폐하께 어울리는 선물로 그를 사들였지요." 에드릭이 폴을 올려다보며 말을 이었다. "저자가 아이다호 아닙니까, 폐하?"

자제력과 경계심이 폴의 목소리를 꽉 움켜쥐었다. "그는 아이다호의 외모를 갖고 있소."

'내가 보지 못하는 어떤 것을 폴이 보고 있는 걸까? 아냐! 저 사람은 던컨이야!' 알리아는 생각했다.

헤이트라고 불린 남자는 금속 눈으로 똑바로 앞만 바라보며 몸의 긴장을 풀고 무표정한 얼굴로 서 있었다. 자신이 지금 대화의 주제가 되어 있음을 알고 있는 기미는 전혀 보이지 않았다.

"저희가 아는 한, 저자는 아이다호입니다." 에드릭이 말했다.

"지금은 헤이트라고 불리고 있소. 묘한 이름이군." 폴이 말했다.

"폐하, 틀레이랙스 인들이 이름을 짓는 방법이나 이유를 점칠 방법은 없습니다. 하지만 이름은 얼마든지 바꿀 수 있습니다. 틀레이랙스의 이름은 별로 중요하지 않습니다." 에드릭이 말했다.

'이건 틀레이랙스의 물건이야. 그게 문제지.' 폴은 생각했다. 베네 틀레이랙스는 현상적인 자연에 대해 거의 애착을 갖고 있지 않았다. 그들의 철학에서 선과 악은 이상한 의미를 지녔다. 그들이 일부러, 혹은 순간의 변덕으로 아이다호의 몸에 무엇을 짜 넣었을까?

폴은 스틸가를 흘끗 바라보며 그가 프레멘다운 미신적인 경외를 느끼고 있음을 눈치챘다. 프레멘 경비병들 사이에서도 똑같은 감정이 메아리치고 있었다. 스틸가는 조합원들과 틀레이랙스 인들, 그리고 골라들의 기분 나쁜 습관에 대해 곰곰이 생각해 보고 있을 것이다.

폴이 골라에게 시선을 돌리며 말했다. "헤이트, 이것이 너의 유일한 이름인가?"

고요한 미소가 골라의 까무잡잡한 얼굴에 번져나갔다. 그가 금속 눈을 들어 폴에게 초점을 맞췄지만 상대를 빤히 바라보는 그 시선에는 여전히 기계의 느낌이 배어 있었다. "저는 그 이름으로 불리고 있습니다, 주인님. 헤이트라고요."

알리아는 비밀스러운 감시를 위해 만들어놓은 어두운 방 안에서 몸을 부르르 떨었다. 그것은 아이다호의 목소리였다. 그 목소리가 너무나 똑같아서 그녀는 자신의 세포에 그 목소리가 각인되었음을 느꼈다.

"주인님의 목소리가 제게 즐거움을 준다는 사실이 주인님께 기쁨이 되었으면 좋겠습니다. 베네 틀레이랙스는 제가…… 전에 주인님의 목소리를 들은 적이 있기 때문에 이런 반응을 보인다고 합니다." 골라가 말했다.

"하지만 네가 그걸 확실하게 알고 있는 건 아니로군." 폴이 말했다.

"제 과거에 대해 제가 확실하게 아는 것은 하나도 없습니다, 주인님.

저는 이전 인생의 기억을 가질 수 없다는 설명을 들었습니다. 이전의 삶에서 남아 있는 것이라고는 유전자의 패턴뿐입니다. 그러나 한때 친숙했던 것들이 꼭 맞게 들어갈 수 있는 틈새들이 있습니다. 사람들의 목소리, 장소, 음식, 사람들의 얼굴, 소리, 행동, 제 손에 들린 칼, 오니솝터의 조종간……."

폴은 조합원들이 이 대화를 아주 주의 깊게 지켜보고 있음을 확인하면서 골라에게 물었다. "너는 네가 선물이라는 사실을 알고 있느냐?"

"그렇다는 설명을 들었습니다, 주인님."

폴은 옥좌의 팔걸이에 두 손을 얹고 뒤로 물러나 앉았다.

'내가 던컨의 몸에 빚진 것이 무엇일까? 그는 내 목숨을 구하려다 죽었지. 하지만 저자는 아이다호가 아니라 골라야.' 폴은 생각했다. 그러나 폴이 스스로 날개를 펼쳐 날듯이 오니솝터를 조종할 수 있게 가르쳐줬던 사람의 몸과 정신이 그의 앞에 있었다. 폴은 자신이 칼을 들 때마다 항상 아이다호의 엄격한 가르침에 의존하지 않을 수 없다는 사실을 알고 있었다. 골라라니. 저자는 쉽게 오해를 불러일으키는 거짓 흔적들로 가득 찬 살덩어리였다. 오랜 기억들은 끈질기게 살아남을 것이다. '던컨 아이다호.' 저 골라가 뒤집어쓰고 있는 것은 가면이 아니라, 무엇인지는 몰라도 틀레이랙스 인들이 그 안에 감춰둔 것들과 다르게 움직이는 개성을 감춰주는 헐렁한 옷 같은 것이었다.

"너는 우리를 위해 무엇을 할 수 있느냐?" 폴이 물었다.

"제 능력껏 주인님이 원하시는 것은 무엇이든 하겠습니다."

홀이 잘 내려다보이는 장소에서 이 상황을 지켜보던 알리아는 왠지 수줍어하는 듯한 골라의 모습에 감동했다. 거기에서는 어떤 거짓도 감지되지 않았다. 궁극의 순수함을 지닌 어떤 것이 저 새로운 던컨 아이다호에게서 빛나고 있었다. 원래의 아이다호는 현실적이고 무모한 사람이었다. 그러나 저 아래의 육체에서는 그 모든 것이 씻겨 나가고 없었다. 저 순수한 표면 위에 틀레이랙스 인들은 과연…… 무엇을 써놓았을까?

순간 그녀는 이 선물 속에 감춰진 위험을 감지했다. 저자는 틀레이랙스의 물건이었다. 틀레이랙스 인들은 어떤 물건을 만들어낼 때 불안할 정도로 금기의식이 없었다. 아무런 제한 없는 호기심이 그들의 행동을 이끄는 경우도 있었다. 그들은 적당한 원료가 되어줄 인간만 있으면 악마든 성자든 모두 다 만들어낼 수 있다고 자랑했다. 그들은 살인자 멘타트를 판매했다. 인간의 목숨을 빼앗아서는 안 된다는 수크 의대의 금제를 깨고 살인자 의사를 만들어내기도 했다. 그들이 판매하는 제품에는 기꺼이 천한 일을 도맡는 하인, 어떤 변덕도 맞춰주는 유순한 성적 노리개, 병사, 장군, 철학자 등이 포함되어 있었다. 심지어 도덕주의자도 간혹 있었다.

폴이 몸을 조금 움직이면서 에드릭에게 시선을 돌렸다. "이 '선물'은 어떤 훈련을 받았소?" 그가 물었다.

"황공하옵게도 폐하, 틀레이랙스 인들은 이 골라를 멘타트이자 젠수니 철학자로 훈련시키면서 재미를 느꼈다고 합니다. 그들은 또한 그의 검술 실력을 높여주려고 했답니다."

"그래서 성공했소?"

"모르겠습니다, 폐하."

폴은 에드릭의 대답을 곰곰이 생각해 보았다. 그의 진실의 감각에 의하면 에드릭은 이 골라가 아이다호라고 진심으로 믿고 있었다. 그러나 뭔가가 더 있었다. 이 수수께끼 같은 키잡이가 헤쳐나가고 있는 시간의 바다는 위험의 정체는 밝혀주지 않은 채 위험이 있다는 사실만을 암시했다. 틀레이랙스 인들이 지어준 헤이트라는 이름은 위험을 경고했다. 폴은 이 선물을 거절하고 싶다는 유혹을 느꼈다. 그러나 그 유혹을 느끼는 순간에도 그는 그 방법을 선택할 수 없음을 알고 있었다. 골라의 모습으로 나타난 이 육체는 아트레이데스 가문에 은혜를 갚으라고 요구하고 있었다. 그건 적들도 잘 알고 있는 사실이었다.

"젠수니 철학자라." 폴은 다시 골라를 바라보면서 생각에 잠긴 듯한 어조로 말했다. "너는 네 역할과 동기를 자세히 살펴보았느냐?"

"저는 겸허한 자세로 제 임무를 수행하려고 합니다, 폐하. 제가 인간이었던 과거의 의무들이 모두 씻겨 나갔기 때문에 제 정신은 깨끗합니다."

"짐이 너를 헤이트라고 부르는 게 좋겠느냐, 아니면 던컨 아이다호라고 부르는 게 좋겠느냐?"

"주인님께서 원하는 대로 부르십시오. 이름은 상관없습니다."

"하지만 던컨 아이다호라는 이름이 네 마음에 드느냐?"

"예전에는 그것이 제 이름이었던 것 같습니다, 폐하. 그 이름이 제게 잘 맞는 것으로 느껴지니까요. 그러나…… 그 이름은 묘한 반응을 불러일으킵니다. 사람의 이름에는 유쾌한 것들과 함께 불쾌한 것들도 많이 따라다니는 것 같습니다."

"너는 무엇에서 가장 큰 기쁨을 느끼느냐?" 폴이 물었다.

뜻밖에도 골라가 웃음을 터뜨리며 말했다. "다른 사람들에게서 과거의 저를 밝혀주는 징조를 찾는 것입니다."

"여기에도 그런 징조가 있느냐?"

"예, 그렇고말고요, 주인님. 저쪽에 있는 주인님의 부하 스틸가는 의심과 경탄 사이에서 어쩔 줄을 모르고 있습니다. 그는 과거의 저와 친구였지만, 이 골라의 육체에 혐오를 느끼고 있습니다. 주인님은 과거의 저를 동경하셨고…… 그를 신뢰하셨습니다."

"깨끗하게 정화된 정신이라. 그렇게 정화된 정신이 어떻게 우리에게 속박될 수 있느냐?"

"속박이라고요, 주인님? 정화된 정신은 미지의 것들 앞에서 인과 관계와 상관없이 결정을 내립니다. 그것이 속박입니까?"

폴은 인상을 찌푸렸다. 이것은 암호처럼 신비롭고 재치 있는 젠수니의 어법이었다. 그들의 어법은 모든 정신적 활동에서 객관적인 기능의 존재를 부인하는 신념에 깊이 잠겨 있었다. '인과 관계와 상관이 없다고!' 이런 생각은 그의 정신에 충격을 주었다. '미지의 것들?' 미지의 것들은 모든 결정 속에 포함되어 있었다. 심지어 예지의 환영 속에서도 마찬가지였다.

"짐이 너를 던컨 아이다호라고 부르는 게 더 좋겠느냐?" 폴이 물었다.

"저희는 서로의 차이점에 의지해서 살아가고 있습니다, 주인님. 제 이름을 골라주십시오."

"그럼 틀레이랙스의 이름을 그대로 쓰겠다. 헤이트, 이건 정말 경계심을 불러일으키는 이름이로군." 폴이 말했다.

헤이트는 몸을 구부려 인사를 하고 뒤로 한 발짝 물러났다.

알리아는 속으로 생각했다. '저 사람은 대화가 끝났다는 것을 어떻게 알았지? 나야 오빠를 잘 알지만 낯선 사람은 전혀 눈치챌 수 없었을 텐데. 저 사람의 안에 있는 던컨 아이다호가 그걸 알아챈 걸까?'

폴이 대사에게 시선을 돌리며 말했다. "그대 일행을 위해 숙소를 마련해 두었소. 짐은 기회가 닿는 대로 가능한 한 빨리 그대와 개인적으로 얘기를 나누고 싶소. 짐이 그대를 부르러 사람을 보내겠소. 또한, 그대가 부정확한 정보를 듣기 전에 내 미리 알려줄 것이 있소. 베네 게세리트 교단의 가이우스 헬렌 모히암 대모가 그대들을 데려온 하이라이너에서 다른 곳으로 옮겨졌소. 그것은 짐의 명령에 따른 조치요. 그대의 우주선에 그녀가 타고 있었던 것도 우리 회담의 의제가 될 거요."

폴은 왼손을 흔들어 사절단에게 물러가라는 신호를 보냈다. "헤이트, 너는 여기 남아라." 폴이 말했다.

대사의 수행원들이 통을 끌면서 뒷걸음질로 물러갔다. 에드릭은 오렌지색 기체 속에서 눈, 입, 부드럽게 흔들리는 팔다리 할 것 없이 온통 오렌지색으로 움직이는 물체가 되었다.

폴은 조합원들이 모두 사라지고 커다란 문이 닫힐 때까지 지켜보았다. '이제 결정은 내려졌다. 난 이 골라를 받아들인 거야.' 폴은 생각했다. 이 틀레이랙스의 창조물이 미끼라는 사실에는 의심의 여지가 없었다. 마녀 같은 할망구인 대모도 같은 역할을 했을 가능성이 컸다. 그러나 지금은 그가 초창기에 보았던 환영에서 예측한 타로 카드의 시간이었다. 망할 놈의 타로 카드 같으니! 그것이 시간의 바다를 혼탁하게 해서 겨우 한 시간 이후의 순간들을 감지하기 위해서도 예지력을 무리하게 사용해야 했다. 그는 많은 물고기들이 미끼를 물고도 무사히 도망쳤다는 사실을 자신에게 일깨웠다. 그리고 타로 카드는 그에게 저항하기만 하는 것이 아니라, 그에게 이로운 방향으로도 작용하고 있었다. 그가 볼 수 없는 것이라면, 아마 다른 사람들도 감지하지 못할 터였다.

골라는 고개를 한쪽으로 갸우뚱하게 기울인 채 제자리에 서서 기다리고 있었다.

스틸가가 계단을 가로질러 움직이면서 폴의 시야로부터 골라를 가렸다. 그리고 시에치 시절의 사냥 언어인 차콥사 어로 말했다. "통 속에 들어 있는 저 생물은 소름이 끼칩니다, 폐하. 하지만 이 선물은 정말! 이놈을 쫓아내십시오!"

폴이 같은 언어로 말했다. "그럴 수 없소."

"아이다호는 죽었습니다. 이놈은 아이다호가 아니에요. 부족을 위해 이놈의 물을 취하도록 허락해 주십시오."

"저 골라는 내 문제요, 스틸. 당신은 우리 포로를 맡으시오. 목소리의 책략에 저항하는 방법을 훈련받은 사람들로 대모를 엄중하게 감시하시오."

"저는 저 골라가 마음에 들지 않습니다, 폐하."

"내가 조심하겠소, 스틸. 당신도 조심하도록 하시오."

"알겠습니다, 폐하." 스틸가는 홀의 바닥까지 계단을 내려가 헤이트의 바로 옆을 지나가면서 코로 킁킁 냄새를 맡아보고는 성큼성큼 밖으로 나가버렸다.

'냄새로 악마를 가려낼 수 있다는 건가.' 폴은 생각했다. 스틸가는 10여 개의 행성에 초록색과 하얀색으로 이루어진 아트레이데스의 깃발을 꽂았지만, 여전히 미신을 믿는 프레멘이었다. 모든 세속화에 저항하는 산 증거인 셈이었다.

폴은 선물을 유심히 살펴보았다.

"던컨, 던컨." 그가 낮은 소리로 속삭였다. "놈들이 자네에게 무슨 짓을 한 거지?"

"그들은 제게 생명을 주었습니다, 주인님." 헤이트가 말했다.

"하지만 왜 너를 훈련시켜서 짐에게 보낸 건가?" 폴이 물었다.

헤이트가 입술을 힘주어 다물었다가 입을 열었다. "그들은 제가 주인님을 파멸시키기를 원합니다."

이 말 속에 들어 있는 솔직함이 폴을 뒤흔들었다. 하지만 젠수니 멘타트가 달리 어떤 반응을 보일 수 있을까? 아무리 골라라 하더라도, 멘타트는 오로지 진실밖에 말하지 못했다. 젠수니의 평온한 내면에서 나오는 말이라면 특히 더 그러했다. 그는 먼 옛날에 증오스러운 기계 장치들에게 맡겼던 일을 잘 수행할 수 있도록 정신과 신경계가 조절된 인간 컴퓨터였다. 게다가 그를 젠수니로 훈련시켰다는 것은 그의 정직함이 두 배가 되었음을 의미했다……. 틀레이랙스 인들이 이 육체 안에 그보다 훨씬 더 이상한 것을 집어넣었다면 또 모를까.

예를 들어, 왜 기계 눈을 사용했을까? 틀레이랙스 인들은 자신들이 만든 금속 눈이 원래 눈보다 더 좋다고 자랑했다. 그렇다면 스스로 기계 눈을 선택하는 틀레이랙스 인들이 많지 않다는 것이 이상하지 않은가.

폴은 알리아의 감시창을 슬쩍 올려다보면서 그녀가 여기서 조언을 해주었으면 좋겠다고 생각했다. 책임감이나 부채의식 때문에 흐려지지 않은 조언이 간절하게 필요했다.

그는 다시 골라를 바라보았다. 이 골라는 결코 하찮은 선물이 아니었다. 그는 위험한 질문에 정직한 답변을 해주었다.

'이자가 나를 칠 무기로 사용되리라는 사실을 내가 안다고 해도 달라지는 건 없어.' 폴은 생각했다.

"내가 너에게서 나를 보호하기 위해 뭘 해야 하느냐?" 폴이 물었다. 이것은 황제가 스스로를 지칭하는 '짐'이라는 단어가 없는 단도직입적인 말이었지만, 만약 예전의 던컨 아이다호가 있었다면 그에게 했을 법한 질문이기도 했다.

"저를 쫓아내십시오, 주인님."

폴은 고개를 가로저었다. "너는 날 어떻게 파멸시킬 생각이지?"

헤이트는 경비병들을 바라보았다. 경비병들은 스틸가가 나간 후 폴에게 더 가까이 다가와 있었다. 그는 고개를 돌려 홀을 한 바퀴 둘러보고 나서 금속 눈을 다시 폴에게 돌리며 고개를 끄덕였다.

"이곳은 사람이 백성들과 동떨어져 사는 곳입니다. 이곳이 너무나 커다란 권력을 과시하고 있기 때문에 모든 것이 유한하다는 생각을 하지 않으면 이곳에 대해 편안한 마음으로 생각할 수 없습니다. 주인님의 예지력이 주인님을 이곳으로 이끈 겁니까?"

폴은 옥좌의 팔걸이를 손가락으로 두들겼다. 멘타트는 자료를 원할 뿐이지만, 그는 마음이 불편해졌다. "나는 강한 결단에 의해 지금의 위치까지 왔다……. 항상 나의 다른…… 능력만이 나를 이끈 건 아냐."

"강한 결단이라." 헤이트가 말했다. "그것은 인간의 삶을 단련시킵니다. 좋은 금속을 불에 달궜다가 찬물에 집어넣지 않고 저절로 식히면 잘 단련되지요."

"젠수니의 헛소리로 내 주의를 돌리려는 것이냐?" 폴이 물었다.

"젠수니에는 주의를 돌리거나 과시하는 것 외에도 탐구할 것이 많습니다, 폐하."

폴은 혀로 입술을 축이고 깊이 숨을 들이마시며 멘타트와 평형을 이룰 수 있게 자신의 생각을 정리했다. 그의 주위에 부정적인 대답들이 생겨났다. 다른 의무들을 모두 팽개치고 이 골라의 뒤를 쫓을 수는 없는 노릇이었다. 그래, 그럴 수는 없었다. 왜 젠수니 멘타트란 말인가? 철학…… 말…… 묵상…… 내적인 탐색……. 그는 자신의 자료가 불충분하다는 것을 느꼈다.

"짐에게는 더 많은 자료가 필요하다." 그가 중얼거렸다.

"멘타트에게 필요한 사실 정보는 꽃밭을 통과할 때 옷에 꽃가루가 묻는 것처럼 가볍게 다가오지 않습니다. 멘타트는 자신의 몸에 묻힐 꽃가루를 신중하게 선택해서 크게 확대한 다음 조사하지요." 헤이트가 말했다.

"아무래도 네게서 젠수니 식의 수사법을 배워야겠다." 폴이 말했다.

한순간 그를 바라보는 골라의 금속 눈이 반짝 빛났다. 골라가 입을 열었다. "주인님, 어쩌면 그것이 저를 만든 사람들의 의도였는지도 모릅니다."

'말과 생각들로 내 의지를 무디게 만들겠다는 건가?' 폴은 속으로 질문을 던져보았다.

"생각이 행동으로 변하면 가장 두려운 것이 되지." 폴이 말했다.

"저를 쫓아내십시오, 폐하." 헤이트가 말했다. '어린 주인님'에 대한 걱정으로 가득 찬 던컨 아이다호의 목소리였다.

폴은 자신이 그 목소리에 붙들려버렸음을 느꼈다. 아무리 골라의 몸에서 나오는 목소리라 하더라도, 이 목소리를 멀리 쫓아버릴 수는 없었다. "그냥 이곳에 있어. 우리 둘 다 조심하면 된다." 그가 말했다.

헤이트가 공손하게 몸을 숙여 인사했다.

폴은 이 선물을 그의 손에서 가져가 비밀을 밝혀달라고 애원하는 눈으로 알리아의 감시창을 슬쩍 올려다보았다. 골라는 아이들에게 겁을 주기 위한 유령이었다. 골라를 제대로 파악해 보고 싶다는 생각을 해본 적은 한 번도 없었다. 그가 이 골라를 파악하려면 모든 연민의 감정을 초월해야 했다……. 그런데 그렇게 할 수 있을지 자신이 없었다. 던컨…… 던컨…… 아이다호는 정확하게 만들어진 이 육체의 어디에 있는 걸까? 이것은 육체가 아니었다……. 이것은 육신의 모습을 한 수의였다! 아이다호는 아라키스의 동굴 바닥에 영원히 주검으로 남아 있었다. 그의 유령이 금속 눈 속에서 그를 빤히 바라보았다. 저승에서 돌아온 이 육체 속에 두 존재가 나란히 서 있었다. 그중 하나는 독특한 베일 뒤에 가려진 본성과 힘 때문에 위협이 되는 존재였다.

폴은 눈을 감으며 오래전에 보았던 환영들이 자신의 의식 속으로 새어들어 오도록 내버려두었다. 혼란스러운 풍경 위로 바위 하나 솟아 있지 않은 넘실거리는 바다에서 사랑과 증오의 영(靈)들이 분수처럼 쏟아져 나오는 것이 느껴졌다. 조금 거리를 두고 이 혼란을 조사할 수 있는 장소가 전혀 없었다.

'이 새로운 던컨 아이다호를 보여준 환영이 하나도 없었던 이유가 무엇이지?' 그는 속으로 질문을 던졌다. '무엇이 예언으로부터 '시간'을 숨긴 걸까? 다른 예언들이겠지. 틀림없어.'

폴은 눈을 뜨고 질문을 던졌다. "헤이트, 예지력을 갖고 있느냐?"

"아뇨, 주인님."

그의 목소리는 정직했다. 물론 이 골라가 자신이 그런 능력을 갖고 있음을 미처 모르는 것일 수도 있었다. 하지만 그렇다면 그것이 멘타트로서 그의 활동에 방해가 될 터였다. 이 골라 속에 숨겨진 의도는 과연 무엇일까?

오래전에 보았던 환영들이 폴의 주위에서 파도처럼 솟아올랐다. 끔찍한 길을 선택해야 하나? 일그러진 '시간'이 소름 끼치는 미래 속에서 이 골라의 존재를 암시했다. 그가 무슨 짓을 해도 그 길이 그에게 육박해 들어오는 것을 막을 수 없는 걸까?

'떠나라…… 떠나라…… 떠나라…….'

이 생각이 그의 머릿속에 종소리처럼 울려 퍼졌다.

알리아는 폴의 머리 위에서 왼손을 오목하게 구부려 턱을 괴고 아래쪽의 골라를 뚫어지게 바라보았다. 이 헤이트라는 인물의 자석 같은 매력이 그녀가 있는 곳까지 올라왔다. 틀레이랙스 인들의 복원 작업은 그에게 젊음을 주었다. 그 순수하고 강렬한 모습이 그녀를 큰 소리로 유혹하고 있었다. 그녀는 폴의 말없는 애원을 이해했다. 예언이 실패했을 때,

사람은 현실 속의 첩자들과 물리적인 힘에 의존하게 된다. 그러나 그녀는 자신이 이 도전을 받아들이는 일에 왜 이처럼 열심을 내고 있는 건지 의아했다. 이 새로운 남자와 가까운 곳에 있고 싶다는 분명한 욕망이 느껴졌다. 어쩌면 그를 만지고 싶은 것 같기도 했다.

'저 사람은 우리 둘 모두에게 위험해.' 그녀는 생각했다.

지나친 분석은 진실을 손상시킨다.

— 프레멘의 옛 격언

"대모님, 이런 상황에서 뵈니 몸이 떨립니다." 이룰란이 말했다.

그녀는 감방 문 바로 안쪽에 서서 베네 게세리트 방법으로 이 방의 여러 설비들을 살펴보고 있었다. 방은 한 면의 길이가 3미터인 정육면체로 폴의 성 밑에 있는, 결이 있는 갈색 암석을 레이저칼로 잘라 만든 것이었다. 가구로는 지금 가이우스 헬렌 모히암 대모가 앉아 있는 광주리 모양의 약해 빠진 의자 하나와 갈색 이불이 덮인 침상, 수분 재활용 세면대 위에 있는 미터기가 달린 수도꼭지, 수분 봉인 장치가 있는 프레멘 식 변기 등이 있었다. 그리고 침상의 갈색 이불 위에는 새로 나온 듄 타로 카드 한 벌이 펼쳐져 있었다. 모든 것이 빈약하고 원시적이었다. 천장의 네 귀퉁이에 단단히 고정시켜 망을 씌워둔 발광구에서 노란빛이 흘러나왔다.

"레이디 제시카에게 전갈을 보냈소?" 대모가 물었다.

"네. 하지만 그녀가 자신의 첫 아이에게 맞서서 손가락 하나라도 까딱

할 거라고는 생각하지 않습니다." 이룰란이 말했다. 그녀는 타로 카드를 흘끗 바라보았다. 탄원자들에게 모질게 등을 돌리는 점괘가 나와 있었다. '황량한 사막' 카드 밑에 놓인 '위대한 벌레'의 카드. 참는 것이 좋다는 뜻이었다. '그건 타로 카드를 보지 않아도 알 수 있는 거잖아?' 그녀는 생각했다.

경비병 하나가 감방 밖에 서서 문에 달린 메타유리 창문을 통해 두 사람을 지켜보고 있었다. 이룰란은 이 만남을 감시하는 사람들이 더 있다는 것을 알고 있었다. 그녀는 감히 용기를 내어 이곳으로 오기 전에 많은 생각을 하며 계획을 짰다. 그러나 이곳과 거리를 유지하는 것에도 나름대로 위험이 있었다.

대모는 간헐적으로 타로 카드를 조사하며 프라즈나(Prajna, 반야(般若), 지혜라는 의미 — 옮긴이) 명상에 빠져 있었다. 결코 살아서 아라키스를 떠나지 못할 거라는 느낌이 드는데도 그녀는 이 명상을 통해 어느 정도 평정을 회복했다. 그녀의 예지력이 하찮은 것인지는 몰라도, 흙탕물은 흙탕물이었다. 게다가 언제든 '공포에 맞서는 기도문'을 외울 수 있었다.

그녀는 자신을 이 감방에 던져 넣은 조치의 의미를 아직 이해하지 못하고 있었다. 암울한 의심들이 그녀의 머릿속을 채웠다. 그리고 타로 카드는 그 의심이 옳다고 암시했다. 혹시 조합이 이 일을 미리 계획했던 걸까?

퀴자라 한 명이 온화하고 둥근 얼굴에 온통 파란색뿐인 눈을 유리처럼 반짝이며 하이라이너의 선교(船橋)에서 그녀를 기다리고 있었다. 그는 터번을 쓰기 위해 머리카락을 모두 밀고 아라키스의 바람과 햇빛에 피부가 가죽처럼 변했으며 노란 로브를 입고 있었다. 그는 아침을 떠는 안내원이 방금 가져온 공 모양의 스파이스 커피 잔에서 눈을 들어 잠깐 그녀를 유심히 살펴본 후 잔을 내려놓았다.

"가이우스 헬렌 모히암 대모이십니까?"

이 말을 머릿속으로 떠올리자 그 순간이 기억 속에서 생생하게 살아났다. 억제할 수 없는 발작 같은 두려움으로 목구멍이 죄어들었다. 그녀가 하이라이너에 타고 있다는 사실을 황제의 부하가 어떻게 알았을까?

"우리는 대모께서 여기 타고 계신다는 사실을 알게 되었습니다. 이 신성한 행성에 발을 디뎌도 좋다는 허가를 거부당한 걸 잊으신 겁니까?" 그 퀴자라가 말했다.

"난 지금 아라키스에 있는 게 아닐세. 누구나 자유롭게 통과할 수 있는 우주에서 조합의 하이라이너에 탑승한 승객이지." 그녀가 말했다.

"통행이 자유로운 우주라는 건 존재하지 않습니다, 부인."

그녀는 그의 목소리에서 깊은 의심과 뒤섞인 증오를 읽었다.

"무앗딥은 모든 곳을 다스리십니다." 그가 말했다.

"아라키스는 내 목적지가 아니야." 그녀가 강력하게 주장했다.

"아라키스는 모든 사람의 목적지입니다." 그가 말했다. 순간 혹시 그가 순례자들의 신비로운 여행 여정을 읊기 시작하는 것이 아닐까 하는 생각이 들었다. (이 우주선에도 수천 명의 순례자들이 타고 있었다.)

그러나 그 퀴자라는 로브 밑에서 황금빛 부적을 꺼내 입을 맞추고 이마에 갖다 댄 다음 오른쪽 귀 옆에 대고 귀를 기울였다. 이윽고 그가 부적을 다시 옷 속으로 숨겼다.

"짐을 챙겨서 저와 함께 아라키스로 오셔야 한다는 명령이 내려졌습니다."

"하지만 난 다른 곳에 볼 일이 있어!"

그 순간 조합이 자신을 배신했을지도 모른다는 생각이 들었다……. 혹은 황제나 그 여동생의 초월적인 능력을 통해 그녀의 존재가 노출된 것 같기도 했다. 어쩌면 조합의 그 키잡이가 결국 음모를 숨기지 못한 것인지도 몰랐다. 저주스러운 존재 알리아가 베네 게세리트의 대모와 같은 능력을 갖고 있음은 확실했다. 그런 능력과 그 오빠의 힘이 합쳐지면 무슨 일이 생길지 알 수 없었다.

"즉시 명령에 따르십시오!" 퀴자라가 날카롭게 소리쳤다.

그녀의 내부에 있는 모든 것들이 이 저주받은 사막 행성에 다시 발을 디뎌서는 안 된다고 소리치고 있었다. 이곳은 레이디 제시카가 교단에 등을 돌린 곳이었다. 이곳은 그들이 오랜 세월 동안 조심스러운 유전자 교배를 통해 추구해 왔던 퀴사츠 해더락인 폴 아트레이데스를 잃은 곳이었다.

"알겠네." 그녀가 말했다.

"시간이 별로 없습니다. 황제께서 명령하시면 모든 신민이 복종해야 합니다." 퀴자라가 말했다.

'그러니까 그 명령을 내린 사람이 폴이라는 얘기군!'

그녀는 하이라이너의 항법사 지휘관에게 항의를 할까 생각해 보았다. 하지만 그런 짓을 해도 소용없다는 생각이 그녀를 막았다. 조합이 뭘 할 수 있겠는가?

"황제는 내가 듄에 발을 디디면 죽어야 한다고 했네." 그녀가 말했다. 이것은 최후의 필사적인 노력이었다. "그대도 그런 말을 했지. 나를 저 아래로 데려가는 것은 내게 유죄 판결을 내리는 것과 같아."

"더 이상 아무 말도 하지 마십시오. 그건 이미 신성한 힘으로 정해진 일입니다." 퀴자라가 명령했다.

그들이 제국의 명령에 대해 항상 그런 식으로 말한다는 것을 그녀는 알고 있었다. 신성한 힘으로 정해졌다니! 그건 미래를 꿰뚫어 볼 수 있는 신성한 통치자가 말했다는 뜻이었다. 반드시 일어나야 하는 일은 반드시 일어나야 했다. 그분이 이미 그것을 보았으므로. 그렇지 않은가?

그녀는 자신이 스스로 짜놓은 거미줄에 걸려들었다는 고약한 감정을 느끼면서 명령에 따르려고 몸을 움직였다.

그리고 그 거미줄이 지금은 이룰란이 찾아올 수 있는 감방으로 변해 있었다. 그녀는 왈락 제9행성에서 있었던 회의 이후 이룰란이 조금 늙었음을 알아보았다. 근심 때문에 새로 생겨난 주름살들이 그녀의 눈가를 기점으로 퍼져 있었다. 이젠…… 베네 게세리트의 이 자매가 자신의 서약을 준수할 수 있는지 확인할 때였다.

"난 이보다 더 형편없는 숙소에 있었던 적도 있소." 대모가 말했다. "황제의 명령을 받고 온 거요?" 그녀는 마치 흥분한 것처럼 손가락을 움직였다.

이룰란이 손가락의 움직임을 읽은 다음 그 대답으로 자신도 손가락을 빠르게 움직이면서 입을 열었다. "아뇨, 저는 대모님께서 이곳에 계신다는 얘기를 듣자마자 달려왔습니다."

"황제가 화를 내지 않겠소?" 대모가 물었다. 그녀의 손가락이 다시 움직였다. 단호하게 압박하며 채근하는 내용이었다.

"화를 낼 테면 내라지요. 대모님은 교단에서 제 스승님이셨습니다. 황제 어머니의 스승이셨던 것과 똑같이. 그 여자가 했던 것처럼 저도 대모님께 등을 돌릴 거라고 그가 생각할까요?" 그리고 이룰란의 손가락 암호가 변명과 애원을 늘어놓았다.

대모는 한숨을 쉬었다. 겉으로 보기에는 자신의 운명을 슬퍼하는 죄수의 한숨이었지만, 속으로 그녀는 그 한숨이 이룰란을 겨냥한 말이라고 생각하고 있었다. 이룰란이라는 도구를 통해 아트레이데스 황제의 소중한 유전자 패턴이 보존될 수 있으리라고 기대하는 건 소용없는 일이었다. 외모가 아무리 아름다워도, 이 공주에게는 결함이 있었다. 성적인 매력을 발산하는 그 겉모습 밑에는 행동보다 말에 더 관심이 많고 우는소리를 잘하는 여자가 살고 있었다. 그러나 이룰란은 지금도 베네 게세리트였다. 그리고 교단은 중대한 지시 사항이 반드시 실행되게 하기 위해 교단의 연약한 도구들에게 사용할 수 있는 특정한 방법을 갖고 있었다.

침상이 더 부드러웠으면 좋겠다는 둥, 더 나은 음식이 나왔으면 좋겠다는 둥 하찮은 이야기를 나누면서 대모는 상대를 설득하는 자신의 무기들을 꺼내 이룰란에게 명령을 내렸다. 오빠와 여동생의 결합을 검토해 보아야 한다는 내용이었다. 이룰란은 이 명령을 들으면서 그대로 무너져버릴 뻔했다.

"제게도 기회를 주셔야 합니다!" 이룰란이 손가락 암호로 애원했다.

"공주에게는 이미 기회가 있었소." 대모가 반박했다. 그리고 그녀는 분명한 지시를 내렸다. 황제가 첩에게 화를 낸 적이 있는가? 그는 독특한 능력 때문에 분명히 외로울 것이다. 자신을 이해해 줄지도 모른다는 희망을 안고 그가 얘기를 나눌 수 있는 상대가 누구인가? 틀림없이 그 여동생일 것이다. 그녀도 같은 고독을 느끼고 있으니까. 그 두 사람 사이의 깊은 교감을 반드시 이용해야 한다. 그들이 단둘이서만 있게 되는 기회를 만들어야 한다. 그들이 친밀함을 나눌 수 있는 만남의 기회를 마련해야 한다. 첩을 제거해야 할 가능성도 검토해야 한다. 슬픔은 전통적인 장벽들을 녹여버리는 법이다.

이룰란은 항의했다. 만약 챠니가 죽임을 당한다면, 의심의 눈길이 즉시 공주 황비에게 고정될 것이다. 게다가 다른 문제들도 있었다. 챠니는 아이 낳는 능력을 높여준다는 고대의 프레멘 식단에 매달리고 있는데,

그 때문에 피임약을 먹일 모든 기회가 사라져버렸다. 피임약 투여를 중지하면 챠니의 임신 가능성이 더욱 커질 것이다.

대모는 손가락을 빠르게 움직여 명령을 전달하면서 치솟아 오르는 분노를 힘겹게 감췄다. 처음 대화를 시작했을 때 왜 이 정보를 말하지 않았단 말인가? 이룰란이 이런 멍청한 짓을 저지르다니. 만약 챠니가 임신을 하고 아들을 낳는다면, 황제는 그 아이를 자신의 후계자로 선언할 것 아닌가!

이룰란은 그런 위험이 있다는 것을 자신도 알고 있지만, 어쩌면 유전자가 모두 사라져버리지는 않을지도 모른다고 항변했다.

'저런 멍청이!' 대모는 분노했다. 챠니의 다듬어지지 않은 프레멘 혈통이 유전자를 어떻게 억압하고 뒤틀리게 만들지 누가 안단 말인가? 교단에게 필요한 것은 순수한 혈통뿐인데! 게다가 후계자가 태어나면 폴의 야망에 새로 불이 붙어서 제국의 기틀을 굳히려는 노력에 더욱 박차를 가할 터였다. 그들이 꾸민 음모는 그런 사태를 감당할 수 없었다.

이룰란은 챠니가 그 프레멘 식단을 채택하는 걸 자기가 어떻게 미리 막을 수 있었겠느냐고 변명처럼 물었다.

그러나 대모는 변명을 들을 기분이 아니었다. 이룰란에게 이 새로운 위협에 맞서라는 분명한 지시가 내려졌다. 만약 챠니가 임신을 한다면, 그녀의 음식에 반드시 낙태약을 집어넣어야 했다. 그렇지 않으면 그녀를 죽여야 했다. 그 혈통에서 황제의 후계자가 나오는 것만은 무슨 수를 써서라도 막아야 했다.

이룰란은 낙태약이 황제의 첩을 공개적으로 공격하는 것만큼이나 위험하다고 항의했다. 챠니를 죽이려 하는 모습을 상상하며 그녀는 몸을 떨었다.

이룰란은 위험에 겁을 먹고 망설이는 것인가? 대모가 물었다. 그녀의 손가락 암호는 깊은 경멸을 드러내고 있었다.

화가 난 이룰란은 황실 안의 공작원으로서 자신의 가치를 알고 있다고 암호로 말했다. 음모를 꾸민 사람들은 이처럼 가치 있는 공작원을 낭비할 작정인가? 그녀를 내팽개칠 생각인가? 황제를 이렇게 가까이에서 감시할 수 있는 방법이 달리 또 무엇이 있단 말인가? 아니면 황실에 이미 다른 공작원을 심어놓은 건가? 그런 건가? 이제 그녀는 마지막으로 지독하게 이용당하는 건가?

전쟁 시에는 모든 가치들이 새로운 관계를 맺게 된다고 대모는 반박했다. 그들에게 가장 위험한 것은 아트레이데스 가문이 황제의 혈통으로 확실하게 확립되는 것이었다. 교단은 그런 위험을 무릅쓸 수 없었다. 아트레이데스의 유전자 패턴에 대한 위협보다 이것이 훨씬 더 위험했다. 폴이 자신의 가문을 황제의 자리에 확고하게 고정시키게 내버려둔다면, 교단의 계획들은 수백 년 동안 혼란에 빠질 것이다.

이룰란은 이 말을 이해했다. 그러나 뭔가 커다란 가치를 지닌 일을 위해 공주 황비를 희생시키자는 결정이 이미 내려졌다는 생각을 떨쳐버릴 수 없었다. 골라에 대해 내가 반드시 알아야 하는 일이 있는가? 이룰란은 과감하게 물었다.

대모는 이룰란에게 교단에 바보만 있는 줄 아느냐고 물었다. 이룰란이 반드시 알아야 하는 사실들을 교단이 미처 알려주지 못한 적이 한 번이라도 있었던가?

그것은 대답이 아니었지만, 어쨌든 숨기는 것이 있음을 인정하는 말이었다. 대모의 말은 그녀가 반드시 알아야 하는 것 외에는 아무것도 말해주지 않겠다는 뜻이었다.

골라가 황제를 파멸시킬 수 있을 거라고 어떻게 그리 확신할 수 있는가? 이룰란이 물었다.

대모는 차라리 멜란지가 파괴 능력을 갖고 있느냐고 묻는 게 낫겠다고 반격했다.

이룰란은 그것이 어떤 메시지를 숨긴 비난임을 깨달았다. 베네 게세리트의 '지시를 내리는 채찍'이 스파이스와 골라 사이의 이러한 유사성을 이미 오래전에 깨달았어야 한다고 그녀에게 알려주었다. 멜란지는 귀중한 물건이었지만, 거기에는 중독이라는 대가가 있었다. 스파이스는 몇 년 혹은 몇십 년씩 수명을 늘려주었지만 또한 죽는 방법 중의 하나이기도 했다.

골라도 무서운 가치를 지닌 물건이었다.

원하지 않는 출산을 막는 분명한 방법은 아이 어머니가 될 사람이 임신하기 전에 그녀를 죽여버리는 것이라고, 다시 공격을 시작한 대모가 암호로 말했다.

'당연히 그러시겠죠. 어느 정도의 대가를 치르기로 했다면 거기서 최대한 많은 것을 얻어내야 하니까.' 이룰란은 생각했다.

멜란지 중독 때문에 푸르게 빛나는 대모의 눈이 이룰란을 뚫어지게 올려다보며 아주 사소한 것들을 측정하고, 기다리고, 관찰했다.

'대모는 내 생각을 정확하게 읽고 있어.' 이룰란은 곤혹스러웠다. '대모는 나를 훈련시키면서 관찰했지. 대모는 이곳에서 무슨 결정이 내려졌는지 내가 깨달았다는 걸 알고 있어. 지금 나를 관찰하는 건 내가 그 사실을 어떻게 받아들이는지 확인하기 위해서일 뿐이야. 그래, 베네 게세리트답게, 그리고 공주답게 그 사실을 받아들이겠어.'

이룰란은 애써 미소를 지으면서 몸을 똑바로 세웠다. 그리고 새롭게 주의를 환기시켜 주는 '공포에 맞서는 기도문'의 첫 구절을 생각했다.

'나는 두려워해서는 안 된다. 두려움은 정신을 죽인다. 두려움은 완전한 소멸을 가져오는 작은 죽음이다. 나는 두려움에 맞설 것이다…….'

다시 평온함을 되찾은 후 그녀는 생각했다. '나를 소모품으로 희생시킬 생각이라면 그렇게 하라지. 난 공주의 가치가 어떤 것인지 저들에게 보여주겠어. 어쩌면 저들이 기대했던 것보다 더 많은 성과를 이룰지도 모르지.'

대화를 끝내기 위해 아무 의미 없는 말들을 몇 마디 더 나눈 다음 이룰란은 자리를 떴다.

그녀가 가버린 후 대모는 타로 카드에 다시 주의를 돌려 불꽃의 회오리 모양으로 카드를 놓았다. 즉시 '중요한 비밀의 퀴사츠 해더락' 카드가 점괘로 나왔다. 그 카드는 '여덟 척의 우주선' 카드와 짝을 이뤄 놓여 있었다. 그것은 눈가림을 당하고 배신당한 여자 마법사를 뜻했다. 좋은 징조를 나타내는 점괘는 아니었다. 그녀의 적들에게 숨겨진 자원이 있다는 뜻이었으니까.

그녀는 카드에서 시선을 돌리고 동요를 느끼며 자리에 앉아 이룰란이 언젠가 자신들을 파멸시켜 버릴지도 모른다고 생각했다.

프레멘들은 그녀를 대지의 존재, 즉 폭력적인 힘으로 부족을 보호하는 특별한 임무를 맡은 여신 같은 존재로 생각한다. 그녀는 대모들의 대모이다. 남자의 능력을 회복시켜 달라거나 황무지를 비옥한 땅으로 만들어달라는 요구를 갖고 찾아오는 순례자들에게 그녀는 일종의 반(反)멘타트이다. 그녀는 '분석적인 것'에는 한계가 있다는 증거를 자신의 양식으로 삼는다. 그녀는 궁극의 긴장을 상징한다. 그녀는 처녀 매춘부이다. 재치 있고, 천박하고, 잔인하며, 그녀의 변덕은 코리올리 폭풍만큼이나 파괴적이다.

—성자 칼의 알리아, 「이룰란 보고서」 중에서

알리아는 자기 신전의 남쪽 단상 위에 검은 로브를 입은 파수병처럼 서 있었다. '예언의 신전'이라고 불리는 이 신전은 폴의 프레멘 군대가 그녀를 위해 그의 성 한쪽 벽에 붙여 지어준 것이었다.

그녀는 자신의 삶에서 이 부분을 증오했지만, 모든 사람들에게 파멸을 가져오지 않고 신전을 기피할 방법을 알지 못했다. 순례자들(망할 놈의 순례자들!)은 하루하루 늘어가기만 했다. 신전의 아래쪽 베란다에 그들이 우글우글했다. 순례자들 사이로 행상인들이 돌아다녔고, 하급 마법사들,

제물로 바친 짐승의 창자를 보고 신의 뜻을 점치는 점쟁이들, 보통 점쟁이들도 있었다. 모두들 폴 무앗딥과 그 여동생을 조잡하게 흉내 내며 일하는 사람들이었다.

새로 나온 듄 타로 카드가 들어 있는 빨간색과 초록색 꾸러미들이 행상인들의 물건 중에서 유난히 눈에 띄는 것을 알리아는 보았다. 그 타로 카드의 정체가 궁금했다. 이 물건을 아라킨 시장에 대주는 사람이 누구일까? 왜 하필 지금 이곳에서 타로 카드가 유난히 눈에 띄는 존재가 된 것일까? 시간을 혼란스럽게 만들기 위해서일까? 스파이스에 중독된 사람들은 누구나 예언에 대해 어느 정도 민감해졌다. 그래서 프레멘들은 이상한 사람들로 악명이 높았다. 지금 이곳에서 저토록 많은 프레멘들이 징조와 예언을 취미 삼아 기웃거리는 것이 우연일까? 그녀는 기회가 닿는 대로 빨리 해답을 찾아보기로 결심했다.

남동쪽에서 바람이 불어오고 있었다. 이 북부 지역에 높이 솟아 있는 방어벽의 절벽에 부딪쳐 무뎌진 바람의 잔해였다. 늦은 오후의 태양빛을 받은 엷은 먼지 안개 속에서 절벽 가장자리가 오렌지색으로 빛났다. 그녀의 뺨에 부딪히는 뜨거운 바람 때문에 사막과 광활하고 너른 공간의 안정감이 그리워졌다.

오늘의 마지막 순례자 무리가 혼자서, 혹은 서로 짝을 지어서 아래쪽 베란다의 널찍한 초록색 돌계단을 내려가기 시작했다. 잠시 걸음을 멈추고 행상인의 진열대에 놓인 기념품과 신성한 부적들을 쳐다보는 사람들이 몇 명 있었고, 마지막까지 남은 하급 마법사에게 조언을 구하는 사람들도 있었다. 순례자들, 탄원자들, 도시 사람들, 프레멘들, 행상인들이 하루를 마감하고 있었다. 구불구불 이어진 사람들의 줄이 야자수가 양쪽에 심어진 대로로 점점 사라져 갔다. 그 길은 도시 중심부로 통하는 길이었다.

알리아의 눈은 프레멘들을 금방 찾아내어, 미신적인 경외의 표정이 얼어붙은 듯 굳어 있는 그들의 얼굴과 조금은 난폭한 방법을 써서 다른 사람들과 거리를 유지하는 모습에 주목했다. 그들은 그녀의 힘이자 위험이었다. 그들은 지금도 운송 수단으로, 스포츠로, 의식에 쓰일 희생물로 거대한 벌레를 포획하고 있었다. 그들은 다른 행성에서 온 순례자들을 괘씸하게 생각했으며, 열곡과 팬의 도시 사람들을 간신히 참아넘겼고, 거리의 행상인들이 보여주는 냉소적인 태도를 증오했다. 야생의 프레멘과 난폭하게 자리다툼을 하는 사람은 없었다. 알리아의 신전으로 떼 지어 몰려오는 이 군중들 속에서도 마찬가지였다. '신성 구역'에서 칼부림이 일어나는 일은 없었다. 그러나 나중에…… 시체들이 발견된 적은 있었다.

신전을 떠나가는 군중들 때문에 흙먼지가 피어올랐다. 그 돌냄새가 알리아의 콧구멍에 닿으면서 광활한 사막에 대한 가슴 아픈 갈망에 또다시 불을 붙였다. 골라가 온 것 때문에 과거에 대한 자신의 감각이 더욱 날카로워졌음을 그녀는 깨달았다. 그녀의 오빠가 옥좌에 오르기 전, 아무런 속박도 없던 시절에는 즐거운 일들이 아주 많았다. 농담을 할 시간도 있었고, 작은 일들에 신경 쓸 시간도 있었고, 선선한 아침이나 석양을 즐길 시간도 있었다. 시간…… 시간…… 시간. 그 시절에는 심지어 위험조차도 좋은 것이었다. 그것은 이미 알고 있는 상대로부터 다가오는 분명한 위험이었다. 그때는 예지력의 한계를 억지로 늘려서 짙은 베일을 뚫고 답답할 정도로 잠깐밖에 볼 수 없는 미래를 보려고 애쓸 필요가 없었다.

야생의 프레멘들은 그것을 이런 말로 훌륭하게 표현했다. '숨길 수 없

는 것이 네 가지 있다. 사랑, 연기, 불기둥, 그리고 광활한 사막을 성큼성큼 걷는 사람.'

갑자기 불쑥 솟아오른 불쾌감에 알리아는 단상에서 신전의 어둠 속으로 물러나 유백색 광택이 나는 예언의 홀을 굽어보는 발코니를 따라 걸었다. 타일 위의 모래가 그녀의 발밑에 긁혔다. '탄원자들이 항상 신성한 방 안으로 모래를 끌어들이고 있어!' 그녀는 시종, 경비병, 성직자 지망생, 어디를 가도 볼 수 있는 퀴자라트의 아첨꾼 사제 등을 모두 무시하고, 자신의 개인 숙소로 올라가는 나선형 통로로 뛰어들었다. 그곳의 긴 소파와 푹신한 융단, 텐트에 거는 벽걸이들과 사막의 기념품들 사이에서 그녀는 스틸가가 개인 경호원으로 붙여준 프레멘 여전사들을 내보냈다. '감시견이라고 하는 게 더 맞겠지!' 그들이 항의의 말을 투덜거리면서도 스틸가보다 그녀를 더 무서워하며 물러간 후 그녀는 로브를 벗었다. 그리고 욕실로 향하면서 칼집째 가죽끈으로 묶어 목에 건 크리스나이프만 남긴 채 옷을 하나하나 벗어 등 뒤로 떨어뜨렸다.

그가 가까이 있다는 것을 그녀는 알고 있었다. 자신의 미래 속에서 느낄 수는 있지만 볼 수는 없는 그림자 같은 그 남자가. 예지력을 아무리 동원해도 그 남자의 모습에 살을 붙일 수 없다는 사실이 그녀를 화나게 했다. 그녀는 다른 사람들의 삶을 검색하다가 전혀 예기치 못한 순간에만 그를 느낄 수 있었다. 혹은 순수함이 욕망과 짝을 이루어 누워 있을 때 고독한 어둠 속에서 연기처럼 흐릿한 윤곽선을 만나기도 했다. 그는 고정되지 않은 지평선 바로 뒤에 서 있었고, 그녀는 자신의 능력을 예기치 못한 수준으로 강력하게 억지로 확장시킨다면 그를 볼 수 있을지도 모른다고 느꼈다. 그는 그곳에서 그녀의 의식을 끊임없이 공격하고 있었다. 그는 사납고, 위험하고, 부도덕했다.

축축하고 따스한 공기가 욕조 속에서 그녀를 감쌌다. 이것은 빛나는 목걸이에 꿰인 진주알처럼 그녀의 의식 속에 늘어서 있는 수많은 대모들의 기억이라는 존재로부터 배운 습관이었다. 움푹 파인 욕조 안의 따스한 물이 욕조 안으로 미끄러지듯 들어오는 그녀의 살갗을 받아들였다. 빨간 물고기 무늬가 있는 초록색 타일들이 바다의 모습을 형성하며 물을 둘러싸고 있었다. 이 공간을 차지하고 있는 물은 너무나 풍부했다. 과거의 프레멘들이라면 단순히 인간의 몸을 씻는 목적으로만 이 물이 사용되는 것을 보고 격분했을 터였다.

'그'가 가까이 있었다.

정숙함과 정욕이 서로 긴장 관계를 이루고 있다고 그녀는 생각했다. 그녀의 육체는 짝을 원했다. 시에치 잔치를 주재한 대모에게 성행위는 전혀 신비스러운 것이 아니었다. 그녀의 '다른 자아들'이 갖고 있는 타우 의식은 그녀가 호기심에 알고 싶어 하는 모든 것을 상세하게 가르쳐줄 수 있었다. 그가 가까이 있다는 이 느낌은 육체가 육체를 향해 손을 뻗는 것에 불과한지도 몰랐다.

행동에 나서고 싶다는 욕구가 따스한 물속에서 느껴지는 나른함과 싸웠다.

갑자기 알리아는 물을 뚝뚝 떨어뜨리면서 욕조에서 나와 침실 옆에 있는 훈련실로 성큼성큼 걸어갔다. 타원형에 채광창이 달린 그 방에는 베네 게세리트 숙련자를 육체적, 정신적으로 궁극의 의식/준비 상태로 단련해 주는 커다란 기구들과 세밀한 기구들이 있었다. 기억 확장기, 손가락과 발가락을 강하고 민감하게 만들어주는 익스의 손발가락 훈련기, 냄새 합성기, 촉감 훈련기, 온도 변화장(場), 남들에게 감지될 수 있는 습관에 빠져드는 것을 막아주는 패턴 판독기, 알파파 반응 훈련기, 빛과 어둠의 스펙트럼 분석 능력을 단련시키는 눈깜박임 동기화 장치…….

한쪽 벽에는 그녀가 기억술 페인트로 직접 써놓은 10센티미터 크기의 글자들이 있었다. 베네 게세리트 강령에서 따온 주의를 환기시키는 말이었다.

'우리가 등장하기 전, 모든 배움의 방법들은 본능에 의해 더럽혀져 있었다. 우리는 배우는 방법을 배웠다. 우리가 등장하기 전, 본능에 압도된 연구자들은 제한된 시간 동안만 주의를 집중할 수 있었다. 그 시간은 흔히 사람의 일생보다 길지 않았다. 쉰 명 이상의 생애에 걸쳐 이어지는 프로젝트는 그들의 머릿속에 결코 떠오른 적이 없었다. 총체적인 근육과 신경 훈련이라는 개념이 그들의 의식 속에 떠오른 적은 없었다.'

알리아는 훈련실로 들어가면서 표적용 인형의 심장 부위에서 흔들리고 있는 펜싱용 거울의 수정 프리즘에 수천 배나 확대된 모습으로 비치는 자신의 모습을 보았다. 그녀는 표적에 맞닿은 받침대 위에서 기다리고 있는 긴 칼을 보고 생각했다. '그래! 완전히 지칠 때까지 운동을 하자. 몸을 녹초로 만들어서 정신을 깨끗하게 하는 거야.'

칼은 손에 꼭 맞았다. 그녀는 목에 걸린 칼집에서 크리스나이프를 꺼내 왼쪽으로 들고 칼끝으로 표적의 작동 단추를 눌렀다. 표적의 주위에 방어막이 생겨나면서 그녀의 무기를 느리지만 단호하게 밀어내기 시작하자 저항이 생생하게 느껴졌다.

프리즘이 반짝였다. 표적이 그녀의 왼쪽으로 살짝 움직였다.

알리아는 긴 칼의 끝으로 표적을 따라가며 지금까지 자주 그랬던 것처럼 저 물건이 거의 살아 있는 것 같다고 생각했다. 그러나 표적은 눈을 위험으로부터 꾀어내고 사람을 혼란시켜 검술을 가르칠 목적으로 설계된 서보모터와 복잡한 반사회로에 지나지 않았다. 그것은 그녀가 반응하는 대로 반응하도록 조절된 도구였으며, 프리즘으로 빛의 균형을 맞추고 표적의 위치를 바꾸고 역습을 해오면서 그녀가 움직이는 대로 움직이는 반(反)자아였다.

프리즘들로부터 수많은 칼들이 나타나 그녀를 찌르려고 달려들었다. 그러나 그중에 진짜 칼은 하나뿐이었다. 그녀는 진짜 칼에 역습을 가하면서 방어막의 저항을 뚫고 칼을 밀어넣어 표적을 가볍게 건드렸다. 표시등이 하나 켜졌다. 프리즘들 사이에서 붉게 반짝이는 그 빛은…… 더욱 정신을 산란하게 했다.

표적이 이제 처음 속도보다 조금 더 빠른 표시등 하나의 속도로 움직이면서 다시 공격했다.

그녀는 공격을 살짝 피한 다음, 무모하게 위험 지역으로 들어가 크리스나이프로 점수를 올렸다.

프리즘에서 두 개의 빛이 빛났다.

표적이 롤러 위에서 움직이면서 다시 속도를 높여 그녀의 몸과 칼끝의 움직임을 향해 자석처럼 끌려들었다.

공격 – 회피 – 반격.

공격 – 회피 – 반격.

이제 표적에는 네 개의 등이 빛나고 있었고, 표적은 등이 하나 켜질 때마다 더 빠르게 움직이면서 더 위험한 존재가 되어갔다. 혼란스러운 영역도 넓어졌다.

다섯 개째의 등이 켜졌다.

그녀의 벌거벗은 피부에서 땀이 번들거렸다. 지금 그녀는 자신을 위협하는 칼날과 표적 인형, 훈련실 바닥에 닿은 맨발, 감각과 신경과 근육, 즉 행동에 반응하는 행동 등에 의해 차원의 윤곽이 결정된 우주 속에 존재하고 있었다.

공격 - 회피 -반격.

여섯 번째 등…… 일곱 번째…….

여덟 번째!

그녀가 감히 여덟 개의 등에 도전해 본 적은 한 번도 없었다.

그녀의 마음속 깊은 곳에서 절박감이 자라났다. 그것은 이처럼 무모한 행동에 반대하는 외침이었다. 프리즘과 표적 인형이라는 도구들은 생각을 하지 못했고, 신중함이나 후회를 느끼지도 못했다. 그리고 그들은 진짜 칼을 들고 있었다. 진짜 칼이 아니라면 이런 훈련의 의미가 없었다. 공격해 오는 칼날은 상대를 불구로 만들 수도 있고, 죽일 수도 있었다. 그러나 제국 최고의 검사들은 결코 일곱 개의 표시등 이상까지 가지 않았다.

아홉 번째!

알리아는 극도의 흥분을 경험했다. 공격해 오는 칼날과 표적이 너무 빨라서 흐릿하게 보였다. 그녀는 손에 들린 칼이 생명을 가지고 살아난 기분이었다. 그녀는 표적에 대항하는 자였다. 그녀가 칼날을 움직이는 것이 아니라, 칼날이 그녀를 움직였다.

열 번째!

열한 번째!

뭔가가 번쩍하고 그녀의 어깨를 지나가 표적 주위의 방어막에서 속도를 늦추더니 미끄러지듯 그 안으로 들어가 작동 중지 단추를 눌렀다. 표시등이 어두워졌다. 프리즘과 표적이 비틀비틀 움직이다가 완전히 멈췄다.

알리아는 방해를 받은 것에 화가 나서 재빨리 몸을 돌렸다. 그러나 칼을 던져 표적의 작동을 멈춘 사람의 뛰어난 솜씨를 깨닫자 그녀의 반응은 긴장으로 바뀌었다. 그것은 절묘하고 정확하게 시간을 맞춘 솜씨였다. 방어막이 있는 영역에서 밀려나지 않고 통과할 수 있도록 너무 빠르지도, 너무 늦지도 않게 속도가 조절되어 있었던 것이다.

게다가 그 칼은 표시등 열한 개의 속도로 움직이고 있는 표적에서 크기가 1밀리미터밖에 되지 않는 장소를 맞혔다.

알리아는 표적 인형이 동작을 멈출 때처럼 자신의 감정과 긴장이 점점 수그러드는 것을 느꼈다. 그 칼을 던진 사람이 누군지 알았을 때에도 전혀 놀라지 않았다.

폴이 훈련실 문 바로 안쪽에 서 있었고, 스틸가가 그 뒤 세 발짝 떨어진 곳에 있었다. 오빠의 눈이 분노로 가늘어져 있었다.

알리아는 자신이 벌거벗고 있다는 사실을 점점 강하게 인식하면서 몸을 가려야겠다고 생각했다. 그런 생각을 하는 것이 재미있게 느껴졌다. 눈으로 이미 한번 본 것은 지워버릴 수 없는 법인데. 천천히 그녀는 크리스나이프를 목에 걸린 칼집에 다시 넣었다.

"알아차릴 수도 있었는데." 그녀가 말했다.

"너도 이게 얼마나 위험한 일인지 알고 있을 거라고 생각한다." 폴이 말했다. 그는 서두르지 않고 천천히 그녀의 얼굴과 몸에 나타난 반응을 읽었다. 그녀의 피부는 운동으로 상기되어 있었고, 그녀의 입술은 촉촉하고 풍만했다. 그가 누이동생과 관련해서 한 번도 생각해 보지 않았던, 불안할 정도로 성숙한 여성의 분위기가 그녀의 주위를 둘러싸고 있었다. 자기와 이처럼 가까운 사람을 보면서도 지금까지 항상 똑같은 모습으로 고정되어 있던 친숙한 틀 속에서 그녀를 인식할 수 없게 되었다는 사실에 기분이 묘했다.

"그건 미친 짓이었습니다." 스틸가가 폴의 옆으로 다가와 서면서 갈라진 목소리로 말했다.

그것은 화를 내며 하는 말이었지만, 알리아는 그의 목소리와 눈에서 경외의 감정을 읽었다.

"열한 개의 등이라니." 폴이 고개를 저으면서 말했다.

"오빠가 방해하지 않았다면 열두 개까지 갔을 거예요." 그녀가 말했다. 자신을 면밀하게 뜯어보는 그의 시선 때문에 점점 창백해지기 시작한 그녀는 말을 덧붙였다. "게다가 그런 걸 시도하지 말라면서 저 망할 놈의 물건에 왜 저렇게 등을 많이 달아놓은 거죠?"

"너는 베네 게세리트이면서 결과가 정해져 있지 않은 시스템의 논리적 근거를 묻는 거냐?" 폴이 물었다.

"오빠는 일곱 개 이상은 한 번도 시도해 보지 않았죠!" 그녀가 말했다. 분노가 다시 돌아오고 있었다. 그의 차분한 태도에도 점점 짜증이 나기 시작했다.

"딱 한 번, 표시등 열 개를 시도하다가 거니 할렉에게 발각된 적이 있다. 그때 받은 벌은 아주 창피한 것이었기 때문에 무슨 벌을 받았는지 네게 얘기해 줄 수는 없다. 그리고 창피하다는 말을 하자면……."

"다음 번에는 오면 온다고 미리 얘기를 하세요." 그녀가 말했다. 그리고 폴의 곁을 스치듯 지나쳐 침실로 들어가서 헐렁한 회색 로브를 찾아 몸에 걸친 다음 벽에 걸린 거울 앞에서 머리를 빗기 시작했다. 그녀는 끈적거리는 땀과 슬픔을 느꼈다. 정사 후에 느끼는 슬픔과도 흡사한 그 느낌 때문에 다시 목욕을 하고…… 잠들고 싶다는 생각이 들었다. "여긴 왜 오신 거예요?" 그녀가 물었다.

"폐하." 스틸가가 말했다. 그의 목소리 억양이 왠지 이상해서 알리아는 몸을 돌려 그를 뚫어지게 바라보았다.

"말이 좀 이상하게 들리겠지만, 우린 이룰란이 가보라고 해서 왔다." 폴이 말했다. "이룰란의 생각은 스틸가가 갖고 있는 정보에 의해서도 확인되었는데, 우리 적들이 뭔가 중대한 시도를 하려고……."

"폐하!" 스틸가가 말했다. 조금 전보다 더 날카로운 목소리였다.

오빠가 스틸가에게 의문을 담은 시선을 돌리는 동안, 알리아는 그 늙은 프레멘 나입을 계속 지켜보았다. 그가 원시적인 야만인 중의 하나임을 그녀에게 강렬하게 인식시키는 무엇인가가 지금 그에게 있었다. 스틸가는 자신과 아주 가까운 곳에 초자연적인 세계가 있다고 믿었다. 그 세계는 모든 의심을 쫓아버리는 단순한 이교의 언어로 그에게 말을 걸었다. 그가 서 있는 천연의 우주는 사납고 무적이었으며, 제국의 보편적인 도덕을 갖고 있지 않았다.

"좋소, 스틸. 우리가 왜 여기 왔는지 저 아이에게 당신이 말해 주겠소?" 폴이 말했다.

"지금은 우리가 여기 온 이유를 말할 때가 아닙니다." 스틸가가 말했다.

"뭐가 문제요, 스틸?"

스틸가는 계속해서 알리아를 뚫어지게 바라보았다. "폐하, 장님이 되신 겁니까?"

폴은 다시 누이동생에게 시선을 돌렸다. 불편한 감정이 그의 가슴을 채우기 시작했다. 그의 모든 보좌관들 중에서 그에게 감히 그런 어조를 사용하는 사람은 스틸가뿐이었다. 그러나 스틸가도 필요에 따라 때를 가릴 줄 알았다.

"아가씨에게는 반드시 짝이 필요합니다!" 스틸가가 불쑥 말했다. "아가씨가 결혼을 하지 않으면, 그것도 곧 하지 않으면, 문제가 생길 겁니다."

알리아는 갑자기 얼굴이 뜨거워져서 재빨리 몸을 돌렸다. '저 사람의 말에 내가 왜 이런 반응을 보이는 거지?' 그녀는 생각했다. 베네 게세리트의 자기 통제 능력도 그녀의 반응을 막지 못했다. 스틸가가 무엇을 한 건가? 그는 '목소리'의 힘을 갖고 있지 않은데. 그녀는 당혹감과 분노를 느꼈다.

"저 위대한 스틸가가 하는 말 좀 들어보세요!" 알리아가 두 사람에게 등을 돌린 채 말했다. 자신의 목소리에 앙알거리는 기색이 있음을 느꼈지만 감출 수가 없었다. "프레멘 스틸가가 처녀들에게 조언을 한다니!"

"제가 두 분을 다 사랑하기 때문에 말하지 않을 수가 없군요." 스틸가가 심오한 위엄이 실린 어조로 말했다. "남자와 여자를 한데 묶어주는 것이 무엇인지도 모르고 제가 프레멘의 족장이 된 것은 아닙니다. 신비스러운 능력 같은 것이 없어도 그런 건 알 수 있습니다."

폴은 스틸가의 말 속에 담긴 의미를 가늠하면서 자신과 스틸가가 이곳에서 본 광경과 누이동생에게 자신이 느꼈던 부정할 수 없는 남자로서의 반응을 다시 생각해 보았다. 그렇다, 알리아에게서 뭔가 난폭할 정도로 음란한 색기가 보인 것은 사실이었다. 그녀가 무엇 때문에 벌거벗은 채 훈련실에 들어온 걸까? 게다가 그렇게 무모하게 생명의 위험을 무릅쓰다니! 펜싱 프리즘에 불을 열한 개나 켜다니! 표적 역할을 하는 저 두뇌 없는 자동인형이 고대의 무서운 괴물들과 똑같아 보였다. 이런 자동인형을 소유하는 것은 이 시대의 특별한 관습이지만, 부도덕한 과거의 흔적 또한 여기에 얼룩처럼 묻어 있었다. 과거의 언젠가 그 인형들은 인공 지능, 즉 컴퓨터 두뇌의 지시를 받아 움직였다. 버틀레리안 지하드가 그런 일에 종지부를 찍었지만, 그런 물건을 에워싸고 있는 귀족적인 악습의 분위기를 끝장내지는 못했다.

스틸가의 말은 당연히 옳았다. 알리아에게 반드시 짝을 찾아줄 필요가 있었다.

"내가 신경을 쓰겠소. 나중에 알리아와 내가 이 문제에 대해 얘기를 나눌 것이오…… 단둘이서." 폴이 말했다.

알리아는 고개를 돌려 폴에게 시선의 초점을 맞췄다. 그의 머릿속이 어떻게 돌아가는지 알기 때문에 그녀는 자신이 멘타트가 내리는 결정의 대상이 되었으며, 그 인간 컴퓨터의 분석 속에서 수많은 정보가 제자리를 찾아 들어갔다는 것을 깨달았다. 행성의 움직임처럼 뭔가 돌이킬 수 없는 일이 벌어진 것 같았다. 필연적이고 무서운 우주의 질서 같은 것이 느껴졌다.

"폐하." 스틸가가 말했다. "어쩌면 저희가……."

"이제 그만하시오!" 폴이 날카롭게 쏘아붙였다. "지금 우리에겐 다른 문제들이 있소."

알리아는 오빠와 감히 논리로 맞설 수 없다는 사실을 의식하면서 베네 게세리트답게 방금 전의 일들을 옆으로 제쳐버리고 이렇게 말했다. "이룰란이 오빠를 보냈다고요?" 그녀는 이 사실을 생각하면서 자기도 모르게 위협을 느꼈다.

"직접 가라고 말한 건 아니다." 폴이 말했다. "그녀가 우리에게 준 정보가 우리의 의심을 확인해 주었다. 조합이 곧 모래벌레를 잡으려고 시도할 거라는 의심 말이다."

"그들은 작은 벌레를 잡아 어디 다른 행성에서 스파이스 주기를 만들어내려고 시도할 겁니다. 그건 그들이 적합해 보이는 행성을 발견했다는 뜻입니다." 스틸가가 말했다.

"그건 그들에게 프레멘 공범이 있다는 뜻이에요! 다른 행성 사람은 절대 벌레를 잡을 수 없어요!" 알리아가 주장했다.

"그건 말할 필요도 없는 일이죠." 스틸가가 말했다.

"아뇨, 그렇지 않아요." 알리아가 말했다. 그녀는 스틸가의 둔감함에 격분했다. "폴, 분명히……."

"부패가 시작되었어." 폴이 말했다. "우린 그걸 한참 전부터 알고 있었다. 하지만 그 다른 행성이라는 걸 난 한 번도 보지 못했어. 그것이 신경에 거슬린다. 만약 그들이……."

"그게 신경에 거슬린다고요?" 알리아가 힐문했다. "그건 그들이 자기들의 피난처를 감추듯이 키잡이를 이용해서 그 장소를 가렸다는 뜻일 뿐이에요."

스틸가는 입을 열었다가 아무 말도 하지 않은 채 다시 닫아버렸다. 그는 자신이 우상처럼 여기는 사람들이 신성모독적인 약점을 스스로 인정했다는 느낌에 짓눌리고 있었다.

스틸가의 불안을 눈치챈 폴이 말했다. "우리에게는 시급한 문제가 있어! 난 네 의견을 듣고 싶다, 알리아. 스틸가는 광활한 사막에서 순찰을 확대하고 시에치의 감시를 강화해야 한다는 제안을 내놓았다. 우리가 착륙 부대를 찾아내서 미리 막을……."

"키잡이가 이끄는 부대를요?" 알리아가 물었다.

"그들은 정말 필사적일 거야, 그렇지?" 폴이 알리아의 말을 인정했다. "그래서 내가 이리로 온 거다."

"우리는 보지 못하고 그들만이 볼 수 있었던 것 때문에요?" 알리아가 물었다.

"그래."

알리아는 새로 나온 듄 타로 카드에 대해 자신이 생각했던 것들을 떠올리며 고개를 끄덕였다. 재빨리 그녀는 자신이 두려워하는 것들을 열거해 보았다.

"그들은 우리 머리 위에 담요를 덮어버리고 있다." 폴이 말했다.

"순찰을 충분히 강화한다면 아마 그들을 막을……." 스틸가가 과감하게 말을 꺼냈다.

"우린 아무것도 막지 못해요…… 영원히." 알리아가 말했다. 지금 스틸가의 생각이 흘러가는 방향에 대한 '느낌'이 마음에 들지 않았다. 그는 자신의 시야를 좁혀서 눈에 뻔히 보이는 기초적인 것들을 무시하고 있었다. 이것은 그녀가 기억하는 스틸가가 아니었다.

"그들은 분명히 벌레를 잡을 거다." 폴이 말했다. "그들이 다른 행성에서 멜란지 주기를 시작할 수 있을 것인지 여부는 다른 문제야. 그러려면 벌레 이외의 것들이 필요하니까."

스틸가는 오빠와 여동생을 번갈아 바라보았다. 시에치 생활을 통해 머리에 박혀버린 생태학적 사고방식 때문에 그는 두 사람이 하는 말의 의미를 파악할 수 있었다. 사로잡힌 벌레는 아라키스 같은 환경에서만 살아남을 수 있었다. 모래 플랑크톤, 작은 창조자 등이 있어야 하는 것이다. 조합이 해결해야 할 문제는 아주 컸지만, 불가능한 것은 아니었다. 그가 점점 더 불안을 느끼는 것은 다른 문제 때문이었다.

"그럼 폐하는 예지의 환영 속에서 그런 일을 벌이는 조합의 모습을 감지하지 못하시는 겁니까?" 그가 물었다.

"젠장!" 폴의 분노가 폭발했다.

알리아는 스틸가를 유심히 살피면서 그의 머릿속에서 여러 생각들이 사납게 날뛰고 있음을 느꼈다. 그는 마법이라는 선반에 매달려 있었다. 마법! 마법! 미래를 일별하는 것은 신성한 불꽃으로부터 무서운 불을 훔쳐 오는 것과 같았다. 거기에는 궁극의 위험이라는 매력이 있었다. 과감히 모험에 나섰다가 사라져버린 영혼들. 형체도 없고 위험한 먼 곳으로부터 형체와 힘을 지닌 물건을 가지고 돌아온 사람도 있었다. 그러나 스틸가는 점점 다른 힘들을 느낄 수 있었다. 미지의 지평선 너머에 있는, 어쩌면 더 강력할지도 모르는 힘을. 그의 '마녀 여왕'과 '마법사 친구'가 위험한 약점을 자기도 모르게 드러내고 있었다.

"스틸가." 알리아가 입을 열었다. 그를 진정시키기 위해서였다. "당신은 지금 모래언덕들 사이의 계곡에 서 있어요. 나는 언덕 꼭대기에 있고요. 나는 당신이 보지 못하는 걸 볼 수 있어요. 그중에는 거리를 감춰주는 산들도 있죠."

"두 분의 눈으로부터 숨겨진 것이 있다는 말씀이군요. 두 분이 항상 얘기하시는 걸 들었습니다." 스틸가가 말했다.

"모든 힘에는 한계가 있어요." 알리아가 말했다.

"그리고 어쩌면 산 뒤에서 위험이 다가올지도 모르죠." 스틸가가 말했다.

"그래요, 그것과 비슷해요." 알리아가 말했다.

스틸가는 폴의 얼굴에 시선을 고정시킨 채 고개를 끄덕였다. "하지만 산 뒤에서 다가오는 것이 무엇이든 간에 반드시 모래언덕을 넘어야 합니다."

우주에서 가장 위험한 게임은 예언을 기반으로 통치하는 것이다. 우리는 우리가 그 게임을 할 수 있을 만큼 현명하거나 용감하다고 생각하지 않는다. 중요성이 떨어지는 문제들을 규제하기 위해 여기 상세하게 소개된 조치들은 정부라는 것의 가장자리에 우리가 감히 다가갈 수 있는 가장 가까운 곳까지 근접해 있다. 우리의 목적을 위해서 우리는 베네 게세리트로부터 규정을 빌려 왔으며, 여러 행성들을 유전자의 저수지, 즉 가르침과 스승들의 원천이자 가능성의 원천이라고 생각한다. 우리의 목표는 통치하는 것이 아니라, 이 유전자 저수지를 개발해서 지식을 얻고 예속과 정치에 의해 강요된 모든 구속으로부터 우리 자신을 해방시키는 것이다.

—「정치의 도구로서의 잔치」, 『키잡이 조합』 제3장

"여기가 폐하의 아버님께서 돌아가신 곳입니까?" 에드릭이 통 속에서 광선 지시봉을 조작해 폴의 응접실 한쪽 벽에 장식된 돋을새김 지도의 보석 표식을 가리켰다.

"거긴 아버님의 두개골을 모신 신전이오." 폴이 말했다. "아버님은 우리 발밑의 저지대에 착륙한 하코넨 프리깃함에서 포로의 신분으로 돌아가셨소."

"아, 그렇지요. 이제 저도 기억이 납니다. 불구대천의 원수인 늙은 하코넨 남작을 죽이려고 하셨다던가, 뭐 그런 얘기였죠." 이 방처럼 작고 폐쇄된 공간에서 자신이 느끼는 공포가 너무 많이 겉으로 드러나지 않기를 바라면서 에드릭은 오렌지색 기체 속에서 몸을 한 바퀴 굴려 폴에게 시선을 향했다. 폴은 회색과 검은색의 줄무늬가 있는 긴 소파에 혼자 앉아 있었다.

"내 누이가 남작을 죽였소." 폴이 말했다. 건조한 목소리에 건조한 태도였다. "아라킨 전투가 벌어지기 직전에."

폴은 조합의 이 물고기 인간이 지금 이곳에서 오랜 상처를 들쑤시는 이유가 무엇인지 궁금했다.

키잡이는 자신의 신경질적인 에너지를 억제하려는 싸움에서 지고 있는 것 같았다. 이전의 만남에서 보여주었던 나른한 물고기 같은 동작은 전혀 보이지 않았다. 에드릭의 자그마한 눈은 이곳…… 저곳을 정신없이 두리번거리면서 탐색하고 평가하고 있었다. 이 방 안까지 그와 동행한 단 한 명의 수행원은 에드릭에게서 떨어져 폴 왼쪽의 벽 끝에 늘어선 근위대원들 옆에 서 있었다. 폴은 그 수행원이 마음에 걸렸다. 그는 몸집이 크고, 목이 두껍고, 무뚝뚝하고 텅 빈 얼굴을 한 사람이었다. 그는 에드릭의 통 무게를 지탱해 주는 장 위에서 통을 밀면서 응접실 안으로 들어왔다. 그의 걸음걸이는 이방인의 것이었고, 양손은 허리에 대어져 있었다.

'사이테일.' 에드릭은 그를 이렇게 불렀다. '보좌관 사이테일.'

그 보좌관의 겉모습은 그가 멍청한 인간이라고 소리를 지르고 있었지만, 그 눈은 달랐다. 눈에 띄는 모든 것을 비웃는 눈이었다.

"폐하의 후궁께서 얼굴의 춤꾼들의 공연을 아주 즐기시는 것 같았습니다." 에드릭이 말했다. "제가 그렇게 작은 즐거움을 제공해 드릴 수 있어서 기쁩니다. 무용단 전체가 동시에 그분의 모습을 흉내 냈을 때 그분의 반응이 특히 기뻤습니다."

"선물을 가져오는 조합원에 대해 경고하는 말이 있지 않소?" 폴이 물었다.

그리고 그는 중앙 홀에서 벌어졌던 공연에 대해 생각해 보았다. 춤꾼들은 듄 타로 카드와 같은 의상과 분장을 하고 겉으로 보기에는 무질서한 것처럼 보이는 동작으로 몸을 흔들며 안으로 들어왔다. 그러나 그들의 동작은 불꽃의 회오리와 고대의 예언을 나타내는 도형들로 변해 갔다. 그다음에 등장한 것은 통치자들이었다. 동전에 새겨진 초상화 같은 모습의 왕과 황제들이 대체적인 윤곽은 딱딱하고 형식적이면서도 묘하게 유동적인 모습으로 퍼레이드를 벌였다. 그리고 익살스러운 장면들이 이어졌다. 폴의 얼굴과 몸이 그대로 복제되었고, 챠니와 똑같은 얼굴들이 홀을 가득 채웠다. 심지어 스틸가의 얼굴도 있었다. 이 광경을 보면서 다른 사람들이 웃어대는 동안 스틸가는 투덜거리면서 몸을 부르르 떨었다.

"하지만 저희가 선물을 드린 것은 아주 우호적인 의도에서였습니다." 에드릭이 항변했다.

"그대들은 과연 어느 정도까지 우호적이 될 수 있는 거요?" 폴이 물었다. "그대가 짐에게 준 골라는 자기가 짐을 파멸시키기 위해 만들어진 존재라고 믿고 있던데."

"폐하를 파멸시킨다고요?" 에드릭이 차분하기 그지없는 태도로 물었다. "사람이 신을 파멸시킬 수 있을까요?"

에드릭이 이 마지막 말을 할 때 마침 방으로 들어오던 스틸가가 걸음을 멈추고 근위대원들을 노려보았다. 그들이 폴에게서 너무 멀리 떨어져 있는 것이 마음에 들지 않았다. 그는 성난 몸짓으로 그들에게 더 가까이 다가가라는 신호를 보냈다.

"괜찮소, 스틸." 폴이 한 손을 들어 올리며 말했다. "그냥 우호적인 얘기를 나누고 있었을 뿐이오. 대사의 통을 내 소파 끝으로 옮겨주지 않겠소?"

스틸가는 이 명령의 의미를 되새기면서 그렇게 하면 키잡이의 통이 폴과 몸집이 큰 보좌관 사이에 놓이게 된다는 것을 깨달았다. 그것은 폴에게 너무 가까운 위치였다. 하지만…….

"괜찮소, 스틸." 폴이 같은 말을 반복하며 은밀한 수신호를 통해 다시 단호하게 명령을 내렸다.

눈에 띄게 내키지 않는 태도로 움직이면서 스틸가는 통을 폴에게 더 가까운 곳으로 밀었다. 그 통의 느낌도, 진한 향수가 가미된 멜란지의 냄새도 마음에 들지 않았다. 그는 허공을 빙글빙글 돌면서 키잡이의 목소리를 전달해 주는 장치 아래쪽의 통 귀퉁이에 자리를 잡았다.

"신을 죽인다……." 폴이 말했다. "그거 아주 재미있군. 하지만 누가 날 신이라고 한단 말이오?"

"폐하를 숭배하는 사람들이지요." 에드릭이 일부러 스틸가를 흘끗 바라보면서 말했다.

"그대는 그 말을 믿소?" 폴이 물었다.

"제가 무엇을 믿는가 하는 것은 전혀 중요하지 않습니다, 폐하. 그러나 많은 사람들의 눈에 폐하가 스스로를 신으로 만들려고 책략을 부리고 있는 것처럼 보입니다. 그래서 이런 질문을 해볼 수도 있겠지요. 그것은 언젠가 죽어야 하는 인간이…… 무사히 해낼 수 있는 일일까요?"

폴은 에드릭을 유심히 살펴보았다. 혐오스럽지만 눈치가 빠른 생물이었다. 그의 질문은 폴이 수도 없이 속으로 자문해 보았던 것이다. 그러나 그는 수많은 '시간선'들을 보았기 때문에 자신을 신으로 받아들이는 것보다 더 나쁜 일들이 일어날 수 있다는 것을 알고 있었다. 훨씬 더 나쁜 일들이. 그러나 그것들은 키잡이가 탐색할 수 있는 정상적인 길이 아니었다. 묘한 일이었다. 에드릭이 왜 그런 질문을 했을까? 그가 그렇게 뻔뻔스러운 행동을 통해 얻고자 하는 것이 무엇일까? 폴의 머릿속에 여러 가지 생각들이 번쩍번쩍 떠올랐다. 번쩍(이런 움직임 뒤에는 틀레이랙스 인들이 관련되어 있을 것이다), 번쩍(지하드가 최근 셈보에서 거둔 승리가 에드릭의 행동에 영향을 미쳤을 것이다), 번쩍(베네 게세리트의 여러 가지 신조들이 여기서 모습을 드러내고 있다), 번쩍…….

수천 비트의 정보가 포함된 사고 과정이 깜박거리며 그의 컴퓨터 같은 의식 속에서 쏜살같이 진행되었다. 거기에 걸린 시간은 3초쯤 되는 것 같았다.

"그대는 키잡이이면서 예지력의 지침에 대해 묻는 것이오?" 폴이 물었다. 이것은 에드릭의 입장을 가장 취약하게 만드는 질문이었다.

키잡이는 마음이 불편해졌지만, 그런 기색을 잘 감추고 긴 금언처럼 들리는 말을 끄집어냈다.

"지성이 있는 사람이라면 예지력이라는 현상에 대해 의문을 품지 않습니다, 폐하. 인간들은 아주 오랜 옛날부터 예지의 환영에 대해 알고 있었으니까요. 예지력은 우리가 전혀 짐작도 하지 못하고 있을 때 우리를 혼란에 빠뜨리곤 합니다. 하지만 다행히도 우리 우주에는 다른 힘들이 있지요."

"예지력보다 더 큰 힘이 있단 말이오?" 폴이 추궁했다.

"만약 예지력이 홀로 존재하면서 모든 것을 다한다면 예지력은 스스로를 소멸시켜 버릴 겁니다, 폐하. 예지력 외에는 아무것도 없다면, 예지력 자체의 퇴행적인 움직임 말고 어디에 예지력이 적용될 수 있겠습니까?"

"인간들이 처한 상황이 항상 그런 것이었지." 폴이 에드릭의 말에 동의했다.

"아무리 좋게 말해도 위태로운 것이죠. 환각으로 인간들의 상황을 혼란시키지 않는다 하더라도 말입니다." 에드릭이 말했다.

"그럼 내가 보는 환영들이 환각에 지나지 않는다는 거요? 아니면 나를 숭배하는 자들이 환각을 보고 있다는 말이오?" 폴이 짐짓 슬픈 목소리로 말했다.

스틸가는 긴장이 점점 높아가는 것을 느끼고 한 발짝 더 폴에게 다가와 통 속에 누워 있는 에드릭에게 주의를 집중했다.

"제 말을 곡해하셨습니다, 폐하." 에드릭이 항변했다. 묘하게 폭력적인 느낌이 그 말 속에 떠돌고 있었다.

'이곳에서 폭력을 휘두를 작정인가? 감히 그럴 리가 없어!' 폴은 근위대원들을 슬쩍 바라보면서 생각을 이어나갔다. '저자를 보호했던 군대가 저자를 몰아내는 데 사용될 작정이 아니라면 말이야.'

"하지만 그대는 내가 스스로 신이 되려고 책략을 부리고 있다고 비난했소." 폴이 에드릭과 스틸가만 들을 수 있도록 목소리를 낮춰 말했다. "책략이라니?"

"어쩌면 단어를 잘못 선택한 건지도 모르겠습니다, 폐하." 에드릭이 말했다.

"하지만 의미심장한 말이지. 그대가 나를 형편없는 인간으로 보고 있다는 뜻이니까." 폴이 말했다.

에드릭은 목을 둥글게 구부리고 불안한 표정을 지으며 곁눈질로 스틸가를 노려보았다. "사람들은 항상 부자와 권력자들을 형편없는 인간으로 생각합니다, 폐하. 귀족한테는 항상 이런 말을 할 수 있다고들 하지요.

'귀족은 자신의 악덕 중에서 자신의 인기를 높여줄 것만을 드러낸다.'"

스틸가의 얼굴에 전율이 스쳤다.

폴은 스틸가의 그런 표정을 바라보면서 그의 머릿속에서 속삭이고 있는 생각들과 분노를 느꼈다. 이 조합원은 어찌 감히 무앗딥에게 이런 말을 한단 말인가?

"지금 농담을 하는 것은 물론 아니겠지." 폴이 말했다.

"농담이라고요, 폐하?"

폴은 입안이 바짝 마른 것이 점점 강하게 의식되었다. 방에 사람이 너무 많아서 자신이 호흡하는 공기가 너무 많은 사람들의 허파를 지나온 것 같은 느낌이 들었다. 에드릭의 통에서 나오는 더러운 멜란지 냄새가 위협적이었다.

"그런 책략에서 나와 공범자가 될 사람이 누구겠소? 퀴자라트를 염두에 두고 있는 거요?" 이윽고 폴이 물었다.

에드릭이 어깨를 으쓱하자 그의 머리 주위에 있던 오렌지색 기체가 흔들렸다. 스틸가가 여전히 그를 노려보고 있었지만, 그는 이제 스틸가에 대해 별로 걱정하지 않는 듯했다.

"내 신성 교단의 선교사들이 모두 교활한 거짓을 설교하고 있다는 말을 하려는 거요?" 폴이 에드릭을 계속 추궁했다.

"그건 이기심과 성실성의 문제라고 할 수 있습니다." 에드릭이 말했다.

스틸가는 로브 밑의 크리스나이프에 한 손을 갖다 댔다.

폴이 고개를 저으면서 말했다. "그럼, 그대는 내가 성실하지 못한 사람이라고 비난하는 거로군."

"비난이라는 말은 적절하지 않은 것 같습니다, 폐하."

'이렇게 대담할 수가!' 폴은 생각했다. 그리고 에드릭에게 말했다. "비난이든 아니든, 그대는 나의 성직자들과 내가 권력에 굶주린 도적에 지나지 않는다고 말하고 있소."

"권력에 굶주렸다고요, 폐하?" 에드릭은 다시 스틸가를 바라보며 말을 이었다. "권력을 지나치게 많이 가진 사람은 그 때문에 고립되는 경향이 있습니다. 그들은 결국 현실과의 접점을 잃고…… 몰락하지요."

"폐하, 폐하께서는 이보다 덜한 짓을 저지른 사람들도 처형한 적이 있습니다!" 스틸가가 으르렁거리듯이 말했다.

"보통 사람들이라면 그렇지." 폴이 동의했다. "하지만 이 사람은 조합의 대사요."

"그는 폐하를 부정한 사기꾼이라고 비난하고 있습니다!" 스틸가가 말했다.

"난 그의 생각에 흥미가 있소, 스틸. 화를 가라앉히고 긴장을 늦추지 마시오."

"무앗딥의 명령대로 하겠습니다."

"말해 보시오, 키잡이 양반." 폴이 말했다. "모든 선교사들을 감시하는 수단도, 퀴자라트의 모든 수도원과 신전에서 오가는 말을 조사할 수단도 갖지 않은 짐이 이처럼 엄청난 시공을 무대로 그대가 말하는 이른바 그 사기극이라는 것을 어떻게 유지할 수 있겠소?"

"폐하에게 시간이란 무엇입니까?" 에드릭이 물었다.

스틸가는 노골적으로 어리둥절한 표정을 지으며 미간을 찌푸렸다. '무앗딥은 시간의 베일 너머를 본다고 자주 말했어. 저 조합원은 정말로 무슨 말을 하고 싶은 거지?'

"그런 사기극이라면 그 구조에 구멍이 생기지 않겠소? 현저한 의견 차이, 분열…… 의심, 죄의식의 고백. 사기극이 이 모든 것을 억누를 수 없음은 사실이잖소." 폴이 말했다.

"종교와 이기심으로 감출 수 없는 것도, 정치로는 감출 수 있습니다." 에드릭이 말했다.

"지금 내 인내심의 한계를 시험하는 거요?" 폴이 물었다.

"제 말에 전혀 일리가 없단 말씀입니까?" 에드릭이 반격했다.

'저자는 나에게 죽임을 당하고 싶은 것인가? 에드릭이 스스로를 희생 제물로 바치려는 것인가?' 폴은 생각했다.

"나는 냉소적인 시각을 더 좋아하오." 폴이 시험하듯이 말했다. "그대는 틀림없이 정치에 필요한 모든 거짓말의 요령을 훈련받은 것 같군. 말에 이중적인 의미를 포함시키는 요령이라든가, 권력과 관련된 단어들을 사용하는 법 같은 것 말이오. 그대에게 언어는 무기에 지나지 않기 때문에 지금 내 갑옷을 이렇게 시험하고 있는 거겠지."

"냉소적인 시각이라." 에드릭이 입술을 길게 늘여 미소를 지으면서 말했다. "종교에 관한 한 통치자들은 냉소적인 사람들로 악명이 높지요. 종교 역시 무기입니다. 종교가 곧 정부가 되면 어떤 종류의 무기가 될까요?"

폴은 자신의 내면이 얼어붙는 것을 느꼈다. 깊은 경계심이 그를 움켜쥐었다. 에드릭이 지금 이야기를 나누는 상대가 누구인가? 저주스러울 정도로 교활한 말들, 상대의 생각을 조작하려는 의도가 분명한 말들, 저변에 깔려 있는 편안한 유머, 서로 같은 비밀을 공유하고 있음을 무언으로 암시하는 분위기. 그의 태도는 자신과 폴이 모두 닳고 닳은 사람들이며, 평범한 사람들에게는 허락되지 않는 것을 이해하는 더 넓은 우주의 사람들이라고 말하고 있었다. 폴은 이 모든 수사법의 중심 표적이 자신이 아니었음을 충격과 함께 깨달았다. 궁정을 찾아온 이 골칫덩어리는 다른 사람들을 상대로 말을 하고 있었다. 스틸가에게, 근위대원들에게…… 어쩌면 저 몸집이 큰 보좌관에게까지.

"나는 종교적 위광을 억지로 떠맡았소. 내가 원한 것이 아니오." 폴이 말했다. '그래! 이 물고기 인간이 이번 말싸움에서 이겼다고 생각하게 하자!' 그는 생각했다.

"그럼 어째서 그것을 부정하지 않으셨습니까, 폐하?" 에드릭이 물었다.

"내 동생 알리아 때문이오." 폴이 에드릭을 주의 깊게 살피면서 말했다. "그 애는 여신이오. 그 애가 시선만으로 당신을 죽여버리는 일이 없도록 조심하는 게 좋을 거요."

흡족한 듯한 미소가 에드릭의 입가에 떠오르다가 이내 충격을 받은 표정으로 바뀌었다.

"내 말은 절대로 진심이오." 에드릭의 얼굴에 충격이 번져가는 것을 지켜보며 폴이 말했다. 스틸가가 고개를 끄덕이는 것이 보였다.

에드릭이 어두운 목소리로 말했다. "폐하에 대한 저의 믿음에 상처를 주시는군요, 폐하. 틀림없이 그럴 의도로 하신 말씀이겠지요."

"내 의도를 알고 있다고 그렇게 확신하지 마시오." 폴이 말했다. 그리고 그는 스틸가에게 알현이 끝났다는 신호를 보냈다.

에드릭을 암살할 것인지 물어보는 스틸가의 몸짓에 폴은 부정을 뜻하는 수신호를 보냈다. 그리고 스틸가가 멋대로 문제를 처리하지 못하게 단호한 명령으로 그 의미를 더욱 강조했다.

에드릭의 보좌관인 사이테일이 통의 뒤쪽 귀퉁이로 다가와서 문을 향해 통을 밀었다. 그리고 자신이 폴의 정면에 서게 되자 걸음을 멈추고 웃고 있는 듯한 시선으로 폴을 바라보며 말했다. "제가 한 가지 말씀을 드려도 되겠습니까?"

"좋소. 무슨 말이오?" 폴이 물었다. 스틸가가 이 남자의 말 속에 은근히 암시되어 있는 위협에 반응해서 더욱 가까이 다가오는 것이 보였다.

"이런 말을 하는 사람들이 있습니다. 사람들이 제국의 지도력에 매달리는 것은 우주가 무한하기 때문이라고요. 자신들을 결합시켜 주는 상징이 없으면 외로움을 느낀다는 겁니다. 외로운 사람들에게 황제는 분명하게 정해진 장소가 됩니다. 사람들이 황제를 바라보며 '봐, 저기 그분이 계신다. 그분이 우리를 하나로 만들어주신다'라고 말할 수 있게 되는 거지요. 어쩌면 종교도 같은 역할을 하는지 모릅니다, 폐하." 사이테일이 말했다.

그는 상냥하게 묵례를 하고 에드릭의 통을 다시 밀었다. 두 사람이 응접실을 나갈 때 에드릭은 통 속에 반듯이 누워 눈을 감고 있었다. 그는 모든 기운을 다 써버린 것 같았다. 그의 신경질적인 에너지도 고갈되어 있었다.

폴은 느릿느릿 움직이는 사이테일의 뒷모습을 뚫어지게 바라보며 그가 했던 말을 생각해 보았다. 저 사이테일이라는 사람이 아주 묘한 친구라는 생각이 들었다. 그가 말을 하는 동안 그에게서는 많은 사람들의 느낌이 뿜어져 나왔다. 마치 그의 모든 유전자가 살갗 위에 노출되어 있는 것 같았다.

"거참 이상하군." 스틸가가 특별히 누구를 겨냥하지 않고 혼잣말을 했다.

근위대원이 에드릭과 그 수행원의 등 뒤에서 문을 닫는 동안 폴은 긴 소파에서 일어났다.

"이상해." 스틸가가 같은 말을 되풀이했다. 그의 관자놀이에서 핏줄이 펄떡거리며 뛰고 있었다.

폴은 응접실의 불빛을 줄이고 창가로 다가갔다. 창문은 그의 성과 비스듬한 각도를 이룬 절벽을 향해 열려 있었다. 저 아래쪽에서 불빛들이 반짝였다. 그 움직임들이 난쟁이처럼 아주 작아 보였다. 일단의 인부들이 거대한 플라스멜드 벽돌을 나르고 있었다. 변덕스럽게 뒤틀리면서 모래를 뿜어대는 바람에 손상된 알리아의 신전 외벽을 수리하기 위해서였다.

"그건 바보 같은 짓이었습니다, 우슬. 그 생물을 이 방으로 초대한 것 말입니다." 스틸가가 말했다.

'우슬이라. 내 시에치 이름이로군. 스틸가는 자기가 한때 나를 다스리는 입장에 있었고, 사막에서 나를 구해 준 것도 자기라는 사실을 일깨우고 있는 거야.' 폴은 생각했다.

"왜 그런 짓을 하셨습니까?" 스틸가가 폴의 바로 뒤에서 물었다.

"자료가, 내게는 더 많은 자료가 필요하오." 폴이 말했다.

"이 위협에 오로지 멘타트의 능력만으로 맞서는 것이 위험하지 않습니까?"

'이건 상당히 통찰력 있는 얘기인걸.' 폴은 생각했다.

멘타트의 계산 능력은 유한했다. 어떤 언어의 경계 안에서 경계가 없는 무한한 것을 얘기할 수는 없는 법이다. 그러나 멘타트의 능력에도 나름대로 쓸모가 있었다. 그는 스틸가에게 어디 한번 반박해 보라는 듯, 자기 생각을 그대로 얘기했다.

"경계의 외부에 존재하는 것은 항상 있게 마련입니다. 어떤 것들은 바깥에 그냥 놔두는 것이 최선이지요." 스틸가가 말했다.

"아니면 안에 보관할 수도 있지." 폴이 말했다. 그는 그 순간 자신의 예언과 멘타트로서의 계산 결과를 인정했다. 경계의 바깥은 괜찮았다. 그리고 경계의 안쪽. 여기에 진정한 공포가 있었다. 그가 어떻게 자기 자신으로부터 스스로를 보호할 수 있을까? 적들은 분명히 자멸을 향해 그를 함정에 빠뜨리고 있었다. 그러나 지금 이 자리는 그보다 훨씬 더 두려운 가능성들에 둘러싸여 있었다.

빠른 발소리가 그의 상념을 방해했다. 퀴자라 코르바의 모습이 복도의 밝은 불빛을 후광처럼 받고 있는 문간을 통해 불쑥 나타났다. 그는 마치 눈에 보이지 않는 힘에 의해 던져진 것처럼 안으로 들어와서 응접실 안의 우울한 분위기를 눈치채고 즉시 걸음을 멈췄다. 그의 양손에는 시거와이어 두루마리가 가득 들려 있었다. 복도에서 들어오는 빛에 두루마리들이 반짝였다. 작고 둥근 묘한 보석처럼 보이던 그 빛은 경비병의 손이 나타나서 문을 닫자 사라져버렸다.

"폐하, 폐하이십니까?" 코르바가 어둠 속을 들여다보면서 물었다.

"뭔가?" 스틸가가 물었다.

"스틸가 님?"

"우리 둘 다 여기 있네. 무슨 일인가?"

"이 조합원에 대한 환영회가 마음에 들지 않습니다."

"마음에 들지 않는다고?" 폴이 물었다.

"사람들이 폐하께서 우리의 적을 지나치게 예우한다고 말하고 있습니다."

"그게 다요?" 폴이 말했다. "그건 내가 아까 가져오라고 했던 두루마리들이오?" 그가 코르바의 손에 들린 시거와이어를 가리켰다.

"두루마리…… 아! 예, 폐하. 이건 역사에 관한 겁니다. 여기서 보시겠습니까?"

"난 이미 봤소. 내가 그걸 가져오라고 한 건 여기 스틸가를 위해서야."

"저를 위해서라고요?" 스틸가가 물었다. 폴의 행동이 변덕으로 느껴져서 점점 화가 치밀었다. 역사라니! 스틸가가 아까 폴을 찾은 것은 자불론 정복에 필요한 군수 물자 계산을 토의하기 위해서였다. 하지만 조합의 대사 때문에 말을 꺼낼 수 없었다. 그런데 지금 코르바가 역사 자료를 갖고 나타나다니!

"당신은 역사에 대해 얼마나 알고 있소?" 폴이 자기 옆에 그림자처럼 서 있는 사람의 모습을 유심히 살피면서 생각에 잠긴 듯 말했다.

"폐하, 저는 우리 백성들이 이주하면서 발을 디딘 모든 행성의 이름을 알고 있습니다. 제국의 영향력이 미치는 지역도……."

"지구의 황금시대, 그걸 공부해 본 적이 있소?"

"지구라고요? 황금시대?" 스틸가는 짜증이 나면서도 의아했다. 폴이 역사의 여명기에 생긴 신화를 얘기하고 싶어 하는 이유가 무엇일까? 스틸가의 머릿속에는 여전히 자불론에 관한 자료가 가득 들어 있었다. 그것은 멘타트 참모들의 계산 결과였다. 30개 군단을 실은 205척의 공격용 프리깃함, 지원 대대, 화평 공작 요원, 퀴자라트의 선교사들…… 필요한 식량과 멜란지의 양(이 숫자는 바로 그의 머릿속에 있었다)…… 무기, 군복, 훈장…… 죽은 자들의 재를 담을 항아리…… 전문가들, 즉 선전을 위한 자료를 만드는 사람들, 사무원, 회계원…… 첩자…… 첩자를 감시하는 첩자들…….

"맥박 동조기 연결 장치도 가져왔습니다, 폐하." 코르바가 용기를 내서 말했다. 그는 폴과 스틸가 사이에 긴장이 쌓이는 것을 분명히 느끼고 불편해하고 있었다.

스틸가는 고개를 설레설레 저었다. '맥박 동조기라니?' 폴은 무엇 때문에 그가 시거와이어 영사기에 기억을 도와주는 파동 시스템을 사용하기를 바라는 것일까? 무엇 때문에 역사 자료 속에서 구체적인 자료를 검색

해야 한단 말인가? 그것은 멘타트가 할 일이었다! 여느 때처럼 스틸가는 영사기와 연결 장치를 사용하는 것에 대한 깊은 의심을 떨쳐버릴 수 없었다. 그 물건들은 항상 그를 불쾌한 감각에 잠기게 했다. 감당할 수 없을 만큼 많은 자료가 소나기처럼 쏟아져 들어와서 나중에 그 자료들을 정리하다 보면 자기가 갖고 있었다는 사실조차 몰랐던 정보들을 발견하고 깜짝 놀라곤 했다.

"폐하, 저는 자불론에 관한 계산 결과를 갖고 왔습니다." 스틸가가 말했다.

"자불론의 계산 결과 따위는 탈수시켜 버리시오!" 폴이 소리쳤다. '탈수시킨다'는 말은 프레멘들 사이에서 '어느 누가 손을 대도 결코 품위가 떨어지지 않는 수분이 있다'는 뜻으로 쓰이는 저속한 말이었다.

"폐하!"

"스틸가, 당신에게는 균형 감각이 절실하게 필요하오. 그건 장기적인 효과를 이해해야만 생길 수 있지. 과거에 대해 우리가 갖고 있는 소량의 정보와 버틀레리안이 우리에게 남겨준 약간의 자료, 그것을 코르바가 당신을 위해 가져왔소. 우선 징기스칸부터 시작하시오."

"징기스……칸? 그가 사다우카 소속이었습니까, 폐하?"

"아, 그보다 훨씬 전의 사람이오. 그가 죽인 사람이…… 아마 400만 명은 될걸."

"그렇게 많은 사람을 죽인 걸 보니 엄청난 무기를 갖고 있었겠군요, 폐하. 어쩌면 레이저 광선이나……."

"그가 자기 손으로 그 사람들을 죽인 건 아니오, 스틸. 그는 나처럼 자기 군대를 보내서 사람을 죽였소. 말이 난 김에 다른 황제 한 명도 주의해서 살펴보시오. 히틀러라는 사람이오. 그는 600만 명 이상을 죽였지.

그 당시로서는 상당한 성과요."

"그도…… 군대를 보내 죽였습니까?" 스틸가가 물었다.

"그렇소."

"그리 인상적인 통계 숫자는 아니군요, 폐하."

"훌륭하오, 스틸." 폴은 코르바의 손에 들린 두루마리를 흘끗 바라보았다. 코르바는 두루마리를 바닥에 떨어뜨리고 도망쳤으면 좋겠다는 표정으로 서 있었다. "통계를 말하자면, 나는 적게 잡아 610억 명을 죽이고, 90개 행성을 불모지로 만들고, 500개 행성을 완전히 굴복시켰소. 그리고 40개 종교의 추종자들을 쓸어버리고……."

"그들은 불신자들입니다! 모두 불신자들이에요!" 코르바가 항의했다.

"아니, 신자들이오." 폴이 말했다.

"저의 폐하께서 농담을 하시는군요." 코르바가 떨리는 목소리로 말했다. "지하드는 1만 개의 행성을 밝은 빛 속으로……."

"아니 어둠 속으로 이끌었소. 무앗딥의 지하드에서 회복하려면 100세대는 걸릴 거야. 다른 사람이 내가 저지른 짓을 능가할 수 있을 거라고는 생각되지 않는군." 거친 웃음소리가 그의 목구멍에서 폭발하듯 솟아올랐다.

"무앗딥은 무엇이 그리 즐거우십니까?" 스틸가가 물었다.

"난 즐거운 게 아니오. 그저 히틀러 황제가 비슷한 말을 하는 모습이 갑자기 떠올랐을 뿐. 그도 틀림없이 이런 말을 했을 거요."

"폐하와 같은 힘을 가진 통치자는 하나도 없었습니다." 코르바가 주장했다. "누가 감히 폐하께 도전하겠습니까? 폐하의 군단은 인류에게 알려진 우주를 장악하고 모든……."

"그래, 군단들이 장악하고 있지. 그들도 이걸 알고 있는지 모르겠군."

"그 군단을 장악하고 있는 것은 폐하이십니다." 스틸가가 불쑥 끼어들었다. 그의 어조로 보건대, 그는 이 지휘계통 속에서 자신의 위치와, 그 모든 힘을 자신이 직접 이끌고 있다는 사실을 갑자기 실감하고 있는 것 같았다.

자기가 원하는 방향으로 스틸가의 생각을 돌려놓은 폴은 코르바를 똑바로 바라보며 말했다. "그 두루마리를 여기 소파 위에 놓으시오." 그리고 코르바가 명령을 수행하는 동안 폴은 다시 입을 열었다. "그래, 환영회는 잘 돼가고 있소, 코르바? 내 동생이 잘 이끌고 있는 거요?"

"예, 폐하." 코르바가 신중하게 말했다. "그리고 챠니 님이 감시창에서 지켜보고 계십니다. 챠니 님은 조합원의 수행원 중에 사다우카가 있을지도 모른다고 의심하고 계십니다."

"분명히 그녀의 생각이 옳을 거요. 주구들이 모여드는군." 폴이 말했다.

"바네르지 말입니다." 스틸가가 폴의 특수 경호 부대 대장 이름을 거론했다. "그는 아까 조합원 일행 중 일부가 성의 은밀한 구역에 침투하려 할 가능성이 있다고 걱정하고 있었습니다."

"벌써 시도가 있었소?"

"아직은 없습니다."

"하지만 공식적인 정원에서 약간 소란이 있었습니다." 코르바가 말했다.

"어떤 소란이 있었다는 건가?" 스틸가가 추궁했다.

폴은 고개를 끄덕였다.

"이방인들이 오가면서 식물들을 짓밟고 낮은 소리로 대화를 나눴습니다. 그 과정에서 불온한 얘기들이 오갔다는 보고를 들었습니다."

"예를 들면?" 폴이 물었다.

"'우리 세금을 이런 곳에 쓴단 말인가?' 그랬답니다. 대사가 직접 이 말을 했다고 들었습니다."

"그건 그리 놀라운 일도 아니군. 정원에 이방인들이 많이 있었소?"

"수십 명이었습니다, 폐하."

"바네르지가 선발된 병사들을 취약한 출입구에 배치했습니다." 스틸가가 말했다. 그가 말을 하면서 얼굴을 돌리는 바람에 응접실 안에 단 하나 남아 있는 불빛이 그의 얼굴 반쪽을 비췄다. 그 기묘한 조명과 그의 얼굴, 이 모든 것이 폴의 머릿속에 있는 기억의 매듭을 건드렸다. 사막 시절의 기억이었다. 폴은 굳이 그 기억을 완전히 되살리려 하지 않고 스틸가가 정신적으로 뒤로 물러나 있다는 사실에 주의를 집중했다. 피부가 팽팽하게 당겨져 있는 스틸가의 이마는 그의 머릿속을 스치고 지나가는 거의 모든 생각을 거울처럼 비춰주었다. 그는 지금 의심에 빠져 있었다. 황제의 이상한 행동에 대한 깊은 의심이었다.

"정원이 그렇게 침범당하는 것이 싫군." 폴이 말했다. "손님들에 대한 예의도 예의고, 사절을 맞이하기 위해 형식적으로 치러야 하는 일들도 있지만, 이건……."

"제가 그들을 내보내겠습니다, 즉시." 코르바가 말했다.

"잠깐!" 코르바가 몸을 막 돌리려 할 때 폴이 소리쳤다.

한순간 갑작스레 찾아든 정적 속에서 스틸가가 폴의 얼굴을 자세히 살펴볼 수 있는 위치로 조심스럽게 움직였다. 훌륭한 솜씨였다. 폴은 지나치게 앞으로 나서지 않는 스틸가의 움직임에 감탄했다. 그런 움직임을 보여줄 수 있는 것은 프레멘뿐이었다. 다른 사람의 개인 공간을 존중하면서 교묘하게 움직이는 것, 그것은 필요에 의한 움직임이었다.

"지금 몇 시요?" 폴이 물었다.

"거의 자정이 다 됐습니다, 폐하." 코르바가 말했다.

"코르바, 어쩌면 그대는 내가 만들어낸 가장 훌륭한 창조물인지도 모르겠소." 폴이 말했다.

"폐하!" 코르바가 상처 입은 목소리로 외쳤다.

"내게 경외를 느끼고 있소?" 폴이 물었다.

"폐하는 우리 시에치의 우슬인 폴 무앗딥입니다." 코르바가 말했다. "제가 헌신하고 있음을 폐하도 알고……."

"자신이 신의 사도 같다는 느낌을 가져본 적이 있소?"

코르바는 틀림없이 이 말을 오해한 것 같았다. 그러나 그 어조만은 제대로 이해했다. "저의 황제께서는 제 양심이 깨끗하다는 것을 알고 계십니다!"

"샤이 훌루드시여, 저희를 구원해 주소서." 폴이 중얼거렸다.

의문이 담긴 한순간의 침묵을 깬 것은 누군가가 바깥의 복도를 걸어가면서 불어대는 휘파람 소리였다. 그 소리가 문의 정면에 이를 무렵 경비병이 호통을 쳐서 잠재웠다.

"코르바, 그대는 아마 이 모든 것을 이기고 살아남을 거요." 폴이 말했다. 스틸가의 얼굴에 이해의 표정이 번져가는 것이 보였다.

"정원의 이방인들을 어떻게 할까요, 폐하?" 스틸가가 물었다.

"아아, 그렇지. 바네르지더러 그들을 몰아내라고 하시오, 스틸. 코르바가 도와줄 거요." 폴이 말했다.

"제가요, 폐하?" 코르바가 깊은 불안을 드러냈다.

"내 친구들 중 몇 명은 자기들이 한때 프레멘이었다는 사실을 잊은 모양이더군." 폴이 코르바를 향해 말했다. 그러나 그의 말은 스틸가를 겨냥한 것이었다. "챠니가 사다우카라고 지적한 자들을 봐두었다가 죽여버리시오. 그대가 직접. 쓸데없이 소란 피우지 말고 조용히 처리해야 하오.

조약을 승인하고 설교를 하는 것 말고도 종교와 정부가 해야 할 일이 많다는 걸 명심하시오."

"무앗딥의 명령에 복종하겠습니다." 코르바가 낮은 소리로 말했다.

"자불론 계산 결과는 어떻게 할까요?" 스틸가가 물었다.

"내일 듣겠소. 그리고 이방인들이 정원에서 모두 제거되면 환영회가 끝났다고 발표하시오. 파티는 끝났소, 스틸." 폴이 말했다.

"알겠습니다, 폐하."

"당신이 잘 해내리라고 믿소." 폴이 말했다.

여기 무너진 신이 누워 있다.
그의 몰락은 작은 것이 아니었다.
우리는 그의 받침대를 세웠을 뿐이다.
좁고 높은 받침대를.

— 틀레이랙스의 경구

알리아는 팔꿈치를 무릎에 대고 주먹으로 얼굴을 괸 채 쪼그리고 앉아서 모래언덕 위의 시체를 뚫어지게 들여다보았다. 한때 젊은 여성이었던 사람의 뼛조각 몇 개와 누더기처럼 찢긴 살점 몇 개가 전부였다. 손, 머리, 그리고 상반신의 대부분은 사라지고 없었다. 코리올리 바람이 먹어버린 것이다. 주위의 모래 위에는 온통 오빠가 보낸 의사들과 검찰관들의 발자국이 남아 있었다. 지금은 그들도 모두 가버렸고, 남은 것은 골라인 헤이트와 한쪽에 서 있는 영안실 직원들뿐이었다. 그들은 그녀가 신비스러운 능력으로 이곳의 흔적을 읽어내는 작업이 끝나기를 기다리고 있었다.

밀밭 같은 색깔의 하늘이 이런 위도에서 오후 중반 무렵이면 흔히 볼 수 있는 청록색 빛 속에 현장을 감싸 안고 있었다.

시체는 낮은 고도로 날고 있던 연락기에 의해 몇 시간 전에 발견되었다. 물의 흔적이 전혀 없어야 하는 곳에서 희미한 물의 흔적이 감지되었던 것이다. 신고를 받고 전문가들이 출동했다. 그리고 그들이 알아낸 것은 이 시체가 스무 살가량의 여성이며 프레멘이고, 세무타에 중독되었고…… 틀레이랙스가 원산지인 교묘한 독 때문에 용광로 같은 이 사막에서 죽었다는 것뿐이었다.

사막에서 사람이 죽는 것은 흔한 일이었다. 하지만 세무타에 중독된 프레멘은 너무나 희귀했기 때문에 폴은 알리아를 보내 어머니가 가르쳐 준 방법으로 현장을 조사해 보게 했다.

알리아는 이미 충분한 수수께끼를 안고 있는 이 사건 현장에 자신이 신비스러운 분위기를 더한 것 외에는 아무것도 한 일이 없는 것 같은 기분이 들었다. 골라의 발이 모래를 흐트러뜨리는 소리를 듣고 그녀는 그를 바라보았다. 그는 까마귀 떼처럼 머리 위에서 선회하고 있는 호위용 오니솝터들에 잠깐 시선을 주었다.

'조합이 가져오는 선물을 조심해야 해.' 알리아는 생각했다.

영안실의 오니솝터와 그녀의 오니솝터가 골라 뒤쪽의 노출된 바위 근처 모래 위에 서 있었다. 땅에 착륙한 오니솝터들을 응시하다 보니 빨리 날아올라서 이곳을 떠나고 싶다는 갈망이 알리아를 가득 채웠다.

그러나 폴은 그녀라면 여기서 다른 사람들이 보지 못한 것을 발견할 수도 있을 거라고 생각했다. 그녀는 사막복 안에서 몸을 꼼지락거렸다. 도시에서 몇 개월 동안 사막복을 입지 않고 지낸 탓에 사막복이 신경에 거슬릴 정도로 낯설게 느껴졌다. 그녀는 골라를 유심히 살펴보며 그가 어쩌면 이 기묘한 죽음에 대해 뭔가 중요한 것을 알고 있지는 않을까 생각해 보았다. 그의 흑염소 털 같은 머리카락 한 줌이 사막복의 두건 밖으로 삐져나와 있는 것이 보였다. 그녀의 손이 그 머리를 제자리로 되돌려주고 싶다고 갈망하고 있었다.

이 생각에 유혹당하기라도 한 듯, 그의 번득이는 회색의 금속 눈이 그녀를 향했다. 그 눈 때문에 몸이 떨려와서 그녀는 그에게서 시선을 돌렸다.

프레멘 여인이 이곳에서 '지옥의 목구멍'이라고 불리는 독약 때문에 죽었다.

그녀는 세무타에 중독된 프레멘이었다.

알리아는 이런 사실들에 대해 폴과 마찬가지로 불안을 느꼈다.

영안실 직원들은 참을성 있게 기다렸다. 이 시체에는 그들이 빼낼 수 있을 만큼 물이 충분하지 않았다. 서두를 필요는 없었다. 게다가 그들은 알리아가 흔적에 대한 모종의 지식을 이용해서 이 시체의 잔해 속에서 색다른 진실을 읽고 있다고 믿었다.

그러나 그녀는 색다른 진실을 전혀 찾아내지 못했다.

불을 보듯 뻔히 보이는 영안실 직원들의 생각에 대해 마음속 깊은 곳으로부터 어렴풋한 분노가 느껴졌을 뿐이다. 그것은 그 저주스러운 종교적 신비가 만들어낸 것이었다. 그녀와 그녀의 오빠는 그냥 '사람'이 될 수 없었다. 그보다 더 위대한 존재가 되어야 했으니까. 베네 게세리트가 아트레이데스의 혈통을 조작해 만들어낸 결과였다. 두 사람의 어머니가 그들을 베네 게세리트의 마법이라는 길 위에 올려놓은 것도 거기에 기여했다.

게다가 폴이 다른 사람들과는 다른 자신들의 특징을 불멸의 것으로 만들었다.

알리아의 기억 속에 들어 있는 대모들이 불안하게 몸을 뒤척이면서 번개처럼 지나가는 아답의 생각들을 만들어냈다. '평화를 가져라, 어린 것아! 넌 너야. 보상이 있을 거다.'

보상이라니!

그녀는 손짓으로 골라를 불렀다.

그가 정중하고 참을성 있는 자세로 그녀의 옆에 섰다.

"여기서 넌 뭘 볼 수 있지?" 그녀가 물었다.

"여기서 죽은 사람이 누군지는 결코 알아낼 수 없을 겁니다. 머리와 치아가 사라졌군요. 손도…… 이 사람이 세포를 견주어 비교해 볼 수 있는 곳에 유전자 기록을 남겨뒀을 것 같지도 않습니다." 그가 말했다.

"틀레이랙스의 독약이라. 그걸 어떻게 생각해?"

"그런 독약을 사는 사람은 많습니다."

"맞는 말이야. 게다가 시체가 너무 훼손돼서 네 몸을 재생시킨 것처럼 재생시킬 수도 없어."

"틀레이랙스 인들이 그런 일을 해줄 거라고 가정하더라도 그렇지요."

그녀는 고개를 끄덕이고 자리에서 일어섰다. "이제 도시까지 나를 태워다 줘."

두 사람의 오니솝터가 공중에 떠올라 북쪽을 향하고 있을 때 그녀가 입을 열었다. "넌 던컨 아이다호하고 똑같이 오니솝터를 조종하는군."

그가 뭔가를 생각하는 듯한 시선으로 그녀를 흘끗 바라보았다. "다른 사람들도 제게 그런 말을 했습니다."

"지금 뭘 생각하고 있지?"

"많은 것을 생각하고 있습니다."

"내 질문을 피하는 건 그만둬, 젠장!"

"어떤 질문 말입니까?"

그녀는 그를 노려보았다.

그는 그 시선을 보고 어깨를 으쓱했다.

그 몸짓이 던컨 아이다호와 정말 똑같다고 그녀는 생각했다. 그녀가 목이 메인 것처럼 탁한 목소리로 비난하듯 말했다. "난 네가 네 반응을 말로 표현해 주길 원했을 뿐이야. 그 반응에 내 생각을 견주어보려고. 저 여자의 죽음이 신경에 거슬려."

"전 그 일에 대해 생각하고 있지 않았습니다."

"그럼 뭘 생각하고 있었지?"

"사람들이 어쩌면 과거의 저였을지도 모르는 사람에 대해 이야기할 때 제가 느끼는 이상한 감정에 대해 생각했습니다."

"과거의 너였을지도 모른다니?"

"틀레이락스 인들은 아주 교활합니다."

"그 정도로 교활하진 않아. 넌 과거에 던컨 아이다호였어."

"그럴 가능성이 큽니다. 그것이 가장 잘 맞는 계산 결과죠."

"그래서 네가 감정적이 된단 말이야?"

"어느 정도는요. 열망이 느껴집니다. 불안하기도 하고요. 자꾸만 몸이 떨리는 경향이 있어서 그것을 억제하려고 노력해야 합니다. 영상들이…… 번개처럼 떠오릅니다."

"어떤 영상?"

"너무 빨라서 알아볼 수가 없습니다. 번개 같아요. 발작 같기도 하고…… 거의 기억과 비슷한 것 같기도 합니다."

"그런 기억에 대해 호기심을 느끼지 않아?"

"물론 느낍니다. 호기심은 저를 재촉해서 앞으로 나아가게 하죠. 하지만 저는 몹시 꺼리는 마음을 거스르면서 움직이고 있습니다. 이런 생각이 듭니다. '만약 내가 저들이 생각하는 그 사람이 아니라면 어쩌지?' 그런 생각이 마음에 들지 않습니다."

"그래, 네가 생각하던 것이 이것뿐이었다고?"

"그렇지 않다는 걸 아시지 않습니까, 알리아."

'이자가 어찌 감히 내 이름을 함부로 부르는 거지?' 그녀는 분노가 치솟아 오르다가 그의 말투에 대한 기억 밑으로 다시 가라앉는 것을 느꼈다. 부드럽게 고동치는 듯한 낮은 목소리와 편안한 남성적 자신감이 느껴지는 말투. 그녀의 턱을 따라 근육이 움찔거렸다. 그녀는 이를 악물었다.

"저기 저것이 엘 쿠즈 아닙니까?" 그가 잠깐 날개를 내렸다가 올리면서 물었다. 그 움직임을 따라하느라고 호위 편대가 갑자기 허둥지둥 움직였다.

그녀는 하르그 고개 위의 갑(岬)에 주름이 진 것 같은 모양으로 드리워져 있는 자신들의 그림자와 절벽, 그리고 아버지의 두개골이 모셔져 있는 바위 피라미드를 내려다보았다. '엘 쿠즈. 신성한 곳.'

"그래, 저기가 신성한 곳이야." 그녀가 말했다.

"언젠가 꼭 한번 저곳에 가봐야겠습니다. 아가씨 아버님의 시신 근처라면 제가 붙잡을 수 있는 기억들이 떠오를지도 모르죠." 그가 말했다.

그녀는 자신이 과거에 어떤 사람이었는지 알고 싶다는 이 골라의 욕구가 아주 강하다는 것을 갑작스레 깨달았다. 그것이 그에게 가장 중요한 욕망이었다. 그녀는 다시 바위들을 바라보았다. 절벽의 밑동이 비탈을 그리면서 건조한 모래밭과 모래의 바다로 이어져 있었다. 절벽은 파도를 헤치고 나아가는 배처럼 모래언덕들 위로 솟아오른 계피색 바위였다.

"비행기를 돌려." 그녀가 말했다.

"호위 편대는……."

"따라올 거야. 호위 편대 밑에서 방향을 돌려."

그는 명령에 따랐다.

"넌 진심으로 내 오빠를 위해 일하고 있는 거야?" 그가 새로운 항로로 오니솝터를 돌리고 호위 편대도 뒤를 따라오게 되었을 때 그녀가 물었다.

"전 아트레이데스 가문을 위해 일합니다." 그가 딱딱한 어조로 말했다.

그 순간 그녀는 그의 오른손이 위로 올라갔다가 떨어지는 것을 보았다. 과거 칼라단의 경례와 거의 흡사한 동작이었다. 슬픔에 잠긴 듯한 표정이 그의 얼굴에 번졌다. 그녀는 아래쪽의 바위 피라미드를 응시하는 그를 지켜보았다.

"뭐가 마음에 걸리는 거지?" 그녀가 물었다.

그의 입술이 움직이며 곧 부서질 것 같은 목멘 목소리가 흘러나왔다. "그분은…… 그분은……." 눈물 한 방울이 그의 뺨을 타고 흘러내렸다.

알리아는 자신도 모르게 프레멘 식의 경외감을 느끼며 숨을 죽였다. 저 사람이 죽은 자에게 물을 주고 있어! 그녀는 충동적으로 손가락을 그의 뺨에 대고 눈물을 만졌다.

"던컨." 그녀가 속삭였다.

그는 오니솝터의 조종판에 못 박혀 있는 것처럼 보였다. 시선은 아래쪽의 무덤에 고정되어 있었다.

그녀가 목소리를 높였다. "던컨!"

그가 마른침을 삼키며 고개를 가로젓고 그녀를 바라보았다. 그의 금속 눈이 번득였다. "저는 어깨에…… 누군가의 팔이 닿는 걸…… 느꼈습니다." 그가 속삭였다. "정말로 느꼈습니다! 팔이었어요." 그의 목울대가 움직였다. "그건…… 친구였습니다. 그건 내 친구였습니다."

"친구 누구?"

"모르겠습니다. 아마 그건…… 모르겠습니다."

그들을 호출하는 빛이 알리아의 앞에서 번쩍이기 시작했다. 호위 편대 대장이 왜 사막으로 다시 돌아가는 건지 그들에게 물어오고 있었다. 그녀는 마이크를 잡고 아버지의 무덤에 잠깐 경의를 표했다고 설명했다. 호위 편대 대장은 시간이 늦었음을 그녀에게 일깨워주었다.

"이제 아라킨으로 가자." 그녀가 마이크를 제자리에 돌려놓으면서 말했다.

헤이트는 깊이 숨을 들이마시고 오니솝터의 방향을 북쪽으로 돌렸다.

"네가 느낀 건 아버지의 팔이었어, 그렇지?" 그녀가 물었다.

"어쩌면요."

그의 목소리는 가능성을 계산하는 멘타트의 목소리였다. 그녀는 그가 평정을 되찾았음을 알 수 있었다.

"내가 내 아버지를 어떻게 아는지 너도 알고 있어?" 그녀가 물었다.

"짐작은 하고 있습니다."

"분명하게 설명해 주지." 그녀가 말했다. 그녀는 태어나기 전에 자신의 의식이 깨어 대모의 의식을 만났으며, 자신은 수도 없이 많은 인생의 지식들이 신경 세포에 새겨진 겁에 질린 태아였다는 얘기를 간략하게 해주었다. 그리고 이 모든 일이 아버지의 죽음 이후에 일어났다는 얘기도 했다.

"난 어머니가 아는 아버지를 알고 있어." 그녀가 말했다. "어머니가 아버지와 함께했던 모든 경험을 아주 작은 부분까지도 다 알고 있지. 어떤 의미에서는 내가 곧 어머니야. 난 어머니가 생명의 물을 마시고 의식의 무아지경에 든 그 순간까지 어머니가 갖고 있던 모든 기억을 갖고 있어."

"아가씨의 오라버니께서 그런 얘기를 조금 설명해 주셨습니다."

"오빠가? 왜?"

"제가 물었으니까요."

"왜?"

"멘타트에게는 자료가 필요합니다."

"아." 그녀는 평평하고 널찍한 방어벽의 표면을 내려다보았다. 그동안 많이 시달린 탓에 여기저기가 파이고 갈라져 있었다.

그가 그녀의 시선이 향하는 방향을 보고 말했다. "완전히 노출된 장소군요. 저 아래쪽 말입니다."

"하지만 숨기 쉬운 장소이기도 해." 그녀가 말했다. 그리고 그를 바라보며 말을 이었다. "저걸 보면 인간의 마음이 생각나……. 온갖 것들이 숨겨져 있는 마음 말이야."

"아아."

"아아? 그게 무슨 뜻이지? '아아'라니?" 그녀는 갑자기 그에게 화가 났다. 그러나 그 이유를 알 수 없었다.

"아가씨는 제가 마음속에 무엇을 감추고 있는지 알고 싶어 하시는군요." 그가 말했다. 질문이 아니라 사실을 선언하는 말투였다.

"너는 왜 내가 예지력으로 네 정체를 밝혀내지 못했다고 생각하는 거지?" 그녀가 힐문했다.

"밝혀내셨습니까?" 그는 진심으로 호기심을 느끼는 것 같았다.

"아냐!"

"여자 예언자들의 능력에는 한계가 있습니다." 그가 말했다.

그가 재미있어하는 것 같아서 알리아의 분노가 수그러들었다. "그게 재미있어? 넌 내 능력을 조금도 존중하지 않는 거야?" 그녀가 물었다. 이 말은 그녀가 듣기에도 조금 따지는 듯한 투로 들렸다.

"저는 아가씨의 예언과 징조들을 아마 아가씨가 생각하시는 것보다 더 존중하고 있을 겁니다. 아가씨의 '아침 예식' 때 저도 청중 사이에 있었습니다."

"그게 무슨 의미지?"

"아가씨는 상징에 대해 뛰어난 능력을 갖고 계십니다." 그가 오니솝터의 조종판에서 눈을 떼지 않은 채 말했다. "그건 베네 게세리트의 능력이라고 해야겠죠. 하지만 많은 마녀들이 그랬듯이 아가씨도 자신의 능력에 대해 부주의해졌습니다."

그녀는 발작처럼 두려움이 덮쳐오는 것을 느끼고 고함을 질렀다. "네 놈이 감히!"

"전 저를 만든 사람들이 예상했던 것보다 훨씬 많은 일들을 감히 저지르고 있습니다. 그 보기 드문 현상 때문에 저는 아가씨의 오라버님 곁에 남아 있는 겁니다."

알리아는 그의 눈 역할을 하는 두 개의 강철 공을 자세히 살펴보았다. 인간적인 표정을 전혀 찾을 수 없었다. 그의 턱은 사막복 두건에 가려져 있지만, 입매는 단호했다. 거기에 커다란 힘과…… 굳은 의지가 있었다. 그의 말 속에는 사람을 안심시키는 강렬함이 있었다. "……훨씬 많은 일들을 감히 저지르고……." 그건 던컨 아이다호가 했음직한 말이었다. 틀레이랙스 인들이 자기도 모르는 사이에 엄청나게 훌륭한 골라를 만들어 낸 걸까? 아니면 이건 그가 받은 정신 훈련의 일부로서 단순한 사기극에 불과한 걸까?

"네 말을 설명해 봐, 골라." 그녀가 명령했다.

"너 자신을 알라, 그런 말씀이십니까?" 그가 물었다.

그녀는 또다시 그가 재미있어하고 있다는 느낌을 받았다. "나한테 말장난하지 마, 이…… 이 물건 주제에!" 그녀가 말했다. 그리고 목에 걸린 크리스나이프 칼집에 손을 갖다 대며 말을 이었다. "그들이 너를 오빠에게 준 이유가 뭐지?"

"제가 소개될 때 아가씨도 지켜보고 있었다는 말씀을 오라버님께 들었습니다. 그러니 제가 오라버님께 그 질문의 답을 하는 걸 들으셨을 겁니다."

"다시 대답해…… 나한테!"

"저는 오라버님을 파멸시키는 도구입니다."

"지금 멘타트로서 얘기하는 건가?"

"그렇게 묻지 않아도 답을 알고 계시지 않습니까." 그가 가볍게 그녀를 나무랐다. "그리고 아가씨는 그런 선물이 필요하지 않았다는 것 역시 알고 계십니다. 아가씨의 오라버님은 이미 충분히 스스로를 파괴하고 계셨습니다."

그녀는 여전히 크리스나이프의 자루에 손을 댄 채 이 말을 곰곰이 생각해 보았다. 교묘한 대답이었지만, 그의 목소리에는 진심이 들어 있었다.

"그럼 왜 그런 선물을 준 거지?" 그녀가 캐물었다.

"틀레이랙스 인들은 그걸 재미있다고 생각했는지도 모르지요. 그리고 조합이 저를 선물로 요구한 것은 사실입니다."

"왜?"

"대답은 똑같습니다."

"내가 내 능력에 대해 어떻게 부주의하다는 거지?"

"아가씨는 그 능력을 어떻게 사용하고 계십니까?" 그가 반격했다.

그의 질문이 그녀 자신의 불안감을 칼처럼 베고 지나갔다. 그녀는 칼에서 손을 떼고 물었다. "오빠가 스스로를 파괴하고 있다고 말한 이유가 뭐지?"

"아, 어린애 같은 짓은 그만두세요! 그 자랑스러운 능력은 다 어디로 간 겁니까? 아가씨에게는 논리적인 사고 능력이 전혀 없습니까?"

그녀는 화를 억제하면서 말했다. "나 대신 논리적인 사고를 해봐, 멘타트."

"알겠습니다." 그는 호위 편대를 슬쩍 둘러본 후 다시 자신들이 가고 있는 항로로 시선을 돌렸다. 아라킨 평원이 방어벽의 북쪽 가장자리 너머로 조금씩 모습을 드러내고 있었다. 팬과 열곡 마을의 모습들이 먼지 장막 밑에서 여전히 불분명하게 보였지만, 멀리서 어슴푸레하게 빛나는 아라킨의 모습을 알아볼 수 있었다.

"증상을 얘기하지요. 오라버님께서는 찬양 연설문을 쓰는 공식적인 관리를 옆에 두고……."

"그 사람은 프레멘 나입들이 준 선물이야!"

"친구들이 준 것치고는 이상한 선물이죠. 그들이 오라버님을 아첨꾼과 비굴한 자로 둘러싸려는 이유가 뭘까요? 찬양관의 말에 정말로 귀를 기울여본 적이 있습니까? '백성들이 무앗딥에 의해 계몽되었다. 움마 섭정인 우리 황제가 어둠 속에서 나와 모든 이의 위에서 찬란하게 빛나도다. 그분은 우리의 폐하이시다. 그분은 한없는 샘물에서 나온 소중한 물이시다. 그분은 온 우주가 마실 수 있도록 즐거움을 흩뿌리신다.' 하!"

알리아가 부드럽게 말했다. "만약 내가 지금 네 말을 프레멘 호위병들에게 그대로 반복해 주기만 하면, 그들이 너를 난도질해서 새 먹이로 만들어버릴 거야."

"그럼 가서 말하세요."

"오빠는 하늘의 자연 법칙에 따라 다스리고 있어!"

"아가씨도 믿지 않으면서 왜 그런 말을 하시는 겁니까?"

"내가 뭘 믿는지 네가 어떻게 알아?" 그녀는 베네 게세리트의 모든 능력으로도 억제할 수 없는 전율을 느꼈다. 이 골라가 그녀에게 전혀 예상치 못한 영향을 미치고 있었다.

"아가씨가 저더러 멘타트로서 논리적인 사고를 하라고 명령하셨습니다." 그가 그녀에게 일깨우듯이 말했다.

"내가 뭘 믿는지 아는 멘타트는 하나도 없어!" 그녀는 몸을 부르르 떨면서 두 번 심호흡을 했다. "네가 감히 우리를 판단하려 들다니."

"두 분을 판단한다고요? 저는 판단 같은 건 하지 않습니다."

"우리가 어떤 가르침을 받았는지 넌 하나도 몰라!"

"두 분 모두 다스리는 법을 배웠습니다. 두 분은 권력에 대해 과도한 갈증을 갖도록 훈련되었죠. 두 분은 정치를 빈틈없이 알고, 전쟁과 의식(儀式)의 사용법을 깊이 이해하고 있습니다. 자연 법칙이라고 하셨습니까? 어떤 자연 법칙 말입니까? 그런 근거 없는 통념이 인간의 역사를 괴롭히고 있습니다. 괴롭힌다고요! 그건 유령입니다. 그건 실체도 없고 비현실적이에요. 두 분의 지하드가 자연 법칙입니까?"

"멘타트가 잘도 조잘거리는군." 그녀가 이죽거렸다.

"저는 아트레이데스 가문의 종이며 항상 정직합니다."

"종? 우리한텐 종 같은 건 없어. 사도들이 있을 뿐이지."

"그럼 저는 의식(意識)의 사도입니다. 그걸 알아두십시오, 꼬마 아가씨. 그리고 아가씨는……."

"날 꼬마라고 부르지 마!" 그녀가 날카롭게 소리치며 크리스나이프를 칼집에서 반쯤 빼냈다.

"정정하겠습니다." 그가 미소 띤 얼굴로 그녀를 슬쩍 바라본 다음 오니숍터의 조종판으로 다시 시선을 돌렸다. 낭떠러지처럼 우뚝 선 아트레이데스 성이 아라킨의 북쪽 근교 지역을 위압적으로 내려다보고 있는 모습이 이제 눈에 들어왔다. "아가씨는 꼬마에 지나지 않는 육체 속에 들어 있는 고대의 존재입니다. 그런데 그 육체는 지금 새로 찾아온 여성성 때문에 불안해하고 있군요."

"내가 왜 네 말에 귀를 기울이고 있는 건지 모르겠군." 그녀가 으르렁거렸다. 그러나 그녀는 크리스나이프를 다시 칼집에 집어넣고 로브 자락에 손바닥을 닦았다. 그녀가 갖고 있는 프레멘 식의 절약 정신 때문에 땀으로 축축해진 손바닥이 거슬렸다. 몸속의 수분을 이렇게 낭비하다니!

"아가씨가 제 말을 듣는 것은 제가 오라버님께 헌신하고 있다는 걸 아시기 때문입니다. 제 행동은 분명해서 쉽게 이해할 수 있죠." 그가 말했다.

"분명해서 쉽게 이해할 수 있는 것 따위 너한테는 하나도 없어. 너처럼 복잡한 생물은 처음이야. 틀레이랙스 인들이 네 몸속에 뭘 집어넣었는지 내가 어떻게 알아?"

"실수인지 아니면 의도적인 건지 모르겠지만, 그들은 제게 저 자신을 만들어나갈 수 있는 자유를 주었습니다."

"젠수니의 어법으로 후퇴하시겠다? '현자는 스스로를 만들어가고, 바보는 오로지 죽기 위해 살아간다.'" 그녀가 젠수니의 말투를 흉내 내며 그를 비난했다. "의식의 사도라니!"

"인간은 수단과 교화를 분리할 수 없습니다." 그가 말했다.

"수수께끼 같은 말 하지 마!"

"저는 열리는 마음을 상대로 얘기하고 있습니다."

"지금 이 얘기를 모두 폴에게 해줄 거야."

"그분은 이런 얘기를 이미 거의 다 들으셨습니다."

그녀는 자기도 모르게 호기심에 압도당했다. "그런데도 네가 아직 살아서…… 자유롭게 돌아다닌단 말이야? 오빠가 뭐라고 했지?"

"웃음을 터뜨리셨습니다. 그리고 이렇게 말씀하셨죠. '사람들은 황제가 장부나 기록하는 사람이 되기를 원하지 않아. 그들은 주인을 원하지. 변화로부터 자기들을 지켜줄 사람.' 하지만 그분은 이 제국을 파괴시키는 원인이 자신으로부터 시작된다는 것에 동의하셨습니다."

"오빠가 그런 말을 할 이유가 없잖아."

"제가 그분의 문제를 이해하고 있으며, 그분을 도울 것이라는 믿음을 심어주었거든요."

"도대체 무슨 말로 오빠를 설득한 거지?"

그는 말없이 오니솝터를 성의 지붕 위에 있는 경비용 건물에 착륙시키기 위해 바람이 불어가는 쪽으로 몰았다.

"네가 무슨 말을 했는지 말해!"

"아가씨는 아마 그 말을 받아들이지 못하실 겁니다."

"그 판단은 내가 내려! 당장 말해! 명령이야!"

"먼저 오니솝터를 착륙시키도록 허락해 주십시오." 그가 말했다. 그리고 그녀의 허락을 기다리지도 않고 마지막 비행 구간에 주의를 돌렸다. 그는 날개를 가장 적절한 높이로 올린 다음 지붕 위에 있는 밝은 오렌지색 착륙대 위에 부드럽게 오니솝터를 내려놓았다.

"이제 말해." 알리아가 말했다.

"저는 그분에게 스스로를 견디는 것이 아마 우주에서 가장 힘든 일일 거라고 말씀드렸습니다."

그녀는 고개를 저었다. "그건…… 그건……."

"쓴 약이죠." 그가 지붕을 가로질러 자신들에게 뛰어와 호위 대형을 갖추는 경비병들을 지켜보며 말했다.

"말도 안 되는 소리!"

"가장 고귀한 백작도 가장 천한 농노도 똑같은 문제를 안고 있습니다. 그 문제를 해결해 달라고 멘타트나 다른 지식인을 고용할 수도 없죠. 대답을 얻기 위해 재판을 요구하거나 증인을 부를 수도 없습니다. 어떤 종도, 아니 사도도 그 상처에 붕대를 감아줄 수 없습니다. 자기가 스스로 붕대를 감든지, 아니면 모든 사람들이 보는 앞에서 계속 피를 흘릴 수밖에요."

그녀는 그에게서 홱 몸을 돌렸다. 그러나 그 순간 이런 행동이 자신의 감정을 드러낸다는 사실을 깨달았다. 목소리의 책략도 마녀가 만든 속임수도 없이 그가 또 다시 그녀의 마음속으로 손을 뻗은 것이다. 그는 어떻게 이런 일을 해내는 걸까?

"오빠에게 뭘 하라고 했어?" 그녀가 속삭이듯 말했다.

"판단을 내리고 질서를 세우라고 했습니다."

알리아는 경비병들을 뚫어지게 바라보며 그들이 참을성 있게 질서 있는 모습으로 기다리고 있음을 인식했다. "정의를 시행하라는 얘기군." 그녀가 중얼거렸다.

"그게 아닙니다!" 그가 날카롭게 소리쳤다. "저는 그분께 판단을 내리라고 제안했을 뿐입니다. 어쩌면 한 가지 원칙이 지침이 될 수도 있겠지만……."

"무슨 원칙?"

"친구를 살려두고 적을 파괴한다."

"그럼 정의롭지 못한 판단을 내리라는 얘기군."

"정의라는 게 도대체 뭡니까? 두 개의 힘은 충돌하게 마련입니다. 각각의 힘은 자기 영역 안에서 권리를 갖고 있겠죠. 황제가 질서 있는 해결책을 명령하는 것이 바로 그 부분입니다. 황제는 그런 충돌을 예방할 수 없습니다. 해결할 뿐이죠."

"어떻게?"

"가장 단순한 방법을 쓰는 거죠. 황제가 결정을 내리는 겁니다."

"친구는 살려두고 적을 파괴하면서 말이지."

"그것이 안정 아닙니까? 사람들은 어떤 식으로든 질서를 원합니다. 그들은 자신들의 굶주림이 만들어낸 감옥에 앉아서 전쟁이 부자들의 스포츠가 되어버린 것을 보고 있습니다. 그런 식으로 순수함을 상실해 가는 건 위험합니다. 그건 무질서해요."

"오빠에게 네가 너무 위험하니까 죽여버리라고 말하겠어." 그녀가 시선을 돌려 그를 마주 보면서 말했다.

"그 해결책은 저도 이미 제안했습니다."

"그래서 네가 위험한 거야." 그녀가 자신의 말투를 주의 깊게 조절하면서 말했다. "네가 네 열정을 정복했으니까."

"그건 제가 위험한 이유가 아닙니다." 그는 그녀가 움직이기도 전에 앞으로 몸을 기울여 한 손으로 그녀의 턱을 쥐고 그녀의 입술에 자신의 입술을 갖다 댔다.

그것은 짧고 부드러운 입맞춤이었다. 그가 몸을 떼어내자 그녀는 충격을 받은 표정으로 그를 노려보았다. 여전히 질서 있게 차려 자세로 서 있는 경비병들이 마치 경련을 하는 것처럼 히죽 웃으며 그녀를 힐끔거렸다.

알리아는 손가락을 입술에 갖다 댔다. 그 입맞춤은 왠지 너무 친숙한 느낌이었다. 그의 입술은 그녀가 예지력의 샛길에서 본 미래의 것이었다. 가슴을 헐떡이며 그녀가 말했다. "네놈의 껍질을 벗겨버려야 했어."

"제가 위험하기 때문에요?"

"네가 너무 버릇이 없으니까!"

"그렇지 않습니다. 저는 먼저 제게 내밀어지지 않은 것을 절대 받아들이지 않습니다. 제게 내밀어진 것을 제가 모두 취하지 않은 걸 다행으로 생각하세요." 그는 오니솝터의 문을 열고 밖으로 나갔다. "나오세요. 헛걸음에 시간을 너무 썼습니다." 그가 착륙대 너머에서 둥근 지붕을 이고 있는 입구를 향해 성큼성큼 걸어갔다.

알리아는 오니솝터에서 뛰어내려 그의 걸음걸이와 속도를 맞추기 위해 뛰었다. "네 말과 행동을 하나도 빼지 않고 오빠에게 말할 거야." 그녀가 말했다.

"좋죠." 그가 그녀를 위해 문을 열어주었다.

"오빠는 너를 처형하라고 명령할걸." 그녀가 건물 안으로 살짝 발을 들여놓으면서 말했다.

"왜요? 제가 원하던 입맞춤을 했기 때문에요?" 그가 그녀의 등을 밀듯이 그녀의 뒤를 따랐다. 그의 등 뒤에서 문이 스르르 닫혔다.

"네가 원하던 입맞춤이라니!" 분노가 그녀를 가득 채웠다.

"좋습니다, 알리아. 그럼 아가씨가 원하던 입맞춤이라고 해두죠." 그가 그녀의 옆을 돌아 강하장(降下場)을 향해 움직이기 시작했다.

마치 그의 움직임이 의식을 끌어 올려준 것처럼 그녀는 그의 솔직함을 깨달았다. 그는 철저하게 진실했다. '내가 원하던 입맞춤이라. 그게 사실이지.' 그녀는 속으로 혼잣말을 했다.

"너의 솔직함, 그게 바로 위험한 거야." 그녀가 그를 뒤따르면서 말했다.

"이제 지혜의 길로 돌아오셨군요." 그가 걸음걸이를 흐트러뜨리지 않은 채 말했다. "멘타트도 그 문제를 그 이상 직접적으로 표현할 수 없었을 겁니다. 자, 이제 얘기해 보시지요. 사막에서 무엇을 보셨습니까?"

그녀는 그의 팔을 잡아 억지로 그를 멈추게 했다. 그가 또다시 그것을 해낸 것이다. 그녀의 정신에 충격을 주어서 의식을 날카롭게 만드는 것.

"설명할 수 없어. 하지만 얼굴의 춤꾼이 계속 생각나. 이유가 뭘까?"

"오라버님이 아가씨를 사막으로 보낸 이유가 바로 그겁니다." 그가 고개를 끄덕이며 말했다. "끈질기게 머리를 떠나지 않는 그 생각에 대해 오라버님께 말씀드리세요."

"하지만 왜?" 그녀가 고개를 저었다. "왜 얼굴의 춤꾼인 거지?"

"저 밖에서 젊은 여자가 죽었습니다. 어쩌면 프레멘의 젊은 여성 중에는 실종 신고가 된 사람이 없는지도 모르죠." 그가 말했다.

나는 살아 있는 것이 정말 즐겁기 짝이 없다고 생각한다. 내가 언젠가 이 육체의 근원으로 훌쩍 뛰어가서 예전의 나 자신을 알게 될지 궁금하다. 그 근원은 그곳에 있다. 나의 행동이 그것을 찾아낼 수 있을지, 그것은 미래 속에 헝클어진 채 남아 있다. 그러나 사람이 할 수 있는 행동이라면 나도 할 수 있다. 내가 하는 어떤 행동이 그것을 찾아낼지도 모른다.

—「골라의 말」, 알리아의 주석

비명을 지르듯 강렬한 스파이스 냄새에 몸을 묻고 예지의 무아지경을 통해 내면을 응시하면서 폴은 달이 길게 늘어난 구(球)가 되는 것을 보았다. 그 구가 구르고 뒤틀리면서 쉿쉿 소리를 냈다. 무한한 바닷속에서 억지로 열이 식어가는 별의 끔찍한 소리였다. 구가 점점 밑으로…… 밑으로…… 밑으로 내려갔다. 마치 아이가 던진 공처럼.

그리고 사라져버렸다.

달이 진 것이 아니었다. 깨달음이 그를 삼켰다. 달은 그냥 사라져버렸다. 이제 달은 없었다. 땅이 몸을 흔들어 껍데기를 벗는 짐승처럼 흔들렸다. 공포가 그를 엄습했다.

폴은 침상에서 갑작스레 몸을 똑바로 세우고 눈을 크게 뜬 채 응시했다. 그의 일부는 밖을, 다른 일부는 내면을 보고 있었다. 밖에서 그는 자기 개인실의 환기구 역할을 하는 플라스멜드 격자창을 보았다. 그는 자신이 성의 돌 같은 심연 옆에 누워 있음을 알았다. 내면에서는 계속 달이 추락하는 것을 보고 있었다.

'나가! 나가!'

플라스멜드로 만든 격자창은 아라킨을 비추는 정오의 눈부신 빛을 바라보고 있었다. 그의 내면에는 검디검은 밤이 있었다. 지붕의 정원에서 달콤한 냄새가 소나기처럼 쏟아져 내려와 그의 감각들을 건드렸다. 그러나 그 어떤 꽃의 향기도 추락한 달을 돌려세울 수 없었다.

폴은 차가운 바닥으로 발을 내리고 격자의 틈새를 통해 밖을 바라보았다. 바로 정면에 결정으로 안정화된 금과 백금으로 만든 부드러운 곡선의 인도교가 보였다. 먼 세돈에서 가져온 불의 보석들이 인도교를 장식하고 있었다. 인도교는 물에서 피는 꽃들이 가득한 연못과 샘을 가로질러 도시 내부의 회랑들로 이어져 있었다. 폴은 자리에서 일어서면 그곳에서 소용돌이치는 신선한 피처럼 선명한 빨간색의 꽃잎들을 내려다볼 수 있다는 것을 알고 있었다. 그 꽃잎들은 에메랄드색 물 위에 던져진 끊임없이 움직이는 색깔의 원반 같았다.

그는 스파이스에 예속된 상태로부터 벗어나지 못한 채 눈으로 그 광경을 흡수했다.

'잃어버린 달의 환영이라니 끔찍해.'

그 환영은 개인적 안전의 상실이라는 무서운 일을 암시했다. 어쩌면 그가 본 것은 그가 세운 문명이 스스로의 허세 때문에 쓰러져서 몰락하는 광경인지도 몰랐다.

'달…… 달…… 추락하는 달.'

타로 카드가 던져놓은 진흙 더미를 꿰뚫기 위해서는 엄청난 양의 스파이스 추출액이 필요했다. 그렇게 해서 그가 보게 된 것이 추락하는 달과 그가 처음부터 알고 있던 증오스러운 길이었다. 지하드를 종식시키기 위해, 살육의 화산을 잠재우기 위해 그는 자신의 명예를 스스로 손상시켜야 했다.

'떠나라…… 떠나라…… 떠나라…….'

지붕의 정원에서 실려 온 꽃향기에 챠니가 생각났다. 지금 그녀의 품이 몹시 그리웠다. 그에게 달라붙어 사랑과 망각을 가져다주는 그녀의 품이. 그러나 챠니도 이 환영을 쫓아낼 수는 없었다. 그가 그녀에게 가서 어떤 특정한 형태의 죽음을 생각하고 있다고 말한다면 그녀는 과연 뭐라고 할 것인가? 죽음이 불가피하다는 것을 안다면 혹시 존재했을지도 모르는 세월을 낭비하며 비밀스러운 화려함 속에서 삶을 마감하는 귀족적인 죽음을 선택하지 못할 이유가 없지 않은가? 의지가 바닥나기 전에 죽는 것, 그것이 귀족적인 선택 아닌가?

그는 자리에서 일어나 격자창이 서로 겹쳐져 있는 출입구를 통해 발코니로 나갔다. 발코니는 정원에서부터 이어져 내려온 꽃과 덩굴 들을 올려다보는 모양이었다. 그의 입안은 사막을 행군할 때처럼 바짝 말라 있었다.

'달…… 달……. 그 달이 어디 있지?'

그는 모래언덕에서 발견된 젊은 여자의 시체에 대한 알리아의 설명을 생각해 보았다. 세무타에 중독된 프레멘이라니! 모든 것이 증오스러운 패턴과 맞아떨어졌다.

'이 우주에게서는 아무것도 빼앗을 수 없어. 우주는 스스로 원하는 것만 허락하지.' 그는 생각했다.

어머니 지구의 바다에서 가져온 소라 껍데기의 잔해가 발코니 난간 옆의 낮은 탁자 위에 놓여 있었다. 그는 윤기 있고 매끄러운 그것을 손으로 집어 들고 시간을 거꾸로 느껴보려고 했다. 진주 같은 표면에 반사되는 빛이 반짝이는 달처럼 보였다. 그는 그것에서 시선을 떼어 정원 너머의 불이 붙은 것 같은 하늘을 올려다보았다. 은빛 태양 속에서 먼지가 무지갯빛으로 빛나고 있었다.

'나의 프레멘들은 스스로를 '달의 아이들'이라고 부르지.' 그는 생각했다.

그는 소라 껍데기를 내려놓고 발코니를 따라 걸었다. 그 무서운 달이 탈출의 희망을 보여주고 있었던가? 그는 신비로운 영적 교섭의 영역에서 의미를 탐색했다. 그는 여전히 스파이스에 사로잡혀 혼란을 느끼며 약해져 있었다.

플라스멜드로 만든 깊은 구렁 같은 성의 북쪽 끝에서 나지막한 정부 건물들이 눈에 들어왔다. 지붕의 통로 위로 수많은 사람들이 오가고 있었다. 그곳에서 움직이는 사람들이 문과 벽과 타일의 무늬들을 배경으로 새겨진 장식띠 같다는 느낌이 들었다. 사람들이 타일 같았다! 그는 눈을 깜박이면서 그들의 모습을 머릿속에 얼어붙은 것처럼 담아둘 수 있었다. 그들은 장식띠였다.

'달이 떨어져서 사라져버렸다.'

저기 있는 저 도시가 그의 우주에 대한 이상한 상징으로 변해 버렸다는 느낌이 그를 엄습했다. 그의 눈에 보이는 건물들은 그의 프레멘들이 사다우카 군단을 소멸시켜 버린 평원 위에 세워진 것이었다. 한때 전투에 나선 병사들의 발에 짓밟혔던 땅에서 이제는 분주하게 장사를 하는 사람들의 떠들썩한 소리가 울려퍼졌다.

폴은 계속 발코니의 바깥쪽 가장자리를 따라 걸으면서 모퉁이를 돌았다. 이제 그의 눈에 들어온 것은 바위와 사막에서 불어오는 모래 속에 도시의 건물들이 묻혀버린 교외의 모습이었다. 알리아의 신전이 눈앞의 풍경을 지배했다. 2000미터나 되는 신전 측면을 따라 걸려 있는 초록색과 검은색 장식물들은 무앗딥의 상징인 달을 보여주고 있었다.

'추락하는 달.'

폴은 손으로 이마와 눈을 쓸었다. 이 상징적인 대도시가 그를 짓눌렀다. 그는 자신의 생각들을 경멸했다. 다른 사람이 이렇게 동요했다면 그는 화를 냈을 것이다.

그는 자신의 도시를 혐오했다!

권태에 뿌리를 둔 분노가 그의 내면 깊숙한 곳에서 깜박거리고 부글거렸다. 피할 수 없는 결정을 내려야 하는 탓이었다. 그는 자신의 발이 따라가야 하는 길이 어떤 것인지 알고 있었다. 이미 그 길을 충분할 정도로 여러 번 보지 않았던가? 그는 그 길을 보았다! 언젠가…… 오래전에 그는 자신이 정부를 발명했다고 생각했다. 그러나 그 발명품은 낡은 패턴 속에 빠져버렸다. 그것은 원래 상태로 되돌아가려고 애쓰는 소름 끼치는 고안품 같았다. 그가 원하는 모습으로 그것을 만들고 나서 잠시라도 긴장을 풀면, 그것은 금방 과거의 모습으로 돌아가 버렸다. 인간의 가슴속, 그의 손이 닿지 않는 곳에서 작동하는 힘이 그를 교묘하게 피하며 저항했다.

폴은 지붕들을 바라보았다. 저 지붕들 밑에 아무런 구속을 받지 않는 삶의 어떤 보물들이 놓여 있는 걸까? 그는 회백색이 섞인 붉은색과 황금색 지붕들 사이에서 식물이 심어져 있는 초록색 열린 공간들을 흘끗 보왔다. 초록색은 무앗딥과 그의 물이 가져다준 선물이었다. 과수원과 작은 숲이 그의 시야 속에 놓여 있었다. 전설적인 레바논의 숲과 맞먹을 만한 야외의 숲이었다.

"무앗딥은 미친 사람처럼 물을 써." 프레멘들은 이렇게 말했다.

폴은 손으로 눈을 덮었다.

'달이 떨어졌어.'

그는 손을 떨어뜨리고 더 선명해진 시선으로 자신의 대도시를 노려보았다. 건물들은 괴물 같은 제국의 야만성을 영기(靈氣)처럼 뒤집어쓰고 있었다. 북쪽에 떠 있는 태양 밑에 선 그들은 거대하고 밝았다. 거대한 것들! 미친 역사가 만들어낼 수 있는 온갖 방종한 건축물들이 그의 시야 안에 놓여 있었다. 우뚝 솟아오른 고원 같은 테라스, 웬만한 도시만큼 큰 광장, 공원, 건물이 딸린 토지, 황야를 경작해 놓은 조그만 땅들.

뛰어난 예술품과 멋도 없고 설명조차 불가능한 음산한 괴물이 인접해 있었다. 건물의 자세한 특징들이 그의 머릿속에 저절로 새겨졌다. 저 먼 옛날의 바그다드에서 유래한 지하도…… 신화 속 다마스커스에서 꿈꿨다는 둥근 지붕…… 아타르 지방의 낮은 중력에서 유래한 아치…… 조화롭게 솟아오른 건물들과 괴상하게 가라앉은 건물들. 이 모든 것들이 비할 수 없이 장엄한 분위기를 만들어내고 있었다.

'달! 달! 달!'

좌절감이 그를 혼란에 빠뜨렸다. 그는 다중의 무의식이 주는 압박, 그의 우주를 가로지르며 모든 것을 휩쓸어버리려고 하는 인류의 움직임을 느꼈다. 그들이 거대한 해일 같은 힘으로 그에게 달려들었다. 그는 인간사의 거대한 움직임을 느꼈다. 소용돌이, 물살, 유전자의 흐름. 금욕이라는 댐도, 성불능의 발작도, 저주도 그것을 멈추지 못했다.

이 커다란 움직임 속에서 무앗딥의 지하드는 눈을 한 번 깜박하는 것 만큼도 되지 않았다. 이 흐름 속에서 헤엄치며 유전자를 거래하는 베네 게세리트도 그와 마찬가지로 급류 속에 갇혀 있었다. 추락하는 달의 환영은 다른 전설들, 즉 겉으로 보기에는 영원해 보이는 별들조차 이지러지고 깜박거리며 죽어가는 우주의 다른 환영들과 반드시 견주어 생각해 보아야 했다.

그런 우주에서 달 하나가 무슨 의미가 있겠는가?

그의 요새 같은 성안 깊숙한 곳, 너무 깊어서 때로는 소리조차 도시 소음의 흐름 속에 묻혀버리는 그곳에서 10현 악기인 리바바가 딸랑거리며 지하드의 노래를 연주했다. 아라키스에 남겨진 여인을 위한 탄식을 담은 노래였다.

그녀의 엉덩이는 바람이 둥글게 조각해 놓은 모래언덕
그녀의 눈은 여름의 열기처럼 빛난다.
두 갈래로 땋은 머리가 등에 늘어지고
물고리가 풍성하게 달린 그녀의 머리카락!
내 손은 그녀의 살갗을 기억한다
호박처럼 향기롭게 꽃향기가 났지.
눈꺼풀이 추억 때문에 파르르 떨린다…….
나는 사랑의 하얀 불꽃에 상처입었다!

이 노래에 그는 구역질이 났다. 이건 감상에 젖은 멍청한 놈들을 위한 노래였다! 차라리 알리아가 본, 모래언덕이 낳은 시체를 상대로 노래를 하는 편이 나을 것이다.

발코니의 격자창 그림자 속에서 뭔가가 움직였다. 폴은 급하게 몸을 돌렸다.

골라가 눈부신 태양빛 속으로 모습을 드러냈다. 그의 금속 눈이 반짝였다.

"너는 던컨 아이다호인가, 아니면 헤이트라고 불리는 사람인가?" 폴이 물었다.

골라는 그에게서 두 발짝 떨어진 곳에 걸음을 멈췄다. "주인님께서는 어느 편이 더 마음에 드십니까?"

그의 목소리가 조심스럽게 울렸다.

"젠수니처럼 굴어봐." 폴이 신랄한 말투로 말했다. '의미 속에 또 의미가 들어 있어!' 이 순간 자신들 앞에 펼쳐지는 현실을 조금이라도 바꾸기 위해 젠수니 철학자는 과연 무슨 말을, 혹은 어떤 행동을 할 수 있을 것인가?

"주인님의 심기가 불편하시군요."

폴은 시선을 돌려 멀리 보이는 방어벽의 절벽을 뚫어지게 바라보았다. 바람이 깎아놓은 아치와 벽이 그의 도시를 형편없이 모방하고 있는 것처럼 보였다. 자연이 그를 놀리고 있었다! 내가 어떤 걸 지을 수 있는지 보라고! 그는 먼 봉우리에서 깊이 베인 듯 바위가 벌어져 있는 부분을 발견했다. 그 바위틈에서 모래가 밖으로 넘쳐 흘러나와 있었다. 그는 속으로 생각했다. '저기야! 바로 저기서 우리가 사다우카와 싸웠지!'

"무엇이 주인님의 심기를 불편하게 하는 겁니까?" 골라가 물었다.

"환영이야." 폴이 속삭이듯 말했다.

"아아, 틀레이랙스 인들이 처음 저를 깨웠을 때 저도 환영들을 보았습니다. 저는 불안하고 외로웠습니다……. 제가 외롭다는 사실을 제대로 알지도 못하면서. 그때는 몰랐습니다. 제가 본 환영들은 아무것도 알려주지 않았습니다! 틀레이랙스 인들은 그것이 인간과 골라가 모두 겪는 육체의 침입이라고 말해 주었습니다. 질병에 지나지 않는다고 했죠."

폴은 고개를 돌려 골라의 눈을 유심히 살펴보았다. 구멍처럼 움푹 들어가 있는 그 강철 공들 속에는 표정이 없었다. 저 눈이 본 환영은 어떤 것이었을까?

"던컨…… 던컨……." 폴이 속삭였다.

"저는 헤이트입니다."

"달이 추락하는 것을 보았어. 사라져버렸어. 파괴돼서. 커다랗게 쉿쉿 소리가 들렸는데. 땅이 흔들렸어."

"주인님은 너무 많은 시간을 봐서 취하셨습니다." 골라가 말했다.

"젠수니를 요구했는데, 왜 멘타트처럼 구는 거지!" 폴이 말했다. "좋다! 내가 본 환영을 네 논리로 요리해 봐라, 멘타트! 그걸 분석해서 땅에 매장해도 되는 단순한 말로 만들어봐."

"매장이라고 하셨습니까? 주인님은 죽음으로부터 도망치고 계십니다. 다음 순간을 보려고 애쓰면서 지금 이 순간을 살아가기를 거부하고 계세요. 점술이라니! 황제가 그런 것에 기대다니요!"

폴은 기억 속에 생생하게 남아 있는 점을 골라의 턱에서 발견하고 홀린 듯이 바라보았다.

"미래 속에서 살아가려 하시면서 그런 미래에 실체를 부여하시는 겁니까? 미래를 현실로 만들고 계십니까?" 골라가 말했다.

"만약 내가 환영 속의 미래가 보여주는 길을 따라간다면, 나는 그 순간에 살아 있는 게 되겠지." 폴이 중얼거렸다. "왜 내가 미래 속에서 살고 싶어 한다고 생각하는 거지?"

골라가 어깨를 으쓱했다. "주인님께서는 제게 본질적인 대답을 구하셨습니다."

"사건들로 이루어진 우주에서 실체는 어디 있는 거지? 최종적인 해답이 있나? 각각의 해답이 새로운 질문을 만들어내는 게 아니었나?" 폴이 물었다.

"주인님은 너무 많은 시간을 소화하셨기 때문에 자신이 불멸의 존재라는 환상을 갖고 계십니다. 하지만 주인님의 제국조차 주어진 시간을 살고 난 후엔 죽을 수밖에 없습니다."

"내 앞에서 연기로 검어진 제단을 과시하지 마." 폴이 으르렁거렸다. "신과 메시아의 슬픈 역사는 이미 충분히 들었어. 내 제국이 다른 모든 것들처럼 무너진다는 걸 예언하는 데 특별한 능력이 필요할 이유가 없다. 그런 건 성의 주방에서 일하는 가장 비천한 하인도 예언할 수 있어." 그가 고개를 가로저었다. "달이 추락했단 말이다!"

"처음에 주인님께서는 마음을 편안히 가지지 못했습니다." 골라가 말했다.

"그것이 네가 나를 파멸시키는 방법인가?" 폴이 추궁했다. "내가 생각을 가다듬을 수 없게 막는 것이?"

"혼돈을 가다듬을 수 있습니까?" 골라가 물었다. "저희 젠수니들은 이렇게 말합니다. '가다듬지 않는 것, 그것이 궁극적으로 거둬들이는 것.' 스스로를 거둬들여 정돈하지 않고 과연 무엇을 거둬들일 수 있겠습니까?"

"나는 환영 때문에 괴로워하고 있는데 넌 말도 안 되는 소리만 늘어놓다니!" 폴은 분노했다. "예지력에 대해 네가 뭘 알아?"

"저는 예언이 작동하는 것을 보았습니다. 자신들의 개인적인 운명을 알려주는 징조와 조짐을 찾는 사람들도 보았습니다. 그들은 자신이 찾는 것을 두려워하고 있죠."

"내가 본 추락하는 달은 진짜다." 폴이 속삭이듯 말하고는 떨리는 숨을 들이마셨다. "달이 움직인다. 움직이고 있어."

"사람들은 항상 저절로 움직이는 것을 두려워합니다. 주인님은 주인님 자신의 능력을 두려워하는 겁니다. 이런저런 생각들이 어느 날 갑자기 주인님의 머릿속으로 떨어져 내리죠. 그 생각들이 밖으로 떨어져 나갔을 때, 가는 곳이 어딥니까?"

"넌 가시를 가지고 나를 위로하는군." 폴이 투덜거렸다.

내적인 깨달음의 빛이 골라의 얼굴에 번져갔다. 한순간 그는 던컨 아이다호 그 자체가 되었다. "저는 최선을 다해 주인님을 위로하고 있습니다." 그가 말했다.

폴은 그 순간적인 경련 같은 변화를 의아하게 생각했다. 저 골라가 스스로의 마음이 거부한 슬픔을 느낀 걸까? 헤이트가 자기 자신의 환영을 죽여버린 걸까?

"내가 본 달에는 이름이 있다." 폴이 속삭이듯 말했다.

그리고 그는 환영이 자신을 덮치듯 흘러가도록 내버려두었다. 그의 온 존재가 비명을 질렀지만, 그의 입에서는 아무 소리도 나오지 않았다. 말하기가 무서웠다. 자신의 목소리가 속마음을 드러낼까 봐 두려웠다. 이 무서운 미래의 공기는 챠니의 부재로 인해 무거웠다. 절정의 황홀경 속에서 소리를 질렀던 육체, 욕망으로 그를 태웠던 눈, 미세하게 남을 조종하려는 속임수가 없는 까닭에 그를 매혹시켰던 목소리, 이 모든 것이 사라져 물과 모래 속으로 돌아가 버렸다.

폴은 천천히 시선을 돌려 현재를, 그리고 알리아의 신전 앞 광장을 바라보았다. 머리를 민 순례자 세 명이 행렬의 길에서 광장으로 들어왔다. 그들은 더러운 노란색 로브를 입고 오후의 바람 앞에 고개를 수그린 채 걸음을 재촉하고 있었다. 한 명은 발을 절면서 왼발을 질질 끌었다. 그들은 바람을 거슬러 힘겹게 전진해서 모퉁이를 돌더니 그의 시야에서 사라졌다.

그의 달이 사라지듯이 그들도 사라져버렸다. 그래도 그의 환영은 그의 앞에 놓여 있었다. 그 끔찍한 목적은 그에게 선택의 여지를 주지 않았다.

'육체가 스스로 굴복한다. 영원이 자신의 것을 회수한다. 우리 육체는 이 물을 잠깐 휘저으며 삶과 자아에 대한 사랑 앞에서 취한 듯 춤을 추고 몇 가지 기묘한 생각들을 논한 다음, 시간의 도구들에게 굴복했다. 이것에 대해 우리가 무슨 말을 할 수 있을까? 나는 발생했다. 나는 존재하지 않지만…… 그래도 나는 발생했다.' 폴은 생각했다.

태양에게 자비를 구걸하지는 않는 법이다.

—「무앗딥의 고행」, 스틸가의 주석

한순간의 무능력만으로도 치명적일 수 있다고 가이우스 헬렌 모히암 대모는 자신을 일깨웠다.

그녀는 자신을 둥글게 둘러싼 프레멘 경비병들 사이에서 겉으로 보기에는 태연한 모습으로 절름거리며 걸었다. 자신의 뒤에 있는 경비병 한 명이 '목소리'의 그 어떤 속임수도 통하지 않는 귀머거리에 벙어리라는 사실을 그녀는 알고 있었다. 그녀가 도발하는 듯한 기미를 조금만 보여도 죽여버리라는 명령이 그에게 떨어졌으리라는 사실에 대해서는 의심의 여지가 없었다.

폴이 왜 자기를 부른 건지 그녀는 생각해 보았다. 그녀에게 선고를 내릴 작정일까? 그녀는 오래전 자신이 그를 시험했던 날을 기억했다……. 어린 퀴사츠 해더락이던 그를. 그는 속을 알 수 없는 퀴사츠 해더락이었다.

그의 어머니는 영원토록 저주를 받아 마땅했다! 베네 게세리트가 이

유전자 혈통에 대한 지배권을 잃은 것은 그 여자의 잘못 때문이었다.

그녀의 일행 앞에 펼쳐진 둥근 천장의 통로를 따라 침묵이 파도처럼 밀려왔다. 그녀는 말이 오가는 것을 느꼈다. 폴도 이 침묵의 소리를 들을 것이다. 그는 사람들이 고하기도 전에 그녀가 오는 것을 알 것이다. 그녀는 자신의 능력이 그의 능력을 능가한다는 환상 따위로 자신을 속이지 않았다.

'빌어먹을 놈!'

그녀는 자신의 나이 든 몸에 불평을 퍼부었다. 관절이 아프고, 몸의 반응 속도는 예전처럼 빠르지 않았으며, 젊었을 때 채찍 끈 같았던 근육은 이제 그렇게 유연하지 않았다. 길고긴 하루와 긴 인생이 이제 그녀의 뒤에 있었다. 그녀는 듄 타로 카드를 가지고 자신의 운명에 대한 단서를 찾는 작업으로 오늘 하루를 보냈지만 아무런 결실도 거두지 못했다. 카드는 쓸모가 없었다.

경비병들이 모퉁이를 돌아 끝이 없어 보이는 또 다른 둥근 천장의 통로로 그녀를 몰아갔다. 그녀의 왼쪽에 있는 삼각형 메타 유리 창문들을 통해 오후의 태양이 깊은 그림자를 던졌다. 그 속에 잠긴 격자 울타리의 덩굴과 쪽빛 꽃들이 보였다. 발밑에 깔린 타일들에는 낯선 행성의 수중 생물들이 그려져 있었다. 어디를 봐도 물이 생각났다. 부(富)…… 풍요.

로브를 입은 사람들이 그녀 앞에 있는 또 다른 복도를 가로질러 지나가며 대모를 은밀하게 훔쳐보았다. 그들의 태도와 긴장된 모습에 그녀가 누군지 알아보았음이 분명하게 드러났다.

그녀는 바로 자신 앞에 있는 경비병의 이마와 머리카락을 구분 지은 날카로운 경계선에 시선을 고정시켰다. 그의 육체는 젊고 제복 깃에는 분홍색 주름이 가 있었다.

이 요새 같은 성의 거대함이 그녀를 압도하기 시작했다. 통로들…… 통로들……. 그들은 열린 문을 통과했다. 팀부르(timbur, 고대의 탬버린 비슷한 악기 — 옮긴이)와 플루트로 부드럽게 연주되는 옛 노랫소리가 그 문에서 흘러나왔다. 방 안을 흘끗 바라보니 푸른자위에 푸른 눈동자가 있는 프레멘의 눈이 그녀를 쏘아보고 있었다. 그녀는 그 눈에서 야생의 유전자 속에서 요동치는 전설적인 반항심을 느꼈다.

거기에 자신이 지고 있는 개인적 짐의 척도가 있음을 그녀는 알고 있었다. 베네 게세리트라면 유전자에 대한 인식과 유전자의 가능성으로부터 도망칠 수 없었다. 상실감이 그녀를 찾아왔다. 저 고집 센 아트레이데스의 멍청이 같으니! 자신의 음부 안에 있는 후손이라는 보석을 어찌 부정할 수 있단 말인가? 퀴사츠 해더락이면서! 그가 이 시대의 산물인 것은 사실이었지만 그는 진짜였다. 저주스러운 그의 여동생과 마찬가지로 진짜였다……. 그리고 거기에 위험한 미지의 것이 있었다. 베네 게세리트의 금제가 가해지지 않은 야생의 대모. 유전자의 질서 있는 발전에 헌신하려는 생각이 전혀 없는 대모. 그녀는 틀림없이 오빠와 같은 능력을 지니고 있었다. 아니, 그 이상이었다.

이 요새의 크기가 그녀를 짓누르기 시작했다. 이 통로에는 끝이 없는 걸까? 이곳에서는 소름 끼치는 물리적 힘의 냄새가 코를 찔렀다. 인류 역사상 그 어떤 행성, 그 어떤 문명에도 인간의 손으로 만든 것 중 이토록 거대한 것은 없었다. 이 성은 고대의 도시 10여 개를 감춰줄 수도 있을 만큼 거대했다!

그들은 깜박이는 등이 달려 있는 달걀형 문들을 지나갔다. 그녀는 그 문이 익스의 수공품임을 알아보았다. 압축 공기를 이용해서 구멍으로 사람과 물건을 운송하는 장치였다. 그렇다면 왜 그녀에게 이 먼 거리를 걷게 하는 걸까? 그녀의 머릿속에서 이 질문에 대한 답이 저절로 떠오르기 시작했다. 황제와의 알현에 대비해서 그녀에게 압박감을 주기 위해서였다.

작은 단서였지만 이것이 다른 미세한 특징들과 결합했다. 그녀를 호위하는 경비병들이 비교적 조심스럽게 말을 삼가며 단어를 고르는 태도, 그들이 그녀를 '대모님'이라고 부를 때 그들의 눈에서 엿보이는 순수한 수줍음, 차갑고 차분하며 기본적으로 아무 냄새도 나지 않는 이 복도들, 이 모든 것이 결합되자 베네 게세리트가 해석해 낼 수 있는 많은 것들이 드러났다.

폴은 그녀에게서 뭔가를 원하고 있었다!

그녀는 의기양양해진 기분을 감췄다. 협상의 지렛대가 존재하고 있었다. 이제 남은 것은 그 지렛대가 어떤 것인지 알아내고 그 강도를 시험하는 것뿐이었다. 과거에는 지렛대가 이 요새보다 더 큰 것을 움직인 경우도 있었다. 손가락 한 번 까닥하는 것만으로 문명이 무너진 경우도 있었다.

순간 대모는 사이테일의 말을 상기했다. '생물이 어떤 존재로 자리를 잡고 나면 그와 반대되는 존재로 변하느니 차라리 죽음을 택할 겁니다.'

그녀가 호위병들에게 둘러싸여 걷고 있는 통로가 미세하게 조금씩 넓어졌다. 아치의 속임수, 조금씩 커져가는 기둥 모양의 지지대, 삼각형 창문 대신 나타난 직사각형의 더 큰 창문들. 마침내 그녀의 앞쪽, 천장이 높은 대기실의 저 반대편 벽 중앙에 양쪽으로 열게 되어 있는 문이 거대한 모습을 드러냈다. 그녀는 그 문이 어마어마하게 크다는 것을 느끼고 놀라서 숨을 삼키고픈 충동을 억누르며 훈련된 의식으로 그 문의 진짜 크기를 측정했다. 문의 높이는 적어도 80미터였고, 너비는 그 절반이었다.

그녀가 호위병들과 함께 다가가자 문이 안쪽으로 열렸다. 숨겨진 기계에 의한 거대하고 소리없는 움직임이었다. 그녀는 여기서도 익스의 솜씨를 알아보았다. 탑처럼 솟아 있는 그 문을 그녀는 경비병들과 함께 통과해 황제 폴 아트레이데스의 대접견실로 들어갔다. "무앗딥, 그 앞에서는 모든 사람이 왜소해진다." 그녀는 사람들 사이에 떠도는 이 말을 실감할 수 있었다.

멀리 옥좌에 앉아 있는 폴을 향해 나아가면서 대모는 거대함보다 자신을 둘러싸고 있는 정교한 건축 기술에 더 많이 압도당했다. 방은 아주 컸다. 인류의 역사에 존재했던 그 어떤 통치자의 성도 이 방 안에 들어갈 수 있을 것 같았다. 드넓게 펼쳐져 있는 이 방은 정교함과 균형을 이루며 숨어 있는 구조의 힘에 대해 많은 것을 알려주었다. 벽과 높이 솟은 둥근 천장 뒤의 지붕틀과 들보는 이전에 시도되었던 건축의 모든 것을 능가하고 있음에 틀림없었다. 모든 것이 공학 천재의 솜씨를 웅변처럼 드러내고 있었다.

겉으로 보기에는 그렇게 보이지 않았는데도 방은 끝으로 갈수록 점점 작아져서 단의 중앙에서 옥좌에 앉아 있는 폴이 작아 보이지 않게 되어 있었다. 훈련되지 않은 의식을 지닌 사람이 주위를 둘러싼 거대한 것들에 충격을 받은 눈으로 그를 본다면 처음에는 그가 실제보다 몇 배나 커 보일 것이다. 방 안의 색깔들도 아무런 보호를 받지 못하는 사람들의 심리에 영향을 미쳤다. 폴의 초록색 옥좌는 하갈에서 나온 에메랄드 원석을 통째로 깎아 만든 것이었다. 그것은 생명을 가지고 자라나는 것들을 암시했고, 프레멘의 신화에 나오는 애도의 색을 반영했다. 그 옥좌는 상대를 비탄에 잠기게 만들 수 있는 사람이 여기 앉아 있다고 속삭이고 있었다. 하나의 상징 속에 들어 있는 삶과 죽음이 서로 반대되는 것들을 영리하게 강조했다. 옥좌의 뒤에는 타는 듯한 오렌지색과 듄의 땅과 같은 카렛빛 황금색에 스파이스의 계피색 얼룩이 섞인 벽걸이들이 폭포처럼 드리워져 있었다. 훈련된 눈에는 그것이 뭘 상징하는지 뻔히 보였다. 그러나 풋내기들에게 그것은 망치로 얻어맞는 것 같은 충격이었다.

시간이 이곳에서 맡은 바 역할을 하고 있었다.

대모는 절름거리는 자신의 걸음걸이로 제국의 상징에게 다가가는 데 걸리는 시간이 몇 분이나 되는지 가늠해 보았다. 겁에 질릴 시간은 충분했다. 분개하던 사람도 자신에게 직접 한꺼번에 쏟아지는 억제되지 않은 힘에 눌려 그런 감정을 잃어버릴 터였다. 처음에는 품위를 지닌 인간으로서 옥좌를 향한 긴 행군을 시작했던 사람도 행군이 끝날 무렵에는 모기 같은 존재가 되어버렸다.

보좌관들과 시종들이 기묘한 순서로 질서 있게 늘어서서 황제를 둘러싸고 있었다. 경계를 늦추지 않는 근위병들은 벽걸이가 걸린 뒤쪽 벽을 따라 늘어서 있었고, 저주스러운 존재 알리아는 폴의 왼쪽에서 두 계단 낮은 곳에 있었다. 제국의 추종자 스틸가는 알리아 바로 밑의 계단에 서 있었다. 그리고 접견실 바닥에서 한 계단 높은 곳의 오른쪽에 혼자 선 사람은 얼마 전에 저승에서 돌아온 던컨 아이다호, 골라였다. 그녀는 경비병들 중에서 조금 나이가 든 편인 프레멘들과 코에 사막복의 흉터가 있는 턱수염의 나입들을 주의 깊게 살펴보았다. 허리에 크리스나이프를 찬 사람들. 마울라 권총을 찬 사람도 몇 명 있고, 심지어 레이저총을 갖고 있는 사람도 보였다. 폴이 방어막 발생기를 분명히 차고 있는 때에 그가 있는 자리에서 레이저총을 가지고 있는 걸 보니 그들이 대단한 신뢰를 받는 부하들인 모양이라고 그녀는 생각했다. 그녀는 폴의 몸 주위에서 아지랑이처럼 어른거리는 방어막을 볼 수 있었다. 그 방어막의 장 안으로 레이저총을 한 방만 터뜨리면 이 요새 전체가 땅 위에 움푹 파인 구멍으로 변해 버릴 것이다.

그녀의 호위병들이 단상의 발치에서 열 발짝 떨어진 곳에 걸음을 멈추고 황제의 시야를 방해하지 않게 양쪽으로 갈라졌다. 그녀는 챠니와 이룰란이 이 자리에 없는 것을 그제야 눈치채고 이상하다고 생각했다. 들리는 말에 의하면 그는 그 두 사람이 없는 자리에서 중요한 인물을 알현하는 경우가 없다고 했다.

폴이 말없이 그녀를 향해 고개를 끄덕이며 상대를 가늠했다.

즉시 그녀는 자기가 공세를 취하기로 결정하고 입을 열었다. "그래, 위대한 폴 아트레이데스께서 스스로 추방한 자를 만나주시니 황공하기 그지없습니다."

폴은 인상을 찌푸리는 듯한 미소를 지으면서 속으로 생각했다. '대모는 내가 자기에게 뭔가 원하는 게 있다는 걸 알고 있군.' 그녀가 대모이니 만큼 그것이 알려지는 것은 불가피한 일이었다. 그는 그녀의 능력을 인정했다. 저 베네 게세리트가 우연히 대모가 된 것은 아니었다.

"우리 서로 말장난은 그만두는 게 어떻소?" 그가 물었다.

그게 쉽게 될까? 그녀는 생각했다. "폐하께서 원하는 걸 말씀하시지요."

스틸가가 동요하면서 폴에게 날카로운 시선을 던졌다. 그녀의 말투가 저 제국의 추종자 마음에 들지 않는 모양이었다.

"스틸가는 나더러 그대를 쫓아버리라고 하오." 폴이 말했다.

"죽이는 게 아니고요?" 그녀가 물었다. "프레멘 나입이라면 그보다 더 직접적인 조치를 취할 줄 알았는데요."

스틸가가 험악한 표정을 지으며 말했다. "내 생각과는 다른 말을 해야 하는 경우가 자주 있소. 그런 걸 외교라고 하지."

"그럼 외교도 그만두기로 하지요." 그녀가 말했다. "나한테 이렇게 먼

거리를 걷게 만들 필요가 있었습니까? 이렇게 늙은 여자를."

"내가 얼마나 냉담해질 수 있는지 그대에게 보여줄 필요가 있었소. 그러면 그대가 나의 관대함을 감사히 여기게 될 테니까." 폴이 말했다.

"베네 게세리트에게 감히 그런 서툰 변명을 하시는 겁니까?" 그녀가 물었다.

"서툰 행동에는 나름대로의 의미가 있는 법이오." 폴이 말했다.

그녀는 그의 말을 곰곰이 생각하며 잠시 머뭇거렸다. 그래, 그가 그녀를 제거해 버릴 가능성은 아직 있었다…… 조잡하고 분명하게. 만약 그녀가…… 그녀가 어떤 행동을 한다면 그렇게 되는 거지?

"저한테서 뭘 원하는지 말씀하십시오." 그녀가 투덜거리듯이 말했다.

알리아는 오빠를 슬쩍 바라보며 옥좌 뒤의 벽걸이를 향해 고개를 끄덕였다. 그녀는 폴이 무슨 생각으로 이 일을 벌인 건지 알고 있었지만 그래도 마음에 들지 않았다. 그것은 '무모한 예언'이라고 할 만한 것이었다. 이 흥정에 참여하기를 꺼리는 마음이 그녀를 가득 채웠다.

"나한테 말할 때는 조심하는 게 좋을 거요, 할머니." 폴이 말했다.

'저 애는 애송이일 때도 나를 할머니라고 불렀지. 지금 자신의 과거에 나도 한몫했다는 걸 일깨우려는 걸까? 그때 내가 내렸던 결정, 그걸 여기서 다시 내려야 하는 걸까?' 대모는 생각했다. 그 결정의 무게가 물리적인 힘처럼 그녀의 무릎을 떨리게 만들었다. 근육들이 피곤하다고 소리를 질러댔다.

"한참 걸으셨겠지. 그대가 피곤하다는 걸 알겠소. 옥좌 뒤에 있는 내 사실로 가도록 합시다. 거기서는 앉을 수 있을 거요." 폴이 말했다. 그리고 스틸가에게 손으로 신호를 보내며 자리에서 일어섰다.

스틸가와 골라가 그녀에게 몰려와서 그녀를 부축해 계단을 오른 다음 폴의 뒤를 따라 벽걸이로 숨겨진 통로를 지나갔다. 순간 그녀는 그가 왜 자신을 접견실에서 맞이했는지 깨달았다. 그것은 경비병들과 나입들을 위한 무언극이었다. 그렇다면 그도 그들을 두려워하고 있다는 얘기였다. 그리고 지금, 지금 그는 친절한 자비심을 과시하며 베네 게세리트에게 감히 책략을 부리려 하고 있었다. 아니, 그것을 '감히'라고 말해도 되는 걸까? 그녀는 등 뒤에 다른 사람의 존재를 느끼고 재빨리 돌아보았다. 알리아가 따라오고 있었다. 젊은 알리아의 눈에는 시무룩하고 악의 있는 표정이 떠올라 있었다. 대모는 몸을 부르르 떨었다.

통로의 끝에 있는 사실은 한 면의 길이가 20미터인 정육면체 모양이었다. 플라스멜드로 만든 그 방에서는 노란 발광구가 조명 역할을 했고, 사막 텐트의 짙은 오렌지색 벽걸이들이 사방 벽에 걸려 있었다. 바닥에는 긴 소파와 부드러운 쿠션이 놓여 있고, 희미하게 멜란지 냄새가 났으며, 나지막한 탁자 위에는 수정처럼 맑은 물병들이 놓여 있었다. 바깥쪽의 거대한 접견실을 본 다음이라 이 방이 너무 작고 갑갑하게 느껴졌다.

폴은 그녀를 긴 소파에 앉히고 서서 내려다보며 그 늙은 얼굴을 자세히 살펴보았다. 그녀의 이는 강철 같았고, 눈은 드러내는 것보다 숨기는 것이 더 많았으며, 피부에는 깊게 주름이 나 있었다. 그는 물병을 가리켰다. 그녀가 고개를 가로젓자 흰 머리 한 줌이 흘러내렸다.

낮은 목소리로 폴이 말했다. "내 사랑하는 사람의 목숨을 위해 당신과 협상을 하고 싶소."

스틸가가 헛기침을 했다.

알리아는 칼집째 목에 걸려 있는 크리스나이프의 손잡이를 손가락으로 만지작거렸다.

골라는 무표정한 얼굴로 문 앞에 서서 금속 눈으로 대모의 머리 위 허공을 바라보고 있었다.

“그녀의 죽음에 내가 관여하는 환영을 보셨습니까?” 대모가 물었다. 그녀는 골라 때문에 묘하게 마음이 불편해서 계속 그에게 주의를 집중했다. 왜 골라가 위협적으로 느껴지는 걸까? 그는 음모의 도구인데.

“당신이 내게서 뭘 원하는지 알고 있소.” 폴이 그녀의 질문을 회피하며 말했다.

‘그렇다면 황제는 그냥 의심만 하고 있을 뿐이군.’ 그녀는 생각했다. 대모는 로브의 주름 사이로 드러난 자신의 신발 끝을 내려다보았다. 검은…… 검은…… 신발과 로브는 얼룩이 지고 주름이 져서 그녀가 갇혀 있었던 흔적을 드러내고 있었다. 그녀는 턱을 치켜들고 자신을 쏘아보는 폴의 성난 시선을 맞받았다. 의기양양한 기분이 파도처럼 그녀를 휩쓸고 지나갔지만, 그녀는 입을 꾹 다물고 눈을 가늘게 뜬 채 그 감정을 숨겼다.

“제가 받을 대가는 무엇입니까?”

“나 자신은 아니지만 내 씨를 갖게 될 거요.” 폴이 말했다. “이룰란을 추방한 다음 인공적으로 수정시켜…….”

“어떻게 감히!” 대모가 몸을 뻣뻣하게 굳히면서 분노를 폭발시켰다.

스틸가가 반 발짝 앞으로 나섰다.

혼란스럽게도 골라가 미소를 지었다. 그리고 이제는 알리아가 그를 유심히 살피고 있었다.

“당신의 교단이 금지하는 일에 대해서는 말하고 싶지 않소. 죄악을 들먹이는 얘기도, 저주스럽다는 얘기도, 과거의 지하드가 남겨놓은 믿음들에 대한 얘기도 듣지 않겠소. 당신은 당신의 계획을 위해 내 씨를 가질 수 있겠지만, 이룰란의 아이가 내 옥좌에 앉지는 못할 것이오.” 폴이 말했다.

"당신의 옥좌라고요?" 그녀가 비웃었다.

"그래, 내 옥좌요."

"그럼 제국의 후계자를 낳을 사람은 누구입니까?"

"챠니."

"그녀는 불임입니다."

"그녀는 지금 아이를 갖고 있소."

자기도 모르게 집어삼킨 호흡이 그녀의 충격을 드러냈다. "거짓말!" 그녀가 쏘아붙였다.

스틸가가 앞으로 달려들려는 것을 폴이 손을 들어 막았다.

"그녀가 내 아이를 갖고 있다는 것을 이틀 전에 알았소."

"하지만 이룰란은……."

"인공적인 방법만을 써야 하오. 이것이 내 제안이오."

대모는 그의 얼굴을 보지 않으려고 눈을 감았다. 젠장! 유전자의 주사위를 그런 식으로 던지다니! 그녀의 가슴속에서 혐오감이 끓어올랐다. 베네 게세리트의 가르침, 버틀레리안 지하드의 교훈, 모든 것이 그런 행위를 금지하고 있었다. 인류 최고의 포부를 그렇게 모욕할 수는 없었다. 인간의 정신과 똑같이 작동할 수 있는 기계는 없었다. 어떤 말이나 행동으로도 인간이 동물과 같은 수준에서 번식될 수 있다는 뜻을 비쳐서는 안 되었다.

"당신이 결정하시오." 폴이 말했다.

그녀는 고개를 저었다. 유전자, 소중한 아트레이데스의 유전자, 그것만이 중요했다. 그것의 필요성이 금지보다 더 강했다. 교단에게 있어 짝짓기는 단순히 정자와 난자를 섞는 것이 아니었다. 사람의 영혼을 포착하는 것이 목적이었다.

대모는 이제 폴의 제안에 쉽게 알아볼 수 없는 깊이가 있음을 이해했다. 그는 베네 게세리트로 하여금…… 만약 발각된다면 대중적인 분노를 불러올 행위에 관여하게 만들 작정이었다. 만약 황제가 그 아이의 아버지임을 부인한다면 그들은 그 아이의 아버지를 밝힐 수 없었다. 이 협상으로 교단이 아트레이데스의 유전자를 구할 수 있을지는 몰라도 옥좌를 확보하는 것은 절대 불가능했다.

그녀는 방 안을 한 바퀴 둘러보며 사람들의 얼굴을 하나하나 자세히 살펴보았다. 스틸가는 이제 가만히 기다리고 있었고, 골라는 자기 내면의 어딘가에 못 박힌 듯 얼어붙은 모습이었다. 알리아는 골라를 주시하고 있었고…… 폴은 얇은 가면 밑에서 분노하고 있었다.

"폐하가 내놓을 수 있는 제안은 이것뿐입니까?" 그녀가 물었다.

"그것뿐이오."

그녀는 골라를 슬쩍 바라보다가 그의 뺨에 잠깐 나타난 근육의 움직임에 사로잡혔다. 감정의 표현인가? "너, 골라." 그녀가 말했다. "이런 제안이 불가피한 것이라고 생각하느냐? 그리고 이런 제안이 나온 이상 그걸 받아들여야 하느냐? 우리를 위해 멘타트의 기능을 발휘해 보아라."

금속 눈이 폴을 향했다.

"너 좋을 대로 대답해라." 폴이 말했다.

골라는 번득이는 시선을 대모에게 돌리고 미소를 지었다. 대모는 그 미소에 다시 충격을 받았다. "제안이란 그것이 확보할 수 있는 현실적인 물건만큼의 가치밖에 없습니다. 여기서 제안된 것은 목숨과 목숨을 교환하자는 것으로 고도의 사업입니다." 그가 말했다.

알리아가 구릿빛 머리카락 한 줌을 이마에서 쓸어 올리며 말했다. "그럼 이 거래에 달리 숨겨져 있는 건 뭐지?"

대모는 알리아를 보지 않으려 했다. 그러나 이 말이 그녀의 마음속에 각인되었다. 그래, 여기에는 훨씬 더 깊은 의미가 있었다. 황제의 여동생이 저주스러운 존재인 것은 사실이었지만, 그녀가 직위에 걸맞은 능력을 갖춘 대모라는 점을 부인할 수는 없었다. 가이우스 헬렌 모히암은 이 순간 한 사람이 아니라 자신의 기억 속에 자그마한 덩어리처럼 앉아 있는 다른 모든 사람이었다. 그녀가 교단의 여사제가 되면서 흡수했던 모든 대모들이 지금 경계심을 품고 긴장하고 있었다. 알리아도 지금 같은 입장일 터였다.

"달리 숨겨져 있는 것이라고요?" 골라가 물었다. "베네 게세리트의 마녀들이 왜 틀레이랙스의 방법을 사용한 적이 없는지 의아하군요."

가이우스 헬렌 모히암과 그녀의 안에 있는 모든 대모들이 몸을 부르르 떨었다. 그래, 틀레이랙스 인들이 하는 짓은 혐오스러웠다. 만약 인공수정에 대한 장벽이 없어진다면, 다음 단계는 틀레이랙스 인들처럼 원하는 대로 돌연변이를 조종하는 것이 될 것인가?

폴은 자신의 주위에서 일어나는 감정들을 지켜보며 갑자기 이 사람들을 더 이상 모르겠다는 느낌이 들었다. 그의 눈에 보이는 것은 낯선 사람들뿐이었다. 심지어 알리아조차 낯설었다.

알리아가 말했다. "만약 우리가 베네 게세리트의 강에 아트레이데스의 유전자를 띄운다면, 어떤 결과가 나올지 누가 알겠어요?"

가이우스 헬렌 모히암이 홱 고개를 돌려 알리아의 시선을 맞받았다. 번개처럼 짧은 한순간 그들은 한 가지 생각에 대해 교감하는 두 사람의 대모가 되었다. '틀레이랙스 인들의 행동 뒤에 있는 것은 무엇인가? 골라는 틀레이랙스의 물건이었다. 그가 이 계획을 폴의 머릿속에 집어넣

은 건가? 폴이 베네 틀레이랙스와 직접 흥정을 하려 할 것인가?'

그녀는 자신의 동요와 무능력을 느끼며 알리아에게서 시선을 뗐다. 베네 게세리트 훈련을 통해 허락된 능력 속에 바로 그 훈련의 함정이 놓여 있음을 그녀는 자신에게 일깨웠다. 그런 능력은 사람에게 허영과 자만심을 불어넣었다. 그러나 능력은 그것을 사용하는 사람을 현혹시켰다. 능력이 모든 장벽을…… 자기 자신의 무지까지도 극복할 수 있다고 믿어버리는 것이다.

여기서 베네 게세리트에게 가장 중요한 것은 하나뿐이라고 그녀는 혼잣말을 했다. 폴 아트레이데스와…… 저주스러운 그의 여동생에게서 정점에 이른 세대의 피라미드가 그것이었다. 여기서 잘못된 선택을 한다면, 그 피라미드를 다시 세워야 할 것이다……. 최고의 특징들이 결여된 교배 표본을 가지고 유사한 혈통에서 그만큼의 세대를 뒤로 돌려 시작해야 하는 것이다.

'돌연변이를 조종한다……. 틀레이랙스 인들은 정말로 그것을 실천에 옮긴 걸까? 너무 유혹적인 방법이야!' 그녀는 고개를 가로저었다. 그런 생각은 없애버리는 게 좋았다.

"내 제안을 거절하는 거요?" 폴이 물었다.

"생각 중입니다." 그녀가 말했다.

그리고 다시 그녀는 폴의 여동생을 바라보았다. 이 아트레이데스 여성을 위한 최적의 교배 대상은…… 폴의 손에 죽어 사라져버렸다. 그러나 또 하나의 가능성이 남아 있었다. 후손에게 원하는 특징을 공고하게 심어줄 가능성이. 폴은 베네 게세리트에게 감히 짐승들의 교배 방법을 제안했다! 그는 챠니의 목숨을 위해 과연 얼마나 되는 대가를 치를 각오가 되어 있을까? 그가 자기 여동생과의 교배를 받아들일 것인가?

시간을 벌려고 애쓰면서 대모가 말했다. "말씀해 주십시오, 오 모든 신성한 것들의 흠 없는 표본이시여. 이룰란이 이 제안에 대해 뭐라 말하지 않던가요?"

"이룰란은 당신의 명령에 따를 것이오." 폴이 으르렁거렸다.

'맞는 말이군.' 모히암은 생각했다. 그녀는 턱에 힘을 주고 새로운 수를 던졌다. "아트레이데스는 두 명입니다."

폴은 늙은 마녀의 생각에 뭔가가 있음을 느끼고 얼굴이 검붉게 변했다. "당신이 뭘 제안할 건지 조심스럽게 생각해 보는 게 좋을 거요." 그가 말했다.

"폐하의 목적을 달성하기 위해 그냥 이룰란을 이용하겠다는 말씀이십니까?" 그녀가 물었다.

"그녀는 이용당하기 위해 훈련받은 것 아니오?" 폴이 물었다.

'그래, 우리가 그녀를 훈련시켰다는 말을 하고 있는 거로군. 글쎄…… 이룰란은 둘로 갈라진 카드야. 그런 카드를 사용할 다른 방법이 있었을까?' 모히암은 생각했다.

"챠니의 아이를 옥좌에 앉히실 겁니까?" 대모가 물었다.

"나의 옥좌에 앉힐 것이오." 폴이 말했다. 그는 알리아를 슬쩍 바라보았다. 이 대화 속에서 여러 개의 가능성들이 갈라져 나가고 있음을 그녀가 알고 있는지 모르겠다는 생각이 갑자기 들었다. 알리아는 눈을 감고 서 있었다. 기묘한 정적이 그녀 주위를 맴돌고 있었다. 그녀는 어떤 내면의 힘과 이야기를 나누고 있는 걸까? 이런 여동생의 모습을 보며 폴은 자신이 아무렇게나 표류하도록 팽개쳐진 듯한 느낌이 들었다. 알리아는 그에게서 멀어져가는 해안에 서 있었다.

대모가 결정을 내리고 입을 열었다. "이건 한 사람이 결정하기에는 너무 큰 일입니다. 왈락에 있는 제 자문 회의와 의논을 해봐야겠습니다. 연락하는 걸 허락해 주시겠습니까?"

'마치 내 허락이 필요한 것처럼 말하는군!' 폴은 생각했다.

"좋소. 하지만 너무 지체하지는 마시오. 당신들이 토론을 벌이는 동안 내가 한가하게 앉아 있지는 않을 테니."

"베네 틀레이랙스와 협상하시겠습니까?" 골라가 날카로운 목소리로 끼어들었다.

알리아가 눈을 번쩍 뜨고 마치 위험한 침입자 때문에 잠에서 깬 사람처럼 골라를 뚫어지게 바라보았다.

"난 그런 결정은 내리지 않았다. 나는 가능한 한 빨리 사막으로 갈 것이다. 우리 아이는 시에치에서 태어날 거야."

"현명한 결정이십니다." 스틸가가 기도문을 읊듯이 말했다.

알리아는 스틸가를 보지 않았다. 그것은 잘못된 결정이었다. 그녀의 모든 세포가 그것을 느낄 수 있었다. 폴도 틀림없이 알고 있을 터였다. 왜 그가 그런 길에 스스로를 못 박아버린 걸까?

"베네 틀레이랙스가 우리를 위해 일을 하겠다고 제안했나요?" 알리아가 물었다. 모히암이 대답에 귀를 쫑긋 세우는 것이 보였다.

폴은 고개를 저었다. "아니." 그가 스틸가를 흘끗 바라보며 말을 이었다. "스틸, 왈락으로 전갈을 보낼 수 있게 조치하시오."

"즉시 시행하겠습니다, 폐하."

폴은 시선을 돌린 채 스틸가가 경비병들을 불러 늙은 마녀와 함께 떠나는 것을 기다렸다. 알리아가 그에게 맞서 더 많은 질문을 퍼부어야 할지 고민하고 있는 것이 느껴졌다. 그러나 그녀는 골라에게 시선을 돌렸다.

"멘타트." 그녀가 말했다. "틀레이랙스 인들이 오빠의 관심을 얻기 위한 제안을 내놓을 것 같아?"

골라는 어깨를 으쓱했다.

폴은 자신의 생각이 이리저리 떠도는 것을 느꼈다. '틀레이랙스 인들이? 아냐…… 알리아가 말한 그런 의미로 행동하지는 않을 거야.' 그러나 그녀의 질문은 그녀가 이곳에 존재하는 다른 시간선들을 보지 못했음을 드러내주었다. 뭐…… 환영은 예언자마다 다르게 마련이었다. 그러니 오빠와 여동생이 다른 환영을 보지 못할 이유가 없지 않은가? 이렇게 방황하고…… 방황하는 각각의 생각으로부터 그는 깜짝 놀라 제자리로 되돌아와서 근처에서 벌어지는 대화를 띄엄띄엄 알아들었다.

"……틀레이랙스 인들을 반드시 알아야……."

"……풍부한 자료는 항상……."

"……건전한 의심은……."

폴은 고개를 돌려 여동생을 바라보며 그녀의 시선을 붙잡았다. 그는 그녀가 자신의 얼굴에서 눈물을 보고 의아하게 생각하리라는 것을 알고 있었다. 의아해할 테면 하라지. 지금은 의아해하는 것도 복이었다. 그는 골라를 흘끗 바라보았지만, 금속 눈에도 불구하고 그의 눈에 보이는 것은 던컨 아이다호뿐이었다. 슬픔과 연민이 폴의 마음속에서 요동쳤다. 저 금속 눈은 무엇을 기록하고 있을까?

'시력에는 여러 단계가 있고, 눈이 먼 것에도 여러 단계가 있지.' 폴은 생각했다. 그의 마음이 『오렌지 가톨릭 성경』 구절을 살짝 바꾼 말로 쏠렸다. '우리 주위를 온통 둘러싸고 있는 또 다른 세상을 보지 못하는 것은 우리에게 어떤 감각이 부족한 까닭인가?'

저 금속 눈은 시력이 아닌 또 다른 감각일까?

알리아가 오빠의 깊은 슬픔을 느끼고 그에게 다가왔다. 그녀가 프레멘처럼 경외심이 담긴 몸짓으로 그의 뺨에 흐르는 눈물을 만지며 말했다. "우리의 소중한 사람들이 죽기도 전에 그들을 위해 슬퍼해서는 안 돼요."

"그들이 죽기 전이라. 말해 주겠니, 내 귀여운 동생. '전'이라는 게 뭐지?" 폴이 속삭였다.

"난 신이니 사제니 하는 일들로 배가 가득 찼다! 내가 나 자신의 신화를 보지 못한다고 생각하느냐? 네 자료를 다시 검토해 봐라, 헤이트. 난 나의 의식(儀式)들을 인간의 가장 기본적인 행동들 속에 불어넣었다. 사람들은 무앗딥의 이름으로 먹는다! 그들은 내 이름으로 사랑을 나누고, 내 이름으로 태어난다. 그리고 내 이름으로 길을 건넌다. 저 먼 강지스리의 가장 허름한 집에서도 무앗딥의 축복을 기원하지 않고서는 지붕 대들보를 올리지 않아!"

—「독설의 책」,『헤이트 연대기』 중에서

"지금 같은 시기에 당신 자리를 떠나 날 찾아오는 건 아주 위험한 일이오." 에드릭이 자신이 들어 있는 통의 벽을 통해 얼굴의 춤꾼을 쏘아보면서 말했다.

"정말 약하고 편협한 생각을 하시는군요." 사이테일이 말했다. "당신을 찾아온 사람이 도대체 누구라고 생각하는 겁니까?"

에드릭은 커다란 몸집과 두꺼운 눈꺼풀, 그리고 무뚝뚝한 얼굴을 주시하며 머뭇거렸다. 이른 시간이었으므로 에드릭의 몸은 밤의 휴식에서 완전한 멜란지 소비 상태로 아직 완전히 전환되지 못한 상태였다.

"설마 그런 모습으로 거리를 걸은 건 아니겠지?" 에드릭이 물었다.

"사람들은 오늘 제가 취했던 모습들 중 몇 가지를 두 번 다시 보지 못할 겁니다." 사이테일이 말했다.

'이 카멜레온 같은 작자는 모습을 바꾸기만 하면 무슨 짓을 해도 자신을 감출 수 있다고 생각하는군.' 에드릭은 보기 드물게 통찰력을 발휘했다. 자신이 음모에 가담하고 있는 것이 모든 예언의 능력으로부터 그들을 정말로 숨겨주고 있는 건지 잘 모르겠다는 생각이 들었다. 황제의 여동생은…….

에드릭은 고개를 저어 통 속의 오렌지색 기체를 흐트러뜨리면서 입을 열었다. "왜 여기 온 거요?"

"선물에게 더 빨리 행동에 나서라고 재촉해야 합니다." 사이테일이 말했다.

"그럴 수는 없소."

"방법을 찾아야지요." 사이테일이 고집을 세웠다.

"왜?"

"일이 돌아가는 게 마음에 들지 않습니다. 황제는 우리를 분열시키려 하고 있어요. 벌써 베네 게세리트에게 제안을 내놓았습니다."

"아, 그거."

"그거라니요! 골라를 재촉해서……."

"당신들 틀레이랙스 인이 그를 만들었소. 이런 걸 요구할 수 없다는 걸 알잖소." 에드릭은 말을 멈추고 통의 투명한 벽으로 가까이 다가갔다. "아니면 이 선물에 대해 우리한테 거짓말을 한 거요?"

"거짓말?"

"당신은 그 무기를 조준해서 풀어주기만 하면 된다고 했소. 더 이상 할 것이 없다고. 일단 골라가 전달되고 나면 우린 손댈 수 없다고 말이오."

"어떤 골라라도 방해할 수 있습니다. 그에게 골라가 되기 전의 원래 존재에 대해 물어보기만 하면 됩니다." 사이테일이 말했다.

"그러면 어떻게 되는데?"

"그러면 그가 자극을 받아 우리 목적에 맞는 행동에 나설 겁니다."

"그는 논리와 이성을 지닌 멘타트요." 에드릭이 반박했다. "어쩌면 내가 뭘 하려 하는지 그가 추측할 수도 있소……. 아니면 그 여동생이 짐작해 낼지도 모르지. 만약 그녀가 신경을 집중……."

"당신이 우리를 그 마녀로부터 감춰주고 있는 겁니까, 아닙니까?" 사이테일이 물었다.

"난 예언을 무서워하지 않소. 내가 걱정하는 것은 논리와 진짜 첩자들, 제국의 물리적인 힘, 스파이스에 대한 통제권, 그리고……."

"모든 것이 유한하다는 걸 기억한다면 황제와 황제의 능력에 대해서도 편안하게 생각할 수 있습니다." 사이테일이 말했다.

에드릭은 묘하게 불안해져서 몸을 움츠리며 얼간이처럼 팔다리를 허둥거렸다. 그 모습을 보며 사이테일은 혐오감을 억눌렀다. 조합의 항법사는 여느 때처럼 여러 가지 주머니들로 인해 허리띠 부분이 부풀어 있는 검은색 레오타드를 입고 있었다. 그러나…… 그가 움직일 때면 왠지 벌거벗은 것처럼 보였다. 사이테일은 헤엄을 치는 것처럼 팔다리를 뻗는 동작 때문이라고 결론을 내리고 자기들이 꾸미고 있는 음모의 연결고리가 허약하다는 사실에 다시 충격을 받았다. 그들은 서로 어울릴 수 있는 사람들이 아니었다. 그것이 약점이었다.

에드릭의 동요가 가라앉았다. 그는 사이테일을 물끄러미 바라보았다. 그를 지탱해 주고 있는 오렌지색 기체가 그의 시야를 물들였다. 저 얼굴의 춤꾼은 스스로를 구하기 위해 어떤 책략을 예비해 둔 걸까? 저 틀레이랙스 인은 예측할 수 없는 행동을 보이고 있었다. 불길한 징조였다.

항법사의 목소리와 행동을 보며 사이테일은 그가 황제보다 그 여동생을 더 두려워한다는 것을 눈치챘다. 그것은 그의 의식의 스크린 위에 번개처럼 갑작스레 나타난 생각이었다. 불안했다. 그들이 알리아에 대해 뭔가 중요한 걸 간과해 버렸나? 골라가 두 사람을 모두 파멸시킬 수 있는 충분한 무기가 되어줄까?

"알리아에 대해 사람들이 뭐라고 하는지 아십니까?" 사이테일이 탐색하듯 물었다.

"무슨 뜻이오?" 물고기 인간이 다시 동요했다.

"철학과 문화에 그런 여자 후원자가 존재했던 적은 한 번도 없습니다." 사이테일이 말했다. "쾌락과 아름다움이 결합되어……."

"아름다움과 쾌락에 영원한 것이 있소?" 에드릭이 다그치듯 물었다. "우린 아트레이데스 두 명을 모두 파멸시킬 것이오. 문화라고! 그들은 통치를 위해 문화를 시혜처럼 베풀고 있는 거요. 아름다움이라고! 그들은 사람을 사로잡아 노예로 만드는 아름다움을 선전하고 있소. 그들은 교양 있는 무지렁이들을 만들어내고 있소. 무엇보다 쉬운 일이지. 그들은 그 어떤 것도 우연에 맡겨두지 않소. 사슬이오! 그들이 하는 모든 행동이 사슬을 벼려서 사람들을 노예로 만들고 있소. 하지만 노예는 항상 반란을 일으키지."

"황제의 여동생이 결혼해서 후손을 낳을 가능성도 있습니다." 사이테일이 말했다.

"왜 여동생 얘기를 하는 거요?" 에드릭이 물었다.

"황제가 그녀의 짝을 고를지도 모릅니다." 사이테일이 말했다.

"고를 테면 고르라지. 벌써 너무 늦었소."

"아무리 당신이라도 다음 순간의 일을 마음대로 만들어낼 수는 없습니다." 사이테일이 경고했다. "당신은 창조주가 아닙니다……. 아트레이데스와 똑같아요." 그가 고개를 끄덕이며 말을 이었다. "너무 많은 것을 지레짐작해서는 안 됩니다."

"창조에 대해 혀를 놀린 것은 우리가 아니오." 에드릭이 항변했다. "우린 무앗딥을 메시아로 만들려고 하는 저 오합지중이 아니오. 이런 말도 안 되는 얘기는 도대체 뭐요? 왜 그런 의문을 제기하는 거요?"

"이 행성이 그러는 겁니다. 이 행성이 그런 의문을 제기하고 있어요." 사이테일이 말했다.

"행성이 말이라도 한다는 거요!"

"이 행성은 말을 합니다."

"뭐?"

"이 행성은 창조를 말합니다. 밤에 바람에 날리는 모래, 그것이 바로 창조입니다."

"바람에 날리는 모래……."

"잠에서 깨면 그날의 첫 햇빛이 새로운 세계를 보여줍니다. 모든 것이 신선한 모습으로 사람들의 발길을 받아들일 준비를 하고 있죠."

'발길이 닿지 않은 모래? 창조?' 에드릭은 생각했다. 갑작스러운 불안감에 가슴이 막히는 것 같았다. 자신이 들어 있는 통의 제한된 공간, 주위를 둘러싸고 있는 방, 모든 것이 그에게 육박해 들어와서 그를 죄었다.

'모래 위의 발자국.'

"당신은 프레멘처럼 말하는군." 에드릭이 말했다.

"제 말은 프레멘의 생각을 옮긴 겁니다. 그 내용이 교훈적이죠." 사이테일이 에드릭의 말에 수긍했다. "그들은 프레멘이 새로운 모래 위에 발자국을 남기듯이 무앗딥의 지하드가 우주에 발자국을 남기고 있다고 말합니다. 그들은 사람들의 삶 속에 그 발자국의 길을 그려놓았죠."

"그래서?"

"또 밤이 다가옵니다. 바람도 불어오고요." 사이테일이 말했다.

"그렇소. 지하드는 유한하오. 무앗딥은 자신의 지하드를 이용해서……."

"그는 지하드를 이용하지 않았습니다. 지하드가 그를 이용했죠. 할 수만 있었다면 그는 지하드를 멈추게 했을 겁니다."

"할 수만 있었다면? 그라면 쉽게……."

"아, 입 다물어요!" 사이테일이 호통치듯 말했다. "정신적인 역병을 멈출 수 있는 사람은 없습니다. 그 병은 엄청난 거리를 가로질러 사람에게서 사람으로 뛰어다니듯 옮겨지니까요. 전염성이 압도적이죠. 그 병은 아무런 보호 장치도 없는 부분, 그러니까 우리가 그런 비슷한 전염병들의 조각을 박아놓은 부분을 공격합니다. 그런 걸 누가 막을 수 있겠습니까? 무앗딥에게는 해독제가 없습니다. 그 병은 혼돈에 뿌리를 박고 있어요. 질서가 거기까지 닿을 수 있겠습니까?"

"그럼 당신도 전염된 거요?" 에드릭이 물었다. 그는 오렌지색 기체 속에서 천천히 몸을 돌리며 사이테일의 말에 왜 저렇게 공포가 배어 있는 걸까 생각했다. 저 얼굴의 춤꾼이 음모에서 떨어져 나간 걸까? 지금 미래를 들여다보면서 이 문제를 조사해 볼 방법은 없었다. 미래는 예언자들로 꽉 막힌 진흙탕이 되어 있었다.

"우린 모두 전염되어 있습니다." 사이테일이 말했다. 그리고 그는 에드릭의 지적 능력에 심각한 한계가 있다는 것을 자신에게 일깨웠다. 어떻게 설명해야 저 조합원에게 이것을 이해시킬 수 있을까?

"하지만 우리가 그를 파멸시키면 그 전염……."

"아무래도 당신은 무지한 상태 그대로 내버려둬야겠군요." 사이테일이 말했다. "하지만 내 의무감이 그걸 허락하지 않을 겁니다. 게다가 그건 우리 모두에게 위험해요."

에드릭은 몸을 움츠리며 물갈퀴가 달린 한쪽 발을 차서 자신의 몸의 움직임을 멈췄다. 발길질 때문에 다리 주위에서 오렌지색 기체가 세차게 움직였다. "이상한 말을 하는군." 그가 말했다.

"이 모든 것은 폭발적인 성질을 갖고 있습니다." 사이테일이 한결 차분해진 목소리로 말했다. "언제라도 산산이 부서질 수 있어요. 그게 터지면, 그 조각들이 수백 년이라는 시간 속으로 흩어질 겁니다. 모르겠습니까?"

"우린 전에도 종교를 다뤄본 적이 있소." 에드릭이 항변했다. "만약 이 새로운……."

"이건 그냥 종교가 아닙니다!" 사이테일이 말했다. 함께 음모에 동참한 동료에게 이렇게 거친 교육을 시키고 있는 것을 보면 대모가 뭐라고 할지 궁금하다는 생각이 들었다. "종교를 기반으로 한 정부는 다릅니다. 무앗딥은 자신의 퀴자라트를 모든 곳에 잔뜩 밀어넣고 과거 정부가 갖고 있던 기능들을 바꿔버렸습니다. 하지만 그에게는 영구적인 공무원 조직이나 상호 연결되어 있는 외교 조직이 없습니다. 그에게 있는 것은 섬처럼 권위가 고립되어 있는 주교들뿐입니다. 각 섬의 중앙에는 한 사람이 있죠. 사람들은 개인적인 권력을 얻고 유지하는 법을 배웁니다. 질투도 하고요."

"그들이 분열되면 우리가 그들을 하나하나 흡수할 거요." 에드릭이 흡족한 미소를 지으며 말했다. "머리를 잘라버리면 몸은 쓰러질……."

"이 몸에는 머리가 두 개 있습니다." 사이테일이 말했다.

"여동생 말이군. 결혼할 가능성이 있는."

"그녀는 분명히 결혼할 겁니다."

"당신 말투가 마음에 들지 않소, 사이테일."

"난 당신의 무지가 마음에 들지 않습니다."

"그녀가 결혼을 한다고 해서 뭐가 어쨌다는 거요? 그것이 우리 계획을 뒤흔든다는 거요?"

"우주를 뒤흔들 겁니다."

"하지만 그들은 독특한 존재가 아니오. 나도 능력을 갖고……."

"당신은 갓난아기입니다. 그들이 성큼성큼 걸을 때 당신은 아장거릴 뿐이에요."

"그들은 독특한 존재가 아니오!"

"잊으셨군요, 조합원 양반. 우리도 예전에 퀴사츠 해더락을 만든 적이 있습니다. 퀴사츠 해더락은 시간의 시야로 가득 찬 존재입니다. 그런 존재를 위협하려면 당신 자신도 똑같은 위협에 둘러싸여야 합니다. 무앗딥은 우리가 챠니를 공격하리라는 걸 알고 있습니다. 우린 지금까지보다 더 빨리 움직여야 합니다. 당신이 골라에게 접근해서 제가 가르쳐준 대로 그를 자극하세요."

"내가 하지 않겠다면?"

"우린 벼락을 맞게 될 겁니다."

오, 많은 이빨을 가진 벌레여
그대는 치료제가 없는 병을 부인할 수 있는가?
그대를 태초의 땅으로
유혹하는 육체와 숨결은
불의 문에서 몸부림치는 괴물들을 먹고 살지!
그대가 차려입은 옷에 로브는 없다.
그 옷은 신성에 취한 것을 감추기 위한 것인가
아니면 타오르는 욕망을 감추기 위한 것인가!

—「벌레의 노래」, 『듄의 책』 중에서

폴은 골라를 상대로 크리스나이프와 단검을 사용하며 훈련장에서 땀을 흘리고 나서, 지금은 신전 광장을 내려다보는 창가에 서서 병원에 간 챠니의 모습을 상상하려 애쓰고 있었다. 임신 6주째인 그녀는 오전에 몸이 안 좋아졌다. 최고의 의사들이니 소식이 있으면 연락할 것이다.

오후의 음울한 모래구름 때문에 광장 위의 하늘이 어두웠다. 프레멘들은 이런 날씨를 '더러운 공기'라고 불렀다.

의사들은 아예 연락을 안 할 작정인 걸까? 1초 1초가 그의 우주 안으로 들어오는 것을 꺼리며 힘겹게 지나갔다.

기다림…… 기다림……. 왈락의 베네 게세리트에게서는 아무 연락이 없었다. 당연히 일부러 미적거리는 것이다.

예지의 환영은 이런 순간들을 기록해 두었다. 그러나 그는 시간의 물고기가 그가 원하는 곳이 아니라 흐름에 따라 실려 가는 곳에서 헤엄치는 지금이 더 좋았기 때문에 자신의 의식을 예언으로부터 차단했다. 지금 운명은 어떤 발버둥도 허락하지 않았다.

골라가 장비를 점검하며 무기를 선반에 얹는 소리가 들렸다. 폴은 한숨을 쉬며 한 손을 허리띠에 뻗어 방어막을 껐다. 방어막의 장이 움직이면서 간지러운 듯한 느낌이 그의 피부를 타고 내려갔다.

챠니가 오면 상황을 정면으로 받아들이겠다고 폴은 속으로 혼잣말을 했다. 그때가 되면 자신이 그녀에게 숨겼던 것이 그녀의 생명을 연장해 주었다는 사실을 받아들일 시간이 충분할 것이다. 후계자보다 챠니를 우선하는 것이 사악한 일일까? 그가 무슨 권리로 그녀가 내려야 할 선택을 대신한 것일까? 바보 같은 생각이었다! 지금 같은 행동을 하지 않았을 때 벌어질 일이 무엇인지 아는 이상 어느 누가 망설이겠는가. 이런 행동을 하지 않는다면 노예굴, 고문, 고통스러운 슬픔…… 그리고 그보다 더한 것들을 만날 것이다.

문이 열리는 소리와 챠니의 발소리가 들렸다.

폴은 몸을 돌렸다.

챠니의 얼굴에 살인의 그림자가 앉아 있었다. 그녀가 입고 있는 황금색 로브의 허리를 모아주는 널찍한 프레멘 식 허리띠, 목걸이처럼 걸려 있는 물고리들, 크리스나이프에서 결코 멀지 않은 한쪽 엉덩이에 대고 있는 그녀의 손, 어떤 방에 들어가든 먼저 그 방을 조사하는 그녀의 날카로운 시선, 이 모든 것이 지금은 폭력의 배경일 뿐이었다.

그녀가 다가오자 그는 팔을 벌려 그녀를 꼭 끌어안았다.

"누군가가 내게 오랫동안 피임약을 먹이고 있었어요…… 내가 새로운 식단을 시작하기 전에. 그 때문에 출산할 때 문제가 있을 거예요." 챠니가 그의 가슴에 얼굴을 대고 갈라진 목소리로 말했다.

"하지만 치료법이 있겠지?" 그가 물었다.

"위험한 치료법이에요. 그 독이 어디서 난 건지 알아요! 그 여자의 피를 내고 말겠어."

"나의 시하야." 그가 갑작스럽게 몸을 떨기 시작한 그녀를 진정시키기 위해 세게 끌어안으면서 속삭였다. "당신은 우리가 원하는 후계자를 낳을 것이오. 그걸로 충분하지 않소?"

"내 생명이 더욱 빠르게 타고 있어요." 그녀가 그의 품속으로 파고들면서 말했다. "이제 출산이 내 생명을 장악하고 있어요. 의사들 말이 임신 진행 속도가 무시무시하대요. 난 계속 먹고 또 먹고…… 그리고 스파이스도 더 많이 먹어야 해요……. 먹고, 마시고. 이런 짓을 한 여자를 죽여버릴 거예요!"

폴은 그녀의 뺨에 입을 맞췄다. "안 돼, 나의 시하야. 아무도 죽여서는 안 되오." 그리고 그는 생각했다. '이룰란이 당신의 목숨을 연장시켜 준 거요, 내 사랑. 당신에게는 출산하는 때가 곧 죽음의 시간이야.'

숨겨진 슬픔이 그의 골수를 고갈시키고 생명을 검은 플라스크 안에 비워버렸다.

챠니가 그를 밀듯이 그에게서 떨어졌다. "그 여자를 용서할 수 없어요!"

"누가 용서하라고 했소?"

"그럼, 왜 죽이면 안 된다는 거죠?"

이것은 너무나 단호한 프레멘 식 질문이어서 폴은 큰 소리로 웃음을 터뜨리고 싶은 신경질적인 욕망에 거의 압도당할 뻔했다. 그는 그것을 감추려고 입을 열었다. "그래봤자 소용이 없을 테니까."

"이걸 이미 본 거예요?"

폴은 환영의 기억 때문에 가슴이 졸아들었다.

"내가 본 것은…… 내가 본 것은……." 그가 중얼거렸다. 주위를 둘러싼 사건들의 모든 측면이 그를 마비시킨 현재와 잘 들어맞았다. 자신이 너무 자주 노출되어서 탐욕스러운 악령처럼 자신에게 달라붙은 미래에 사슬로 묶여 있는 것 같았다. 바짝 마른 목을 뭔가가 막고 있는 것 같았다. 그는 자신의 예언이라는 마녀의 호출이 그를 무자비한 현재 속에 내동댕이칠 때까지 그 호출의 뒤를 따랐던 것일까?

"당신이 본 걸 얘기해 줘요." 챠니가 말했다.

"그럴 수 없소."

"왜 내가 그 여자를 죽이면 안 되는 거죠?"

"내가 그러지 말라고 부탁하니까."

그는 그녀가 이 말을 받아들이는 것을 지켜보았다. 그녀는 모래가 물을 받아들이듯 그의 말을 받아들였다. 흡수해서 감춰버린 것이다. 저 뜨겁고 성난 표면 밑에 복종이 있는 것일까? 순간 그는 황제의 성에서 보낸 생활도 챠니를 변화시키지 못했다는 것을 깨달았다. 그녀는 그저 여기에 한동안 머물면서 자신의 남자와 함께하는 여행의 중간 역에 살았을 뿐이다. 사막 생활의 그 어떤 것도 그녀를 떠나지 않았다.

챠니가 그에게서 떨어져 훈련장의 다이아몬드 원 근처에서 기다리고 있는 골라를 흘끗 바라보았다.

"저 사람하고 칼을 맞대고 있었나요?" 그녀가 물었다.

"그게 내가 더 잘 하는 일이라서."

그녀의 시선이 바닥의 원으로 향했다가 다시 골라의 금속 눈으로 되돌아갔다.

"마음에 들지 않아요." 그녀가 말했다.

"그는 내게 폭력을 행사하도록 만들어지지 않았소." 폴이 말했다.

"그걸 봤나요?"

"보지 않았소!"

"그럼 어떻게 알죠?"

"저 사람은 단순한 골라가 아니니까. 그는 던컨 아이다호요."

"베네 틀레이랙스가 그를 만들었어요."

"그들은 자기들이 의도했던 것 이상의 결과를 얻었소."

그녀는 고개를 저었다. 그녀가 매고 있는 네조니 스카프 한 귀퉁이가 로브 깃에 닿았다. "그가 골라라는 사실을 어떻게 바꿀 수 있다는 거죠?"

"헤이트, 너는 나를 파멸시키는 도구인가?" 폴이 말했다.

"지금 이곳의 실체가 바뀐다면 미래도 바뀝니다." 골라가 말했다.

"저건 대답이 아니에요!" 챠니가 항의했다.

폴은 목소리를 높였다. "내가 어떻게 죽게 되지, 헤이트?"

골라의 인공 눈에서 빛이 반짝였다. "주인님은 돈과 권력 때문에 죽을 거라고 일컬어집니다, 주인님."

챠니의 안색이 굳었다. "저 사람이 어떻게 감히 당신한테 저런 말을 하는 거죠?"

"저 멘타트는 정직하오." 폴이 말했다.

"던컨 아이다호는 진정한 친구였나요?" 그녀가 물었다.

"그는 나를 위해 자기 생명을 바쳤소."

"슬픈 일이군요. 골라가 원래의 존재로 완전히 회복될 수 없다는 건." 챠니가 속삭였다.

"저를 변환시키고 싶습니까?" 골라가 챠니에게 시선을 향하며 말했다.

"저게 무슨 소리죠?" 챠니가 물었다.

"변환된다는 건 돌이킨다는 거요. 하지만 이제 와서 돌이킬 수는 없소." 폴이 말했다.

"사람은 누구나 자신의 과거를 지고 다닙니다." 헤이트가 말했다.

"그럼 골라도?" 폴이 물었다.

"어떤 의미에서는 그렇습니다, 주인님."

"그럼 너의 비밀스러운 육체 안에 있는 과거는 어떻지?" 폴이 물었다.

챠니는 이 질문이 골라를 불편하게 만들었음을 알 수 있었다. 그의 동작이 빨라지고 주먹을 꽉 쥐었다. 그녀는 폴이 왜 그런 식으로 탐색하는 질문을 던졌는지 궁금해서 그를 흘깃 보았다. 이 생물을 원래의 존재로 회복시킬 방법이 있는 걸까?

"골라가 자신의 진짜 과거를 기억해 낸 적이 있나?" 챠니가 물었다.

"시도된 적은 여러 번 있습니다." 헤이트가 말했다. 그의 시선은 자신의 발 근처 바닥에 못 박혀 있었다. "그러나 과거의 존재로 회복된 골라는 하나도 없습니다."

"하지만 넌 그런 일이 일어나기를 갈망하고 있지." 폴이 말했다.

골라의 공허한 눈이 집요하고 강렬하게 폴에게 집중되었다. "네!"

부드러운 목소리로 폴이 말했다. "방법이 있다면……."

헤이트가 이상하게 경례를 하는 듯한 동작으로 왼손을 이마에 갖다 대면서 말했다. "이 육체는 제가 처음에 태어났을 때의 몸이 아닙니다. 이 몸은…… 다시 태어난 겁니다. 모양만이 친숙할 뿐입니다. 이런 건 얼굴의 춤꾼도 할 수 있는 일입니다."

"그렇게 잘하지는 못하지." 폴이 말했다. "그리고 넌 얼굴의 춤꾼이 아냐."

"그건 사실입니다, 주인님."

"네 겉모양은 어떻게 만든 거지?"

"원래 세포의 유전자 속에 각인돼 있던 겁니다."

"어딘가에 던컨 아이다호의 모습을 기억하면서 모양을 형성하는 능력을 갖춘 뭔가가 있는 거로군. 버틀레리안 지하드 이전에 고대인들이 이 분야를 탐색했다고 하더군. 그 기억의 범위는 어느 정도이지, 헤이트? 그것이 원래의 존재에게서 무얼 배운 거야?"

골라는 어깨를 으쓱했다.

"그가 아이다호가 아니었다면요?" 챠니가 물었다.

"그는 아이다호였소."

"확신할 수 있어요?" 그녀가 물었다.

"그는 어느 모로 보나 던컨이오. 잠시라도 흐트러지거나 일탈하지 않고 저 모양을 저렇게 유지할 수 있을 만큼 강한 힘이 있다고는 생각할 수 없소."

"주인님!" 헤이트가 제동을 걸었다. "우리가 어떤 것을 생각할 수 없다고 해서 그것이 현실로부터 배제되는 것은 아닙니다. 사람으로서는 하지 않았을 일이지만 제가 골라이기 때문에 반드시 해야 하는 것들이 있습니다."

폴이 챠니에게 계속 시선을 둔 채 말했다. "봤소?" 그녀가 고개를 끄덕였다.

폴은 깊은 슬픔을 억누르며 시선을 돌렸다. 그리고 발코니 창으로 다가가 커튼을 잡아당겼다. 갑작스레 찾아온 어둠 속에서 불빛이 켜졌다. 그는 로브의 장식띠를 단단하게 잡아당기고 자신의 뒤에서 소리가 나지 않는지 귀를 기울였다.

아무 소리도 없었다.

그는 몸을 돌렸다. 챠니가 골라에게 시선을 집중한 채 마치 무아지경에 빠진 사람처럼 서 있었다.

폴은 헤이트가 자기 존재의 내면으로 물러나 골라의 장소로 되돌아간 것을 알 수 있었다.

폴이 되돌아오는 소리에 챠니가 몸을 돌렸다. 그녀는 폴이 촉발시킨 그 순간에 아직 자신이 매여 있음을 느낄 수 있었다. 짧은 한순간 동안 골라는 강렬하고 생생한 인간이었다. 그 순간 그는 그녀가 두려워하지 않는 사람이었다. 사실 그녀는 그를 좋아하고 그에게 경탄하기까지 했다. 이제 그녀는 폴이 그렇게 탐색의 질문을 던진 목적을 이해했다. 그는 골라의 육체 안에 들어 있는 '사람'을 그녀에게 보여주고 싶었던 것이다.

그녀가 폴을 물끄러미 바라보았다. "그 사람, 그가 던컨 아이다호였나요?"

"그건 던컨 아이다호였소. 그는 아직 거기 있어요."

"그 사람이라면 이룰란의 목숨을 살려주는 걸 허락했을까요?" 챠니가 물었다.

'물은 아주 깊이 가라앉지 않았어.' 폴은 생각했다. 그리고 입을 열었다. "내가 명령했다면 그랬을 거요."

"이해를 못 하겠군요. 당신도 화를 내야 하는 것 아닌가요?" 그녀가 말했다.

"난 화를 내고 있소."

“당신의 말투는…… 화난 것 같지 않아요. 슬프게 들려요.”

그는 눈을 감았다. “그래, 그것도 맞소.”

“당신은 내 남자예요. 난 그걸 알아요. 하지만 지금 갑자기 당신을 이해할 수가 없어졌어요.”

갑자기 폴은 자신이 긴 동굴을 걸어 내려가고 있음을 느꼈다. 그의 육체가 움직였다. 한 발이 움직이고, 다시 다른 발이 움직였다. 그러나 그의 생각은 다른 곳에 있었다. “나도 나 자신을 이해하지 못하오.” 그가 속삭였다. 눈을 떴을 때, 그는 자신이 챠니에게서 떨어진 곳으로 움직였음을 발견했다.

그녀가 그의 뒤 어딘가에서 말했다. “내 사랑, 당신이 뭘 보았는지 다시는 묻지 않겠어요. 난 내가 당신에게 우리가 원하는 후계자를 주리라는 걸 알고 있을 뿐이에요.”

그가 고개를 끄덕였다. “난 그걸 처음부터 알고 있었소.” 그는 고개를 돌려 그녀를 유심히 살펴보았다. 챠니가 아주 먼 곳에 있는 것 같았다.

그녀가 몸을 똑바로 세우고 한 손을 자기 배에 댔다. “배가 고파요. 의사들이 전에 먹던 것보다 서너 배는 더 먹어야 한다고 했는데. 무서워 죽겠어요, 여보. 진행이 너무 빨라요.”

‘너무 빠르지.’ 그는 그녀의 말에 동의했다. ‘저 태아는 서두를 필요가 있다는 걸 알고 있어.’

무앗딥의 행동이 대담하다는 것은 자신이 어디로 향하고 있는지 처음부터 알면서도 그 길에서 단 한 번도 내려서지 않았다는 사실에서 찾아볼 수 있다. 그분은 그것을 이렇게 분명히 표현했다. "내가 '궁극의 종'임을 드러내줄 시험의 시간에 이제 도달했음을 여러분에게 알린다." 이렇게 해서 그분은 모든 것을 '하나'로 짜 넣었다. 친구와 적이 모두 그분을 숭배하게 되도록. 그분의 사도들이 다음과 같은 기도를 한 것은 오로지 그런 이유 때문이다. "주님, 무앗딥이 그분의 생명의 물로 감춘 다른 길들로부터 저희를 구해 주소서." 그 '다른 길들'을 상상할 때에는 깊디깊은 혐오감을 느낄 수밖에 없다.

—『이암 엘 딘(심판의 책)』

전갈을 가지고 온 사람은 챠니가 얼굴과 이름, 그리고 가문을 알고 있는 젊은 여자였다. 그래서 그녀는 제국 경비대의 경비를 뚫고 들어올 수 있었다.

챠니는 바네르지라는 이름의 경비대 장교에게 그녀가 누구인지 알려주었을 뿐이다. 바네르지는 그다음에 무앗딥과의 만남을 주선해 주었다. 바네르지는 그 젊은 여자의 아버지가 지하드 이전 시대에 황제의 죽음의 특공대였던 저 무서운 페다이킨의 일원이었다는 사실을 확인하고 직감에 따라 행동했다. 그렇지 않았다면 그는 아마 반드시 무앗딥에게만 말을 전해야 한다는 그녀의 애원을 무시해 버렸을 것이다.

물론 그녀는 폴의 개인 집무실에서 그를 만나기 전에 철저하게 수색을 받았다. 그런데도 바네르지는 한 손을 칼에 대고 다른 손으로는 그녀의 팔을 잡은 채 그녀와 동행했다.

그들이 그녀를 방으로 데리고 들어온 것은 거의 한낮이 다 되어서였다. 방은 사막의 프레멘과 귀족 가문의 스타일이 혼합된 이상한 곳이었다. 히레그 벽걸이들이 삼면 벽에 줄지어 걸려 있었다. 프레멘 신화에서 나온 도형들로 장식된 섬세한 태피스트리들이었다. 네 번째 벽은 스크린으로 덮여 있었다. 은회색 표면의 스크린 앞에는 달걀형 책상이 하나 놓여 있었는데, 책상 위에는 태양계의 모형으로 만들어진 프레멘의 모래시계 하나뿐이었다. 공중에 매달게 되어 있는 익스 산(産)의 기계인 그 태양계 모형에는 태양과 함께 늘어선 고전적인 벌레의 삼위일체 속에 아라키스의 달 두 개가 모두 들어 있었다.

폴은 책상 옆에 서서 바네르지를 흘끗 바라보았다. 그 경비대 장교는 프레멘 경찰 관할구를 통해 올라온 사람으로, 머리로 지금의 자리를 얻은 후 이름이 입증하듯 밀수업자 조상을 갖고 있음에도 충성심을 증명해 보인 인물이었다. 그는 거의 뚱뚱해 보일 정도로 몸이 건장했다. 검은 머리카락 몇 가닥이 젖은 듯한 그의 검은 이마에 이국적인 새의 볏처럼 흘러 내려와 있었다. 그의 눈은 온통 푸른색이었으며 시선에는 흔들림이 없었다. 행복한 광경도 잔인한 광경도 표정 하나 변하지 않고 바라볼 수 있는 시선이었다. 챠니도 스틸가도 그를 신뢰했다. 폴은 자기가 바네르지에게 저 여자의 목을 즉시 조르라고 말한다면, 그가 그렇게 하리라는 것을 알고 있었다.

"폐하, 전갈을 가져왔다는 여자를 데려왔습니다." 바네르지가 말했다. "챠니 부인께서 폐하께 미리 말씀을 전해 놓겠다고 하셨습니다."

"그래." 폴은 짧게 고개를 끄덕였다.

이상하게도 여자는 그를 보지 않았다. 그녀의 시선은 태양계 모형에 계속 머물러 있었다. 그녀의 피부는 가무잡잡했고, 키는 중간 정도였으며, 몸은 로브 밑에 가려져 있었다. 화려한 포도주색 천으로 소박하게 만든 로브는 부자의 것이었다. 그녀의 검푸른 머리카락은 로브와 같은 소재로 만든 좁은 띠로 묶여 있었다. 로브가 그녀의 손을 감춰주었다. 폴은 그녀가 양손을 꼭 쥐고 있을 것이라고 짐작했다. 그것이 그녀다운 행동이었다. 로브를 포함해서 모든 것이 그녀다웠다. 로브는 이런 순간을 위해 간직해 온 최후의 아름다운 의상이었다.

폴은 바네르지에게 옆으로 물러나라고 손짓했다. 그는 잠시 망설이다가 명령에 따랐다. 이제 여자가 몸을 움직여 한 발짝 앞으로 나섰다. 그녀의 움직임에는 우아한 기품이 있었다. 그러나 여전히 그녀의 눈은 그를 피했다.

폴은 헛기침을 했다.

이제 여자가 시선을 들었다. 흰자위가 없는 눈이 딱 알맞은 경외감으로 휘둥그레졌다. 그녀의 얼굴은 묘하게 작았고, 턱은 섬세했으며, 작은 입은 신중함을 보여주었다. 약간 솟아오른 뺨 위에서 눈이 비정상적일 정도로 커 보였다. 그녀에게는 우울한 분위기가 있어서 그녀가 미소를 짓는 일이 거의 없음을 알 수 있었다. 눈꼬리에는 희미한 노란색 흔적까지 남아 있었다. 흙먼지에 쓸린 흔적이든지, 아니면 세무타의 흔적일 터였다.

모든 것이 그녀다웠다.

"나를 만나고 싶어 했다고." 폴이 말했다.

이 여자의 모습에 대한 최고의 시험의 순간이 도래했다. 사이테일은 여자의 모습과 독특한 버릇, 여성이라는 성별, 목소리 등 자신의 능력으로 파악해서 흉내 낼 수 있는 모든 것을 자신에게 적용했다. 그러나 이 여성은 시에치 시절부터 무앗딥과 아는 사이였다. 그때 그녀는 아이였지만, 무앗딥과 공통의 경험을 갖고 있었다. 과거의 기억 중에는 반드시 조심스럽게 피해야 하는 부분이 있을 것이다. 그것은 사이테일이 지금까지 시도했던 그 어떤 것보다도 힘든 일이었다.

"저는 오테임의 딸, 베르크 알 딥의 리치나입니다."

이름과 아버지와 가계를 밝히는 여자의 목소리는 작았지만 확고했다.

폴은 고개를 끄덕였다. 챠니가 어떻게 속아 넘어갔는지 알 수 있었다. 목소리의 음색을 비롯해서 모든 것이 정확하게 재현되어 있었다. 그 자신이 목소리에 대한 베네 게세리트의 훈련을 받지 않았다면, 그리고 예지의 환영 덕분에 도(道)의 망에 둘러싸이지 않았다면 이 얼굴의 춤꾼의 변장은 심지어 그조차도 속였을 것이다.

그러나 그가 받은 훈련이 몇 가지 차이점들을 밝혀주었다. 여자는 원래 알려진 것보다 나이가 많았다. 상대는 또한 성대를 조종하는 데 너무 힘을 쏟고 있었다. 목과 어깨의 자세도 쉽게 알아볼 수 없는 거만함이 배어 있는 프레멘의 자세와 아주 조금 달랐다. 그러나 정확한 부분도 있었다. 저 화려한 로브가 실제 상황을 은연중에 나타낼 수 있게 기워져 있는 것……. 그리고 외모는 감탄이 나올 정도로 정확했다. 그 덕분에 이 얼굴의 춤꾼이 지금의 역할에 대해 어느 정도 연민을 느끼고 있음을 알 수 있었다.

"내 집에서 편히 쉬도록 하라, 오테임의 딸이여." 폴이 프레멘의 정식

예법으로 인사했다. "메마른 횡단 이후의 물처럼 그대를 환영한다."

여자가 아주 희미하게 긴장을 풀었다. 그가 자신을 받아들이는 태도를 보여준 것에 자신감을 얻은 모양이었다.

"전해 드릴 말씀이 있습니다." 여자가 말했다.

"누군가의 전갈을 가지고 온 사람은 그 사람과 똑같지." 폴이 말했다.

사이테일은 부드럽게 숨을 쉬었다. 일이 잘 풀리고 있었다. 그러나 이제 가장 중요한 임무를 수행해야 했다. 아트레이데스를 반드시 특별한 길 위로 이끄는 것. 다른 어느 누구도 탓할 수 없는 상황에서 그가 프레멘 첩을 잃게 만들어야 했다. 그리고 그 일의 책임은 오로지 '전능한' 무앗딥에게만 속하는 것이 되어야 했다. 그가 궁극적으로 자신의 실패를 깨닫고 그로 인해 틀레이랙스의 대안을 받아들이게 이끌어야 했다.

"저는 밤에 잠을 쫓아내는 연기입니다." 사이테일이 페다이킨의 암호를 이용해서 말했다. '나쁜 소식을 가져왔다'는 뜻이었다.

폴은 차분함을 유지하려고 애썼다. 자신이 벌거벗고 있는 것 같았고, 자신의 영혼은 모든 환영으로부터 감춰진 암중의 시간 속에 팽개쳐진 것 같았다. 강력한 예언들에서 이 얼굴의 춤꾼은 나타나지 않았다. 폴은 지금 이 순간의 가장자리만을 알고 있을 뿐이었다. 그가 알고 있는 것은 자기가 할 수 없는 일이 무엇인가 하는 것뿐이었다. 그는 이 얼굴의 춤꾼을 죽일 수 없었다. 그러면 무슨 수를 써서라도 피해야 하는 미래를 재촉하게 될 터였다. 어떻게 해서든 어둠 속으로 손을 뻗어 그 끔찍한 패턴을 바꿀 방법을 찾아야 했다.

"네가 가져온 메시지를 말하라." 폴이 말했다.

바네르지가 여자의 얼굴을 감시할 수 있는 곳으로 위치를 옮겼다. 그녀는 처음으로 그의 존재를 알아챈 것 같은 표정을 지으면서 그 경비대 장교의 손 밑에 있는 칼자루를 응시했다.

"순수한 자들은 사악한 것을 믿지 않습니다." 그녀가 바네르지를 똑바로 바라보며 말했다.

'아아, 잘하는군.' 폴은 생각했다. 그것은 진짜 리치나가 했을 법한 말이었다. 이미 죽어 모래 속에 시체로 누워 있는 오테임의 진짜 딸 때문에 잠깐 가슴이 에이는 듯 아팠다. 그러나 그런 감정을 느낄 시간이 없었다. 그는 험악하게 인상을 찌푸렸다.

바네르지가 여자를 계속 주시했다.

"제 메시지를 비밀스럽게 전달해야 한다는 명령을 받았습니다." 그녀가 말했다.

"왜?" 바네르지가 거친 목소리로 탐색하듯 추궁했다.

"그것이 제 아버지가 바라는 바이니까요."

"이 사람은 내 친구다. 나 역시 프레멘이 아니던가? 그러니 내 친구도 내가 듣는 말을 무엇이든 들을 수 있다." 폴이 말했다.

사이테일은 자신이 취하고 있는 여자의 모습을 부드럽게 진정시켰다. 이것이 정말 프레멘의 관습일까…… 아니면 그를 시험하려는 것일까?

"황제께서는 스스로 규칙을 만들어내실 수 있습니다." 사이테일이 말했다. "전할 말씀은 이겁니다. 제 아버지가 폐하께서 챠니 님을 데리고 와주셨으면 합니다."

"왜 챠니를 데려오라는 건가?"

"챠니 님은 폐하의 여인인 동시에 사이야디나이십니다. 이것은 저희 부족의 규칙에 따른 '물'의 문제입니다. 제 아버지가 프레멘 방식에 맞게 말씀하신다는 것을 챠니 님이 반드시 확인하셔야 합니다."

'프레멘이 음모에 가담하고 있는 게 틀림없군.' 폴은 생각했다. 이 순간은 앞으로 틀림없이 다가올 일들과 잘 맞아떨어졌다. 그런데 그에게는 이 길에 몸을 던지는 것 외에 다른 대안이 없었다.

"네 아버지가 무엇에 대해 말할 예정이냐?" 폴이 물었다.

"폐하를 해치려는 음모에 대해 말씀하실 겁니다. 프레멘들이 꾸민 음모에 대해서요."

"왜 네 아버지가 직접 말을 전하러 오지 않은 거지?" 바네르지가 힐문했다.

그녀는 폴에게서 시선을 떼지 않았다. "아버지는 여기 오실 수 없습니다. 음모를 꾸미는 자들이 아버지를 의심하고 있습니다. 아마 여기 올 때까지 목숨을 보존하지 못하셨을 겁니다."

"그래도 너한테는 음모를 폭로하지 않았느냐? 어떻게 자기 딸에게 이렇게 위험한 임무를 맡길 수 있는 거지?" 바네르지가 물었다.

"자세한 내용은 무앗딥만이 여실 수 있는 디스트랜스 속에 봉해져 있습니다. 제가 아는 것은 거기까지입니다."

"그럼 왜 디스트랜스를 보내지 않은 거지?" 폴이 물었다.

"그건 인간 디스트랜스입니다." 그녀가 말했다.

"그럼 내가 가겠다. 하지만 혼자서 갈 것이다." 폴이 말했다.

"챠니 님이 반드시 같이 오셔야 합니다!"

"챠니는 아이를 갖고 있어."

"프레멘 여인이 언제 그런 걸……."

"내 적들이 그녀에게 쉽게 구별하기 어려운 독약을 먹였다. 난산이 될 거야. 지금 나와 동행하는 걸 그녀의 건강이 허락하지 않을 거다." 폴이 말했다.

사이테일이 미처 진정시키기도 전에 이상한 감정들이 그가 취하고 있는 여자의 모습 위로 지나갔다. 좌절감과 분노였다. 사이테일은 모든 희생자들에게 반드시 도망갈 길을 하나 마련해 주어야 한다는 점을 떠올렸다. 그것은 무앗딥 같은 사람에게도 마찬가지였다. 그러나 음모가 실패한 것은 아니었다. 이 아트레이데스는 아직 그물 속에 들어 있었다. 그는 하나의 패턴 속에 단단히 길든 생물이었다. 그는 그 패턴과 정반대되는 것을 향해 길을 바꾸느니 자신을 파괴해 버릴 것이다. 틀레이랙스 인들이 만든 퀴사츠 해더락의 경우에는 그랬다. 이 사람도 마찬가지일 것이다. 그럼 그다음에는…… 골라가 있었다.

"제가 챠니 님께 직접 여쭤보겠습니다." 그녀가 말했다.

"난 이미 결정을 내렸다. 네가 챠니 대신 나와 동행하라." 폴이 말했다.

"의식(儀式)의 사이야디나가 필요합니다!"

"넌 챠니의 친구가 아닌가?"

'덫에 갇혔군! 그가 의심하는 건가? 아냐. 그는 프레멘답게 신중한 것뿐이야. 그리고 피임약을 먹인 건 사실이지. 뭐, 다른 방법들이 있으니까.' 사이테일은 생각했다.

"아버지께서 제게 돌아오지 말라고 하셨습니다." 사이테일이 말했다. "폐하께 보호를 요청하라고 하셨죠. 아버지는 폐하께서 저를 위험에 빠뜨리지 않을 거라고 하셨습니다."

폴은 고개를 끄덕였다. 감탄스러울 정도로 그녀다운 말이었다. 그는 이 보호 요청을 거부할 수 없었다. 그녀는 아버지의 명령에 복종해야 한다는 프레멘의 관습을 내세울 터였다.

"그럼, 스틸가의 아내 하라를 데리고 가겠다. 네 아버지에게 가는 길을 우리에게 말하라."

"스틸가의 아내를 믿어도 된다는 걸 어떻게 아십니까?"

"내가 분명히 알고 있으니까."

"하지만 저는 모릅니다."

폴은 입을 꾹 다물었다가 말했다. "네 어머니는 살아계시는가?"

"제 생모는 샤이 훌루드께 갔습니다. 제 두 번째 어머니는 아직 살아서 아버지를 돌보고 계십니다. 왜 물으시는 겁니까?"

"그녀는 타브르 시에치의 사람인가?"

"예."

"난 그녀를 기억한다. 그녀가 챠니의 자리를 대신할 것이다." 폴이 바네르지에게 손짓했다. "시종들을 시켜 오테임의 딸 리치나를 적당한 숙소로 안내해라."

바네르지가 고개를 끄덕였다. '시종들.' 그 말은 이 여자를 특별한 감시하에 두어야 한다는 뜻이었다. 그는 그녀의 팔을 잡았다. 그녀가 저항했다.

"폐하께서는 어떻게 제 아버지께 가실 겁니까?" 그녀가 애원하듯 물었다.

"네가 바네르지에게 길을 설명해 주어라. 그는 내 친구다." 폴이 말했다.

"안 됩니다! 아버지께서 명령하셨습니다! 그럴 수 없습니다!"

"바네르지?" 폴이 말했다.

바네르지가 잠시 모든 움직임을 멈췄다. 폴은 그가 지금의 신뢰받는 위치에 오르는 데 도움이 되었던 백과사전적인 기억을 뒤지고 있음을 알 수 있었다. "폐하를 오테임에게 모셔다 드릴 수 있는 안내인을 한 사람 알고 있습니다." 바네르지가 말했다.

"그럼 나 혼자 가겠다." 폴이 말했다.

"폐하, 만약……."

"오테임도 이것을 원하고 있다." 폴은 자신을 좀먹고 있는 빈정거리는 말투를 거의 숨기지 못했다.

"폐하, 너무 위험합니다." 바네르지가 반대했다.

"아무리 황제라도 가끔은 위험을 무릅쓸 필요가 있는 법이다. 결정은 내려졌다. 내 명령에 따르라." 폴이 말했다.

내키지 않는 동작으로 바네르지는 얼굴의 춤꾼을 방에서 데리고 나갔다.

폴은 책상 뒤의 텅 빈 스크린으로 시선을 돌렸다. 자신이 일정한 높이에서 무조건 낙하하는 돌덩이를 기다리고 있는 것 같은 기분이 들었다.

바네르지에게 저 여자의 진짜 정체를 이야기해 주어야 할까? 그럴 수는 없었다. 그런 사건은 그의 환영이라는 스크린 위에 나타난 적이 없었다. 여기서 조금이라도 길을 벗어난다면 폭력을 재촉하는 결과를 낳을 터였다. 지렛대가 되어줄 순간을 찾아야 했다. 그가 의지의 힘으로 스스로 환영에서 벗어날 수 있는 장소를.

'그런 순간이 존재한다면 말이지…….'

인간의 문명이 아무리 이색적인 모습으로 변하더라도, 삶과 사회가 어떻게 변하더라도, 혹은 기계와 인간의 인터페이스가 아무리 복잡하더라도, 인류가 나아가는 길, 즉 인류의 미래가 인간 개개인의 비교적 단순한 행동에 달려 있을 때에는 항상 고독한 권력이 간주곡처럼 찾아오게 마련이다.

—틀레이랙스의 『신의 책』

성에서 퀴자라트 사무국으로 이어진 높은 인도교를 건너면서 폴은 일부러 절름거렸다. 해 질 녘이 가까운 시간에 그는 모습을 감추기 좋은 긴 그림자들 속을 걷고 있었다. 그러나 눈이 날카로운 사람이라면 그의 움직임에서 그의 정체를 감지해 낼 수도 있을 것이다. 그는 방어막을 갖고 있었지만 작동시키지는 않았다. 방어막의 어른거림이 의심을 불러일으킬지도 모른다고 그의 보좌관들이 결론을 내렸기 때문이다.

폴은 왼쪽을 흘끗 바라보았다. 끈 모양의 모래구름들이 블라인드 모양의 덧창처럼 석양 위에 가로놓여 있었다. 사막복의 필터를 통해 들어오는 공기는 히레그에서처럼 건조했다.

그가 혼자 나온 것은 아니었다. 그러나 그가 밤에 혼자 거리를 걷는 것을 그만둔 이후 경비망이 이렇게 느슨했던 적은 없었다. 야간 탐색기를 갖추고 겉으로 보기에는 무질서하게 머리 위 높은 곳에 떠 있는 오니솝터들은 모두 그의 옷 속에 감춰진 송신기를 통해 그의 움직임과 연결되어 있었다. 아래쪽 거리를 걷고 있는 것은 선발된 병사들이었다. 다른 병사들은 황제가 프레멘처럼 사막복과 테막 사막 장화를 갖춰 입고 얼굴을 거무스름하게 칠해 변장한 모습을 보고 도시 구석구석으로 흩어졌다. 황제의 뺨은 플래스틴 삽입물 때문에 모양이 달라져 있었고, 왼쪽 턱에는 집수튜브가 드리워져 있었다.

인도교의 반대편 끝에 다다르자 폴은 흘끗 뒤를 돌아보며 자신의 거처의 발코니를 가린 돌 격자 옆의 움직임을 확인했다. 의심할 바 없이 챠니였다. 그녀는 이번의 모험을 '사막에서 모래알 찾기'라고 불렀다.

이 쓰라린 선택에 대해 그녀가 잘 모르니까 할 수 있는 말이었다. 고통스러운 것들 중에서 한 가지를 고르려 하다 보면, 덜 고통스러운 것조차 거의 참을 수 없을 만큼 고통스러워진다는 생각이 들었다.

감정적인 고통을 느낀 흐릿한 한순간 그는 챠니와 헤어지던 순간을 다시 경험했다. 마지막 순간에 챠니는 타우의 힘으로 그의 감정을 살짝 맛보았으나 그것을 잘못 해석했다. 위험이 도사린 미지의 것 속으로 들어가는 사람이 사랑하는 사람과 헤어지면서 경험하는 감정을 그가 느끼고 있다고 생각했던 것이다.

'내가 몰랐다면 얼마나 좋을까.' 그는 생각했다.

그는 인도교를 다 건너 사무국 건물을 통해 위쪽 통로에 들어섰다. 발광구가 고정되어 있는 이곳에서 사람들이 일 때문에 바삐 움직이고 있었다. 퀴자라트는 절대로 잠을 자지 않았다. 폴은 문 위에 내걸린 표찰들에 시선을 빼앗겼다. 마치 그것들을 처음 보는 사람 같았다. 고속 조종사, 바람 증류, 예언의 전망, 신앙의 시험, 종교 보급물, 무기…… 신앙의 보급…….

'관료주의의 보급'이라는 표찰이 더 정직했을 거라고 그는 생각했다.

일종의 종교적 공무원이 그가 다스리는 온 우주에 불쑥 나타났다. 퀴자라트의 이 새로운 멤버는 다른 종교에서 개종한 사람인 경우가 많았다. 그들이 프레멘을 밀치고 핵심적인 자리에 들어서는 일은 거의 없었지만, 대신 모든 틈을 메우고 있었다. 그들은 불로장생의 효과뿐만이 아니라 자신이 경제적 여유가 있는 사람임을 보여주기 위해 멜란지를 이용했다. 그들은 황제, 조합, 베네 게세리트, 랜드스라드, 가문, 퀴자라트 등 자신을 통치하는 자들과는 별개의 존재였다. 그들의 신은 관례와 기록이었다. 멘타트와 천재적인 서류 정리 시스템이 그들의 부하였다. 그들의 교리 문답서에 가장 먼저 나오는 단어는 편의주의였다. 그러나 그들은 버틀레리안의 계율에 대해 겉치레로 적절한 충성을 표시했다. 그들은 기계가 인간 정신을 본떠 만들어질 수는 없다고 말했지만 자신이 인간보다 기계를, 개인보다 통계를, 상상력과 적극성이 필요한 친밀한 개인적 접촉보다 직접적인 관계가 없는 일반적인 견해를 더 선호한다는 사실을 모든 행동에서 드러냈다.

폴이 건물 반대편 끝에 있는 진입로에 들어섰을 때 알리아의 신전에서 저녁 의식을 알리는 종소리가 들려왔다.

그 종소리가 왠지 영원히 울려 퍼지고 있는 것 같은 묘한 느낌이 들었다.

사람들이 바글거리는 광장 건너편의 신전은 새것이었고, 그곳에서 치러지는 의식들도 최근에 고안된 것이었다. 그러나 아라킨 외곽의 사막 저지대에 있는 신전 전체의 분위기는 조금 달랐다. 바람에 실려 온 모래에 풍화되기 시작한 돌과 플래스틸, 신전 주위에 아무렇게나 들어선 건물들, 이 모든 것이 음모를 꾸미듯 동시에 작용해서 이곳이 전통과 신비로움으로 가득 찬 아주 오래된 곳이라는 인상을 주었다.

그는 이제 북적거리는 사람들 속으로 내려와 있었다. 완전히 모험에 몸을 던진 것이다. 그의 경비대가 찾아낸 유일한 안내인은 반드시 이렇게 해야 한다고 강력하게 주장했다. 경비대는 폴이 즉각적으로 동의를 표한 것을 마음에 들어 하지 않았다. 스틸가는 훨씬 더했다. 그리고 챠니는 누구보다도 심하게 반대했다.

그의 주위의 사람들은 그의 몸을 스치고 지나가면서도 아무 생각 없이 무심코 그가 있는 쪽을 흘끗 바라보고는 그냥 지나갔다. 그것이 그에게 묘한 행동의 자유를 주었다. 사람들은 프레멘을 이렇게 대하도록 길들여져 있었다. 그는 깊은 사막에서 온 사람처럼 행동했다. 그런 사람들은 조그만 일에도 금방 화를 내기 때문이었다.

그가 신전 계단을 향해 점점 빨라져가는 사람들의 흐름 속으로 들어가자 사방을 짓눌러오는 사람들의 압력이 훨씬 더 커졌다. 이제는 주위 사람들이 그를 밀치지 않을 도리가 없었다. 정신을 차리고 보니 그는 사람들에게서 의례적인 사과를 받고 있었다.

"죄송합니다, 선생님. 이런 무례를 범하지 않을 도리가 없었습니다."

"죄송합니다, 선생님. 이렇게 사람들이 밀리는 건 저도 처음 봅니다."

"제가 부끄럽습니다, 신성 도시의 시민이시여. 어떤 시골뜨기가 저를 밀쳤습니다."

폴은 처음 몇 사람의 사과를 들은 후에는 사람들의 말을 무시했다. 그들의 말 속에는 항상 느끼는 두려움 외에 아무 감정이 없었다. 대신 그는 자신이 칼라단 성에서 보낸 소년 시절로부터 참 먼 길을 왔다는 생각을 했다. 그는 어디서 어떤 길에 발을 들여놓았기에 칼라단으로부터 이렇게 멀리 떨어진 행성에서 사람들이 우글거리는 광장을 건너게 되었을까? 그가 정말로 어떤 길에 발을 들여놓기는 한 것일까? 그는 지금까지 살아오면서 구체적인 이유를 위해 행동한 적이 있다고는 말할 수 없었다. 행동의 동기와 거기에 영향을 미치는 힘들은 아주 복잡했다. 인류 역사상 인간의 행동을 자극했던 그 어떤 요인보다도 더 복잡한 것 같았다. 그는 이 길을 따라가면서 그토록 선명하게 볼 수 있는 운명을 아직 피할 수 있을지도 모른다는 흥분된 감정을 느끼고 있었다. 그러나 사람들이 그를 앞으로 밀어댔고, 그는 자신이 길을 잃어버렸다는, 그러니까 인생에서 개인적으로 나아가야 할 길의 방향을 잃어버렸다는 아찔함을 경험했다.

사람들이 이제 그와 함께 거대한 흐름처럼 계단을 올라 기둥이 있는 신전 현관으로 들어갔다. 사람들의 목소리가 점점 잠잠해졌다. 공포의 냄새가 더욱 강해졌다. 땀 냄새가 섞인 독한 냄새였다.

신전 안에서는 신참 성직자들이 벌써 예배를 시작한 다음이었다. 그들의 소박한 영창 소리가 사람들의 속삭임, 옷이 스치는 소리, 발을 움직이는 소리, 기침 소리 등 다른 소리를 억누르고 그들의 여사제가 신성한 무아지경 속에서 방문했던 '먼 장소들'에 대한 이야기를 들려주고 있었다.

"그녀는 우주의 모래벌레를 타신다!
그녀는 모든 폭풍을 뚫고 인도하시어
부드러운 바람의 땅으로 이끄신다.
우리는 뱀의 굴 옆에서 자고 있지만
그녀는 우리의 꿈꾸는 영혼을 지켜주신다.
사막의 열기를 피하시며
그녀는 우리를 서늘한 분지 속에 숨겨주신다.

그녀의 반짝이는 하얀 이가
밤에 우리를 인도한다.
그녀의 땋은 머리에 들려
우리는 천국으로 올라간다!
꽃향기가 섞인 달콤한 향기가
그녀 앞에 있는 우리를 둘러싼다."

'발락!' 폴은 프레멘 어로 생각했다. '조심해! 그녀는 격정적인 분노로 가득 찰 수도 있어.'

신전 현관의 가장자리에는 촛불을 흉내 낸 길고 가느다란 발광관들이 줄지어 늘어서 있었다. 그것들이 깜박였다. 그 깜박임이 폴의 머릿속에 있는 조상들의 기억을 불러일으켰다. 그것이 그 발광관들을 깜박이게 만든 원래의 의도라는 것을 이미 알고 있었는데도 소용없었다. 이곳의 분위기는 과거의 것이었다. 인위적인 느낌이 있기는 해도 잘 구분하기 어려울 정도였으며 효과적이었다. 그는 여기에 자신이 손을 보탰다는 사실을 증오했다.

사람들이 그와 함께 거대한 흐름처럼 높다란 금속 문을 통과해 거대한 본당으로 들어갔다. 머리 위 높은 곳에는 깜박이는 불빛들이 달려 있고 멀리 떨어진 반대편 벽에는 눈부시게 불을 밝힌 제단이 있는 음울한 곳이었다. 제단 뒤에 얼핏 보기에는 소박하지만 전혀 소박하지 않은 검은 나무로 만든 물건이 있었다. 프레멘 신화에서 따온 모래 무늬들이 거기에 잔뜩 새겨져 있었고, 숨겨진 조명들이 선택문의 장(場) 위에서 북부 지방의 무지개를 만들어내고 있었다. 그 빛의 장막 밑에 일곱 줄로 늘어서서 영창을 하고 있는 신참 성직자들이 으스스해 보였다. 검은 로브와 하얀 얼굴, 그리고 똑같이 움직이는 입 때문이었다.

폴은 주위의 순례자들을 유심히 살펴보았다. 열중하고 있는 그들의 모습과 그는 들을 수 없는 진실에 귀를 기울이는 듯한 분위기에 갑자기 시기심이 일었다. 그들은 이곳에서 그에게는 주어지지 않은 어떤 것, 신비스러울 정도로 치유의 효과가 있는 어떤 것을 얻은 듯했다.

그는 조금씩 제단으로 가까이 다가가려고 했지만, 팔에 손이 닿는 감각에 움직임을 멈췄다. 폴은 재빨리 주위를 둘러보다가 어떤 늙은 프레멘의 탐색하는 듯한 시선과 마주쳤다. 불쑥 튀어나온 눈썹 밑의 푸른색뿐인 눈에 그를 알아본 기색이 있었다. 이름 하나가 폴의 머릿속을 스치고 지나갔다. 라시르. 시에치 시절의 동료였다.

주위를 꽉 메운 사람들 속에서 폴은 만약 라시르가 폭력적인 일을 계획하고 있다면 상대할 방법이 전혀 없다는 것을 깨달았다.

노인이 모래먼지로 더러워진 로브 밑에 한 손을 감추고 가까이 밀착해 왔다. 로브 밑의 손은 틀림없이 크리스나이프 자루를 잡고 있을 터였다. 폴은 최선을 다해 공격에 저항할 준비를 했다. 그러나 노인은 폴의 귀 쪽으로 머리를 움직이더니 이렇게 속삭였다. "다른 사람들과 함께 가야 합니다."

그것은 안내인이 정체를 밝히는 신호였다. 폴은 고개를 끄덕였다.

라시르가 뒤로 물러서서 제단을 향해 얼굴을 돌렸다.

"그녀는 동쪽에서 오신다." 신참 성직자들이 노래했다. "태양은 그녀의 등 뒤에 서 있다. 모든 것이 노출된다. 눈부신 빛 속에서 그녀의 눈은 빛도 어둠도, 어떤 것도 놓치지 않는다."

울부짖는 듯한 레바바(rebaba, 예멘의 전통 악기인 외줄 현악기 — 옮긴이) 소리가 귀에 거슬리는 소리를 내며 사람들의 목소리를 가로질러 그들을 잠잠하게 만들고 침묵 속으로 물러났다. 전기 충격처럼 갑작스럽게 사람들이 몇 미터 앞으로 우르르 몰려나갔다. 그들의 몸뚱어리는 이제 덩어리처럼 하나로 단단하게 뭉쳐져 있었다. 그들의 호흡과 스파이스 냄새 때문에 공기가 무거웠다.

"샤이 훌루드가 깨끗한 모래 위에 쓰신다!" 신참 성직자들이 소리쳤다.

폴은 자신의 숨소리가 주위 사람들의 숨소리와 동시에 얽히는 것을 느꼈다. 여성 합창단이 어른거리는 선택문 뒤의 어둠 속에서 희미한 소리로 노래를 부르기 시작했다. "알리아…… 알리아…… 알리아……." 그 소리는 점점 커지다가 갑자기 침묵해 버렸다.

다시 목소리들이 부드러운 저녁 기도를 시작했다.

"그녀는 모든 폭풍을 잠재우신다
그녀의 눈은 우리의 적들을 죽인다
그리고 불신자들을 괴롭힌다.
여명이 부딪치고
맑은 물이 흐르는
튜오노의 첨탑으로부터
그대는 그녀의 그림자를 본다.
빛나는 여름의 열기 속에서
그녀는 우리에게 빵과 우유를 나눠주신다
서늘하고 스파이스의 향내가 나는 것을.
그녀의 눈은 우리 적들을 녹여버리고
우리를 억압하는 자들을 괴롭힌다
그리고 모든 신비를 꿰뚫는다.
그녀는 알리아…… 알리아…… 알리아……."

천천히 목소리가 잦아들었다.

폴은 구역질이 날 것 같았다. '우리가 뭘 하고 있는 거지?' 그는 자신에게 물었다. 알리아는 꼬마 마녀였지만 점점 나이를 먹어가고 있었다. 그는 생각했다. '나이를 먹는다는 건 더 사악해진다는 거지.'

신전 안의 집단적인 분위기가 그의 마음을 갉아먹었다. 그는 자신에게도 주위의 사람들과 똑같은 요소가 있음을 느낄 수 있었다. 그러나 그들과 자신의 차이점이 치명적인 모순을 형성했다. 그는 결코 속죄할 수 없는 개인적인 죄 속에 빠져 혼자 고립되어 서 있었다. 신전 밖의 무한한 우주가 홍수처럼 그의 의식을 뒤덮었다. 한 사람이, 혹은 하나의 의식(儀式)이 저렇게 무한한 것을 엮어서 모든 사람에게 맞는 옷으로 만들 수 있다고 어찌 감히 희망할 수 있는가?

폴은 전율했다.

발을 내디딜 때마다 우주가 그를 방해했다. 우주는 그의 손을 교묘하게 피하면서 무수한 변장으로 그를 속였다. 우주는 그가 제시하는 어떤 형태에도 동의하려 하지 않았다.

숨죽인 듯한 침묵이 신전 전체로 번져나갔다.

알리아가 희미하게 반짝이는 무지개 뒤의 어둠 속에서 모습을 드러냈다. 그녀는 아트레이데스 가문의 초록색으로 가장자리를 장식한 노란 로브를 입고 있었다. 노란색은 태양을, 초록색은 생명을 만들어내는 죽음을 상징했다. 폴은 알리아가 오로지 그 자신만을 위해 모습을 드러냈다는 생각이 갑자기 떠올라서 깜짝 놀랐다. 그는 신전에 모인 군중들 너머로 자신의 여동생을 뚫어지게 바라보았다. 그녀는 분명 그의 여동생이었다. 그는 그녀가 치르는 의식과 그 의식의 뿌리를 알고 있었다. 그러나 순례자들과 함께 이곳에 서서 그들의 눈으로 그녀를 지켜본 적은 한 번도 없었다. 이 장소가 품고 있는 신비로움에 동참하면서 그는 그녀가 자신을 방해하는 우주와 같은 분위기를 띠고 있음을 보았다.

신참 성직자들이 그녀에게 황금색 성배를 가져다주었다.

알리아가 성배를 치켜들었다.

자신이 가진 의식(意識)의 일부를 통해 폴은 성배에 변화되지 않은 멜란지가 들어 있음을 알았다. 변화되지 않은 멜란지는 기묘한 독약이었으며, 그녀의 예언의 상징이었다.

성배에 시선을 고정시킨 채 알리아가 말했다. 그녀의 목소리가 사람들의 귀를 어루만졌다. 물이 흐르는 듯한 음악적인 소리였으며 꽃 같은 소리였다.

"처음에 우리는 텅 비어 있었다." 그녀가 말했다.

"모든 것에 대해 무지했다." 성가대가 노래했다.

"우리는 모든 곳에 존재하는 '권능'을 알지 못했다." 알리아가 말했다.

"권능은 모든 '시간' 속에도 존재한다." 성가대가 노래했다.

"여기 '권능'이 있다." 알리아가 성배를 약간 위로 들어 올리면서 말했다.

"성배는 우리에게 기쁨을 가져다준다." 성가대가 노래했다.

'그리고 고뇌도 가져다주지.' 폴은 생각했다.

"성배는 영혼을 각성시킨다." 알리아가 말했다.

"성배는 모든 의심을 쫓아버린다." 성가대가 노래했다.

"세상 속에서 우리는 사멸한다." 알리아가 말했다.

"권능 속에서 우리는 살아남는다." 성가대가 말했다.

알리아가 성배를 입술에 대고 안에 든 것을 마셨다.

폴은 자신이 이 군중들 속의 가장 비천한 순례자들과 다름없이 숨을 멈추고 있음을 깨닫고 경악을 금치 못했다. 알리아가 지금 어떤 것을 겪고 있을지 직접적인 경험으로 알고 있는데도 그는 도(道)의 망에 걸려 있었다. 그 타는 듯한 독약이 자신의 몸속을 돌아다닐 때의 기억이 떠올랐다. 그의 의식이 독을 변화시키는 티끌이 되자 시간이 멈췄을 때의 기억이 떠올랐다. 그는 모든 것이 가능해지는 시간의 초월 속으로의 각성을 다시 경험했다. 그는 알리아가 지금 경험하는 일을 분명히 알고 있었다. 그러나 이제 보니 자신은 그것을 알지 못했다. 신비가 그의 눈을 가리고 있었다.

알리아가 몸을 부르르 떨며 무너지듯 무릎을 꿇었다.

폴은 넋을 잃은 순례자들과 함께 숨을 토해 냈다. 그리고 고개를 끄덕였다. 그를 덮고 있던 베일이 조금 들어 올려지기 시작했다. 환영의 황홀경 속에 몰두한 채 그는 모든 환영이 아직 길에 서 있는 사람들, 아직 목적지에 도달하지 못한 사람들에 속한다는 사실을 잊어버리고 있었다. 환영 속에서 사람은 현실과 실체가 없는 사건을 구분하지 못하고 어둠 속을 통과하게 마련이었다. 그리고 결코 실현될 수 없는 절대를 갈망하게 마련이었다.

그리고 그렇게 갈망하면서 현재를 잃어버렸다.

알리아가 스파이스를 변화시킬 때의 무아지경에 빠지자 그녀의 몸이 흔들렸다.

폴은 어떤 초월적인 존재가 자신에게 이런 말을 하고 있는 듯한 느낌을 받았다. "봐라! 저길 봐! 네가 무시했던 것이 무엇인지 알겠느냐?" 그 순간 자신이 다른 사람들의 눈을 통해 보고 있다는 생각이 들었다. 어떤 화가나 시인도 재현할 수 없는 이 장소의 이미지와 리듬을 본 것 같기도 했다. 그것은 생생하고 아름다웠으며, 권력에 대한 모든 탐욕…… 심지어 그 자신의 탐욕까지도 폭로하는 눈부신 빛이었다.

알리아가 입을 열었다. 그녀의 증폭된 목소리가 본당 전체에 울려 퍼졌다.

"밝은 밤." 그녀가 소리쳤다.

신음 소리가 빽빽하게 들어차 있는 순례자들 사이를 파도처럼 휩쓸고 지나갔다.

"그런 밤에는 아무것도 감출 수 없다!" 알리아가 말했다. "이 어둠은 어떤 희귀한 빛인가? 그 어둠에는 시선을 고정할 수 없다! 감각은 그것을 기록할 수 없다. 어떤 말로도 그것을 표현할 수 없다." 그녀가 목소리를 낮췄다. "심연은 그대로 남는다. 아직 일어나지 않은 모든 것이 거기에 가득 차 있다. 아아, 그렇게 온순한 폭력이라니!"

폴은 동생에게서 은밀한 신호를 기다리고 있는 것 같은 느낌이 들었다. 그것은 어떤 행동일 수도 어떤 말일 수도 있었다. 마치 마술처럼 신비로운 어떤 것, 우주라는 활 속에 그를 화살처럼 끼워 맞춰줄, 밖을 향한 흐름일 수도 있었다. 이 순간이 그의 의식 속에서 몸을 부들부들 떠는 사자(使者)처럼 즉시 자리를 잡았다.

"슬픔이 있을 것이다." 알리아가 읊조렸다. "모든 것이 시작에 불과하다는 것을, 영원히 시작이라는 것을 너희들에게 다시 말한다. 행성들이 정복을 기다리고 있다. 내 목소리 안에 있는 어떤 자들은 고귀한 운명을 얻을 것이다. 너희들은 내가 지금 하는 말을 잊어버리고 과거를 비웃을 것이다. 온갖 차이 속에 조화가 있다."

폴은 알리아가 고개를 숙이는 순간 실망감으로 소리를 지르고 싶은 것을 참았다. 그녀는 그가 기다리던 말을 해주지 않았다. 그의 몸이 바싹 마른 껍데기처럼 느껴졌다. 사막의 곤충이 내팽개친 껍데기 같았다.

다른 사람들도 분명히 비슷한 것을 느끼고 있을 거라고 그는 생각했다. 주위에서 동요가 느껴졌다. 갑자기 폴의 왼쪽 저 멀리에서 군중 속에 섞여 있던 한 여자가 소리를 질렀다. 그것은 말이 아니라 고뇌의 소음이었다.

알리아가 고개를 들었고, 폴은 자신과 알리아 사이의 거리가 사라져버렸다는 들뜬 기분을 느꼈다. 마치 그녀에게서 겨우 몇 센티미터 떨어진 곳에서 그녀의 멍한 눈을 직접 들여다보고 있는 것 같았다.

"누가 나를 부르는가?" 알리아가 물었다.

"접니다." 여자가 소리쳤다. "저예요, 알리아 님. 오, 알리아 님, 도와주세요. 제 아들이 무리탄에서 죽었다고 합니다. 그 애가 정말 죽었나요? 제 아들을 다시는 못 보는 건가요…… 다시는?"

"그대는 모래 속에서 뒷걸음질을 치려 하는구나." 알리아가 읊조리듯이 말했다. "잃어버린 것은 하나도 없다. 모든 것은 나중에 되돌아온다. 그러나 변화된 모습으로 되돌아온 것을 그대가 알아보지 못할 수도 있다."

"알리아 님, 무슨 말씀인지 모르겠어요!" 여자가 울부짖었다.

"그대는 공기 속에서 살고 있지만 공기를 보지 못한다." 알리아가 말했다. 목소리에 날카로움이 있었다. "그대는 도마뱀인가? 그대의 목소리에는 프레멘 말씨가 있다. 프레멘이 죽은 자를 되살리려 하는 건가? 죽은 자에게서 물 외에 우리가 필요로 하는 것이 무엇인가?"

본당의 중앙 아래쪽에서 값비싼 빨간색 외투를 입은 남자가 양손을 치켜들었다. 소매가 흘러내려 하얀 천으로 덮인 팔이 드러났다. "알리아 님." 그가 소리쳤다. "사업에 대한 제안을 받았습니다. 그걸 받아들여야 할까요?"

"그대는 거지와 같은 마음으로 이곳에 왔다." 알리아가 말했다. "그대는 황금 사발을 찾고 있지만, 단검밖에 찾지 못할 것이다."

"어떤 사람을 죽여달라는 부탁을 받았습니다!" 누군가가 오른쪽으로 조금 떨어진 곳에서 소리쳤다. 시에치의 어조가 섞인 묵직한 목소리였다. "그 부탁을 받아들여야 할까요? 그걸 받아들이면 제가 해낼 수 있을까요?"

"시작과 끝은 하나이다." 알리아가 쏘아붙였다. "전에도 말하지 않았던가? 그대는 그 질문을 하려고 여기 온 게 아니다. 무엇을 믿지 못하기에 여기에 와서 그 믿음과 어긋나는 말을 외치는 것인가?"

"알리아 님이 오늘 밤에는 아주 불쾌하신 모양이야." 폴과 가까운 곳에 있던 어떤 여자가 중얼거렸다. "알리아 님이 저렇게 화난 모습을 본 적이 있어?"

'저 애는 내가 여기 있다는 걸 알고 있어.' 폴은 생각했다. '환영 속에서 뭔가를 보고 화가 난 건가? 나한테 화를 내고 있는 건가?'

"알리아 님." 폴의 바로 앞에 있던 남자가 소리쳤다. "이곳에 온 사업가들과 겁쟁이들에게 알리아 님의 오라버니께서 얼마나 오랫동안 통치하실지 말해 주십시오!"

"그 모퉁이를 돌아보는 건 그대 혼자서 하라." 알리아가 호통을 쳤다. "그대의 입에 편견이 들어 있구나! 그대가 지붕과 물을 가질 수 있는 것은 내 오빠가 혼돈의 벌레를 타고 있기 때문이다!"

사나운 기세로 로브 자락을 움켜쥐면서 알리아는 홱 몸을 돌려 희미하게 빛나는 빛의 리본을 성큼성큼 지나쳐 그 뒤의 어둠 속으로 사라졌다.

즉시 신참 성직자들이 의식을 끝맺는 영창을 시작했다. 그러나 박자가 맞지 않았다. 의식이 뜻하지 않게 끝난 것에 당황하고 있음이 틀림없었다. 사방의 사람들이 앞뒤가 맞지 않는 소리를 중얼거리며 웅성거리기 시작했다. 폴은 주변의 동요를 느꼈다. 사람들이 불만스럽게 동요하고 있었다.

"자기 사업에 대해 멍청한 질문을 한 그 바보 때문이야." 폴과 가까운 곳에 있던 여자가 투덜거렸다. "그 위선자!"

알리아는 과연 무엇을 보았을까? 미래의 어떤 길을 본 걸까?

이곳에서 오늘 밤 뭔가가 일어나서 예언의 의식을 망쳐버렸다. 대개 사람들은 알리아에게 자기들의 비루한 질문에 대답해 달라고 떠들어대곤 했다. 그들이 거지처럼 예언을 구한다는 말은 사실이었다. 그는 전에 제단 뒤의 어둠 속에 숨어 의식을 지켜보면서 그들의 그런 꼴을 많이 보았다. 오늘 밤에는 뭐가 달랐던 걸까?

늙은 프레멘 안내인이 폴의 소매를 잡아당기며 고갯짓으로 출구를 가리켰다. 사람들이 벌써 그쪽 방향으로 밀려가고 있었다. 폴은 자신을 짓누르는 그들의 흐름에 몸을 맡겼다. 안내인의 손이 그의 소매를 잡고 있었다. 그 순간 자신의 몸이 더 이상 스스로 통제할 수 없는 어떤 힘의 현신이 되었다는 느낌이 그의 내면에서 일었다. 그는 비(非)존재가 되었다. 스스로 움직이는 정적이 되었다. 그 비존재의 중심에 그가 존재했다. 사람들의 흐름에 몸을 맡기고 그들에게 이끌려 자신의 도시의 거리를 지나면서 그의 가슴을 슬픔으로 얼려버릴 만큼 익숙한 길을 따라 자신의 환영을 향해 가고 있는 그가 존재하고 있었다.

'알리아가 뭘 보았는지 꼭 알아봐야겠다. 나도 이미 그걸 여러 번 보았지. 알리아는 그것에 반대하는 말을 외치지 않았어……. 그 애도 다른 시간선들을 본 거야.'

나의 제국에서 생산과 소득의 증가 사이의 조화가 흐트러져서는 안 된다. 그것이 내 명령의 요지이다. 서로 다른 세력권들 사이에서 국제 수지의 문제가 생겨나서는 안 된다. 그리고 그렇게 해야 하는 이유는 내가 명령했다는 것, 하나뿐이다. 나는 이 지역에서 나의 권위를 강조하고 싶다. 나는 이 영역 최고의 에너지 소비자이며, 죽든 살든 계속 그 지위를 유지할 것이다. 나의 정부가 바로 경제이다.

—「긴급 칙령」, 황제 폴 무앗딥

"저는 이만 가보겠습니다." 노인이 폴의 소매에서 손을 떼면서 말했다. "오른쪽 끝에서 두 번째 문입니다. 샤이 훌루드와 함께 가십시오, 무앗딥……. 그리고 당신이 우슬이었던 때를 기억하십시오."

폴의 안내인이 미끄러지듯 어둠 속으로 사라져갔다.

어딘가에서 경비대원들이 기다리고 있다가 그 안내원을 잡아 신문하러 데려가리라는 것을 폴은 알고 있었다. 그러나 폴은 자기도 모르게 그 늙은 프레멘이 탈출하기를 바라고 있었다.

머리 위에는 별들이 떠 있고, 방어벽 너머 어딘가에서 첫 번째 달빛이 멀리 보였다. 그러나 이곳은 별을 보며 방향을 잡을 수 있는 탁 트인 사막이 아니었다. 노인이 그를 데려온 곳은 새로 생긴 교외 마을 중의 하나였다. 그 정도는 폴도 알아볼 수 있었다.

거리에는 마을을 잠식해 들어오는 모래언덕들에서 바람에 날려 온 모래가 자욱했다. 거리 저 아래쪽에 있는 단 하나의 반중력 가로등이 희미하게 빛났다. 그 빛만으로도 이 길이 막다른 길임을 알아볼 수 있었다.

주변의 공기 속에는 배설물 증류기에서 나오는 냄새가 짙게 섞여 있었다. 이런 악취가 밖으로 새어 나오는 것으로 보아 증류기의 뚜껑이 제대로 닫혀 있지 않아서 위험할 정도로 많은 양의 수분이 밤공기 속으로 누출되고 있음이 틀림없었다. 백성들이 너무 부주의해졌다고 폴은 생각했다. 그들은 물의 백만장자들이었다. 그래서 몸속에 들어 있는 물의 8분의 1밖에 되지 않는 물 때문에 아라키스에서 사람이 죽임을 당할 수도 있었던 시절을 잊어버리고 있었다.

'왜 내가 망설이고 있는 거지?' 폴은 생각했다. '그 방은 끝에서 두 번째 문이야. 그 말을 듣기 전에도 난 알고 있었어. 하지만 이번 일은 반드시 정확하게 수행되어야 해. 그래서…… 망설이는 거야.'

폴의 왼쪽에 있는 모퉁이 집에서 갑자기 언성을 높이며 싸우는 소리가 들려왔다. 어떤 여자가 누군가를 심하게 질책하고 있었다. 그녀는 집을 증축한 부분에서 흙먼지가 샌다고 불평했다.

"물이 하늘에서 떨어진다고 생각하는 거야? 흙먼지가 들어온다면 수분이 밖으로 샌다는 뜻이라고."

'기억하는 사람도 있군.' 폴은 생각했다.

그가 거리를 따라 내려가자 싸우는 소리가 등 뒤로 멀어졌다.

'하늘에서 떨어지는 물이라니!' 그는 생각했다.

프레멘들 중에는 다른 행성에서 그런 경이로운 광경을 본 사람들도 있었다. 그도 그것을 직접 보고 아라키스를 그런 곳으로 만들라는 명령을 내렸다. 그러나 그 기억은 마치 누군가 다른 사람에게 일어났던 일처럼 느껴졌다. 하늘에서 떨어지는 물은 비라고 불렸다. 문득 그가 태어난 곳에서 보았던 폭풍우가 생각났다. 칼라단의 하늘에 회색 구름이 짙게 깔려 있고, 전기 폭풍이 일어났으며, 대기 중에는 습기가 가득했고, 커다란 물방울들이 채광창을 두드렸다. 그리고 비가 처마를 따라 작은 개울을 이루며 흘러내렸다. 폭풍에 대비한 배수로들이 물을 강으로 운반했고, 강은 흙탕물로 잔뜩 부풀어 오른 채 가문의 과수원 옆을 흘렀다……. 앙상한 가지를 달고 있는 나무들이 물기로 번들거렸다.

폴은 바람에 실려 나지막하게 거리를 횡단하는 모래에 발목을 붙잡혔다. 한순간 어린 시절처럼 진흙이 신발에 달라붙는 듯한 느낌이 들었다. 그러나 그는 곧 모래 속에 서 있는 현재로 돌아왔다. 흙먼지가 덩어리로 엉겨 있고, 바람에 뒤덮인 어둠 속에서 그의 머리 위에 걸려 있는 '미래'가 그를 조롱하고 있었다. 이곳의 건조한 삶이 '이건 네가 저지른 짓이야!'라고 그를 비난하는 것 같았다. 그들의 문명은 물기 없이 말라버린 눈의 감시자들과 나쁜 소문을 퍼뜨리는 자들의 것이 되었다. 그들은 힘으로…… 더 많은 힘으로…… 훨씬 더 많은 힘으로 모든 문제를 해결했지만 모든 힘을 증오했다.

거친 돌들이 발에 밟혔다. 그의 환영은 그 돌들을 기억하고 있었다. 직사각형의 어두운 입구가 그의 오른쪽에 나타났다. 캄캄한 어둠 속에서 입구 역시 검게 보였다. 오테임의 집, '운명'의 집, 시간이 특별한 역할을 위해 그 집을 선택했다는 점만 빼면 주위의 다른 집들과 다를 것이 없는 집이었다. 그곳은 역사 속에 길이 남을 이상한 곳이었다.

그가 문을 두드리자 문이 열렸다. 문틈으로 중앙 홀의 흐릿한 초록색

빛이 보였다. 난쟁이 하나가 문틈으로 밖을 내다보았다. 아이의 몸에 노인의 얼굴을 한 그의 모습은 예지력으로 한 번도 보지 못한 것이었다.

"오셨군요." 그 예상치 못했던 인물이 말했다. 그가 옆으로 비켜섰다. 그의 태도에 경외감 같은 것은 전혀 없었다. 그저 흡족한 미소가 천천히 얼굴에 떠올랐을 뿐이다. "들어오세요! 들어오세요!"

폴은 망설였다. 예지의 환영 속에 난쟁이는 없었다. 그러나 그 밖에 다른 것은 모두 똑같았다. 예지의 환영이 현실과 이처럼 차이가 나더라도 무한을 향한 원래의 돌진은 여전히 유효할 수 있었다. 그러나 이 차이점 때문에 그는 감히 희망을 품어보았다. 그는 거리를 뒤돌아보며 들쭉날쭉한 그림자들 속에서 헤엄치듯 모습을 드러내 크림색 진주처럼 반짝이고 있는 자신의 달을 흘끗 바라보았다. 그 달이 계속 그를 괴롭혔다. 저것이 어떻게 떨어져 내린 것일까?

"들어오세요." 난쟁이가 재촉했다.

폴은 안으로 들어갔다. 뒤에서 문이 쿵 하고 수분 누출 방지막 속으로 닫히는 소리가 들려왔다. 난쟁이가 그의 앞으로 나서서 길을 안내했다. 그는 거대한 발을 바닥에 찰싹찰싹 부딪치며 지붕이 달린 중앙 뜰로 통하는 섬세한 격자무늬 문을 열고 손짓했다. "다들 기다리고 있습니다, 폐하."

'폐하라. 그렇다면 내가 누군지 알고 있다는 얘기군.' 폴은 생각했다.

폴이 이 새로운 사실을 곰곰이 생각해 보기도 전에 난쟁이가 측면 통로로 슬쩍 사라졌다. 폴의 마음속에서 희망이 미친 바람처럼 소용돌이치며 춤을 췄다. 그는 뜰을 가로지르기 시작했다. 어둡고 우울한 곳이었다. 공기 중에는 질병과 패배의 냄새가 섞여 있었다. 분위기에 압도당하는 느낌이었다. 조금 덜한 악을 선택하는 것이 패배일까? 그는 생각해 보았다. 이 길을 따라 그가 내려온 거리가 얼마나 될까?

저 멀리 반대편 벽에 난 좁은 입구에서 빛이 쏟아져 나왔다. 그는 감시자들과 불쾌한 냄새에 대한 느낌을 억누르고 그 입구를 통해 작은 방으로 들어갔다. 두 개의 벽에만 히레그의 벽걸이들이 걸려 있는 그 방은 프레멘 기준으로 볼 때 초라한 곳이었다. 문의 반대편 제일 좋은 벽걸이 밑에 놓인 붉은 쿠션 위에 한 남자가 앉아 있었다. 아무것도 걸려 있지 않은 왼쪽 벽의 또 다른 입구 뒤 어둠 속에서는 여자 하나가 서성거리고 있었다.

폴은 환영에 갇혀버린 것 같았다. 이것은 환영에서 본 그대로였다. 난쟁이는 어디 있는 걸까? 환영과의 차이점은 어디에 있는 걸까?

그의 오감이 하나의 통일적인 경험으로서 이 방을 빨아들였다. 가구는 형편없었지만 누군가가 이 방을 공들여 꾸민 흔적이 있었다. 아무것도 없는 벽 여기저기의 고리와 작은 막대는 원래 걸려 있던 벽걸이들이 치워졌음을 보여주었다. 폴은 순례자들이 프레멘의 진품 공예품에 엄청난 가격을 지불한다는 사실을 상기했다. 부유한 순례자들은 사막의 태피스트리를 하즈의 진정한 표식이자 보물로 간주했다.

폴은 아무것도 없는 벽에 새로 칠해 놓은 석고가 자신을 비난하고 있는 듯한 느낌을 받았다. 아직 남아 있는 벽걸이 두 개가 올이 드러날 정도로 너덜너덜해진 모습이 그의 죄책감을 더욱 증폭시켰다.

좁은 선반 하나가 오른쪽 벽을 차지하고 있었다. 그 위에는 초상화들이 줄지어 놓여 있었다. 대부분 턱수염을 기른 프레멘들이었고, 일부는 사막복 차림으로 집수튜브를 늘어뜨리고 있었다. 제국의 군복을 입고 다른 행성의 풍경을 배경으로 포즈를 취한 사람들도 있었다. 가장 흔한 것은 바다의 풍경이었다.

쿠션에 앉은 프레멘이 헛기침을 하는 바람에 폴은 그를 바라볼 수밖에 없었다. 그는 환영에 나타났던 오테임의 모습 그대로였다. 그의 목은 새의 목처럼 앙상해서 커다란 머리를 지탱하기에는 너무 약해 보였다. 얼굴은 완전히 망가져서 한쪽으로 기울어져 있었다. 아래로 축 처진 물기 어린 눈 밑의 왼쪽 뺨에는 흉터들이 그물처럼 얼기설기 나 있었지만, 반대편 뺨의 피부는 깨끗했다. 푸른자위에 푸른 눈동자가 있는 눈도 프레멘답게 똑바로 상대를 응시하고 있었다. 긴 닻 같은 코가 얼굴을 양분했다.

오테임의 쿠션은 밤색과 황금색 실이 섞인 갈색의 너덜너덜한 융단 한가운데에 놓여 있었다. 쿠션의 천에는 낡아서 여기저기 기운 흔적이 드러나 있었지만, 그 위에 앉아 있는 사람 주위의 금속 물체들은 모두 반짝반짝했다. 초상화의 액자 틀, 선반 가장자리와 받침대, 오른쪽에 놓인 나지막한 탁자의 받침대 등이었다.

폴은 오테임의 얼굴 중 깨끗한 반쪽을 향해 고개를 끄덕하면서 말했다. "그대와 그대의 거주지에 행운이 깃들기를." 이것은 오랜 친구이자 시에치의 동료에게 하는 인사말이었다.

"그래, 당신을 다시 만나게 되었군요, 우슬."

그의 부족 이름을 말하는 목소리는 노인의 목소리가 으레 그렇듯이 가늘게 떨리면서 애처로운 소리를 냈다. 망가진 얼굴 반쪽에서 멍하니 아래로 처져 있던 눈이 양피지 같은 피부와 흉터들 위에서 움직였다. 거칠게 벗겨진 피부가 축 늘어져 있는 턱 선과 뺨을 따라, 억센 흰 수염이 꺼끌꺼끌했다. 오테임이 말을 하는 동안 그의 입술이 비틀리면서 그 틈으로 은빛의 금속 치아가 드러났다.

"무앗딥은 항상 페다이킨의 부름에 응답하지." 폴이 말했다.

문간의 어둠 속에 있던 여자가 움직이면서 말했다. "스틸가도 그렇게 자랑하고 있습니다."

그녀가 빛 속으로 나왔다. 얼굴의 춤꾼이 모방했던 리치나의 늙은 모습 같았다. 폴은 오테임의 아내들이 자매간이었다는 사실을 기억해 냈다. 그녀의 머리는 흰색이었고, 코는 마녀의 코처럼 날카로웠다. 집게손가락과 엄지에는 천을 짜는 사람들의 손에서 볼 수 있는 굳은살이 있었다. 시에치 시절의 프레멘 여인들이라면 그런 굳은살을 자랑스럽게 과시했을 것이다. 그러나 그녀는 그의 시선이 자신의 손을 향하고 있음을 알아차리고 옅은 파란색 로브 자락 속에 손을 감췄다.

폴은 곧 그녀의 이름을 기억해 냈다. 두리. 충격적인 것은 그가 그녀를 이 순간에 대한 예지의 환상 속에서 본 모습이 아니라 아이의 모습으로 기억하고 있다는 사실이었다. 폴은 그녀의 목소리에 섞여 있는 칭얼거리는 느낌 때문이라고 자신을 타일렀다. 그녀는 어렸을 때에도 그런 소리를 냈다.

"나는 지금 여기 와 있다. 스틸가가 찬성하지 않았다면 내가 여기 왔을 것 같은가?" 그는 오테임에게 시선을 돌리며 말을 이었다. "난 자네에게 물의 짐을 지고 있다, 오테임. 내게 원하는 것을 말하라."

이것은 시에치의 형제들이 나누는 직설적인 프레멘 식 말투였다.

오테임이 힘없이 떨리는 목으로 고개를 끄덕였다. 그 가느다란 목이 감당하기에 너무 힘들어 보이는 동작이었다. 그가 다갈색의 흉터가 있는 왼손을 들어 자신의 망가진 얼굴을 가리켰다.

"저는 타라헬에서 분열의 병을 얻었습니다, 우슬." 그가 바람 빠지는 소리로 말했다. "승리를 거둔 직후에 우리 모두가……." 기침 발작 때문에 그의 목소리가 멈췄다.

"부족이 곧 그의 물을 갖게 될 겁니다." 두리가 이렇게 말하고 나서 오테임에게 다가가 등에 베개를 받쳐주고 기침이 끝날 때까지 쓰러지지 않게 어깨를 잡아주었다. 그녀가 사실은 그리 늙지 않았다는 것을 폴은 이제 알 수 있었다. 그러나 희망을 잃어버린 표정이 그녀의 입가에 주름을 만들었고, 눈에는 씁쓸함이 있었다.

“내가 의사를 부르겠다.” 폴이 말했다.

두리가 엉덩이에 손을 댄 자세로 몸을 돌렸다. “당신이 부를 수 있는 사람들 못지않게 훌륭한 의사들에게 이미 진찰을 받았습니다.” 그녀가 아무것도 걸려 있지 않은 왼쪽 벽을 자기도 모르게 살짝 바라보았다.

‘그래 의사들은 아주 비싸지.’ 폴은 생각했다.

그는 초조했다. 예지의 환영이 그를 구속하고 있었지만 그는 사소한 차이점들이 슬그머니 스며들었다는 것을 인식하고 있었다. 그 차이점들을 어떻게 이용할 수 있을까? ‘시간’의 실타래가 풀리면서 미세한 변화들이 일어났지만 그 배경을 이루고 있는 천은 답답할 정도로 똑같았다. 그는 자기가 여기서 자신을 둘러싼 패턴으로부터 탈출을 시도한다면 무시무시한 폭력이 발생하리라는 것을 소름이 끼칠 정도로 확신하고 있었다. 겉으로 보기에는 부드럽게만 보이는 이 ‘시간’의 흐름 속에 내재된 힘이 그를 짓눌렀다.

“내게 원하는 것을 말하라.” 폴이 으르렁거리듯이 말했다.

“이런 시기에 오테임이 옆에 있어줄 친구를 필요로 한다는 생각은 할 수 없나요?” 두리가 물었다. “페다이킨이 자신의 몸을 낯선 자들에게 넘겨줘야 하는 겁니까?”

‘우린 타브르 시에치에서 함께 살았지. 그녀에게는 냉담한 태도를 보이는 나를 질책할 권리가 있어.’ 폴은 자신을 일깨웠다.

“난 내가 할 수 있는 최선을 다하겠다.” 폴이 말했다.

기침 발작이 또 한 번 오테임의 몸을 뒤흔들었다. 발작이 끝났을 때 그가 숨을 몰아쉬면서 말했다. "반역자가 있습니다, 우슬. 프레멘들이 당신을 해치려는 음모를 꾸미고 있어요." 그리고 그의 입술이 소리 없이 움직였다. 입술에서 침이 흘러내리자 두리가 로브 자락으로 그의 입을 닦아주었다. 폴은 이렇게 수분이 낭비되는 것에 대한 분노가 그녀의 얼굴에 드러나 있음을 보았다.

그 순간 폴은 좌절감에서 비롯된 분노에 압도당할 뻔했다. '오테임이 이렇게 약해지다니! 페다이킨이라면 이보다 더 잘 살 자격이 있어.' 그러나 죽음의 특공대원에게도 그의 황제에게도 선택의 여지는 전혀 남아 있지 않았다. 그들은 이 방 안에서 오캄의 면도날 위를 걷고 있었다. 조금만 발을 잘못 디뎌도 끔찍스러운 일들이 몇 배로 늘어났다. 그것도 그냥 그들에게만 끔찍한 일이 일어나는 것이 아니라 인류 전체에게, 심지어 그들을 파멸시킬 사람들에게까지 끔찍한 일들이 몇 배로 일어날 터였다.

폴은 억지로 쥐어짜듯이 마음을 가라앉히고 두리를 바라보았다. 그녀가 오테임을 바라보는 시선에 담긴 깊은 열망의 표정이 폴을 강하게 만들어주었다. '챠니가 저런 시선으로 나를 보는 일만은 절대로 없어야 해.' 그는 자신에게 다짐했다.

"리치나가 메시지가 있다고 했다." 폴이 말했다.

"저의 난쟁이 말입니다." 오테임이 바람 빠지는 소리로 말했다. "저는 그를 다른…… 다른 행성에서 샀습니다…… 어딘지는 잊어버렸습니다. 그는 인간 디스트랜스입니다. 틀레이랙스 인들이 버린 장난감이죠. 그가 이름들을 전부 기록해 두었습니다…… 반역자들의……."

오테임이 조용해졌다. 그의 몸이 부들부들 떨렸다.

"리치나 얘기가 나왔으니 말인데, 당신이 도착한 것을 보고 그 애가 당신이 있는 곳에 안전하게 당도했다는 걸 알았습니다. 만약 오테임이 당신께 지우고 있는 이 새로운 부담이 마음에 걸린다면, 리치나를 그 부담의 총합으로 생각하세요. 공평한 교환입니다, 우슬. 난쟁이를 데리고 떠나세요." 두리가 말했다.

폴은 전율을 억누르며 눈을 감았다. '리치나!' 이들의 진짜 딸은 사막에서 죽었다. 세무타 때문에 망가진 그녀의 시체가 모래와 바람 속에 버려져 있었다.

눈을 뜨면서 폴이 말했다. "언제든 나를 찾아와서……."

"오테임은 당신을 증오하는 사람들과 한편으로 여겨지도록 일부러 거리를 두었습니다, 우슬." 두리가 말했다. "우리 집에서 남쪽으로 이 거리 끝에 있는 집, 그곳이 당신 적들이 모이는 곳입니다. 우리가 이 오두막을 선택한 건 그 때문이죠."

"그럼 난쟁이를 불러라. 그리고 모두 함께 떠나는 거다." 폴이 말했다.

"제 말을 잘 듣지 않으셨군요." 두리가 말했다.

"난쟁이를 반드시 안전한 곳으로 데려가셔야 합니다." 오테임이 말했다. 그의 목소리에 이상하게 힘이 실려 있었다. "녀석은 반역자들에 관한 유일한 기록을 갖고 있습니다. 녀석의 재능을 짐작하는 사람은 아무도 없어요. 그들은 제가 오락의 도구로 녀석을 데리고 있다고 생각합니다."

"저희는 떠날 수 없습니다." 두리가 말했다. "당신과 난쟁이만 떠나는 겁니다. 저들은 알고 있습니다…… 저희가 얼마나 가난한지. 저흰 난쟁이를 팔 거라고 이미 얘기를 퍼뜨렸습니다. 저들은 당신이 난쟁이를 사러 온 사람이라고 생각할 겁니다. 그것이 당신의 유일한 희망입니다."

폴은 예지의 환영에 대한 기억을 더듬어보았다. 환영 속에서 그는 반역자들의 이름을 갖고 이곳을 떠났지만, 그 이름이 운반되는 방법은 한 번도 보지 못했다. 난쟁이는 아무래도 또 다른 예언의 보호를 받으며 움직이고 있는 것 같았다. 순간 모든 생물이 여러 가지 힘들의 목적, 그리고 원래부터 갖고 있던 기질과 훈련에 의해 조각된 일종의 운명을 지고 있음이 틀림없다는 생각이 들었다. 지하드가 그를 선택한 순간부터 그는 자신이 다중의 힘으로 둘러싸여 있다고 느꼈다. 변하지 않는 그들의 목적이 그가 나아가야 할 길을 통제했다. 그가 지금 품고 있는 '자유 의지'에 대한 모든 환상은 죄수가 자신을 가둔 쇠창살을 거칠게 흔들어대는 것에 지나지 않았다. 그가 그 쇠창살을 '볼 수 있다'는 것이 그에게 내려진 저주였다. 그는 그 쇠창살을 볼 수 있었다!

그는 이제 텅 빈 듯한 이 집의 소리에 귀를 기울이고 있었다. 집 안에 있는 사람은 네 명뿐이었다. 두리, 오테임, 난쟁이, 그리고 그 자신. 그는 함께 있는 사람들의 두려움과 긴장을 들이마시고 감시자들을 느꼈다. 머리 위 높은 곳 오니솝터에 타고 있는 그의 부하들……. 그리고 옆집의…… 다른 사람들.

'내가 희망을 품은 게 잘못이야.' 폴은 생각했다. 그러나 희망에 대해 생각하니 희망에 대한 뒤틀린 '감각'이 생겼다. 어쩌면 아직 바라던 순간을 포착할 수 있을 것 같기도 했다.

"난쟁이를 불러라." 그가 말했다.

"비자즈!" 두리가 소리쳤다.

"저를 부르셨나요?" 난쟁이가 뜰에서 방으로 들어왔다. 그의 얼굴이 걱정 때문에 긴장하고 있었다.

"새로운 주인이 생겼다, 비자즈." 두리가 말했다. 그녀가 폴을 뚫어지게 바라보았다. "새 주인을…… 우슬이라고 불러도 된다."

"우슬, 기둥의 토대라는 뜻이군요." 비자즈가 우슬의 뜻을 번역했다. "살아 있는 것들 중에 제일 바닥에 있는 것이 저인데 어떻게 우슬이 토대가 될 수 있죠?"

"녀석은 항상 이런 식으로 말을 합니다." 오테임이 사과했다.

"난 말하지 않아요. 언어라고 불리는 기계를 작동시키는 거죠. 삐걱거리고 끙끙거리지만, 그건 제 것이에요."

'박식하고 기민한 틀레이랙스의 장난감이군. 베네 틀레이랙스는 이렇게 가치 있는 물건을 절대로 그냥 내버리지 않아.' 폴은 생각했다. 그는 시선을 돌려 난쟁이를 유심히 살펴보았다. 멜란지로 물든 둥근 눈이 그의 시선을 되돌려주었다.

"네가 갖고 있는 다른 능력이 무엇이냐, 비자즈?" 폴이 물었다.

"난 우리가 언제 떠나야 하는지 알아요. 그런 재능을 가진 사람은 거의 없죠. 끝을 맺어야 하는 때가 있어요. 그리고 그건 좋은 시작이기도 하죠. 이제 가기 시작하자고요, 우슬." 비자즈가 말했다.

폴은 예지의 환영에 대한 기억을 조사해 보았다. 난쟁이는 없었지만, 이 자그마한 남자의 말은 상황과 잘 맞았다.

"문간에서 너는 나를 폐하라고 불렀다. 나를 알고 있는 거냐?" 폴이 말했다.

"당신은 새끼를 만들었죠, 폐하('새끼를 낳다'라는 뜻의 동사도 sire, '폐하'라는 뜻의 명사도 sire. 난쟁이가 말장난을 한 것임 — 옮긴이)." 비자즈가 히죽 웃으며 말했다. "당신은 토대 우슬을 훨씬 뛰어넘는 존재예요. 당신은 아트레이데스 황제, 폴 무앗딥이죠. 그리고 당신은 제 손가락이에요." 그가 오른손 집게손가락을 치켜들었다.

"비자즈!" 두리가 날카롭게 말했다. "운명을 시험하지 마."

"전 제 손가락을 시험하고 있어요." 비자즈가 새된 목소리로 항변했다. 그가 우슬을 가리켰다. "전 우슬을 가리키고 있어요. 제 손가락이 우슬 자신이 아닌가요? 아니면 더 낮은 곳에 있는 비천한 것의 그림자인가요?" 그는 손가락을 눈앞에 가까이 대고 조롱하듯 히죽거리며 손가락의 양면을 차례로 자세히 살펴보았다. "아아, 그냥 단순한 손가락이군요."

"녀석은 자주 저렇게 지껄여댑니다. 그래서 틀레이랙스 인들에게 버림을 받은 것 같아요." 두리가 걱정스러운 목소리로 말했다.

"괜히 제 보호자 행세를 하지 마세요. 하지만 제게 새 보호자가 생겼군요. 손가락의 작용이 이렇게 기묘할 수가." 비자즈는 이상하게 빛나는 눈으로 두리와 오테임을 응시했다. "약한 접착제가 우리를 묶고 있어요, 오테임. 조금만 찢으면 우린 헤어져요." 난쟁이가 몸을 완전히 반대로 돌리자 그의 커다란 발이 마룻바닥에서 귀에 거슬리는 소리를 냈다. 그가 폴을 정면으로 바라볼 수 있는 위치에서 회전을 멈췄다. "아아, 보호자! 전 당신을 찾기 위해 먼 길을 돌아왔어요."

폴은 고개를 끄덕였다.

"절 상냥하게 대해 주실 건가요, 우슬?" 비자즈가 물었다. "전 사람이에요, 아시죠? 사람들은 그 모양과 크기가 제각각이죠. 저도 그중의 하나일 뿐이에요. 제 근육은 약하지만 입은 강해요. 먹이는 데에는 돈이 별로 들지 않지만, 가득 채워주려면 돈이 많이 들죠. 마음대로 저를 텅 비우세요. 제 안에는 사람들이 집어넣는 것보다 더 많은 게 아직 있으니까."

"너의 그 바보 같은 수수께끼를 듣고 있을 시간이 없어. 빨리 가야 해." 두리가 으르렁거리듯이 말했다.

"저는 수수께끼투성이예요. 하지만 그 수수께끼가 다 바보 같은 건 아니죠. 가버린다는 건 과거의 것이 되는 거예요, 우슬. 그렇죠? 지난 일은 지난 일로 내버려두자고요. 두리의 말이 진실이에요. 그리고 저는 진실을 듣는 재주도 갖고 있어요." 비자즈가 말했다.

"진실의 감각을 갖고 있는 거냐?" 폴이 물었다. 그는 이제 자신이 본 환영이 현실에서 똑같이 펼쳐질 때까지 기다리기로 굳게 결심했다. 어떤 것이라도 지금 이 순간을 박살 내서 새로운 결과를 만들어내는 것보다는 나았다. '시간'이 훨씬 더 소름 끼치는 길로 방향을 바꾸지 않게 하기 위해서는 오테임이 해야 하는 말이 아직 남아 있었다.

"전 '지금'에 대한 감각을 갖고 있어요." 비자즈가 말했다.

폴은 난쟁이가 더욱 불안해하고 있음을 눈치챘다. 이 난쟁이가 이제 곧 일어날 일들을 알고 있는 걸까? 비자즈가 그 자신의 예언이 될 수 있는 걸까?

"리치나에 대해 물어보았소?" 오테임이 아직 멀쩡하게 남아 있는 한쪽 눈으로 두리를 응시하면서 갑자기 물었다.

"리치나는 안전해요." 두리가 말했다.

폴은 자신의 표정 때문에 거짓을 들키지 않도록 고개를 숙였다. '안전하다니!' 리치나는 비밀스러운 무덤에서 재가 되어 있었다.

"그럼 다행이군." 오테임이 말했다. 폴이 고개를 숙인 것을 고개를 끄덕인 것으로 생각한 모양이었다. "불길한 일들 중에 그래도 한 가지 좋은 일이 있군요, 우슬. 저는 우리가 만들고 있는 세계를 좋아하지 않습니다, 아십니까? 적이라고는 하코넨밖에 없이 사막에서 우리끼리만 살던 때가 더 좋았습니다."

"많은 적과 많은 친구 사이에는 가느다란 선이 하나 있을 뿐이죠." 비자즈가 말했다. "그 선이 끝나는 곳에는 시작도 끝도 없어요. 우리 그만 끝내죠, 친구들." 그가 폴의 옆으로 다가가서 초조하게 발을 굴렀다.

"지금에 대한 감각이라는 게 뭐지?" 폴이 물었다. 그는 이 순간을 길게 끌면서 난쟁이를 자극하고 있었다.

"지금이라고요!" 비자즈가 몸을 부르르 떨면서 말했다. "지금! 지금!" 그가 폴의 로브를 잡아당겼다. "이제 가요!"

"녀석의 입은 제멋대로 지껄이지만 녀석이 해를 끼치는 건 없습니다." 오테임이 애정이 담긴 목소리로 말했다. 멀쩡하게 남아 있는 한쪽 눈이 비자즈를 물끄러미 바라보고 있었다.

"제멋대로 지껄이는 말도 출발 신호를 보낼 수 있어요." 비자즈가 말했다. "눈물도 마찬가지죠. 시작할 시간이 있을 때 가버리자고요."

"비자즈, 뭘 두려워하는 거냐?" 폴이 물었다.

"정령들이 지금 나를 찾고 있을까 봐 두려워요." 비자즈가 투덜거리듯이 말했다. 그의 이마에서 땀방울이 두드러져 보였다. 그의 뺨이 움찔거렸다. "난 생각도 없고 오로지 이 몸만을 원하는 사람이 두려워요. 자기 자신 속으로 되돌아가 버린 사람도! 난 내가 보는 것과 보지 못하는 것들이 다 두려워요."

'이 난쟁이는 틀림없이 예지력을 갖고 있어.' 폴은 생각했다. 비자즈는 그 무시무시한 예언을 공유하고 있었다. 그가 예언의 운명조차 공유하고 있는 걸까? 이 난쟁이의 능력은 과연 어느 정도일까? 그의 예지력이 듄 타로 카드를 만지작거리는 사람들처럼 형편없는 수준일까? 아니면 그보다 더 큰 걸까? 그는 얼마나 많은 것을 보았을까?

"가시는 게 좋겠습니다. 비자즈가 옳아요." 두리가 말했다.

"우리가 여기서 1분을 미적거릴 때마다 현재가…… 현재가 늘어나요!" 비자즈가 말했다.

'내가 1분을 미적거릴 때마다 나의 죄가 뒤로 미뤄지지.' 폴은 생각했다. 독을 품은 모래벌레의 숨결과 흙먼지가 뚝뚝 떨어지는 이빨이 그를 휩쓸고 지나갔다. 그것은 오래전에 일어난 일이었지만 그는 그 기억을 지금 호흡하고 있었다. 스파이스와 씁쓸한 기분을. 그는 자신의 모래벌레가 기다리고 있음을 느낄 수 있었다. 그것은 '사막의 무덤'이었다.

"지금은 불안한 시대다." 그가 이 행성에 대한 오테임의 판단에 동의하면서 말했다.

"프레멘들은 불안한 시기에 무엇을 해야 할지 알고 있습니다." 두리가 말했다.

오테임이 떨리는 목으로 고개를 끄덕였다.

폴은 두리를 슬쩍 바라보았다. 그는 감사의 말을 기대하지 않았다. 감사의 말을 들었다면 자신이 감당할 수 있는 것 이상으로 부담스러웠을 것이다. 그러나 오테임의 한과 두리의 눈에서 볼 수 있는 격렬한 분노가 그의 결심을 뒤흔들었다. 그 무엇이 이런 대가를 치를 만큼 가치 있단 말인가?

"미적거려봤자 아무 소용이 없습니다." 두리가 말했다.

"당신이 반드시 해야 하는 일을 하십시오, 우슬." 오테임이 바람 빠지는 소리로 말했다.

폴은 한숨을 쉬었다. 예지의 환영에 나왔던 말이 이거였다. "결산이 이루어질 것이다." 그가 말했다. 예지의 환영을 완성시키기 위한 것이었다. 몸을 돌리면서 그는 커다란 걸음으로 방을 나갔다. 뒤에서 비자즈의 발이 찰싹거리는 소리가 들렸다.

"지난 일은 지난 일이에요." 걸으면서 비자즈가 중얼거렸다. "지난 일이 제 갈 길을 가게 두세요. 오늘은 더러운 날이었어요."

법률 용어가 난해하고 복잡해진 것은 우리가 서로에게 가하고자 하는 폭력을 우리 자신에게서 감출 필요가 있었기 때문이다. 사람에게서 인생의 한 시간을 빼앗는 것과 목숨을 빼앗는 것 사이에는 정도의 차이가 있을 뿐이다. 그 사람에게 폭력을 행사해서 그의 에너지를 소모시켰다는 점에서는 차이가 없다. 애써 만들어낸 완곡한 표현을 사용한다면 상대를 죽이려는 의도를 감출 수는 있겠지만, 다른 사람에게 힘을 행사하는 행위의 뒤에는 항상 다음과 같은 근본적인 생각이 남아 있다. "나는 너의 에너지를 먹고 산다."

—「긴급 칙령」에 덧붙인 말, 황제 폴 무앗딥

폴이 아지랑이처럼 어른거리는 방어막을 작동시켜 몸 주위에 두르고 막다른 골목에서 나오자 첫 번째 달이 도시 위에 높이 떠 있었다. 높은 봉우리에서 떨어져 나온 바람이 좁은 거리로 모래와 흙먼지를 소용돌이처럼 몰고 내려오는 바람에 비자즈는 눈을 깜박이며 손으로 눈을 가렸다.

"서둘러야 해요. 서둘러요! 서둘러요!" 난쟁이가 투덜거리듯이 말했다.

"위험을 느끼는 거냐?" 폴이 탐색하듯 질문을 던졌다.

"느끼는 게 아니라 '아는' 거예요!"

누군가가 문에서 나와 그들과 합류했다. 그리고 거의 동시에 위험이 아주 가까운 곳에 있다는 갑작스러운 느낌이 뒤따랐다.

비자즈가 몸을 웅크리고 훌쩍거렸다.

그러나 문에서 나온 사람은 전쟁 기계처럼 움직이고 있는 스틸가였을 뿐이다. 그는 머리를 앞으로 불쑥 내밀고 발로 거리를 단단하게 밟으며 걷고 있었다.

폴은 재빨리 난쟁이의 가치를 설명해 주고 그를 스틸가에게 넘겼다. 이곳에서는 시간의 환영이 아주 빠른 속도로 움직이고 있었다. 스틸가가 비자즈와 함께 빠른 속도로 멀어져갔다. 경비병들이 폴을 에워쌌다. 거리 아래쪽 오테임의 집 뒤에 있는 집으로 병사들을 보내라는 명령이 떨어졌다. 경비병들이 명령을 수행하기 위해 서둘러 움직였다. 그들은 그림자 속에서 움직이는 그림자들이었다.

'또 사람들이 희생되는군.' 폴은 생각했다.

"그자들을 생포해야 한다." 경비대 장교 하나가 숨죽인 소리로 명령했다.

그 소리가 폴의 귀에 환영의 메아리처럼 들렸다. 이곳에서 환영과 현실이 한 치의 어긋남도 없이 진행되고 있었다. 오니솝터들이 달을 가로지르며 사뿐히 내려왔다.

밤은 공격에 나선 제국 병사들로 가득 차 있었다.

부드럽게 쉿쉿거리는 소리가 다른 소리들을 뚫고 점점 커져서 포효가 되었다. 그리고 적갈색으로 작열하며 별을 가리고 달을 집어삼켰다.

폴은 자신이 맨 처음 보았던 악몽 같은 환영 덕분에 이 소리와 작열하는 빛을 미리 알고 있었기 때문인지 기묘한 충족감을 느꼈다. 상황은 반드시 가야 하는 길을 따라 진행되고 있었다.

"암석 연소기다!" 누군가가 비명을 질렀다.

"암석 연소기다!" 폴의 주위에는 온통 이렇게 외치는 소리뿐이었다. "암석 연소기다…… 암석 연소기다……."

폴은 팔로 얼굴을 보호하듯 덮고 길가의 나지막한 턱을 향해 몸을 던졌다. 그것이 지금 그가 해야 하는 행동이었다. 그러나 당연히 때가 너무 늦은 다음이었다.

오테임의 집이 있던 자리에는 이제 불기둥이 서서 하늘을 향해 눈이 멀 것처럼 밝은 불꽃을 뿜어내고 있었다. 그 탁하면서도 눈부신 빛 속에서 싸우는 사람들과 도망치는 사람들의 발레 같은 동작과 기체를 기울인 채 후퇴하는 오니솝터들의 모습이 날카롭게 두드러졌다.

정신없이 허둥거리는 이 많은 사람들 모두에게 때는 이미 늦어 있었다.

폴의 발밑에서 땅이 점점 뜨거워지고, 사람들이 달리는 소리가 멈췄다. 모두들 뛰어봤자 소용없다는 것을 알고 폴의 주위로 몸을 던졌다. 최초의 피해는 이미 발생했다. 이제 그들은 암석 연소기의 힘이 다할 때까지 기다리는 수밖에 없었다. 그 물건에서 나오는 방사능보다 더 빨리 달릴 수 있는 사람은 아무도 없었다. 방사능은 이미 그들의 살을 뚫고 몸 안으로 들어와 있었다. 암석 연소기 방사능 고유의 독특한 효과가 나타나기 시작했다. 이 무기가 이제 또 무슨 짓을 저지를지, 그 해답은 대협정의 규정을 무시하고 그 무기를 사용한 사람들의 계획 속에 들어 있었다.

"세상에…… 암석 연소기라니. 난…… 장님이…… 되기…… 싫어." 누군가가 훌쩍거리며 말했다.

"누군 안 그래?" 거리 저 아래쪽에서 어떤 병사가 냉혹한 목소리로 말했다.

"틀레이랙스 인들의 눈이 여기서 잘 팔리겠네. 이제 입 닥치고 가만히 있어!" 폴과 가까운 곳에서 누군가가 으르렁거렸다.

그들은 가만히 기다렸다.

폴은 이 무기에 내포된 의미를 생각하면서 침묵을 지켰다. 안에 연료가 아주 많이 들어 있다면, 이 무기는 이 행성의 중심 핵까지 파고들어 갈 것이다. 듄의 마그마는 깊은 곳에 있었지만, 그것이 더 위험했다. 그렇게 엄청난 압력이 걷잡을 수 없이 방출된다면 이 행성은 박살 나 생명을 잃은 조각이 되어 우주 전체로 흩어져 버릴 수도 있었다.

"기세가 조금 약해진 것 같아." 누군가가 말했다.

"그냥 안으로 더 깊이 파고들어 가는 거다." 폴이 주의를 주었다. "모두 꼼짝하지 말고 가만히 있어. 스틸가가 우리를 도우러 사람을 보낼 거다."

"스틸가 님은 빠져나가신 겁니까?"

"스틸가는 빠져나갔다."

"땅바닥이 뜨겁습니다." 누군가가 불평했다.

"저놈들이 감히 핵무기를 사용하다니!" 폴과 가까운 곳에서 어떤 병사가 소리쳤다.

"소리가 작아지고 있어요." 거리 아래쪽에서 누군가가 말했다.

폴은 그 말을 무시하고 거리 바닥에 닿아 있는 자신의 손끝에 주의를 집중했다. 땅속 깊숙한 곳…… 아주 깊숙한 곳에서 그것이 우르릉거리며 울리는 것을 느낄 수 있었다.

"내 눈! 눈이 보이지 않아!" 누군가가 소리쳤다.

'나보다 더 가까이 있었던 모양이군.' 폴은 생각했다. 그가 고개를 들자 막다른 골목의 끝이 보였다. 그러나 시야가 뿌옇게 흐렸다. 빨간색과 노란색이 섞인 눈부신 빛이 오테임의 집과 그 이웃집이 있던 자리를 가득 채우고 있었다. 인접 건물들이 조각조각 부서져 그 작열하는 구덩이 속으로 무너져 내리면서 어두운 무늬를 그렸다.

폴은 자리에서 일어섰다. 암석 연소기가 힘을 잃어 발밑이 조용해진 것을 느낄 수 있었다. 매끈한 사막복에 닿은 그의 몸이 땀으로 축축했다. 사막복이 처리할 수 없을 정도로 땀을 많이 흘린 것이다. 허파 안으로 빨아들인 공기에서 연소기의 유황내 나는 악취와 열기가 느껴졌다.

주위의 병사들이 일어서기 시작한 것을 지켜보는 동안 폴의 시야를 뿌옇게 만들었던 안개 같은 것이 사라지면서 암흑으로 바뀌었다. 그는 이 순간에 대한 예지의 환영을 불러온 다음 몸을 돌려 '시간'이 그를 위해 마련해 놓은 길을 성큼성큼 걸어갔다. 그가 환영 속에 자신을 아주 꼭 맞게 끼워놓았기 때문에 환영은 그에게서 도망치지 못했다. 그는 자신이 이 장소를 여러 요소들로 이루어진 존재, 즉 예언에 단단하게 결합된 현실로 인식하기 시작하는 것을 느꼈다.

병사들이 앞이 보이지 않는다는 사실을 점점 깨달으면서 주위에서 온통 신음 소리가 일었다.

"마음을 굳게 먹고 참아라!" 폴이 소리쳤다. "도와줄 사람들이 오고 있다!" 그래도 불평이 가라앉지 않자 그는 다시 말했다. "나는 무앗딥이다! 너희들에게 마음을 굳게 먹고 참을 것을 명령한다! 도와줄 사람들이 오고 있다!"

사방이 조용해졌다.

잠시 후 그가 보았던 환영 그대로 근처의 경비병 하나가 입을 열었다. "정말 황제 폐하이신가? 자네들 중에 누구 앞이 보이는 사람 있어? 말 좀 해줘."

"앞이 보이는 사람은 아무도 없다." 폴이 말했다. "그들은 내 눈도 가져갔다. 하지만 나의 환영은 가져가지 못했다. 너희들이 거기 서 있는 것이 보인다. 너희들 왼쪽으로 손을 뻗으면 닿을 거리에 더러운 벽이 하나 있다. 이제 용감하게 기다려라. 스틸가가 친구들과 함께 오고 있다."

수많은 오니솝터들이 '타다다다' 소리를 내며 날아오는 소리가 사방에서 점점 커졌다. 서둘러 달려오는 발소리도 들렸다. 폴은 친구들이 달려오는 것을 지켜보며 예지의 환영에 그들의 소리를 맞췄다.

"스틸가!" 폴이 팔을 흔들며 소리쳤다. "이쪽이오!"

"오, 샤이 훌루드께 감사를!" 스틸가가 폴에게 달려오며 소리쳤다. "폐하께서는……." 갑작스러운 침묵 속에서 폴의 환영은 친구이자 황제인 사람의 망가진 눈을 고뇌의 표정으로 뚫어지게 바라보는 스틸가의 모습을 보여주었다. "세상에." 스틸가가 신음했다. "우슬…… 우슬…… 우슬……."

"암석 연소기는 어떻게 되었습니까?" 새로 온 사람 중의 하나가 소리쳤다.

"그건 끝장났다." 폴이 목소리를 높여 말했다. 그리고 손짓을 하며 말을 이었다. "이제 저쪽으로 올라가서 연소기에 가장 가까이 있던 사람들을 구출해라. 차단벽을 세워. 빨리 움직여라!" 그는 스틸가에게 다시 몸을 돌렸다.

"앞이 보이십니까, 폐하?" 스틸가가 경이에 찬 목소리로 물었다. "어떻게 보실 수 있는 겁니까?"

대답 대신 폴은 손가락을 뻗어 스틸가의 사막복 입마개 위 뺨을 만졌다. 눈물이 만져졌다. "내게 수분을 줄 필요는 없소, 나의 오랜 친구." 폴이 말했다. "난 죽지 않았소."

"하지만 그 눈이!"

"저들은 내 몸을 장님으로 만들었지만, 나의 환영을 장님으로 만들지는 못했소. 아, 스틸, 난 묵시록과 같은 꿈속에서 살고 있소. 나의 발걸음이 그것과 너무 정확하게 들어맞아서 나는 무엇보다도 그 꿈을 그토록 정확하게 다시 겪는 것이 지루해지지 않을까 두렵소."

"우슬, 저는, 저는……."

"이해하려 하지 말고 그냥 받아들이시오. 나는 이 세상 너머의 다른 세상에 있소. 내게 있어 두 세계는 모두 똑같소. 나를 이끌어줄 손은 필요없소. 내 주위의 모든 움직임을 보고 있으니까. 당신의 얼굴에 나타나는 표정도 모두 보고 있소. 눈이 없어도 나는 보고 있소."

스틸가가 거칠게 고개를 저었다. "폐하, 폐하의 불행을 반드시 숨겨야……."

"짐은 아무에게도 이것을 숨기지 않겠소." 폴이 말했다.

"하지만 법이……."

"우린 지금 아트레이데스의 법에 따라 살고 있소, 스틸. 눈먼 자를 사막에 버려야 한다는 프레멘 법은 눈먼 자에게만 적용되지. 난 눈이 멀지 않았소. 나는 선과 악의 전쟁이 벌어지는 존재의 주기 속에 살고 있소. 우리는 계속 이어지는 세월의 전환점에 서 있고, 주어진 역할을 수행해야 하오."

갑작스러운 정적 속에서 폴은 부상자 한 명이 사람들에게 이끌려 옆을 지나가는 소리를 들었다. "끔찍했습니다. 불꽃이 엄청났어요." 부상자가 신음하듯이 말했다.

"이 사람들 중 어느 누구도 사막으로 끌려가지 않을 것이오. 내 말 듣고 있소, 스틸?" 폴이 말했다.

"듣고 있습니다, 폐하."

"내 돈으로 그들에게 새로운 눈을 맞춰주시오."

"그렇게 하겠습니다, 폐하."

폴은 스틸가의 목소리에서 경외감이 점점 자라나는 것을 들으며 말했다. "나는 지휘 본부 오니숍터에 가 있겠소. 당신이 여길 맡으시오."

"예, 폐하."

폴은 스틸가의 옆을 돌아 거리를 성큼성큼 걸어 내려갔다. 그의 환영은 주위의 모든 움직임, 발밑의 울퉁불퉁한 길, 걸으면서 만나는 모든 사람들의 얼굴을 그에게 알려주었다. 그는 걸으면서 자신의 개인 수행원들을 손가락으로 가리키며 명령을 내리고, 그들의 이름을 부르고, 정부의 내밀한 기능을 대표하는 사람들을 곁으로 불렀다. 자신의 등 뒤에서 두려움이 점점 자라나는 것을 느낄 수 있었다. 두려움에 찬 속삭임도 들려왔다.

"폐하의 눈이!"

"하지만 폐하는 자네를 직접 보면서 자네 이름을 불렀어!"

지휘 본부 오니숍터에 도착하자 그는 개인용 방어막을 끄고 오니숍터 안으로 손을 뻗어 깜짝 놀란 통신 장교의 손에서 마이크를 빼앗았다. 그리고 재빨리 연달아 명령을 내린 다음 마이크를 장교의 손에 불쑥 돌려주었다. 폴은 몸을 돌려 무기 전문가를 호출했다. 그 무기 전문가는 시에치의 기억이 어렴풋하게만 남아 있는 열성적이고 뛰어난 신세대였다.

"저들이 암석 연소기를 사용했다." 폴이 말했다.

잠깐 동안 침묵이 흐른 후 무기 전문가가 말했다. "그렇다고 들었습니다, 폐하."

"그게 무슨 의미인지 물론 알고 있겠지."

"틀림없이 핵연료가 쓰였겠죠."

폴은 이 남자의 머리가 지금 어떻게 바삐 돌아가고 있을지 생각하면서 고개를 끄덕였다. 핵무기. 대협정은 그런 무기를 금지했다. 그 규정을 어긴 자가 발견되면 대가문들이 연합해서 보복 공격에 나설 터였다. 이런 위협이 불러일으키는 먼 옛날의 두려움 앞에서, 가문들 사이의 오랜 분쟁 따위는 잊힐 것이다.

"그런 무기를 제조할 때에는 반드시 흔적이 남게 마련이다. 적당한 장비를 챙겨서 암석 연소기가 어디에서 만들어졌는지 조사해라." 폴이 말했다.

"즉시 시행하겠습니다, 폐하." 남자는 두려움에 찬 시선으로 폴을 마지막으로 한 번 흘끗 바라보고 나서 재빨리 멀어져 갔다.

"폐하." 그의 등 뒤에서 통신 장교가 용기를 내어 말을 걸었다. "폐하의 눈이……."

폴은 몸을 돌리고 오니솝터 안으로 손을 뻗어 통신 장비를 자신의 개인용 주파수로 돌려놓았다. "챠니를 호출해라. 그녀에게…… 그녀에게 내가 살아 있고, 곧 그녀에게 갈 거라고 말해." 그가 명령했다.

'이제 힘들이 모이고 있군.' 폴은 생각했다. 그리고 그는 주위의 땀 냄새 속에서 공포의 냄새가 무척 강렬하다는 것을 깨달았다.

그는 알리아에게서 사라졌다.
하늘의 자궁에게서!
신성하도다, 신성하도다, 신성하도다!
불모래 연합이
우리 주님과 맞선다.
그는 눈이 없어도
볼 수 있다!
그에게 악마가 내렸다!
신성하도다, 신성하도다, 신성하도다!
그는 문제를 풀었다.
순교를 위해서!

— 「달이 추락한다」, 무앗딥의 노래

열에 들뜬 듯 부산하게 움직이던 성은 이레 만에 부자연스러울 정도로 조용해졌다. 이날 오전에도 사람들은 돌아다니고 있었지만 모두들 머리를 한데 모으고 속삭이듯 낮은 소리로 얘기했으며 걸을 때도 발소리를 죽였다. 이상하게 은밀한 걸음걸이로 종종걸음을 치는 사람들도 있었다. 앞뜰에서 경비부대가 들어오는 광경에 사람들은 의문이 담긴 시선을 보냈다. 그리고 그들이 발을 쿵쿵거리며 돌아다니거나 무기를 선반에 꽂으면서 내는 소리에 인상을 찌푸렸다. 그러나 경비대원들도 곧 성 내부의 분위기를 눈치채고 은밀하게 움직이기 시작했다.

암석 연소기에 대한 얘기들이 지금도 떠돌아다니고 있었다. "불꽃 속에 청록색이 섞여 있었고, 지옥에서 나는 것 같은 냄새가 났다더군."

"엘파는 바보야! 틀레이랙스의 눈을 끼우느니 차라리 자살을 하겠대."

"눈에 대해 얘기하고 싶지 않아."

"무앗딥이 내 옆을 지나치면서 내 이름을 부르셨어!"

"그분은 눈이 없는데 어떻게 보시는 거지?"

"사람들이 떠나고 있다는 얘기 못 들었나? 다들 아주 두려워하고 있어. 나입들은 대회의를 열기 위해 마캅 시에치에 가겠다고 했어."

"찬양관은 어떻게 된 거지?"

"사람들이 그를 나입들이 회의하고 있는 방으로 데리고 가는 걸 봤어. 코르바가 죄수라니!"

챠니는 일찍 일어났다. 성안의 정적 때문에 잠에서 깬 것이다. 잠에서 깬 그녀는 폴이 자기 옆에 앉아 있는 것을 발견했다. 눈이 없는 그의 눈구멍이 침실의 저편 벽 너머 어딘가의 형체 없는 곳을 향하고 있었다. 눈 조직에 특히 커다란 영향을 미치는 암석 연소기 때문에 망가진 살은 모두 제거되고 없었다. 주사와 연고제 덕분에 눈 주위의 강한 피부는 살아남았지만 그녀는 방사능이 더 깊숙한 곳까지 영향을 미쳤다는 느낌을 받았다.

자리에서 일어나 앉는 순간 게걸스러운 허기가 그녀를 덮쳤다. 그녀는 침대 옆에 놓아둔 스파이스 빵과 두툼한 치즈를 먹었다.

폴이 음식을 가리키며 말했다. "여보, 당신에게 이런 일을 겪지 않게 할 방법이 없었소. 정말이오."

챠니는 그의 텅 빈 눈구멍이 자신을 향했을 때 발작처럼 몸이 떨리려는 것을 참았다. 그녀는 그에게 설명해 달라고 하는 걸 이미 포기하고 있었다. 그의 말이 너무 이상했다. "나는 모래 속에서 세례를 받았는데, 그 대가로 믿음의 요령을 잃어버렸소. 지금도 믿음을 가지고 거래를 하는 사람이 있소? 누가 사겠소? 누가 팔까?"

이 말은 도대체 무슨 의미였을까?

그는 자신과 같은 불행을 당한 사람들에게 틀레이랙스의 눈을 사주느라 아낌없이 돈을 쓰면서도 정작 자신은 틀레이랙스의 눈에 대해 고려해 보는 것조차 거부했다.

굶주림을 충족시킨 후 챠니는 침대에서 내려와 폴을 다시 흘끗 바라보았다. 그가 지쳤음을 알 수 있었다. 불길한 주름살들이 그의 입가를 둘러싸고 있었다. 검은머리는 위로 뻗쳐 있었다. 잠 때문에 엉망이 된 것이었지만, 잠은 그의 상처를 치료해 주지 못했다. 그가 너무나 우울하고 멀게 보였다. 잠을 자고 깨어나기를 반복해도 아무 변화가 없었다. 그녀는 억지로 시선을 돌리고 낮은 소리로 속삭였다. "내 사랑…… 내 사랑……."

그가 몸을 기울여 그녀를 다시 침대 속으로 잡아당겼다. 그리고 그녀의 뺨에 입을 맞췄다. "이제 곧 우리의 사막으로 돌아가게 될 거요. 여기서 할 일이 몇 가지밖에 남지 않았소." 그가 속삭였다.

그녀는 그의 단호한 목소리에 몸을 떨었다.

그가 그녀를 안은 팔에 힘을 주며 중얼거렸다. "날 두려워하지 마시오, 나의 시하야. 신비를 잊어버리고 사랑을 받아들여요. 사랑에 신비스러운 것은 없소. 사랑은 생명으로부터 오지. 그걸 느끼지 못하겠소?"

"느낄 수 있어요."

그녀는 그의 가슴에 손바닥을 대고 그의 심장 박동을 헤아렸다. 그의 사랑이 급류처럼 격렬하고 사나운 그녀 안의 프레멘 정신을 향해 울부짖고 있었다. 자석 같은 힘이 그녀를 둘러쌌다.

"내 한 가지 약속을 하겠소, 여보. 우리 아이는 나의 제국이 빛이 바랠 정도로 훌륭한 제국을 다스리게 될 거요. 삶과 예술의 수준도 뛰어나고 너무나 훌륭한……."

"우린 지금을 살아가고 있어요!" 그녀가 메마른 흐느낌을 억누르면서 소리쳤다. "그런데 우리한테 있는 시간이…… 너무 적다는 느낌이 들어요."

"우리에겐 영원이 있소, 내 사랑."

"당신에겐 영원이 있을지 모르죠. 내게 있는 건 지금뿐이에요."

"하지만 지금이 바로 영원이오." 그가 그녀의 이마를 어루만졌다.

그녀가 그의 품속으로 파고들면서 그의 목에 입을 맞췄다. 몸이 밀착되면서 압박이 가해지자 그녀의 자궁 속에 있는 생명이 동요했다. 태아의 움직임이 느껴졌다.

폴도 그것을 느꼈다. 그가 그녀의 배에 손을 대고 말했다. "아, 우주의 어린 통치자님, 때가 될 때까지 기다려주시지요. 지금은 나의 시간이니까."

순간 그녀는 그가 그녀 몸속의 생명을 왜 단수로 지칭하는지 이상하다는 생각이 들었다. 의사들이 그에게 말해 주지 않았단 말인가? 그녀는 자기들 두 사람이 이 주제에 대해 이야기를 나눈 적이 한 번도 없었는지 궁금해져서 기억을 더듬었다. 그녀가 쌍둥이를 임신하고 있다는 사실을 그가 모를 리가 없었다. 그녀는 그에게 질문을 할까 망설였다. 그가 모를 리가 없었다. 그는 무엇이든 알고 있었으니까. 그는 그녀의 모든 것을 알고 있었다. 그의 손, 그의 입, 그의 모든 것이 그녀를 알고 있었다.

이윽고 그녀가 말했다. "그래요, 내 사랑. 지금이 영원이에요……. 지금이 진짜 현실이에요." 그녀는 그의 어두운 눈구멍의 모습 때문에 자신의 영혼이 낙원에서 지옥으로 떨어지지 않도록 눈을 꼭 감았다. 그가 그들의 삶을 암호로 바꿀 때 사용했던 리하니 마법이야 어찌 됐든, 그의 육체는 여전히 현실이었다. 그의 손길을 거부할 수는 없었다.

두 사람이 새로운 하루를 위해 옷을 입으려고 일어섰을 때 그녀가 입을 열었다. "백성들이 당신의 사랑을 알아주기만 한다면……."

그러나 그의 기분은 이미 바뀌어 있었다. "사랑을 기초로 정치를 세울 수는 없소. 백성들은 사랑에 관심이 없지. 사랑은 너무 무질서하니까. 그들은 차라리 전제 정치를 더 좋아하오. 자유가 너무 많으면 혼란이 생기게 마련이오. 그럴 수는 없지, 그렇지 않소? 전제 정치를 어떻게 사랑스러운 것으로 바꿀 수 있겠소?"

"당신은 전제 군주가 아니에요!" 그녀가 스카프를 매면서 반박했다. "당신의 법률은 정의로워요."

"아아, 법률이라." 그가 말했다. 그는 창가로 다가가서 마치 창밖을 내다볼 수 있기라도 한 것처럼 커튼을 걷었다. "법이란 무엇이오? 통제인가? 법은 혼란을 걸러내는데, 그 틈새로 뚝뚝 떨어지는 것은 무엇이오? 그럼 평온함인가? 법은 우리의 가장 고귀한 이상이자 가장 비천한 본성이오. 법을 너무 자세히 들여다보지 마시오. 그랬다가는 합리화된 해석과 법적인 궤변, 편의에 의해 확립된 판례들을 발견할 거요. 평온함을 찾을 수는 있겠지만 그건 죽음의 또 다른 표현일 뿐이오."

챠니는 입을 꾹 다물었다. 그의 지혜와 현명함을 부정할 수는 없었다. 그러나 이런 기분일 때 그는 무서웠다. 그는 자신의 내면으로 시선을 돌렸고, 그녀는 그의 내면에서 전쟁이 벌어지고 있음을 느낄 수 있었다. 마치 그가 '결코 용서하지도 말고 잊지도 말라'는 프레멘의 격언을 받아들여 그것으로 자신의 몸에 채찍질을 하고 있는 것 같았다.

그녀는 그의 옆으로 다가가 비스듬한 각도에서 그의 몸 너머를 물끄러미 바라보았다. 점점 뜨거워지는 낮의 열기가 벌써 북풍을 이 보호된 지역 밖으로 끌어내고 있었다. 바람이 황토색 깃털과 얇은 수정판으로 가득 찬 거짓 하늘을 그려냈다. 빠르게 흘러가는 황금색과 붉은색으로 이루어진 기묘한 문양이었다. 차고 높은 곳에서 불어오는 바람이 방어벽에 부딪쳐 흙먼지의 분수가 되었다.

폴은 자기 옆에 있는 챠니의 온기를 느꼈다. 순간적으로 그는 자신의 환영 위로 망각의 커튼을 드리웠다. 어쩌면 눈을 감고 여기 가만히 서 있을 수도 있을 것 같았다. 그러나 시간은 그를 위해 가만히 있어주려 하지 않았다. 그는 별도 없고 눈물도 없는 어둠을 들이마셨다. 그의 불행이 실존하는 것들을 녹여버려서 마침내 소리가 그의 우주를 응축시키는 모습에 대한 경악만이 남았다. 주위의 모든 것이 그의 고독한 청각에 기대고 있다가 그가 커튼이나 챠니의 손 같은 물체에 손을 댈 때에만 뒤로 떨어졌다……. 그는 챠니의 숨소리에 귀를 기울이려는 자신을 억제했다.

그저 실현될 가능성이 있을 뿐인 사물의 불안정성은 어디 있는 걸까? 그는 속으로 자문했다. 불구가 된 기억의 짐이 그의 정신에 너무나 무겁게 걸려 있었다. 현실의 순간마다 수많은 예측이 존재했다. 결코 실현되지 않을 것들이었다. 그의 내면의 눈에 보이지 않는 자아가 거짓 과거들을 기억하고 있었고, 그들의 짐은 때로 현실을 압도하려 했다.

챠니가 그의 팔에 몸을 기댔다.

그는 그녀의 손길을 통해 자신의 몸을 느꼈다. 그의 몸은 시간의 회오리에 의해 운반되는 죽은 육체였다. 그에게서는 영원을 일별했던 기억의 냄새가 났다. 영원을 보는 것은 영원의 변덕에 노출되는 것이며, 끝없는 차원들에 짓눌리는 것이었다. 예언의 거짓 불멸성은 응보를 요구했다. 그 때문에 '과거'와 '미래'가 동시적인 것이 되었다.

다시 한번, 환영이 검은 구덩이에서 몸을 일으켜 그에게 달라붙었다. 그것이 그의 눈이었다. 그것이 그의 근육을 움직였다. 그것이 그를 다음 순간, 다음 시간, 다음날로 이끌었다……. 그가 항상 '그곳'에 있다고 느끼게 될 때까지!

"이제 가봐야 될 시간이에요." 챠니가 말했다. "회의가……."

"알리아가 나 대신 참석할 거요."

"뭘 해야 하는지 그녀가 알고 있나요?"

"알고 있소."

알리아의 하루는 경비대대가 그녀의 거처 아래 연병장으로 떼 지어 몰려드는 것과 함께 시작되었다. 그녀는 사람들이 정신없이 허둥거리며 무서울 정도로 시끄럽게 떠들어대는 광경을 물끄러미 내려다보았다. 그리고 그들이 데려온 죄수가 찬양관 코르바라는 것을 알고 난 후에야 그 광경을 이해할 수 있었다.

그녀는 아침 화장을 하면서 가끔 창가로 가서 조급하게 서두르는 사람들이 아래쪽에서 상황을 어떻게 진척시키고 있는지 계속 지켜보았다. 그녀의 시선이 자꾸만 코르바에게로 향했다. 그녀는 아라킨 전투에서 제3공격대의 턱수염을 기른 거친 지휘관이었던 그의 모습을 기억해 내려고 애썼다. 그런데 기억해 낼 수가 없었다. 코르바는 이제 파라토의 비단을 훌륭한 솜씨로 재단해 만든 로브를 차려입은 완전한 멋쟁이가 되어 있었다. 허리까지 벌어진 로브 틈새로 깨끗하게 세탁한 주름깃과 초록색 보석으로 고정한 자수 속저고리가 보였다. 허리띠는 자주색이었다. 로브의 진동에 난 틈새로 삐져나온 소매는 흐르는 개울처럼 모양을 잡은 어두운 초록색과 검은색 벨벳이었다.

나입 몇 명이 밖으로 나와 동료 프레멘의 수난을 지켜보고 있었다. 그들의 모습을 보고 병사들은 떠들썩하게 소리를 질렀고, 코르바는 자신이 무죄라고 항변했다. 알리아는 프레멘들의 얼굴을 훑어보며 그들의 원래 모습에 대한 기억을 되살려내려고 애썼다. 그러나 현재가 과거를 감춰버렸다. 그들은 모두 쾌락주의자가 되어 있었다. 대부분의 사람들은 상상조차 할 수 없는 쾌락을 두루 맛보는 사람들이 되어버린 것이다.

그녀는 그들이 불안한 눈초리로 회의가 열릴 방의 입구를 자주 힐끔거리는 것을 보았다. 그들은 무앗딥이 시력을 잃었으면서도 사물을 볼 수 있다는 사실에 대해 생각하고 있었다. 그것은 신비스러운 능력의 새로운 표현이었다. 그들의 법에 의하면 맹인은 사막에 버려져 샤이 훌루드에게 자신의 물을 바쳐야 했다. 그러나 눈이 없는 무앗딥은 그들을 볼 수 있었다. 그들은 또한 건물들을 싫어했으며, 땅 위에 건축된 공간에서는 자신들이 공격받기 쉽다고 생각했다. 누군가가 그들에게 바위를 깎아 만든 적절한 동굴을 준다면 그들은 긴장을 풀 수 있을 것이다. 그러나 이 새로운 무앗딥이 '안'에서 기다리고 있는 이곳에서는 그럴 수 없었다.

알리아는 회의실로 내려가기 위해 몸을 돌리다가 문 옆 탁자 위에 놓아두었던 편지를 발견했다. 어머니에게서 온 가장 최근의 소식이었다. 칼라단은 폴의 탄생지로서 특별한 경외의 대상이 되어 있었지만, 레이디 제시카는 자신의 행성이 하즈의 여정에 포함되는 것을 거절한다는 뜻을 강력하게 밝혔다. 그녀는 편지에 이렇게 썼다.

"내 아들이 역사상 획기적인 인물임에는 의심의 여지가 없다. 그러나 나는 이것이 어중이떠중이들의 침략에 굴복할 구실이 된다고는 생각할 수 없다."

알리아는 그 편지를 만지며 어머니와 서로 접촉하고 있는 듯한 묘한 느낌을 경험했다. 이 종이는 어머니가 만졌던 것이다. 편지는 너무나 케케묵은 통신 수단이었지만 어떤 기록 방법도 쫓아갈 수 없는 개인적 친밀함을 지니고 있었다. 아트레이데스의 전투 암호로 되어 있는 이 편지는 거의 아무도 침해할 수 없는 사적인 통신의 상징이었다.

알리아는 어머니를 생각하다가 여느 때처럼 자신의 내면이 흐려지는 것을 느꼈다. 어머니와 딸의 정신을 섞어버린 스파이스의 변화 때문에 때로 그녀는 폴을 자신이 낳은 아들로 생각하곤 했다. 하나됨이라는 캡슐 속에 한데 섞여 있는 정신들은 그녀로 하여금 아버지를 연인으로 보게 했다. 망령의 그림자들이 그녀의 머릿속에서 뛰어다녔다. 어쩌면 세상에 태어날 수도 있었던 사람들이었다.

알리아는 여전사 경비병들이 기다리고 있는 대기실을 향해 비탈길을 걸어 내려가면서 편지를 다시 읽어보았다.

제시카는 편지에 이렇게 썼다. "너희들은 치명적인 역설을 만들어내고 있다. 정부는 종교적이면서 동시에 자기주장을 강하게 내세우는 존재가 될 수 없다. 종교적인 경험에는 자발성이 필요한데 법은 그런 자발성을 불가피하게 억압하게 된다. 그런데 법 없이는 통치를 할 수 없다. 너희들의 법은 궁극적으로 도덕을 대신하고, 양심을 대신하고, 심지어 너희들이 통치의 주요 수단으로 생각하는 종교까지도 대신해야 한다. 신성한 의식은 중요한 도덕을 만들어내는 찬양과 신성한 열망으로부터 생겨나야 한다. 반면 정부는 특히 의심, 의문, 논쟁을 끌어들이는 문화적 유기체이다. 나는 의식이 믿음의 자리를 차지하고 상징이 도덕을 대신하는 날이 다가오는 것을 보고 있다."

대기실에 들어서자 스파이스 커피 냄새가 알리아를 맞이했다. 초록색의 감시용 로브를 입은 여전사 경비병 네 명이 그녀가 들어서는 것을 보고 차려 자세를 취했다. 그들은 문제가 있지는 않은지 감시의 눈을 번득이고 젊은이답게 허세를 부리며 확실한 걸음걸이로 그녀의 뒤를 따랐다. 그들은 경외심이 섞이지 않은 열광적인 신자의 얼굴을 하고 있었다. 그리고 프레멘 특유의 폭력적인 특징을 발산하고 있었다. 그들은 아무런 죄책감 없이 아무렇지도 않게 살인을 저지를 수 있었다.

'그런 점에서 나는 달라. 내가 그런 짓을 저지르지 않아도 아트레이데스의 이름은 이미 충분히 더럽혀졌어.' 알리아는 생각했다.

그녀의 도착을 고하는 말이 그녀보다 먼저 목적지에 도착했다. 그녀가 아래층 홀에 들어서자 기다리고 있던 시동 하나가 경비대원들을 불러들이기 위해 쏜살같이 뛰어나갔다. 창문 하나 없는 어두운 홀은 널찍했다. 조명이라고는 빛의 세기를 줄인 발광구 몇 개뿐이었다. 갑자기 연병장으로 통하는 반대편 벽의 문이 활짝 열리면서 눈부신 대낮의 빛줄기가 안으로 들어왔다. 코르바를 가운데에 세운 경비대원들이 등 뒤로 빛을 받으며 머뭇거리는 태도로 알리아의 시야 안으로 들어왔다.

"스틸가는 어디 있느냐?" 알리아가 물었다.

"벌써 안에 들어가 계십니다." 여전사 중의 한 명이 말했다.

알리아는 앞장서서 방 안으로 들어갔다. 그곳은 성안의 회의실 중에서 겉치레를 위한 치장이 잘된 편에 속했다. 부드러운 의자들이 여러 줄 놓여 있는 높다란 발코니가 한쪽 면을 차지했다. 발코니 건너편의 높은 창에 달린 오렌지색 커튼은 젖혀져 있었다. 정원과 분수가 있는 바깥의 탁 트인 공간으로부터 밝은 햇빛이 쏟아져 들어왔다. 그녀 오른쪽 벽 앞 단상에는 큼직한 의자 하나가 놓여 있었다.

의자가 있는 곳으로 움직이면서 알리아는 뒤와 위를 슬쩍 쳐다보았다. 나입들이 특별석을 가득 채우고 있었다.

근위대원들은 특별석 밑의 탁 트인 공간을 빽빽하게 채웠고, 스틸가가 그들 사이를 돌아다니며 조용히 명령을 내렸다. 알리아가 들어오는 것을 그가 본 것 같지는 않았다.

사람들이 코르바를 끌고 들어와 단상 아래의 바닥 위에 쿠션과 나란히 놓인 나지막한 탁자 앞에 앉혔다. 아름다운 옷을 입었음에도 그는 지금 바깥의 추운 날씨 때문에 로브 속에 몸을 웅크린 채 심술궂고 졸린 표정을 짓고 있는 노인처럼 보였다. 경비대원 두 명이 그의 뒤에 자리를 잡았다.

알리아가 자리에 앉자 스틸가가 단상으로 다가왔다.

"무앗딥은 어디 계십니까?" 그가 물었다.

"오라버니께선 대모로서 회의를 주재하라고 내게 권한을 위임했습니다."

이 말을 듣고 특별석의 나입들이 언성을 높이며 항의하기 시작했다.

"조용히!" 알리아가 명령했다. 갑작스러운 정적 속에서 그녀가 말했다. "삶과 죽음의 문제를 다룰 때 대모가 회의를 주재하는 것이 프레멘 법이 아닙니까?"

그녀의 말에 담긴 무게가 사람들 사이로 뚫고 들어가면서 나입들의 머리 위에 정적이 내려앉았다. 그러나 알리아는 줄지어 앉은 사람들의 얼굴에서 성난 시선들에 주목했다. 그녀는 나중에 평의회에서 거론하기 위해 머릿속으로 그들의 이름을 되뇌어보았다. 호바르스, 라지피리, 타스민, 사지드, 움부, 레그…… 이들의 이름에는 듄의 일부가 포함되어 있었다. 움부 시에치, 타스민 저지대, 호바르스 협곡…….

그녀는 코르바에게 시선을 돌렸다.

그녀의 시선을 지켜보고 있던 코르바가 턱을 치켜들며 말했다. "저는 결백합니다."

"스틸가, 혐의 내용을 읽으세요." 알리아가 말했다.

스틸가가 갈색의 스파이스 종이 두루마리를 꺼내 앞으로 나섰다. 그리고 그것을 읽기 시작했다. 숨은 리듬을 따르듯 엄숙하고 화려한 목소리였다. 그 덕분에 종이에 적힌 단어들이 예리하고 선명하고 고결하게 들렸다.

"'……그대는 우리의 주인이신 황제 폐하를 파멸시키기 위해 반역자들과 음모를 꾸몄다. 그대는 제국의 여러 적들과 비밀리에 비열한 만남을 가졌다. 그대는…….'"

코르바는 상처 입고 분노한 표정으로 계속 고개를 가로저었다.

알리아는 왼손 주먹에 턱을 고이고 머리를 그쪽으로 갸우뚱하게 기울인 채 생각에 잠긴 듯 스틸가의 말에 귀를 기울였다. 그녀의 오른팔은 팔걸이 위에 걸쳐져 있었다. 공식적인 절차들이 그녀 자신의 불안감에 가려 그녀의 의식으로부터 떨어져나가기 시작했다.

"'……존귀한 전통……군대와 모든 곳에 있는 모든 프레멘들의 지지……법에 따라 폭력에는 폭력으로 대처한다……폐하의 위엄……모든 권리를 박탈한다…….'"

말도 안 되는 헛소리라고 그녀는 생각했다. 헛소리였다! 이 모든 것이 헛소리…… 헛소리…… 헛소리…….

스틸가가 낭독을 끝냈다. "이리하여 이 문제를 재판정에 제기합니다."

즉시 뒤를 이은 침묵 속에서 코르바가 양손으로 무릎을 꽉 쥔 채 앞으로 몸을 기울였다. 혈관이 튀어나온 목을 길게 빼고 있어서 금방이라도 도약할 준비를 하고 있는 사람 같았다. 그가 이 사이로 혀를 재빨리 움직이면서 말했다.

"저는 말로든 행동으로든 저의 프레멘 서약을 배반하지 않았습니다! 저를 고발한 사람과 대면시켜 줄 것을 요구합니다!"

'아주 단순한 항변이네.' 알리아는 생각했다.

순간 그녀는 코르바의 말이 나입들에게 상당한 영향을 미쳤음을 깨달았다. 그들은 코르바를 잘 알고 있었다. 그는 그들과 같은 종족에 속하는 사람이었다. 나입이 되기 위해 그는 프레멘다운 용기와 조심성을 보여주었다. 코르바는 총명하지는 않았지만 믿을 만한 사람이었다. 어쩌면 지하드를 이끌 재목은 못 되는지 몰라도 보급 장교로는 탁월했다. 그는 성전의 전사는 아니었지만 '부족이 무엇보다 중요하다'는 과거의 프레멘 미덕을 간직하고 있었다.

폴이 들려준 오테임의 한 맺힌 말이 알리아의 머릿속을 휩쓸고 지나갔다. 그녀는 특별석을 자세히 살펴보았다. 저들은 모두 자신도 코르바 같은 입장이 될지 모른다는 생각을 하고 있을 터였다. 그리고 일부는 그런 입장이 될 이유를 충분히 가지고 있었다. 그러나 이곳에서는 무고한 나입도 죄를 지은 나입 못지않게 위험했다.

코르바도 그런 분위기를 느꼈다. "누가 저를 고발한 겁니까?" 그가 추궁했다. "저는 프레멘으로서 저를 고발한 사람과 대면할 권리를 갖고 있습니다."

"어쩌면 그대가 스스로를 고발하고 있는지도 모르지." 알리아가 말했다.

그가 미처 숨기기도 전에 신비주의와 뒤섞인 공포가 잠깐 코르바의 얼굴에 나타났다. 누구나 그 표정의 의미를 읽을 수 있었다. '알리아는 능력을 갖고 있으니 자신이 어둠의 영역, 즉 '알람 알 미탈'에서 증거를 가져왔다며 직접 코르바를 고발하기만 해도 되겠지.'

"우리의 적과 한편이 된 프레멘들이 있습니다." 알리아가 계속 밀어붙였다. "물의 덫들이 파괴되었고, 카나트가 폭파되었으며, 식물에 독이 주입되었고, 저장용 분지가 약탈당했습니다……."

"그리고 지금, 그들은 사막에서 모래벌레 한 마리를 훔쳐 다른 행성으로 데리고 갔소!"

이렇게 불쑥 끼어든 목소리의 주인은 모두들 알고 있는 사람, 무앗딥이었다. 폴은 홀에서부터 입구를 거쳐 줄지어 늘어선 경비대원들 사이를 빠져나와 알리아 옆으로 다가왔다. 그와 동행한 챠니는 방관자로 남아 있었다.

"폐하." 스틸가가 폴의 얼굴에서 시선을 피한 채 말했다.

폴은 텅 빈 눈구멍으로 특별석을 향했다가 아래쪽의 코르바에게로 옮겼다. "왜 그러시오, 코르바? 찬양의 말이 하나도 나오지 않다니?"

특별석에서 웅성거리는 소리가 들려왔다. 소리가 점점 커지면서 그들의 말을 띄엄띄엄 구분할 수 있게 되었다. "……맹인에 대한 법……프레멘의 방식……사막에서……법을 깨는 자……."

"누가 나를 맹인이라 하는 거요?" 폴이 힐문했다. 그리고 특별석을 정면으로 바라보았다. "그대요, 라지피리? 오늘 그대가 황금색 옷을 입은 것이 보이는군. 그 밑의 푸른색 셔츠에는 거리에서 묻은 흙먼지가 아직도 남아 있소. 그대는 항상 단정치 못했지."

라지피리가 손가락 세 개를 모아 악마를 물리칠 때의 몸짓을 했다.

"그 손가락을 그대 자신에게 향하시오!" 폴이 소리쳤다. "짐은 악마가 어디 있는지 알고 있소!" 그리고 그는 다시 코르바에게 고개를 돌렸다.

"네 얼굴에 죄가 드러나 있다, 코르바."

"그건 저의 죄가 아닙니다! 죄인들과 어울린 적은 있을지 몰라도 아무런……." 그는 말을 끊고 겁에 질린 시선으로 특별석을 쏘아보았다.

폴에게서 신호를 받은 알리아가 자리에서 일어나 회의실 바닥으로 내려갔다. 그리고 코르바가 앉아 있는 탁자 가장자리로 다가갔다. 1미터도 되지 않는 거리에서 그녀가 말없이 위협적으로 그를 노려보았다.

코르바는 그 눈의 무게 앞에서 움츠러들었다. 그가 안절부절못하면서 불안한 시선으로 특별석을 흘끔거렸다.

"저 위에서 누구의 눈을 찾고 있는 거냐?" 폴이 물었다.

"폐하는 앞을 보지 못하십니다!" 코르바가 불쑥 말했다.

폴은 순간적으로 코르바에 대해 연민이 느껴지는 것을 억제했다. 코르바는 이 자리에 있는 다른 모든 사람들과 마찬가지로 환영의 덫에 단단히 잡혀 있었다. 그는 맡은 역할을 수행하고 있을 뿐이었다.

"눈이 없어도 나는 너를 볼 수 있다." 폴이 말했다. 그리고 코르바의 모든 동작과 움찔거림, 그가 불안과 애원이 담긴 시선으로 특별석을 바라보는 모습 등을 묘사하기 시작했다.

절망이 코르바의 머릿속에서 점점 자라났다.

그를 지켜보면서 알리아는 그가 지금이라도 곧 무너져버릴 수 있다는 것을 알 수 있었다. 특별석에도 그가 곧 무너질 지경이 되었다는 것을 깨달은 사람이 반드시 있을 것이라고 그녀는 생각했다. 그게 누굴까? 그녀는 나입들의 얼굴을 유심히 살피며 가면 같은 얼굴에 나타난 미세한 감정의 표현에 주목했다……. 분노, 두려움, 불안…… 죄책감.

폴이 침묵에 빠졌다.

코르바는 딱하게도 애써 거만한 태도를 지어 보이며 애원했다. "누가 저를 고발했습니까?"

"오테임이 그대를 고발했다." 알리아가 말했다.

"하지만 오테임은 죽었습니다!" 코르바가 항변했다.

"네가 그걸 어찌 아느냐?" 폴이 물었다. "네 첩보망을 통해 안 거냐? 당연히 그렇겠지! 짐은 너의 첩자들과 밀사들에 대해 알고 있다. 짐은 타라헬에서 이곳으로 암석 연소기를 가져온 사람이 누군지 알고 있다."

"그건 퀴자라트를 방어하기 위해서였습니다." 코르바가 불쑥 말했다.

"그렇게 해서 그 물건이 반역자들의 손에 들어간 것이냐?" 폴이 물었다.

"누군가가 그걸 훔쳐 갔습니다. 저희는……." 코르바는 말을 끊고 마른 침을 삼켰다. 그의 시선이 정신없이 좌우를 두리번거렸다. "제가 무앗딥에 대한 사랑을 말하는 목소리였다는 걸 모두들 알고 있습니다." 그가 특별석을 뚫어지게 바라보았다. "죽은 사람이 어떻게 프레멘을 고발할 수 있는 겁니까?"

"오테임의 목소리는 죽지 않았다." 알리아가 말했다. 폴이 그녀의 팔을 잡자 그녀는 말을 멈췄다.

"오테임이 짐에게 자신의 목소리를 보냈다. 그 목소리는 반역자들의 이름, 반역 행위의 내용, 회합 장소와 시간 등을 알려주었다. 나입 평의회 의원들 중 몇 명의 얼굴이 안 보이는 걸 알고 있느냐, 코르바? 메르쿠르와 파시는 어디 있느냐? 절름발이 케케도 오늘 우리 곁에 없다. 그리고 타킴, 그는 어디 있느냐?"

코르바가 고개를 좌우로 저었다.

"그들은 훔친 모래벌레를 가지고 아라키스에서 도망쳤다." 폴이 말했다. "코르바, 내가 지금 너를 풀어준다 하더라도 샤이 훌루드가 이 일에 가담한 너의 죄를 물어 너의 물을 가져갈 것이다. 왜 내가 너를 풀어주지 않느냐고, 코르바? 눈을 잃은 사람들, 나와는 달리 앞을 볼 수 없는 사람들을 생각해 보아라. 그들에게는 가족도 있고 친구도 있다, 코르바. 네가 어찌 그들에게서 몸을 숨길 수 있겠느냐?"

"그건 사고였습니다." 코르바가 애원했다. "어쨌든 그들은 틀레이랙스의……." 다시 그가 침묵에 빠졌다.

"금속 눈이 어떤 속박을 가져올지 누가 알겠느냐?" 폴이 물었다.

특별석에 앉은 나입들이 손으로 입을 가리고 속삭이듯 낮은 목소리로 서로 말을 주고받기 시작했다. 이제 그들은 코르바를 차갑게 바라보고 있었다.

"퀴자라트를 방어하기 위해서라." 폴은 코르바의 애원을 중얼거리는 말투로 되풀이했다. "그건 행성을 파괴시키거나 가까이 있는 사람들을 장님으로 만들어버릴 수 있는 J광선을 만들 수 있는 장치다. 둘 중 어떤 걸로 방어를 하려고 생각했던 거냐, 코르바? 퀴자라트가 자신들을 지켜보는 모든 사람의 눈을 막아버려야 하는 거냐?"

"그냥 호기심이었습니다, 폐하." 코르바가 애원했다. "가문들만이 핵무기를 소유할 수 있다고 구(舊)법에 규정되어 있음을 저희는 알고 있었습니다. 하지만 퀴자라트는 복종을…… 복종을……."

"네게 복종한 거겠지. 호기심이라고?" 폴이 말했다.

"저를 고발한 사람에게 목소리밖에 없다 하더라도 폐하께서는 그 목소리를 저와 대면시켜 주셔야 합니다! 프레멘에게는 그럴 권리가 있습니다." 코르바가 말했다.

"그의 말은 사실입니다, 폐하." 스틸가가 말했다.

알리아가 날카로운 시선으로 스틸가를 흘끗 바라보았다.

"법은 법입니다." 알리아의 반발을 느낀 스틸가가 말했다. 그는 프레멘의 법을 인용하면서 그 법이 어떻게 적용되는지에 대한 자신의 생각을 간간이 섞었다.

알리아는 스틸가가 말을 하기도 전에 그의 말을 듣고 있는 듯한 이상한 느낌을 경험했다. 저 사람은 어찌 이리도 잘 속아 넘어갈 수 있단 말인가? 스틸가가 지금처럼 공식적이고 보수적이었던 적도, 듄의 법전을 이처럼 강하게 고집했던 적도 지금까지 전혀 없었다. 그의 턱은 공격적으로 불쑥 내밀어져 있었다. 그의 입은 띄엄띄엄 말을 잇고 있었다. 이렇게 기분 나쁠 정도로 거만을 떠는 것을 빼면, 그에게는 정말 아무것도 없단 말인가?

"코르바는 프레멘이므로 반드시 프레멘 법에 따라 심판받아야 합니다." 스틸가가 결론지었다.

알리아는 시선을 돌려 정원 건너편의 벽 아래로 떨어져 내린 대낮의 그림자들을 바라보았다. 좌절감 때문에 기운이 쭉 빠졌다. 그들은 이 일을 오전이 절반쯤 지난 지금까지 질질 끌고 있었다. 이제 어찌해야 한단 말인가? 코르바는 이미 긴장을 풀고 있었다. 그의 태도는 자신이 부당한 공격을 받았으며, 자기가 한 일은 모두 무앗딥에 대한 사랑에서 기인한 것이라고 말하고 있었다. 그녀는 코르바를 흘끗 바라보며 그의 얼굴을 스치고 지나가는 교활하고 거만한 표정에 깜짝 놀랐다.

그가 어쩌면 어떤 전갈을 받았는지도 모르겠다고 그녀는 생각했다. 그는 친구들이 "마음을 굳게 먹고 참아라! 도와줄 사람들이 오고 있다!"고 외치는 소리를 들은 사람처럼 행동하고 있었다.

짧은 한순간 동안 그들은 난쟁이에게서 나온 정보, 다른 사람들도 음모에 가담했다는 단서, 정보원들의 이름 등을 바탕으로 이 문제를 완전히 장악하고 있었다. 그러나 결정적인 순간은 이미 날아가 버렸다. '설마 스틸가가? 스틸가는 분명히 아닐 거야.' 그녀는 시선을 돌려 늙은 프레멘 스틸가를 뚫어지게 바라보았다.

스틸가가 꿈쩍도 하지 않고 그녀의 시선을 맞받았다.

"짐에게 법을 상기시켜 주어서 고맙소, 스틸." 폴이 말했다.

스틸가가 고개를 숙였다. 그리고 가까이 다가와서 폴과 알리아가 읽을 수 있게 소리 없이 자신의 뜻을 전달했다. '제가 저놈을 쥐어짜서 이 문제를 해결하겠습니다.'

폴은 고개를 끄덕이고 코르바의 뒤에 있는 경비대원들에게 신호를 보냈다.

"코르바를 감시가 가장 엄중한 감방으로 데려가라. 변호인 외에는 모든 접견을 금지한다. 변호인으로는 스틸가를 임명한다."

"제가 스스로 변호인을 고를 수 있게 해주십시오!" 코르바가 소리쳤다.

폴이 획 돌아서면서 말했다. "스틸가의 공정함과 판단력을 부정하는 것이냐?"

"아니, 아닙니다, 폐하. 하지만……."

"저자를 데려가라!" 폴이 고함을 질렀다.

경비대원들이 쿠션에 앉아 있는 코르바를 일으켜 밖으로 데리고 나갔다.

나입들도 또다시 웅성거리면서 자리를 떠나기 시작했다. 특별석 아래에서 시종들이 나와 창가로 가서 오렌지색 커튼을 닫았다. 오렌지색 어둠이 방을 점령했다.

"폴." 알리아가 말했다.

"짐이 폭력을 촉발하는 건 짐이 폭력을 완전히 장악했을 때요. 고맙소, 스틸. 당신 역할을 잘 해주었소. 알리아가 틀림없이 저자와 한편인 나입들을 알아보았을 것이오. 그들로서는 정체를 드러내지 않을 수 없었겠지." 폴이 말했다.

"두 사람이 이 일을 꾸민 거예요?" 알리아가 추궁했다.

"내가 코르바를 당장 죽여버리라고 명령했다면 나입들도 납득했을 거다. 하지만 프레멘 법을 엄격히 지키지 않는 이런 공식적인 절차를 보고 그들은 자기들의 권리가 위협받는다고 생각했지. 저자와 한편인 나입이 누구냐, 알리아?"

"라지피리는 확실해요." 그녀가 낮은 목소리로 말했다. "그리고 사지드도. 하지만……."

"스틸가에게 모든 이름을 알려주어라." 폴이 말했다.

알리아는 지금 이 순간 폴이 느끼고 있는 막연한 두려움을 함께 느끼면서 마른침을 삼켰다. 그녀는 눈이 없는 그가 어떻게 움직이고 있는지 알고 있었다. 그러나 그것이 얼마나 섬세한 기술인지 생각하면 기가 막혔다. 예지의 환영으로 사람들의 모습을 보다니! 그녀는 자신의 모습이 별의 시간 속에서 아지랑이처럼 어른거리는 것을 느낄 수 있었다. 별의 시간과 현실을 일치시키는 것은 전적으로 폴의 말과 행동에 달려 있었다. 그는 모든 것을 자신의 환영의 손바닥 위에 올려놓고 있었다!

"아침 알현 시간이 지났습니다, 폐하." 스틸가가 말했다. "많은 사람들이 궁금증과…… 두려움을……."

"당신도 무섭소, 스틸?"

스틸가가 들릴 듯 말 듯한 소리로 속삭였다. "예."

"당신은 나의 친구이니 나를 두려워할 이유가 없소." 폴이 말했다.

스틸가는 마른침을 삼켰다. "예, 폐하."

"알리아, 아침 알현을 맡아라." 폴이 말했다. "스틸가, 신호를 보내시오."

스틸가가 명령에 따랐다.

커다란 문 앞에서 갑자기 사람들이 분주히 움직이기 시작했다. 관리들이 들어올 수 있게 수많은 사람들이 어두운 방에서 뒤로 밀려났다. 많은 일들이 한꺼번에 일어나기 시작했다. 근위대원들이 탄원자들을 거칠게 뒤로 밀어대고, 번쩍이는 로브를 입은 변호사들이 앞으로 뚫고 나오려고 애를 썼다. 여기저기서 고함 소리, 욕하는 소리가 들렸다. 변호사들이 일에 필요한 서류를 흔들어댔다. 국회 사무원이 경비대원들이 사람들을 밀어 마련해 준 틈새를 통과해 앞으로 성큼성큼 걸어 나왔다. 그는 선발자, 즉 옥좌에 다가올 것을 허락받은 사람들의 목록을 갖고 있었다. 테크루베라는 이름의 깐깐한 프레멘인 그 사무원은 민머리와 덩어리로 엉긴 구레나룻을 과시하며 피곤하고 냉소적인 분위기를 풍겼다.

알리아가 그의 앞길을 막고 폴이 챠니와 함께 단상 뒤의 비밀 통로로 살짝 빠져나갈 시간을 벌어주었다. 그녀는 폴을 뒤쫓는 테크루베의 시선에 남의 비밀을 캐기 좋아하는 호기심이 섞인 것을 보고 순간적으로 그에 대한 불신을 느꼈다.

"오늘은 내가 오라버니를 대신합니다." 그녀가 말했다. "탄원자들을 한 번에 한 사람씩 들여보내요."

"예, 아가씨." 그가 몸을 돌려 사람들의 무리를 정리했다.

"예전 같으면 아가씨가 이곳에서 오라버니의 목적을 착각하지 않았을 겁니다." 스틸가가 말했다.

"내 정신이 좀 흐트러져 있었어요. 당신에게도 극적인 변화가 일어난 것 같군요, 스틸. 어떻게 된 거죠?" 알리아가 말했다.

스틸가는 너무 놀라서 몸을 꼿꼿이 세웠다. 자신이 바뀐 것은 사실이었다. 하지만 극적인 변화라니? 그는 자신을 이런 시각으로 바라보는 사람을 지금까지 한 번도 만난 적이 없었다. 극이라는 것은 의심스러운 물건이었다. 극적인 것은 충성심이 의심스럽고 도덕적인 측면에서는 더욱 의심스러운 다른 행성 출신의 연예인들이었다. 제국의 적들은 변덕스러운 민중을 뒤흔들기 위해 극을 이용했다. 코르바는 프레멘의 도덕에서 벗어나 퀴자라트를 위해 극을 이용했다. 그리고 그는 그 때문에 죽게 될 터였다.

"괴팍하게 구시는군요. 저를 불신하십니까?" 스틸가가 말했다.

그의 목소리에 어린 고뇌가 그녀의 표정을 누그러뜨렸지만 그녀의 어조는 여전했다. "내가 당신을 불신하지 않는다는 걸 알고 있잖아요. 일단 문제가 스틸가의 손에 들어가고 나면 우리는 그 문제를 잊어버려도 상관없다는 점에서 난 항상 오빠와 같은 의견이었어요."

"그럼 어째서 제가…… 변했다고 말씀하시는 겁니까?"

"당신은 오빠의 명령을 어길 준비를 하고 있어요. 난 당신에게서 그걸 읽을 수 있다고요. 난 그저 그 때문에 오빠와 당신이 모두 파멸하지 않기를 바랄 뿐이에요."

첫 번째 변호사와 탄원자가 이제 그녀에게 다가오고 있었다. 그녀는 스틸가가 미처 대답하기 전에 몸을 돌렸다. 그러나 그의 얼굴에는 그녀가 어머니의 편지에서 느꼈던 것, 즉 도덕과 양심 대신 법을 중시하는 태도가 가득했다.

"너희들은 치명적인 역설을 만들어내고 있다."

티바나는 소크라테스 기독교의 변증자였으며, 코리노 이전 8세기와 9세기 사이, 아마도 달라막의 두 번째 재위 기간 중에 살았던 안부스 제4행성의 원주민이었을 가능성이 크다. 그의 저작 중에서 일부만이 살아남았는데, 다음의 말은 거기에서 따온 것이다. "모든 사람의 마음은 똑같은 황야에 살고 있다."

—이룰란의 『듄의 책』

"당신이 비자즈군." 난쟁이가 감시를 받고 있는 작은 방으로 골라가 들어오면서 말했다. "나는 헤이트라고 한다."

근위대원들로 이루어진 강력한 파견대가 골라와 함께 들어와서 기존의 감시조와 교대해 저녁 감시를 맡았다. 그들이 바깥의 뜰을 가로지르는 동안 해 질 녘의 바람에 실려 온 모래가 뺨을 찔러대서 그들은 눈을 깜박이며 발걸음을 재촉했다. 이제 그들이 바깥 통로에서 농담을 나누며 일상적인 업무상 절차를 진행하는 소리가 들려왔다.

"당신은 헤이트가 아냐." 난쟁이가 말했다. "당신은 던컨 아이다호야. 그들이 당신의 죽은 몸을 탱크에 집어넣을 때 나도 그 자리에 있었어. 난 그들이 생생하게 살아서 언제라도 훈련을 받을 수 있는 당신 몸을 꺼낼 때도 그 자리에 있었지."

골라는 갑자기 바싹 말라버린 목구멍으로 침을 삼켰다. 방 안의 밝은 발광구들이 초록색 벽걸이들 사이에서 노란빛을 잃어버렸다. 난쟁이의 이마에 맺힌 땀방울이 빛 속에 드러났다. 비자즈는 기묘한 완전성을 지닌 생물처럼 보였다. 틀레이랙스 인들이 그의 몸 안에 박아놓은 목적이 피부를 뚫고 바깥으로 투사되는 것 같았다. 난쟁이의 겁 많고 경박한 가면 밑에는 힘이 있었다.

"무앗딥은 당신을 신문해서 틀레이랙스 인들이 이곳에서 당신에게 무슨 일을 시킬 작정인지 알아내는 임무를 내게 맡기셨다." 헤이트가 말했다.

"틀레이랙스 인, 틀레이랙스 인. 내가 바로 틀레이랙스 인이야, 이 멍청이! 그리고 그건 당신도 마찬가지고." 난쟁이가 노래하듯 말했다.

헤이트는 난쟁이를 뚫어지게 바라보았다. 비자즈의 카리스마와 기민함을 보고 있으려니 고대의 우상이 생각났다.

"바깥의 경비대원들 소리가 들리나? 내가 명령을 내리면 그들이 당신의 목을 조를 것이다." 헤이트가 말했다.

"어이! 어이!" 비자즈가 소리쳤다. "정말 냉담한 촌뜨기가 되셨구먼. 그러면서 진실을 알아내려고 왔다는 말을 해?"

헤이트는 난쟁이의 표정 밑에 깔려 있는 비밀스러운 평온함이 마음에 들지 않았다. "어쩌면 내가 찾는 것은 미래뿐인지도 모르지." 그가 말했다.

"말 한번 잘하는군. 이제 우린 서로가 누군지 알고 있어. 도둑 두 사람이 만났을 때 소개의 말 같은 건 필요하지 않은 법이지." 비자즈가 말했다.

"그럼 우리가 도둑이란 얘기군. 우리가 뭘 훔치는 건가?"

"도둑이 아니라 주사위야. 그리고 당신은 내 주사위의 점을 세려고 여기 왔어. 난 반대로 당신의 것을 세지. 그런데 자, 보시라! 당신에겐 얼굴이 두 개로군!"

"내가 틀레이랙스의 탱크에 들어가는 걸 정말 보았나?" 헤이트가 이 질문을 하고 싶지 않다는 기묘한 느낌과 싸우면서 물었다.

"내가 말 안 했어?" 비자즈가 다그치듯 묻고는 튀듯이 일어났다. "우린 당신과 엄청난 몸싸움을 벌였어. 당신의 육체가 돌아오고 싶어 하지 않았거든."

헤이트는 갑자기 자신이 누군가 다른 사람의 정신에 의해 조종당하는 꿈속에 존재하고 있으며, 자신은 잠깐 그 사실을 잊어버리고 그 사람의 뇌 주름 속에서 길을 잃어버린 것 같다고 생각했다.

비자즈가 장난스럽게 고개를 갸우뚱한 채 골라를 뚫어지게 쳐다보면서 그의 주위를 한 바퀴 돌았다. "흥분이 당신의 옛날 버릇에 불을 붙이는군. 당신은 자기가 찾는 것을 찾고 싶어 하지 않는 사람이야." 비자즈가 말했다.

"당신은 무앗딥을 겨냥한 무기군." 헤이트가 난쟁이를 따라 몸을 돌리면서 말했다. "당신은 무엇을 하게 되어 있나?"

"아무것도 안 해!" 비자즈가 걸음을 멈추고 말했다. "난 당신의 흔한 질문에 흔한 답변을 하고 있어."

"그럼, 당신은 알리아 님을 겨냥하고 있군. 그녀가 당신의 목표인가?" 헤이트가 말했다.

"그들은 그녀를 호트라고 부르지. 변경의 행성에 사는 물고기 괴물 말이야. 당신이 그녀의 얘기를 할 때 당신의 피가 끓는 소리가 들리는 건 왜지?"

"그래, 그들이 그녀를 호트라고 부르는군." 골라가 비자즈의 목적에 대한 단서를 조금이라도 찾아내려고 그를 유심히 살피면서 말했다. 난쟁이의 반응이 아주 묘했다.

"그녀는 처녀 매춘부야. 그녀는 저속하고 재치 있고 소름이 끼칠 정도로 깊은 지식을 갖고 있지. 그녀는 아주 상냥할 때에도 잔인하고, 생각을 하면서도 생각이 없고, 뭔가를 만들려고 할 때에도 코리올리 폭풍에 못지않게 파괴적이야."

"그럼 당신은 알리아 님을 헐뜯는 말을 떠들어대려고 여기 온 거로군." 헤이트가 말했다.

"그녀를 헐뜯는다고?" 비자즈가 벽에 기대어 있는 쿠션에 풀썩 주저앉았다. "난 그녀의 육체가 지닌 자석 같은 아름다움에 사로잡히려고 여기 왔어." 그가 히죽 웃자 이목구비가 큼직큼직한 얼굴에 도마뱀 같은 표정이 떠올랐다.

"알리아 님을 공격하는 건 그녀의 오빠를 공격하는 것과 같다." 헤이트가 말했다.

"그건 너무 자명해서 깨닫기가 힘들지. 사실 황제와 누이동생은 서로 등을 맞대고 있는 한 사람이야. 반은 남자고 반은 여자인 하나의 존재이지." 비자즈가 말했다.

"그건 깊은 사막에 사는 프레멘들이 하는 말이다. 그들은 샤이 훌루드에게 피의 희생 제물을 바치는 의식을 되살려낸 사람들이지. 당신이 왜 그들의 헛소리를 되풀이하는 거지?"

"감히 헛소리라고 하는 거야? 사람이면서 동시에 가면인 당신이? 아아, 하긴 주사위는 자기 몸에 새겨진 점을 세지 못하지. 내가 깜빡했어. 그리고 당신은 아트레이데스의 이중 존재를 위해 일하고 있기 때문에 두 배로 혼란에 빠져 있지. 당신의 감각은 당신의 정신만큼 답에 근접해 있지 않아."

"당신을 감시하는 병사들에게 무앗딥에 대한 거짓 의식(儀式)을 설교하는 건가?" 헤이트가 낮은 목소리로 물었다. 자신의 정신이 난쟁이의 말 때문에 헝클어지는 것이 느껴졌다.

"그들이 오히려 나한테 설교를 하는걸! 그리고 그들은 기도를 한다고. 그들이 그러지 못할 이유가 없잖아? 우리는 모두 기도를 해야 해. 우린 모두 일찍이 우주에 나타났던 창조물들 중에서도 가장 위험한 창조물의 그늘에서 살고 있잖아."

"위험한 창조물이라니……."

"그들의 어머니조차 그들과 같은 행성에서 사는 걸 거부하고 있어!"

"왜 내 질문에 똑바로 대답하지 않는 건가? 우리에게 다른 신문 방법이 있다는 걸 알고 있겠지. 우리는 대답을 얻어낼 거다…… 어떤 방법을 써서든."

"이미 대답했잖아! 신화가 현실이라고 말하지 않았던가? 내가 죽음을 배 속에 품고 있는 바람이냐고? 아냐! 난 말(言)이야! 어두운 하늘에서 모래로부터 솟아 나오는 번개 같은 말이라고. 난 '등불을 꺼라! 낮이 여기 왔다!'고 말했어. 그런데 당신은 계속해서 '낮을 찾을 수 있게 등불을 달라'고만 하는군."

"나를 상대로 위험한 게임을 하지 마. 내가 그 젠수니 사상을 이해하지 못할 거라고 생각했나? 당신은 진흙 속의 새처럼 선명한 흔적을 남기고 있어."

비자즈가 키득거리기 시작했다.

"왜 웃는 거지?" 헤이트가 추궁했다.

"나한테 이가 있는데, 난 이가 없었으면 하거든." 비자즈가 계속 키득거리면서 간신히 말했다. "이가 없으면 이를 갈 수 없을 텐데."

"이제 당신의 목표가 누군지 알겠군. 당신은 나를 겨냥하고 있어." 헤이트가 말했다.

"그래, 난 목표를 제대로 맞췄다고! 당신같이 큰 과녁을 어떻게 놓칠 수 있겠어?" 비자즈가 마치 혼자서 납득한 것처럼 고개를 끄덕였다. "이제 내가 당신에게 노래를 불러줄게." 그가 콧노래를 부르기 시작했다. 통곡처럼 흐느끼는 단조로운 멜로디가 계속해서 반복되었다.

헤이트의 몸이 뻣뻣하게 긴장했다. 자신의 척추를 따라 기묘한 고통이 오르락내리락하는 것이 느껴졌다. 그는 난쟁이의 얼굴을 뚫어지게 바라보며 그의 얼굴은 늙었지만 눈은 젊은이의 것임을 깨달았다. 그 눈은 관자놀이 아래의 오목한 곳까지 그물 모양으로 이어진 울퉁불퉁한 하얀 선들의 중앙에 있었다. 저렇게 머리가 크다니! 얼굴의 모든 이목구비가 불쑥 튀어나온 입을 향하고 있었고, 그 입에서 단조로운 소리가 흘러나왔다. 그 소리를 들으니 고대의 의식들, 민간에 전해 오는 기억, 오랜 경구와 관습, 사라져버린 말 속의 반쯤 잊힌 의미가 생각났다. 뭔가 아주 중요한 일이 지금 벌어지고 있었다. '시간'을 가로지르는 생각들의 피투성이 연극이었다. 오래전의 사상들이 난쟁이의 노래 속에 엉켜 있었다. 그것은 마치 멀리서 타오르는 빛 같았다. 그 빛이 점점 가까이 다가오며 수백 년에 걸친 생명을 비췄다.

"당신, 지금 나한테 무슨 짓을 하고 있는 거야?" 헤이트가 숨을 몰아쉬면서 말했다.

"당신은 악기이고, 난 그 악기를 연주하는 법을 배웠어. 난 당신을 연주하고 있는 거야. 나입들 중에 있는 반역자들의 이름을 더 얘기해 주지. 비쿠로스와 카후에이트야. 코르바의 비서인 제디다도 있어. 바네르지의 보좌관 아부모잔디스도 있고. 지금 그들 중 한 사람이 당신의 무앗딥에게 칼을 박아 넣고 있을지도 모르지."

헤이트는 고개를 좌우로 흔들었다. 말을 하기가 힘들었다.

"우린 형제나 다름없어." 비자즈가 단조로운 콧노래를 다시 멈추고 말했다. "우린 같은 탱크에서 자랐지. 내가 먼저고 그다음이 당신이야."

헤이트의 금속 눈이 갑자기 타는 듯한 고통을 일으켰다. 깜박거리는 붉은색 안개가 그의 시야에 들어오는 모든 것을 둘러싸고 있었다. 고통 외에는 모든 직접적인 감각으로부터 차단되어 있는 것 같았다. 그는 바람에 날리는 거즈처럼 얇은 막을 통해 주위의 것들을 경험하고 있었다. 모든 것이 우연한 일이 되었다. 무생물이 우연히 끼어든 것 같았다. 그의 의지는 자꾸만 변해 포착하기 어려운 물건에 지나지 않았다. 그의 의지는 호흡하지 않으면서도 살아 있었고, 내적인 빛으로서만 이해될 수 있었다.

절망에서 생겨난 명쾌함으로 그는 단 하나 남은 감각인 시각을 이용해 거즈의 장막을 뚫고 나왔다. 그리고 비자즈의 아래쪽에 이글거리는 빛처럼 주의를 집중했다. 그의 눈이 여러 겹으로 되어 있는 난쟁이의 속으로 뚫고 들어가서 그가 누군가에게 고용된 지식인임을 알아보았다. 그 아래에는 굶주림과 갈망의 포로가 되어 눈(眼) 속에 웅크리고 누워 있는 생물이 있었다. 한 꺼풀씩 뚫고 들어가다 보니 마침내 상징에 의해 조작되는, 실체로 생각되는 존재만이 남았다.

"우린 전장에 있어. 당신, 그 문제에 대해 말해도 돼." 비자즈가 말했다.

이 명령에 의해 목소리가 자유로워진 헤이트가 말했다. "당신이 무슨 수를 써도 난 무앗딥을 죽이지 않아."

"베네 게세리트들이 하는 말을 들은 적이 있어. 온 우주에 확고한 것, 균형 잡힌 것, 오래도록 지속되는 것은 하나도 없다고. 어떤 것도 그 상태 그대로 남아 있지 않는다고. 매일, 때로는 매시간이 변화를 가져온다고."

헤이트가 멍하니 고개를 좌우로 흔들었다.

"당신은 우리의 목적이 어리석은 황제라고 믿었지." 비자즈가 말했다. "우리 주인인 틀레이랙스 인들을 그렇게 이해하지 못하다니. 조합과 베네 게세리트는 우리가 공예품을 만들어낸다고 생각해. 사실 우리는 도구와 용역을 생산하고 있는데. 어떤 것도 도구가 될 수 있어. 빈곤도 전쟁도. 전쟁이 쓸모 있는 건 아주 많은 부문에서 효과를 발휘하기 때문이야. 전쟁은 신진대사를 자극하지. 전쟁은 정부를 강화시켜. 전쟁은 유전형질을 퍼뜨려. 전쟁은 우주의 그 어느 것과도 비교될 수 없는 활기를 갖고 있어. 전쟁의 가치를 인식하고 그것을 현실에서 사용하는 사람만이 어느 정도의 자결권을 가질 수 있어."

이상할 정도로 차분한 목소리로 헤이트가 말했다. "당신은 이상한 사상들을 얘기하는군. 내가 복수심을 품은 신의 섭리를 거의 믿게 될 정도로. 당신을 만들기 위해 그들이 어떤 대가를 치렀나? 그건 아주 매혹적인 얘기가 될 거다. 그리고 틀림없이 훨씬 더 굉장한 에필로그가 붙겠지."

"훌륭해! 당신이 공격을 한다는 건, 당신이 의지의 힘을 갖고 자결권을 행사한다는 뜻이야."

비자즈가 깔깔 웃으며 말했다.

"내 안의 폭력성을 일깨우려 하고 있군." 헤이트가 숨을 몰아쉬면서 말했다.

비자즈는 고개를 저어 이 말을 부정했다. "일깨우는 건 맞아. 하지만 폭력성은 아냐. 당신은 훈련에 의해 의식의 사도가 되었어. 당신이 그렇게 말했잖아. 난 당신 안에 있는 의식을 일깨워야 해, 던컨 아이다호."

"헤이트야!"

"던컨 아이다호. 뛰어난 살인자. 수많은 여성들의 연인. 검술가. 전장에서 직접 움직이는 아트레이데스의 가신. 던컨 아이다호."

"과거를 일깨우는 건 불가능하다."

"불가능하다고?"

"한 번도 이루어진 적이 없는 일이야!"

"사실이야. 하지만 우리 주인들은 어떤 일이 불가능하다는 생각에 도전하지. 항상 그들은 적절한 도구, 딱 알맞을 만큼의 노력, 적절한……."

"당신은 당신의 진짜 목적을 숨기고 있어! 말로 목적을 가리려고 하지만 그 말에는 아무 의미도 없어!"

"당신 안에는 던컨 아이다호가 있어. 그는 감정, 또는 냉정한 조사에 굴복하게 될 거야. 어쨌든 굴복하는 거지. 이 의식이 억압의 막을 뚫고, 당신의 발걸음을 귀찮게 쫓아다니는 어두운 과거로부터 선택되어 몸을 일으킬 거야. 그 의식이 당신을 억압하고 있는 지금도 당신은 그 의식의 자극을 받고 있어. 당신 안에는 의식이 초점을 맞춰 집중해야 하는 그 존재가 존재하고 있고, 당신은 그 존재에게 복종하게 될 거야."

"틀레이랙스 인들은 내가 아직도 자기들의 노예인 줄 아는 모양이지만 난……."

"조용히 해, 노예!" 비자즈가 예의 그 흐느끼는 듯한 목소리로 말했다.

헤이트는 자기도 모르게 얼어붙은 듯 침묵을 지켰다.

"이제 우리는 근본적인 사실을 알게 됐어. 당신이 그걸 느끼고 있다는 걸 난 알아. 당신을 조종할 수 있는 힘의 단어는 바로 이거야……. 그 단어들이 충분히 효과를 발휘할 거라고 생각해."

헤이트는 뺨을 따라 비 오듯 땀이 흘러내리는 것을 느꼈다. 가슴과 팔이 부들부들 떨리는 것도 느껴졌다. 그러나 그는 꼼짝도 할 수 없었다.

“어느 날 황제가 당신에게 올 거야. 그리고 ‘그녀가 가버렸어’라고 말할 거야. 슬픔의 가면이 그의 얼굴을 차지하겠지. 그는 이곳 사람들의 말처럼 죽은 자에게 물을 줄 거야. 그러면 당신은 내 목소리로 ‘주인님! 오, 주인님!’이라고 말할 거야.”

근육이 굳어진 탓에 헤이트의 턱과 목구멍이 아파왔다. 그가 할 수 있는 것은 고개를 아주 조금 좌우로 움직이는 것뿐이었다.

“당신은 ‘비자즈의 메시지를 제가 갖고 있습니다’라고 말할 거야.” 난쟁이가 얼굴을 찌푸렸다. “불쌍한 비자즈, 정신을 갖지 못한 자……. 불쌍한 비자즈, 메시지를 채워 넣은 북이자 다른 사람들에게 이용당하는 존재……. 비자즈를 두들기면 소리를 내지…….”

다시 그가 얼굴을 찌푸렸다. “당신은 내가 위선자라고 생각하지, 던컨 아이다호! 난 위선자가 아냐! 나도 슬퍼할 수 있다고. 하지만 말 대신 칼을 써야 할 때가 왔어.”

딸꾹질이 헤이트의 몸을 뒤흔들었다.

비자즈가 키득거리다가 말했다. “아, 고마워, 던컨. 고마워. 우리 몸이 우리를 구해 주지. 황제는 혈관 속에 하코넨의 피를 갖고 있기 때문에 우리 요구대로 할 거야. 그는 폭언을 내뱉는 기계가 될 거야. 우리 주인들이 사랑하는 소음과도 같은 말들을 내뱉게 되겠지.”

헤이트는 난쟁이가 잔뜩 경계하는 어린 짐승처럼 보인다는 생각을 하며 눈을 깜박거렸다. 난쟁이는 악의와 보기 드문 지성을 지닌 생물이었다. ‘아트레이데스 가문에 하코넨 피가 있다고?’

“비열한 하코넨인 짐승 같은 라반을 생각하며 당신은 눈을 부라리지.” 비자즈가 말했다. “그런 점에서 당신은 프레멘과 같아. 말로 안 되면 언제라도 칼이 있잖아, 응? 하코넨이 당신 가족들에게 가한 고문을 생각해. 그런데 당신의 소중한 폴이 그 어머니의 혈통 때문에 하코넨이라니! 하코넨을 죽이는 건 별로 어렵지 않겠지, 안 그래?"

심한 좌절감이 골라의 머릿속을 꿰뚫고 지나갔다. 이건 분노일까? 왜 이 사실이 분노를 일으키는 거지?

"오오, 아아, 하! 찰칵, 찰칵. 이 메시지에는 더 큰 의미가 있어. 이건 틀레이랙스 인들이 당신의 소중한 폴 아트레이데스에게 제안하는 거래야. 우리 주인들이 그의 사랑하는 사람을 복원해 줄 거야. 당신에게는 누이동생이 되는 셈이지. 또 하나의 골라니까." 비자즈가 말했다.

자신이 존재하는 우주가 자신의 심장 박동 소리로만 가득 차 있는 것 같다는 생각이 헤이트의 머릿속에 갑자기 떠올랐다.

"골라라고. 그 골라는 그가 사랑하는 사람의 육체를 갖게 될 거야. 그녀가 그의 아이들을 낳겠지. 그녀는 오로지 그만을 사랑할 거야. 만약 그가 원한다면, 심지어 원래 인간보다 훨씬 더 나은 골라를 만들어줄 수도 있어. 잃어버린 사람을 다시 찾으려는 사람이 이보다 더 좋은 기회를 얻은 적이 일찍이 있던가? 그는 이 흥정을 성사시키려고 냉큼 달려들걸."

비자즈는 고개를 끄덕였다. 피곤한 것처럼 그의 눈이 힘없이 아래로 처졌다. 그가 다시 입을 열었다. "그는 유혹을 느낄 거야……. 그리고 그렇게 그의 정신이 산만해져 있는 동안 당신이 가까이 다가가는 거지. 그 순간에 당신이 그를 치는 거야! 골라가 하나가 아니라 둘이야! 우리 주인들은 바로 그걸 요구하고 있어!" 난쟁이가 헛기침을 하며 다시 한번 고개를 끄덕이고 말했다. "이제 말해."

"난 그렇게 하지 않을 거다." 헤이트가 말했다.

"하지만 던컨 아이다호라면 그렇게 할걸. 그건 하코넨의 후손이 최고로 약해지는 순간이 될 테니까. 이걸 잊지 마. 당신은 그가 사랑하는 사람을 더 좋게 만들어주겠다고 제안하는 거야. 영원한 마음이나 더 부드러운 감정을 갖게 해주겠다고 하면 되겠지. 당신은 그에게 가까이 다가가면서 피난처를 주겠다고 제안해야 해. 제국의 경계 너머에 있는 행성 중에서 그가 직접 고르는 곳으로. 생각해 봐! 그가 사랑하는 사람이 복원되는 거야. 더 이상 눈물을 흘릴 필요가 없어. 그리고 천수를 누리며 목가적인 생활을 할 수 있는 장소가 생긴다고."

"비용이 많이 드는 제안이로군. 황제는 값을 물을 거다." 헤이트가 탐색하듯 물었다.

"자신이 신이라는 걸 부정하고 퀴자라트의 명예를 부숴버리라고 해. 그 자신과 누이동생의 명예도 부숴버려야 해."

"그게 다인가?" 헤이트가 조소하면서 물었다.

"물론 그가 갖고 있는 초암의 주식을 포기해야지."

"물론 그렇겠지."

"만약 당신이 아직 공격을 할 수 있을 만큼 가까이 다가가지 못했다면 종교의 가능성에 대한 그의 가르침에 틀레이락스 인들이 얼마나 경탄하고 있는지 말해 줘. 틀레이락스 인들이 종교 공학이라는 부서를 만들어서 특정한 목적에 맞는 종교를 만들어내고 있다고 말이야."

"정말 영리하군." 헤이트가 말했다.

"당신은 마음대로 나를 비웃으며 내 명령을 어길 수 있다고 생각하는군." 비자즈가 음흉하게 고개를 갸우뚱했다. "부인하지 마……."

"놈들이 당신을 아주 잘 만들었어, 어린 짐승처럼." 헤이트가 말했다.

"당신도 마찬가지야. 황제에게 서둘러야 한다고 말해. 시체는 부패하게 마련이니까 그녀의 몸을 저온 탱크에 보존해야 한다고 말이야."

헤이트는 자신이 알지 못하는 목적들의 틀 속에 갇혀 허둥거리고 있음을 느꼈다. 난쟁이는 너무나 자신 있어 보였다! 틀레이랙스의 논리 어딘가에 반드시 결점이 있을 터였다. 골라를 만들면서 그들은 그를 비자즈의 목소리에 반응하도록 맞춰놓았다. 하지만…… 하지만 뭐지? 논리와 틀과 목적…… 명석한 논리를 옳은 논리로 착각하기란 얼마나 쉬운 일인가! 틀레이랙스 인들의 논리가 왜곡된 것인가?

비자즈가 미소를 지으며 마치 숨겨진 목소리에 귀를 기울이는 듯한 자세를 취했다. "자, 이제 당신은 잊게 될 거야. 때가 되면 기억하겠지. 그가 '그녀가 가버렸어'라고 말하는 그때 던컨 아이다호는 깨어날 거야."

난쟁이가 손뼉을 마주쳤다.

헤이트는 뭔가 생각을 하다가 중간에 방해받은 듯한 느낌에 불만스러운 소리를 냈다……. 아니 뭔가 말을 하던 중이었던가? 뭐였지? 뭔가…… 목표에 대한 거였나?

"당신은 날 혼란시켜서 마음대로 조종할 생각이군." 그가 말했다.

"왜?" 비자즈가 물었다.

"내가 당신의 목표다. 그걸 부정할 생각은 하지 마."

"부정할 생각은 조금도 없어."

"나한테 무슨 짓을 하려는 거지?"

"친절을 베푸는 거야. 소박한 친절을." 비자즈가 말했다.

아주 특별한 상황이 아니라면 실질적인 사건들의 연속성이 예지력에 의해 지리할 정도로 정확하게 드러나는 일은 없다. 예언은 사슬처럼 이어진 역사 속에서 떨어져 나온 사건들만 파악할 뿐이다. 영원은 움직인다. 영원은 예언과 탄원자들 모두에게 똑같이 영원 자체를 짊어지게 한다. 무앗딥의 신민들이 그의 위엄과 예지의 환영을 의심하게 두어라. 그들이 그의 능력을 부인하게 두어라. 그들이 결코 영원을 의심하지 못하게 하라.

—『듄 복음서』

헤이트는 알리아가 신전에서 나와 광장을 가로지르는 것을 지켜보았다. 경비병들이 쾌적한 생활과 자기만족에 의해 생겨난 주름살들을 감추기 위해 사나운 표정을 지은 채 그녀의 곁에 바짝 몰려 있었다.

오니솝터 날개의 일광반사 신호기가 신전 위에서 밝은 오후의 태양빛을 받아 번쩍였다. 동체에 무앗딥의 상징인 주먹 모양이 그려져 있는 제국 경비대 소속 오니솝터였다.

헤이트는 알리아에게 다시 시선을 돌렸다. 그는 그녀가 이곳 도시에 어울리지 않는다고 생각했다. 그녀에게는 아무런 구속도 없는 탁 트인 사막이 어울렸다. 그녀가 다가오는 것을 지켜보는 동안 그는 그녀의 기묘한 특징 하나를 기억해 냈다. 알리아는 미소를 지을 때에만 생각이 깊은 것처럼 보인다는 점이었다. 그는 그녀가 조합 대사를 위한 환영회에 나타났을 때의 인상적인 기억을 떠올리며 그녀가 그렇게 보이는 것은 눈의 착각 때문이라고 결론지었다. 그때 그녀는 화려한 드레스와 제복을 입은 사람들 사이에서 음악 소리와 덧없는 대화를 배경으로 오만하게 서 있었다. 그때 알리아가 입고 있던 것은 정숙함을 상징하는 눈부신 흰색이었다. 그녀가 격식을 갖춘 연못과 세로로 홈이 파여 있는 분수, 대초원의 풀잎들과 하얀 전망대가 있는 성 안쪽의 정원을 가로지르는 동안 그는 창가에 서서 그녀를 내려다보았었다.

이건 전적으로 잘못된 일이었다……. 완전히 잘못된 일이었다. 그녀는 사막에 속한 사람이었다.

헤이트는 지친 숨을 들이마셨다. 알리아는 그때도 지금처럼 그의 시야에서 사라져버렸다. 그는 주먹을 쥐었다 폈다 하면서 기다렸다. 비자즈와 만난 후로 그는 불안해하고 있었다.

알리아의 수행원들이 그가 기다리고 있는 방 밖을 지나가는 소리가 들렸다. 그녀는 가족 거처로 들어갔다.

이제 그는 그녀의 행동 중에서 신경에 거슬리는 부분에 생각을 집중했다. 그녀가 광장을 가로지를 때의 걸음걸이가 문제인가? 그랬다. 그녀는 마치 육식동물에게 쫓겨 도망치는 짐승처럼 움직였다. 그는 방에서 이어진 발코니로 나가 플라스멜드로 된 일광 차단막 뒤에서 발코니 가장자리를 따라 걷다가 걸음을 멈췄다. 여전히 그림자 속에 몸을 감춘 채였다. 알리아가 자신의 신전을 굽어보는 난간 옆에 서 있었다.

그는 그녀의 시선이 향하고 있는 도시를 보았다. 직사각형의 건물들,

색깔로 구분된 구획들, 일상의 느린 움직임들과 소리 등이 보였다. 건물들이 빛을 받아 아지랑이처럼 희미하게 반짝였다. 열기가 그려낸 무늬들이 지붕 위에서 나선형을 그리며 올라가고 있었다. 길 건너편 신전 모퉁이에 절벽을 지지대 삼아 생겨난 막다른 골목에서 소년 하나가 공을 튀기고 있었다. 공이 앞뒤로 오락가락했다.

알리아도 그 공을 지켜보았다. 그녀는 그 공에 대해 거역할 수 없는 동질감을 느꼈다. 앞으로 갔다가 뒤로 갔다가…… 앞으로 갔다가 뒤로 갔다가 하는 공. 그녀는 자신이 공처럼 튀면서 '시간'의 복도를 지나가는 것을 느꼈다.

그녀가 신전을 떠나기 직전에 마신 멜란지 약은 그 어느 때보다 많은 양이었다. 엄청난 과용이었다. 그 약이 효과를 나타내기도 전에 그녀는 겁에 질렸다.

'내가 왜 그런 짓을 했을까?' 그녀는 스스로에게 물어보았다.

자신은 위험한 것들 중에서 선택을 했다. 정말 그런 것이었을까? 그것은 그 망할 놈의 듄 타로 카드가 미래에 퍼뜨린 안개를 뚫고 들어가기 위한 방법이었다. 장벽이 존재하고 있었다. 그 장벽을 뚫고 들어가야 했다. 오빠가 눈도 없이 걷고 있는 곳이 어디인지 꼭 보아야 했다.

여느 때처럼 멜란지로 인해 멍한 상태가 그녀의 의식 속으로 기어 들어오기 시작했다. 그녀는 깊이 숨을 들이마시고 금방이라도 부서질 듯한 침착함을 경험하며 자아를 잊고 차분해졌다.

'두 번째 시각은 사람을 위험한 숙명론자로 만드는 경향이 있어.' 그녀는 생각했다. 불행히도 추상적인 생각 속에서 지렛대의 역할을 해주는 것이나 예지력의 계산법 같은 것은 존재하지 않았다. 미래의 환영을 공식으로 정리하는 것은 불가능했다. 목숨과 정신적 건강을 위험에 빠뜨리면서 그 환영 안으로 직접 들어가는 수밖에 없었다.

인접한 발코니의 짙은 그림자 속에서 누군가가 모습을 드러냈다. 골라였다! 고양된 의식 속에서 알리아는 강렬하게 느껴질 정도로 선명하게 그를 보았다. 번득이는 금속 눈이 그의 가무잡잡하고 활기 있는 얼굴을 지배하고 있었다. 그는 소름 끼칠 정도로 반대되는 것들이 충격적일 만큼 직선적인 방법으로 결합되어 있는 사람이었다. 그는 그림자이자 눈부신 빛이었으며, 죽은 몸을 되살린 처리 방법의 소산이었고…… 뭔가 지독히도 순수하고…… 무구한 것의 소산이었다.

그는 포위당한 순수 그 자체였다!

"계속 거기 있었나요, 던컨?" 그녀가 물었다.

"결국 제가 던컨이 되어야 하는 모양이군요. 왜입니까?"

"나한테 묻지 말아요."

그녀는 그를 바라보면서 틀레이랙스 인들이 이 골라에게 미완성으로 남겨놓은 부분이 하나도 없다는 생각을 했다.

"감히 위험을 무릅쓰고 무사하게 완벽을 추구할 수 있는 건 신뿐이에요. 인간에게는 위험한 일이죠." 그녀가 말했다.

"던컨은 죽었습니다." 그가 말했다. 그는 그녀가 자신을 그 이름으로 부르지 않았으면 좋겠다고 생각했다. "저는 헤이트입니다."

그녀는 그의 인공 눈을 유심히 살피면서 그 눈이 무엇을 보고 있을까 생각해 보았다. 자세히 관찰해 보니 그 눈에는 작은 검은 구멍들이 얽은 자국처럼 나 있었다. 반짝이는 금속 안에서 어둠을 담고 있는 작은 우물 같았다. 그건 홑눈들이었다! 그녀의 주위에서 우주가 아지랑이처럼 어른거리며 비틀거렸다. 그녀는 햇볕에 따스해진 난간을 잡고 몸의 균형을 잡았다. 아아, 멜란지가 아주 빠르게 효과를 발휘하고 있었다.

“어디 편찮으십니까?” 헤이트가 물었다. 그가 강철 같은 눈을 휘둥그렇게 뜨고 그녀를 줄곧 바라보면서 가까이 다가왔다.

‘누가 말한 거지?’ 그녀는 생각했다. 던컨 아이다호였나? 아니면 멘타트 골라? 젠수니 철학자? 아니면 조합의 키잡이보다 더 위험한 틀레이랙스의 꼭두각시? 그녀의 오빠는 답을 알고 있었다.

그녀는 다시 골라를 바라보았다. 이제 그에게서 불활성의 어떤 것, 잠복하고 있는 어떤 것이 느껴졌다. 그는 평범한 삶을 넘어서는 능력과 기다림으로 포화 상태가 되어 있었다.

“어머니의 몸에서 태어난 나는 베네 게세리트와 같아요. 그거 알고 있어요?” 그녀가 말했다.

“알고 있습니다.”

“난 그들의 능력을 사용하고, 그들이 생각하듯 생각해요. 내 마음 한구석은 유전자 교배 프로그램과…… 그 소산의 신성한 절박함을 알고 있어요.”

그녀는 자신의 의식 일부가 ‘시간’ 속에서 자유롭게 움직이기 시작하는 것을 느끼며 눈을 깜박거렸다.

“베네 게세리트는 절대 포기하는 일이 없다고 합니다.” 그가 말했다. 그는 그녀를 주의 깊게 관찰하다가 발코니 난간을 움켜쥔 그녀의 손마디가 새하얘진 걸 깨달았다.

“내가 휘청거렸나요?” 그녀가 물었다.

그는 그녀가 아주 깊게 심호흡을 하고 있으며 모든 동작에 긴장이 서려 있고, 눈이 유리처럼 멍해져 있음에 주목했다.

“휘청거릴 때에는 아가씨의 발을 걸었던 물건 너머로 도약하면 다시 균형을 찾을 수 있을 겁니다.” 그가 말했다.

"베네 게세리트는 휘청거렸어요. 이제 그들은 오빠를 뛰어넘음으로써 다시 균형을 찾고 싶어 해. 그들은 챠니의 아이를 원해요…… 아니면 내 아이나."

"임신하셨습니까?"

그녀는 이 질문에 대한 시공의 관계 속에 자신을 고정하려고 애썼다. 임신했냐고? 언제? 어디서?

"난…… 내 아이를 볼 수 있어요." 그녀가 속삭였다.

그녀는 발코니 가장자리에서 물러나 고개를 돌려 골라를 바라보았다. 그의 얼굴은 소금 같았고 눈은 냉혹했다. 번득이는 납으로 된 두 개의 원……. 그가 그녀의 움직임을 뒤쫓기 위해 빛으로부터 고개를 돌리자 그 눈이 푸른색 그림자로 변했다.

"그런 눈으로 뭘…… 보고 있죠?" 그녀가 속삭였다.

"다른 눈이 보는 걸 봅니다."

그의 말이 그녀의 귓속에서 울리면서 그녀의 의식을 잡아늘였다. 그녀는 자신이 우주의 건너편에 도착했음을 느꼈다. 의식이 계속…… 계속…… 늘어났다. 그녀는 모든 '시간'과 얽혀 있었다.

"스파이스를 드셨군요. 아주 많이." 그가 말했다.

"왜 그를 볼 수 없는 거지?" 그녀가 중얼거렸다. 모든 창조물을 만들어낸 자궁이 그녀를 사로잡고 있었다. "말해 줘요, 던컨, 내가 왜 그를 볼 수 없는 거죠?"

"누굴 볼 수 없다는 겁니까?"

"내 아이들의 아버지를 볼 수 없어요. 타로 카드의 안개 속에서 길을 잃어버렸어. 도와줘요."

멘타트의 논리력이 가장 가능성이 높은 계산 결과를 내놓았다. 그는 이렇게 말했다. "베네 게세리트는 아가씨와 아가씨의 오라버님이 맺어지기를 원하고 있습니다. 그러면 유전자를……."

그녀의 입에서 울부짖음이 터져 나왔다. "몸속의 알." 그녀가 숨을 몰아쉬며 말했다. 오싹한 느낌이 그녀의 몸을 휩쓸며 지나가고 강렬한 열기가 그 뒤를 이었다. 그녀가 아직 보지 못한 가장 음울한 꿈속의 짝! 예언이 차마 보여줄 수 없는 그녀의 육체 중의 육체. 일이 그 지경까지 이르게 되는 것일까?

"위험할 정도로 많은 양의 스파이스를 드신 겁니까?" 그가 물었다. 아트레이데스 가문의 여자가 죽을지도 모른다는 생각, 폴이 황실 여자가…… 가버렸다는 사실을 알고 자신을 찾아올지도 모른다는 생각 때문에 느껴지는 극도의 공포를 표현하기 위해 그의 내면에서 무엇인가가 싸우고 있었다.

"미래를 좇는 것이 어떤 건지 당신은 모를 거예요." 그녀가 말했다. "때로 나는 나 자신을 얼핏 보죠……. 하지만 내가 나 자신의 방해물이 돼요. 나 자신을 꿰뚫고 그 너머를 볼 수가 없어." 그녀는 고개를 숙이고 좌우로 흔들었다.

"스파이스를 얼마나 드셨습니까?" 그가 물었다.

"자연은 예지력이라면 질색을 하죠." 그녀가 고개를 들면서 말했다. "그거 알고 있었나요, 던컨?"

그는 어린아이에게 하듯이 부드러운 목소리로 차분히 말했다. "스파이스를 얼마나 드셨는지 말씀해 주세요." 그가 왼손으로 그녀의 어깨를 잡았다.

"말은 너무 조잡한 도구예요. 너무 원시적이고 모호해." 그녀가 말했다. 그리고 그의 손에서 몸을 빼냈다.

"꼭 말씀해 주셔야 합니다."

"방어벽을 봐요." 그녀가 방어벽을 가리키며 명령했다. 그녀는 길게 뻗은 자신의 팔을 따라 시선을 옮기며 저항할 수 없는 환영 속에서 눈앞의 풍경이 산산조각 나는 광경에 몸을 떨었다. 눈에 보이지 않는 파도에 파괴되는 모래성 같았다. 그녀는 눈을 돌리고 골라의 얼굴을 못 박힌 듯 바라보았다. 그의 얼굴이 조금씩 움직이면서 나이를 먹었다가 다시 젊어지고…… 나이를 먹었다가…… 젊어졌다. 그는 주장이 강하고 끝없는 생명 그 자체였다……. 그녀는 도망치려고 몸을 돌렸지만 그가 그녀의 왼쪽 손목을 움켜쥐었다.

"의사를 부르겠습니다." 그가 말했다.

"안 돼! 내가 환영을 보게 내버려둬! 난 알아야만 해!"

"당장 안으로 들어가십시오." 그가 말했다.

그녀는 그의 손을 뚫어지게 내려다보았다. 두 사람의 육체가 맞닿은 곳에서 그녀는 유혹적이면서도 무서운, 전기가 통하는 듯한 감각을 느꼈다. 그녀가 거칠게 그의 손을 뿌리치고 숨을 몰아쉬며 말했다. "회오리바람을 멈출 수는 없어!"

"아가씨는 의사의 도움을 받아야 해요!" 그가 날카롭게 소리쳤다.

"모르겠어? 나의 환영은 불완전해요. 그냥 조각에 지나지 않는다고요. 나의 환영은 깜박이면서 엉뚱한 곳으로 훌쩍 뛰어가 버려요. 난 미래를 기억해야 해요. 그걸 모르겠어요?"

"아가씨가 죽으면 미래가 무슨 소용입니까?" 그가 그녀를 부드럽게 안으로 끌고 가면서 물었다.

"말…… 말." 그녀가 투덜거렸다. "그걸 설명할 수는 없어요. 한 가지 일은 다른 일의 계기가 되지. 하지만 원인도 없고…… 결과도 없어요. 우주를 과거의 모습 그대로 남겨둘 수 없어요. 아무리 노력해도 틈이 있다고요."

"여기 몸을 쭉 펴고 누우세요." 그가 명령했다.

'이 사람은 너무 멍청해!' 그녀는 생각했다.

서늘한 그림자가 그녀를 감쌌다. 그녀는 자신의 근육이 벌레가 기는 것처럼 움직이는 것을 느꼈다. 단단한 침대가 느껴졌지만 그녀는 그것이 실체가 없는 물건이라는 것을 알고 있었다. 오로지 우주만이 영원했다. 그 밖에 다른 것은 모두 실체가 없었다. 침대가 수많은 육체들로 넘쳐흘렀다. 그 육체는 모두 그녀의 것이었다. 시간은 과부하로 인해 복합적인 감각이 되었다. 시간이 하나의 반응만을 보인 것이 아니었기 때문에 그녀는 그 반응을 정리할 수 없었다. 그것이 '시간'이었다. 시간이 움직였다. 온 우주가 뒤로, 앞으로, 옆으로 미끄러지듯 움직였다.

"그건 물건 같은 요소를 전혀 갖고 있지 않아. 그 아래로 들어갈 수도, 그걸 돌아서 갈 수도 없어요. 지렛대가 되어줄 장소가 전혀 없어요." 그녀가 설명했다.

그녀의 주위가 온통 사람들로 팔랑거렸다. 누군지 모르는 많은 사람들이 그녀의 왼손을 잡았다. 그녀는 움직이고 있는 자신의 육체를 바라보고, 덩굴처럼 꼬인 팔을 눈으로 따라가 유동적인 가면 같은 얼굴에 이르렀다. 던컨 아이다호였다! 그의 눈은…… 달랐지만 그는 던컨이었다. 아이이자 어른이자 소년, 아이이자 어른이자 소년……. 그의 얼굴의 모든 선들이 그녀에 대한 걱정을 드러내고 있었다.

"던컨, 겁내지 말아요." 그녀가 속삭였다.

그가 그녀의 손을 꼭 쥐면서 고개를 끄덕였다. "가만히 계세요." 그가 말했다.

'아가씨가 죽으면 안 돼! 죽으면 안 돼! 아트레이데스 가문의 여자가 죽으면 안 돼!' 그는 거칠게 고개를 흔들었다. 그런 생각은 멘타트의 논리에 어긋나는 것이었다. 죽음은 생명이 지속되기 위해 반드시 필요했다.

'저 골라는 나를 사랑해.' 알리아는 생각했다.

이 생각이 그녀가 매달릴 수 있는 바위가 되어주었다. 분명히 존재하는 방을 배경으로 앉아 있는 그의 얼굴은 친숙한 것이었다. 그녀는 이곳이 폴의 거처에 있는 침실임을 알아보았다.

환영과는 달리 절대로 변하지 않는 어떤 사람이 그녀의 목구멍에 튜브를 넣고 뭔가를 했다. 그녀는 구역질이 나는 것을 억지로 참았다.

"다행히 시간이 늦지 않았군." 누군가가 말했다. 그녀는 그것이 가문 주치의의 목소리임을 알아차렸다. "왜 더 빨리 나를 부르지 않았지?" 의사의 목소리에는 의심이 배어 있었다. 그녀는 목구멍에서 튜브가 스르륵 빠져나가는 것을 느꼈다. 희미하게 반짝이는 뱀 같았다.

"주사를 놓았으니 아가씨는 잠이 들 거다." 의사가 말했다. "내가 아가씨의 시종을 한 사람 보내……."

"내가 아가씨와 함께 있겠소." 골라가 말했다.

"그건 적절하지 않아!" 의사가 날카롭게 소리쳤다.

"여기 있어…… 던컨." 알리아가 속삭였다.

그는 그녀의 말을 들었다는 뜻을 전달하기 위해 그녀의 손을 쓰다듬었다.

"아가씨, 차라리……." 의사가 말했다.

"나한테 이래라저래라 하지 말아요." 그녀가 갈라진 목소리로 말했다. 말을 한마디 할 때마다 목이 아팠다.

"아가씨." 의사가 비난이 섞인 목소리로 말했다. "멜란지를 너무 많이 먹는 게 얼마나 위험한지 잘 아시지 않습니까. 저로서는 누군가가 아가씨에게 일부러 멜란지를 많이 먹였다고 생각…….”

“바보 같으니. 내가 환영을 보지 못하게 막을 작정인가요? 내가 뭘 먹었는지, 왜 먹었는지 난 알고 있었어요.” 그녀는 손으로 목을 만졌다. “나가요. 당장!”

의사가 그녀의 시야에서 벗어나며 말했다. “오라버님께 전갈을 보내겠습니다.”

그녀는 그가 나가는 것을 느끼고 골라에게 시선을 돌렸다. 환영은 이제 그녀의 의식 속에 선명하게 놓여 있었다. 그것은 현재가 밖을 향해 자라고 있는 배양기였다. 그녀는 그 ‘시간’의 연극 속에서 골라가 움직이는 것을 느꼈다. 그는 이제 더 이상 암호 같은 존재가 아니라, 그녀가 인식할 수 있는 배경 속에 고정된 존재였다.

‘그는 도가니 같아. 그는 위험이자 구원이야.’ 그녀는 생각했다.

그리고 자신이 오빠가 본 환영을 보았음을 알고 몸을 떨었다. 원치 않는 눈물이 그녀의 눈을 뜨겁게 태웠다. 그녀는 거칠게 고개를 흔들었다. 눈물을 흘리면 안 돼! 그건 수분을 낭비하는 짓인 데다가 환영의 엄격한 흐름을 흐트러뜨려. 반드시 폴을 막아야 해! 한 번, 딱 한 번 그녀는 그가 지나갈 장소에 자신의 목소리를 심기 위해 ‘시간’에 다리를 놓았다. 그러나 스트레스와 변덕스러움이 이곳에서 그것을 허락하려 하지 않았다. ‘시간’의 거미줄은 지금 렌즈를 통과하는 빛처럼 오빠를 통과하고 있었다. 그는 그 거미줄의 중심에 서 있었고, 자신도 그걸 알고 있었다. 그는 모든 선을 자신에게 모아 그 선들이 도망치거나 변하는 것을 허락하려 하지 않았다.

“왜? 증오(hate) 때문인가? 오빠는 ‘시간’이 자기를 고통스럽게 하기 때문에 ‘시간’ 그 자체를 치는 걸까? 그런 걸까…… 증오 때문에?” 그녀가 중얼거렸다.

골라는 그녀가 자신의 이름을 불렀다고 생각하고 말했다. “아가씨?”

“이걸 태워서 내 몸 밖으로 쫓아버릴 수만 있다면!” 그녀가 소리쳤다. “난 남들과 달라지고 싶지 않았어.”

“제발, 알리아. 좀 주무셔야 해요.” 그가 중얼거렸다.

“난 웃을 수 있기를 바랐어요.” 그녀가 속삭였다. 눈물이 그녀의 뺨을 따라 미끄러져 내렸다. “하지만 난 신으로 숭배받는 황제의 여동생이야. 사람들은 날 두려워해요. 난 결코 두려움의 대상이 되고 싶지 않았어.”

그가 그녀의 얼굴에서 눈물을 닦아주었다.

“난 역사의 일부가 되고 싶지 않아. 난 그냥 사랑받고…… 사랑하고 싶어요.” 그녀가 속삭였다.

“아가씨는 사랑받고 계세요.”

“아아, 충성스러운, 충성스러운 던컨.”

“제발 절 그렇게 부르지 마세요.” 그가 애원했다.

“하지만 당신은 던컨이에요. 그리고 충성심은 가치 있는 상품이죠. 그건 팔릴 수 있어요……. 매수될 수는 없지만 팔릴 수는 있어요.”

“그런 냉소적인 말은 싫습니다.”

“당신의 논리 따위 지옥에나 던져버려요! 내 말은 사실이야!”

“주무세요.”

“날 사랑해요, 던컨?”

“예.”

“그건 진실보다 더 믿기 쉬운, 그런 거짓말 중의 하나인가요? 왜 내가 당신을 믿는 걸 두려워하는 거죠?”

“아가씨는 아가씨 자신이 남들과 다르다는 걸 두려워하는 것처럼 제가 남들과 다른 걸 두려워하고 계십니다.”

“멘타트는 그만두고 그냥 남자로서 얘기해요!” 그녀가 고함을 질렀다.

“저는 멘타트이자 남자입니다.”

“그럼 날 당신 여자로 만들어줄 건가요?”

“사랑이 요구하는 거라면 뭐든지 하겠습니다.”

“그리고 충성심이 요구하는 것도?”

“예, 충성심이 요구하는 것도.”

“그래서 당신이 위험한 거예요.” 그녀가 말했다.

그녀의 이 말이 그의 마음을 휘저어놓았다. 그의 얼굴에 마음이 혼란해진 기색이 나타난 것도 아니고, 근육이 떨리지도 않았다. 그러나 그녀는 그것을 알고 있었다. 환영의 기억이 그의 혼란한 마음을 드러내주었다. 그러나 그녀는 자신이 환영의 일부를 놓쳤으며, 미래로부터 뭔가 다른 것을 기억해야 한다는 느낌이 들었다. 정확히 감각만을 따르지 않는 또 다른 인식이 존재했다. 그것은 예지력처럼 갑자기 그녀의 머릿속으로 떨어져 내렸다. 그것은 '시간'의 그림자 속에 놓여 있었으며 한없이 고통스러웠다.

감정! 그거야, 감정! 감정이 환영에 나타나기는 했다. 직접적으로 나타난 것이 아니라, 그녀가 그 뒤에 놓인 것을 추정해 낼 수 있는 하나의 결과물로서. 그녀는 감정에 사로잡혀 있었다. 그것은 두려움, 슬픔, 사랑으로 만들어진 단 한 번의 속박이었다. 그 감정들이 모두 강렬하고 원초적인 형태로 전염병 같은 하나의 몸 안에 수집되어 환영 안에 놓여 있었다.

“던컨, 날 놓지 말아요.” 그녀가 속삭였다.

“주무세요. 잠을 이기려고 애쓰지 마세요.”

"잠을 자면 안 돼요…… 안 돼요. 그는 자신이 만든 함정 안에서 미끼가 되어 있어요. 그는 힘과 공포의 종이라고요. 폭력…… 신격화가 감옥처럼 그를 둘러싸고 있어요. 그는…… 모든 걸 잃을 거야. 그것이 그를 갈기갈기 찢어버릴 거예요."

"지금 폴 님의 얘길 하시는 겁니까?"

"그들이 그를 자멸로 몰아가고 있어요." 그녀가 등을 둥글게 말고 숨을 몰아쉬면서 말했다. "짐이 너무 무겁고 슬픔이 너무 많아. 그들은 그를 사랑으로부터 꼬여내고 있어요." 그녀는 침대 속으로 가라앉았다. "그들은 그가 스스로 살아가는 걸 용납하지 않을 우주를 만들어내고 있어요."

"그런 짓을 누가 하고 있다는 겁니까?"

"그가 하고 있어요! 아아, 당신은 너무 둔해. 그는 패턴의 일부예요. 너무 늦었어……. 너무 늦었어……. 너무 늦었어……."

말을 하는 동안 그녀는 자신의 의식이 한 겹 한 겹 층을 뚫고 내려가는 것을 느꼈다. 그녀의 의식은 그녀의 배꼽 바로 뒤에서 정지했다. 몸과 정신이 분리되었다가 유물이 되어버린 환영들의 창고 속에서 융합되었다. 그리고 계속 움직이고, 움직이고……. 그녀는 태아의 심장 박동을 들었다. 미래의 아이였다. 멜란지가 여전히 그녀를 사로잡고 있다가 '시간' 속에서 띄워놓았다. 그녀는 자신이 아직 잉태되지 않은 아이의 생명을 맛보았다는 것을 알고 있었다. 이 아이에 대해 확실한 것이 하나 있었다. 아이는 그녀가 겪었던 것과 똑같은 각성을 겪게 될 것이다. 아이는 태어나기도 전에 의식을 갖고 생각하는 존재가 될 것이다.

힘에는 한계가 있어서 아무리 강력한 힘이라도 스스로를 파괴하지 않고는 적용될 수 없는 경우가 있다. 이 한계를 판단하는 것이 정부의 진정한 재능이다. 힘의 오용은 치명적인 죄악이다. 법은 복수의 도구가 될 수 없고, 결코 인질이 될 수도 없으며, 법이 스스로 만들어낸 순교자들에 맞서는 성채가 될 수도 없다. 어떤 사람을 협박하고서 그 결과로부터 도망칠 수는 없다.

—법에 대한 무앗딥의 말, 『스틸가 주석집』

챠니는 타브르 시에치 아래의 갈라진 단층이 액자처럼 둘러싸고 있는 아침 사막을 물끄러미 내다보았다. 사막복을 입지 않았기 때문에 사막에 무방비로 있는 듯한 느낌이 들었다. 시에치 동굴의 입구는 그녀의 머리 위와 등 뒤에 버팀목으로 보강해 놓은 절벽 속에 숨겨져 있었다.

사막…… 사막……. 그녀는 지금까지 자신이 어디를 가든 사막이 뒤쫓아온 것 같다고 생각했다. 이번에 사막으로 돌아온 것도 귀향이라기보다는 항상 옆에 있던 것을 보려고 단순히 고개를 돌린 것에 불과한 듯했다.

그녀의 배 전체가 갑자기 고통스럽게 수축했다. 곧 출산을 할 것 같았다. 그녀는 지금 이 순간 자신의 사막과 단둘이 있고 싶었기 때문에 애써 고통을 억눌렀다.

새벽의 정적이 땅을 움켜쥐었다. 주위의 모래언덕들과 방어벽의 단구들 사이에서 그림자들이 도망쳤다. 아침의 햇빛이 높은 절벽 위로 돌진하듯 솟아올라 물로 씻은 듯한 푸른 하늘 밑에 뻗어 있는 황량한 풍경 속에 그녀를 눈까지 잠기도록 던져 넣었다. 이 풍경은 폴이 시력을 잃었다는 사실을 알게 된 순간부터 계속 그녀를 괴롭혀온 지독한 냉소주의와 잘 어울렸다.

'우리가 왜 여기 있는 걸까?' 그녀는 속으로 질문을 던졌다.

이건 탐색의 여행인 하즈라가 아니었다. 폴은 이곳에서 아무것도 찾으려 하지 않았다. 뭔가를 찾는다고 해봤자 아마도 그녀가 아이를 낳을 장소 정도일까. 그가 이 여행을 위해 소집한 동행들은 참으로 이상한 사람들이었다고 그녀는 생각했다. 틀레이랙스의 난쟁이 비자즈, 어쩌면 저승에서 돌아온 던컨 아이다호인지도 모르는 골라 헤이트, 조합의 키잡이이자 대사인 에드릭, 폴이 노골적으로 증오하고 있는 베네 게세리트의 대모 가이우스 헬렌 모히암, 경비대원들의 감시의 눈길을 도저히 벗어나지 못하는 것처럼 보이는 오테임의 이상한 딸 리치나, 챠니의 숙부이며 나입인 스틸가, 그리고 스틸가가 가장 사랑하는 아내 하라…… 이룰란…… 알리아…….

바위틈으로 바람이 불어오는 소리가 그녀의 생각과 함께했다. 사막의 아침은 노란색을 배경으로 한 노란색, 황갈색을 배경으로 한 황갈색, 회색을 배경으로 한 회색이 되어 있었다.

왜 그렇게 이상한 사람들을 한데 섞어 동행으로 선택한 걸까?

"우린 '동행'이라는 말이 원래 여행의 동반자를 뜻한다는 사실을 잊고 있었소. 우린 일행이오." 그녀가 질문을 던졌을 때 폴은 이렇게 대답했다.

“하지만 그들에게 무슨 가치가 있죠?”

“바로 그거요!” 그가 소름 끼치는 눈구멍을 그녀에게 향하며 말했다. “우린 삶의 그 분명하고 유일한 표식을 잃어버렸소. 병에 담거나 패배시키거나 방향을 정해주거나 몰래 저장해 둘 수 없는 것에는 아무런 가치를 주지 않으니까.”

속이 상한 그녀가 말했다. “내 말은 그런 뜻이 아니었어요.”

“아아, 내 소중한 사람.” 그가 달래듯이 말했다. “우린 돈이 이렇게나 많지만 삶은 너무나 가난하오. 난 사악하고 완고하고 멍청하고…….”

“그렇지 않아요!”

“그것 역시 사실이오. 하지만 내 손은 시간 때문에 창백해졌소. 난…… 난 생명을 발명하기 위해 애쓰고 있다고 생각했소. 생명이 벌써 발명되었다는 걸 깨닫지도 못하고.”

그리고 그는 그녀의 배에 손을 대고 그 안의 새 생명을 느끼려 했다.

이 일을 기억하며 그녀는 양손을 배에 얹고 몸을 떨었다. 폴에게 이리로 데려와 달라고 한 것이 잘못이라는 생각이 들었다.

사막의 바람이 절벽 밑동에 모래언덕들을 묶어두기 위해 가장자리에 심어둔 식물들의 불쾌한 냄새를 들쑤셨다. 프레멘의 미신이 그녀를 사로잡았다. ‘사악한 냄새는 곧 사악한 시대.’ 그녀가 바람을 향해 얼굴을 돌리자 식물이 심어진 지역 바깥에 모습을 드러내는 모래벌레 한 마리가 보였다. 벌레는 모래언덕들 사이에서 악마의 배가 뱃머리를 들어 올리는 것처럼 몸을 일으켰다. 그리고 모래를 마구 후려갈기다가 자신과 같은 생물들에게는 치명적인 물 냄새를 맡더니 땅을 파고 들어가 긴 둔덕을 남기면서 도망쳐 버렸다.

그녀는 그 순간 벌레의 두려움이 전염된 듯 물을 증오했다. 한때 아라키스의 영혼이었던 물은 이제 독이 되었다. 물은 역병과도 같은 해악을 가져왔다. 오직 사막만이 깨끗했다.

그녀의 아래쪽에 프레멘 인부들이 나타났다. 그들은 시에치의 중간 입구를 향해 올라오고 있었다. 그들의 발이 진흙투성이였다.

'발에 진흙이 묻은 프레멘이라니!'

시에치의 아이들이 그녀의 위쪽에서 아침을 향해 노래를 부르기 시작했다. 위쪽 입구에서 들려오는 아이들의 목소리는 새가 지저귀는 것 같았다. 그 목소리를 듣고 있자니 바람이 불기 전에 매들이 도망치는 것처럼 시간이 그녀에게서 도망치고 있는 듯했다. 그녀는 몸을 부르르 떨었다.

폴은 눈도 없이 보고 있는 환영에서 어떤 폭풍을 본 것일까?

그녀는 그의 내면에서 심술궂은 광인을 느끼고 있었다. 그 광인은 노래와 논쟁에 싫증을 내고 있었다.

그녀는 하늘이 설화 석고 같은 색깔의 햇빛 때문에 수정 같은 회색으로 변한 것을 깨달았다. 바람에 날려 올라간 모래가 하늘 전체에 괴상한 무늬들을 그렸다. 남쪽에서 반짝이는 하얀 선이 그녀의 시선을 끌었다. 갑자기 긴장한 눈으로 그녀는 그 징조를 해석했다. 남쪽에 나타난 하얀 하늘은 샤이 훌루드의 입이었다. 폭풍이 다가오고 있었다. 아주 커다란 바람이었다. 경고 같은 산들바람이 느껴지고, 바람에 날려 온 모래가 수정처럼 그녀의 뺨에 부딪쳤다. 죽음의 향이 그 바람에 실려 왔다. 카나트를 흐르는 물과 땀을 흘리는 사막과 단단한 돌의 냄새였다. 물. 샤이 훌루드가 코리올리 바람을 보내는 것은 물 때문이었다.

매들이 바람을 피할 수 있는 안전한 곳을 찾아 그녀가 서 있는 바위틈에 나타났다. 그들은 바위 같은 갈색이었고, 날개에는 진홍빛 무늬가 있었다. 그녀는 자신의 영혼이 그들에게 향하는 것을 느꼈다. 그들에게는 숨을 장소가 있지만 그녀에게는 아무것도 없었다.

"부인, 바람이 다가오고 있습니다!"

그녀가 고개를 돌리자 시에치의 위쪽 입구 밖에서 골라가 그녀를 향해 소리치고 있었다. 프레멘다운 두려움이 그녀를 움켜쥐었다. 깨끗한 죽음과 부족이 시체의 물을 회수하는 것. 이건 그녀도 잘 아는 것이었다. 그러나…… 죽음으로부터 다시 되살려낸 것은…….

바람에 날려 온 모래가 채찍처럼 그녀를 후려쳐 뺨을 빨갛게 물들였다. 그녀는 하늘을 가득 채운 무서운 흙먼지 띠를 어깨 너머로 바라보았다. 폭풍의 아래에 놓여 있는 사막은 황갈색으로 불안하게 보였다. 언젠가 폴이 바다를 설명해 주었을 때 들은 얘기처럼 모래언덕의 파도가 폭풍이 몰아치는 해안에 부딪치고 있는 것 같았다. 그녀는 사막이 덧없다는 느낌에 사로잡혀 잠시 머뭇거렸다. 영원과 비교하면 이것은 들끓는 가마솥에 지나지 않았다. 모래언덕의 파도가 절벽에 부딪쳐 천둥 같은 소리를 냈다.

그녀의 시점에서 볼 때 폭풍은 어디에나 있었다. 모든 짐승이 폭풍을 피해 몸을 숨겼기 때문에…… 사막에는 아무것도 남아 있지 않았다. 오로지 사막의 은밀한 소리, 즉 모래가 바람에 날려 바위를 긁는 소리와 바람이 갑자기 세차게 몰려오면서 나는 휘파람 같은 소리, 산 위에서 말이 달리는 것 같은 소리를 내며 갑자기 바위가 우당탕 굴러 떨어지는 소리뿐이었다. 그때 그녀의 시야에서 벗어난 어딘가에서 몸이 뒤집힌 모래벌레가 바보처럼 몸을 바닥에 쾅쾅 부딪치면서 몸을 똑바로 세우더니 물기가 없는 깊숙한 곳으로 스르르 사라졌다.

시간에 비하면 그녀의 인생 전체가 한순간에 불과한 것처럼 그것도 한순간에 불과한 일이었다. 그러나 그 순간 그녀는 이 행성이 무엇인가에 완전히 휩쓸려서 또 다른 파도의 일부, 우주의 먼지로 변해 가고 있음을 느꼈다.

"서둘러야 합니다." 골라가 그녀의 바로 뒤에서 말했다.

그가 그녀의 안전을 걱정하며 두려워하고 있는 것이 느껴졌다.

"바람은 부인의 뼈에서 살을 발라낼 겁니다." 그가 말했다. 마치 그녀에게 이런 폭풍에 대해 설명해 줄 필요가 있다고 생각하는 사람처럼.

그가 눈에 띄게 자신을 걱정하는 모습에 그에 대한 두려움을 잊어버린 챠니는 순순히 골라의 도움을 받아 시에치로 이어진 바위 계단을 올라갔다. 두 사람은 입구를 보호하는 뒤틀린 모양의 차폐 장치 안으로 들어갔다. 시종들이 두 사람을 위해 수분 누출방지막을 열었다가 두 사람이 안으로 들어온 후 다시 닫았다.

시에치의 냄새가 그녀의 코를 강타했다. 이곳에는 추억의 냄새들이 들끓고 있었다. 토끼굴의 토끼들처럼 가까이 몰려 있는 사람들의 몸에서 나는 냄새, 배설물 증류기의 고약한 에스테르 냄새, 친숙한 음식 향기, 작동 중인 기계에서 나는 부싯돌이 타는 듯한 냄새……. 그리고 그 모든 것을 이기고 풍겨오는 스파이스 냄새. 멜란지가 어디에나 있었다.

그녀는 심호흡을 했다. "집이야."

골라가 그녀의 팔에서 손을 떼고 옆으로 물러섰다. 그는 이제 사용 중이 아니라서 스위치를 꺼놓은 기계처럼 아주 참을성 있는 모습이었다. 그러나…… 그는 계속 관찰하고 있었다.

챠니는 뭐라고 꼭 집어 말할 수 없는 어떤 것 때문에 당황한 채 입구 현관에서 머뭇거렸다. 이곳은 진정한 그녀의 집이었다. 어렸을 때 그녀는 발광구 불빛에 의지해 이곳에서 전갈을 사냥하곤 했다. 하지만 뭔가가 달라져 있었다…….

"거처로 가셔야 하지 않습니까, 부인?" 골라가 물었다.

그의 말에 시동이 걸리기라도 한 듯 물결처럼 번져가는 진통이 그녀의 배를 움켜쥐었다. 그녀는 아픔을 드러내지 않으려고 무진 애를 썼다.

"부인?" 골라가 말했다.

"내가 우리 아이를 낳는 걸 폴이 겁내는 이유가 뭐지?" 그녀가 물었다.

"부인의 안전을 걱정하는 건 당연한 일입니다."

그녀는 모래에 긁혀 붉어진 뺨에 손을 갖다 댔다. "그럼 폴이 아이들 때문에 겁을 내는 건 아니란 말인가?"

"부인, 그분은 아이를 생각할 때마다 부인이 낳은 첫아이가 사다우카에게 살해당한 일을 기억할 수밖에 없습니다."

그녀는 골라를 유심히 살펴보았다. 그의 얼굴은 평평했고, 금속 눈에서는 아무것도 읽을 수 없었다. 이 생물이 정말로 던컨 아이다호일까? 그가 누군가의 친구가 될 수 있을까? 그는 지금 진심으로 이런 말을 하는 걸까?

"의사가 있는 곳으로 가셔야 합니다." 골라가 말했다.

이번에도 그녀는 그의 목소리에서 그녀의 안전을 걱정하는 마음을 읽었다. 문득 자신의 정신이 무방비 상태라서 언제라도 충격적인 인식이 침략할 수 있는 상태인 것 같다는 느낌이 들었다.

"헤이트, 난 두려워." 그녀가 속삭였다. "나의 우슬은 어디 있지?"

"국사를 돌보느라 붙들려 계십니다." 골라가 말했다.

그녀는 커다란 편대를 이룬 오니솝터에 나눠 타고 이곳까지 동행한 정부 관리들에 대해 생각하면서 고개를 끄덕였다. 그 순간 그녀는 시에치에 발을 들여놓았을 때 자신이 당황했던 이유가 무엇인지 깨달았다. 외부 세계의 냄새 때문이었다. 사무원들과 보좌관들은 이곳으로 자신들의 향내를 가져왔다. 음식과 옷에서 나는 향기, 이국적인 화장 도구들의 향기였다. 그들의 냄새가 이곳의 저변에 깔려 있었다.

챠니는 씁쓸한 웃음을 터뜨리고 싶은 충동을 감추면서 몸을 흔들었다. 무앗딥이 있는 곳에서는 심지어 냄새마저도 변화했다!

"폐하께서 뒤로 미룰 수 없는 급한 문제가 있었습니다." 골라가 그녀가 머뭇거리는 이유를 잘못 이해하고 말했다.

"그래……. 그래, 이해해. 나도 그 떼거리하고 함께 왔으니까."

아라킨에서 이곳으로 올 때의 비행을 떠올리며 그녀는 자신이 그 여행에서 살아남을 거라고는 기대하지 않았음을 이제야 스스로 인정했다. 폴은 자신의 오니솝터를 직접 조종하겠다고 고집을 피웠다. 눈이 없는 그가 오니솝터를 이곳으로 이끌어 온 것이다. 그 경험 후 그녀는 이제 그가 무슨 짓을 해도 놀라지 않을 것이라는 확신이 들었다.

또 한 번의 진통이 복부에서 부챗살 모양으로 퍼져나갔다.

골라는 그녀가 숨을 삼키는 모습과 뺨이 긴장하는 모습을 보고 말했다. "때가 된 겁니까?"

"난…… 그래, 때가 됐어."

"여기서 지체하시면 안 됩니다." 그가 그녀의 팔을 움켜쥐고 서둘러 통로를 따라 내려갔다.

그녀는 그가 공포에 휩싸인 것을 느끼고 말했다. "아직 시간이 있어."

그는 그녀의 말을 듣지 못한 것 같았다. "출산에 대해 젠수니는 최고조의 긴장 상태에서 아무런 목적 없이 기다리는 태도를 취합니다. 지금 일어나고 있는 일에 맞서 싸우지 마십시오. 싸우는 것은 실패를 준비하는 것과 같습니다. 뭔가를 이룩해야 한다는 생각에 갇히지 마세요. 그렇게 하면 모든 걸 성취할 수 있습니다." 그가 그녀의 발걸음을 더욱 재촉하며 말했다.

그가 말하는 동안 두 사람은 그녀의 거처로 통하는 입구에 도착했다. 그가 커튼 사이로 그녀를 불쑥 밀어 넣으며 소리쳤다. "하라! 하라! 챠니 님이 아기를 낳을 때가 되었습니다. 의사를 부르세요!"

그의 외침에 시종들이 바삐 움직이기 시작했다. 사람들이 정신없이 부산을 떠는 바람에 챠니는 홀로 고립된 차분한 섬이 된 것 같은 기분이었다…… 다음 진통이 올 때까지는.

밖의 통로로 쫓겨난 헤이트는 시간이 조금 흐른 후에야 자신의 행동에 놀라움을 느꼈다. 모든 진실이 일시적인 것에 지나지 않는 시간의 어떤 지점에 자신이 못 박혀 있다는 느낌이 들었다. 자신의 행동 밑에 공포가 있었음을 그는 깨달았다. 공포는 챠니가 죽을지도 모른다는 사실이 아니라 폴이 나중에…… 슬픔으로 가득 차서 자기를 찾아올 가능성에 초점이 맞춰져 있었다……. 폴이 사랑하는 사람이 가버렸다며…… 가버렸다며…….

'아무것도 없는 곳에서 뭔가가 생겨날 수는 없어. 이 공포가 어디서 생겨난 거지?' 골라는 속으로 혼잣말을 했다.

그는 멘타트로서 자신의 능력이 무뎌졌음을 느끼고 길게 떨리는 숨을 내뱉었다. 정신적 그림자가 그를 스치듯 지나갔다. 그것이 가져온 감정의 어둠 속에서 그는 자신이 정글에서 나뭇가지가 부러지는 소리를 기다리듯 뭔가 절대적인 소리를 기다리고 있음을 느꼈다.

한숨이 그의 몸을 뒤흔들었다. 위험은 그를 공격하지 않고 지나갔다.

천천히 자신의 능력을 정돈하고 금제의 조각들을 조금씩 털어버리면서 그는 멘타트의 의식 속으로 가라앉았다. 그렇게 억지로 멘타트의 의식 속으로 들어가는 것이 최선의 방법은 아니었지만, 어쨌든 필요한 일이었다. 그의 내면에서 사람들이 있어야 할 자리에 망령의 그림자들이 움직였다. 그는 자신이 지금까지 만났던 모든 자료를 다른 곳으로 옮겨 싣는 기지가 되어 있었다. 그의 존재 속에 가능성이라는 생물들이 살고 있었다. 그는 그들을 검토하며 비교하고 판단했다.

이마에 땀이 배어 나왔다.

솜털처럼 윤곽이 불분명한 생각들이 깃털처럼 어둠 속으로, 미지의 세계로 사라져갔다. 무한한 시스템! 자신이 무한한 시스템 속에서 작업하고 있음을 깨닫지 못한다면 멘타트는 제대로 능력을 발휘할 수 없었다. 고정된 지식은 무한을 둘러쌀 수 없었다. '모든 곳'을 유한한 시각 속으로 집어넣을 수는 없었다. 대신 그는 반드시 순간적으로나마 무한 그 자체가 되어야 했다.

통일적 경험으로 인한 한 번의 경련 속에서 그는 찾아냈다. 내면의 불길로 타오르는 듯한 비자즈가 자기 앞에 앉아 있는 모습.

'비자즈!'

난쟁이가 그에게 무슨 짓을 한 것이 틀림없었다!

헤이트는 자신이 무서운 구덩이 가장자리에서 휘청거리고 있는 것 같았다. 그는 멘타트의 계산을 더욱 앞으로 투사시켜 자신의 행동에서 어떤 결과가 빚어질지 알아보았다.

"강박이야! 그들이 내게 강박을 심었어!" 그가 놀란 숨을 삼키며 말했다.

그때 파란색 로브를 입은 전령이 헤이트 옆을 지나가면서 머뭇거리다가 물었다. "이봐, 자네 뭐라고 말한 건가?"

골라는 그를 보지 않은 채 고개를 끄덕였다. "난 모든 걸 말했소."

무척 현명한 사람이 있었다,

그는 모래투성이의 장소에

뛰어 들어가

양쪽 눈을 모두 태워버렸다!

눈이 없어진 것을 알았을 때

그는 조금도 불평하지 않았다.

그는 환영을 불러냈고

스스로를 성자로 만들었다.

—어린이용 시, 『무앗딥의 역사』에서

폴은 시에치 바깥의 어둠 속에 서 있었다. 예지의 환영이 그에게 지금은 밤이며, 왼쪽에 높이 솟은 턱 바위 꼭대기의 신전 윤곽이 달빛에 드러나 있음을 알려주었다. 이곳은 추억이 가득한 곳이었다. 그가 처음으로 살았던 이 시에치에서 그와 챠니는…….

'챠니 생각을 하면 안 돼.' 그는 속으로 혼잣말을 했다.

점점 흐릿해지는 환영이 주위에 널려 있는 것들의 변화를 그에게 알려주었다. 오른쪽 저 아래에는 야자수 숲이 있었고, 아침의 폭풍 때문에 높게 쌓인 모래언덕들 사이로 물을 실어 나르는 카나트가 검은색과 은색이 섞인 선처럼 보였다.

'사막에 물이 흐르다니!' 그는 자신이 태어난 행성 칼라단의 강을 흐르던 또 다른 물의 기억을 떠올렸다. 그때 그는 그렇게 흐르는 물이 보물이라는 것을 깨닫지 못했다. 사막 분지를 가로지르는 카나트를 미끄러지듯 흐르는 더러운 물도 보물이었다.

작은 기침 소리와 함께 보좌관 한 명이 등 뒤에서 다가왔다.

폴은 금속 종이 한 장이 끼워져 있는 마그나보드를 받으려고 한 손을 뻗었다. 그는 카나트의 물처럼 느리게 움직였다. 환영이 흘러갔지만 그는 그 환영과 함께 움직이기가 점점 더 심하게 꺼려졌다.

"황공합니다, 폐하. 셈불레 조약입니다. 서명을 해주시겠습니까?" 보좌관이 말했다.

"나도 서류를 읽을 수 있어!" 폴이 날카롭게 소리쳤다. 그리고 그는 서명란에 '아트레이데스 황제'라고 갈겨쓴 다음 보좌관이 뻗은 손에 직접 마그나보드를 불쑥 쥐어주었다. 그런 행동이 그에 대한 두려움을 불러일으킨다는 것을 그는 알고 있었다.

보좌관이 도망치듯 사라졌다.

폴은 고개를 돌렸다. '험악한 불모지야!' 그는 이 땅이 햇빛에 흠뻑 젖어 엄청난 열기를 띠고 있는 모습을 생각해 보았다. 모래사태가 일어나고, 먼지 구덩이에 어둠이 질식해 버리고, 바람이라는 악마가 바위들 위에 아주 작은 모래언덕들을 풀어놓고, 모래언덕의 좁은 몸체에 황토색 결정들이 가득 차 있는 모습이었다. 그러나 이곳은 또한 풍요로운 땅이기도 했다. 폭풍에 짓밟힌 텅 빈 땅과 누벽의 역할을 하는 절벽, 그리고 금방이라도 무너질 듯한 능선들로 이루어진 풍경이 좁은 곳에서부터 폭발하듯 밖으로 펼쳐졌다.

여기에 필요한 것은 물과…… 사랑뿐이었다.

생명이 저 성급한 황야를 우아하고 활기 있는 곳으로 변화시켰다고 그는 생각했다. 그것은 사막이 보내는 메시지였다. 사막의 대조적인 모습에서 깨달음을 얻은 그는 놀라서 넋을 잃었다. 그는 시에치 입구에 몰려 있는 보좌관들에게 몸을 돌리고 이렇게 소리치고 싶었다. 뭔가 숭배할 것이 필요하다면 생명을 숭배하라고. 모든 생명, 마지막까지 남아 꿈틀거리는 생명의 작은 조각까지도 모두 숭배하라! 우리는 모두 이 아름다움 속에 함께 있다!

그러나 그들은 이해하지 못할 터였다. 사막에서 그들은 끝없는 사막 그 자체였다. 생명을 가지고 자라나는 것들은 그들을 위해 초록색의 춤을 춰주지 않았다.

그는 허리 양쪽에 주먹을 꽉 쥐고 환영을 멈추려고 애썼다. 자신의 정신으로부터 도망치고 싶었다. 그의 정신은 그를 삼켜버리려고 온 짐승이었다! 의식이 스스로 빨아들인 모든 생명의 무게로 멍해지고, 너무 많은 경험으로 포화 상태가 되어서 그의 내면에 누워 있었다.

필사적으로 폴은 자신의 생각들을 쥐어짜듯 밖으로 내몰았다.

'별들!'

그의 의식이 머리 위에 있는 별들로 생각을 돌렸다. 별들은 무한히 많았다. 그렇게 많은 별들 중에 눈물 한 방울만큼의 별이라도 다스릴 수 있다고 생각한다면 틀림없이 반쯤 미친 사람일 것이다. 그는 자신의 제국에 속한 신민들의 숫자를 감히 상상조차 할 수 없었다.

신민들? 아니 숭배자들과 적이라고 하는 편이 더 맞을 터였다. 그들 중에 엄격한 신앙 너머를 보는 사람이 있던가? 자신의 선입관이라는 협소한 운명에서 도망친 사람이 어디 있는가? 심지어 황제조차 도망치지 못했는데. 그는 모든 것을 닥치는 대로 취하는 삶을 살아오면서 자신의 형상으로 우주를 창조하려고 애썼다. 그러나 의기양양한 우주는 마침내 침묵의 파도를 동원해서 그를 부숴버리고 있었다.

'난 듄에 침을 뱉는다! 이 행성에 내 수분을 주겠다!' 그는 생각했다.

복잡한 움직임과 상상력, 달빛과 사랑, 아담의 시대보다 더 오래된 기도문, 회색 절벽과 진홍색 그림자, 한탄과 순교자들의 강 등을 재료 삼아 그가 만들어낸 이 신화가 결국 어떻게 되었는가? 파도가 물러나고 나면 '시간'의 해안은 무한한 추억의 알갱이들로 빛나며 깨끗하게 펼쳐질 것이다. 추억의 알갱이 외에 다른 것은 거의 없는 채로. 이것이 인간의 황금 같은 창세기인가?

바위에 긁히는 모래 소리 덕분에 그는 골라가 자기 옆에 와 있음을 알 수 있었다.

"자넨 오늘 내내 날 피했지, 던컨." 폴이 말했다.

"저를 그렇게 부르는 건 위험한 일입니다." 골라가 말했다.

"알아."

"저는…… 경고를 하러 왔습니다, 주인님."

"알아."

비자즈가 그에게 심어놓은 강박에 대한 이야기가 골라의 입에서 쏟아져 나왔다.

"강박의 본질을 알고 있나?" 폴이 물었다.

"폭력입니다."

폴은 처음부터 자신을 차지하려 하던 장소에 도달했다는 기분이 들어서 일시 정지 상태로 서 있었다. 지하드는 그를 붙잡아 어떤 길 위에 올려놓았다. 끔찍하게 무거운 미래는 그 길에서 결코 그를 놓아주려 하지 않았다.

"던컨은 폭력을 휘두르지 않을 거야." 폴이 속삭이듯 말했다.

"하지만, 폐하……."

"주위에 뭐가 보이는지 말해 봐."

"주인님?"

"사막이 오늘 밤에는 어떻지?"

"보이지 않는 겁니까?"

"나한텐 눈이 없네, 던컨."

"하지만……."

"내가 갖고 있는 건 환영뿐이야. 내게 환영이 없었다면 좋았을걸. 난 예지력 때문에 죽어가고 있네. 그거 알고 있었나, 던컨?"

"어쩌면…… 폐하가 두려워하는 일이 일어나지 않을지도 모릅니다."

"뭐? 나 자신의 예언을 부정하라고? 그 예언이 실현되는 것을 수천 번이나 보았는데 어떻게 그럴 수 있겠나? 사람들은 그걸 능력이라고, 재능이라고 부르지. 그건 고통이야! 그건 내가 내 인생을 원래의 자리에 남겨두는 걸 허락하려 하지 않아!"

"주인님." 골라가 중얼거렸다. "저는…… 그건……. 어린 주인님, 주인님은…… 저는……." 그가 침묵에 잠겼다.

폴은 골라가 혼란스러워하고 있음을 느끼고 말했다. "날 뭐라고 불렀지, 던컨?"

"예? 제가…… 순간적으로……."

"자넨 날 '어린 주인님'이라고 불렀어."

"예, 그랬습니다."

"던컨은 항상 날 그렇게 불렀지." 폴이 손을 뻗어 골라의 얼굴을 만졌다. "그것도 틀레이랙스에서 받은 훈련의 일부였나?"

"아뇨."

폴이 손을 내렸다. "그럼 뭐지?"

"그건…… 저 자신에게서 나온 말이었습니다."

"자넨 두 주인을 섬기는 건가?"

"어쩌면요."

"골라에게서 스스로를 해방시키게, 던컨."

"어떻게?"

"자넨 인간이야. 인간의 행동을 하게."

"전 골라입니다!"

"하지만 자네의 몸은 인간이야. 던컨이 그 안에 있어."

"이 안에 있는 것이 무엇인지 저는 모릅니다."

"자네가 어떻게 하든 상관없지만, 반드시 해낼 거야."

"그걸 예지하신 겁니까?"

"예지 따위 지옥에나 가버리라고 해!" 폴이 시선을 돌렸다. 이제 그의 환영이 급하게 앞으로 나아가는 바람에 중간에 틈이 생겼다. 그러나 환영의 움직임을 멈출 수는 없었다.

"주인님, 만약 주인님이……."

"조용히!" 폴이 한쪽 손을 치켜들었다. "저 소리 들었나?"

"뭘 말입니까, 주인님?"

폴은 고개를 저었다. 던컨은 듣지 못한 모양이었다. 그건 그가 상상으로 만들어낸 소리였을까? 사막에서 그의 부족 이름을 부르는 소리가 들려왔었다. 멀리서 나직하게. "우슬…… 우-스-을……."

"왜 그러십니까, 주인님?"

폴은 고개를 저었다. 누군가의 감시를 받고 있는 듯한 느낌이 들었다. 저 멀리 밤의 그림자 속에 있는 어떤 것이 그가 여기 있는 것을 알고 있었다. 어떤 것? 아니, 어떤 사람이었다.

"그건 아주 다정했지. 그리고 자네는 그중에서도 가장 다정했네." 폴이 속삭였다.

"뭐라고요, 주인님?"

"그건 미래야."

정해진 모양이 없는 인간들의 우주가 갑작스럽게 움직이며 그의 환영이라는 노래에 맞춰 춤을 췄다. 그때 아주 강력한 음표가 연주되었다. 저 망령의 메아리들은 아마 그걸 견뎌낼 것이다.

"무슨 말씀이신지 모르겠습니다, 주인님." 골라가 말했다.

"사막에서 너무 오래 떨어져 있으면 프레멘은 죽어. 그걸 '물의 질병'이라고 하지. 이상하지 않은가?"

"아주 이상합니다."

폴은 자신의 기억들에 정신을 집중하고 밤에 자기 옆에서 들려오던 챠니의 숨소리를 기억해 내려고 애썼다. '위안은 어디에 있는가?' 그는 생각했다. 그가 기억할 수 있는 것이라고는 사막으로 떠나던 날 아침 식탁에 앉은 챠니의 모습뿐이었다. 그때 그녀는 불안해하면서 작은 일에도 짜증을 냈다.

"왜 그 낡은 재킷을 입은 거예요?" 그가 프레멘의 로브 밑에 붉은 매의 문장이 그려져 있는 검은색 제복 코트를 입은 모습을 보고 그녀가 다그치듯 물었다. "당신은 황제예요!"

"황제에게도 좋아하는 옷쯤은 있소."

이 말에 챠니의 눈에는 진짜 눈물이 차올랐지만 그는 그 이유를 설명할 수 없었다. 그녀의 인생에서 프레멘의 금기가 깨진 것은 그때가 두 번째였다.

이제 어둠 속에서 폴은 자신의 뺨을 문지르다가 그곳에 물기가 있음을 느꼈다. '누가 죽은 자에게 수분을 주는가?' 그는 생각했다. 그것은 그의 얼굴이었지만, 또한 그의 것이 아니었다. 젖은 피부가 바람에 차갑게 식었다. 덧없는 꿈 하나가 형성되었다가 깨졌다. 그의 가슴이 이렇게 벅차오르는 것은 무엇 때문인가? 뭔가를 잘못 먹은 걸까? 죽은 자에게 수분을 주는 이 또 하나의 자아는 어찌 이처럼 한이 서린 구슬픈 모습이란 말인가. 바람이 모래알들로 가득 찼다. 이제 완전히 마른 살갗은 그의 것이었다. 그러나 여전히 몸을 떨고 있는 것은 도대체 누구인가?

그때 시에치 안쪽 깊숙한 곳에서 울부짖는 소리가 들려왔다. 소리가 점점…… 점점…… 커졌다.

갑자기 눈부신 빛이 쏟아지자 골라가 재빨리 돌아섰다. 누군가가 입구의 수분 누출 방지막을 거칠게 열어젖히고 있었다. 빛 속에서 그는 상스럽게 히죽 웃고 있는 남자를 보았다. 아니야! 그건 웃음이 아니라 슬픔으로 인해 일그러진 표정이었다. 탄디스라는 이름의 페다이킨 장교였다. 그의 뒤로 많은 사람들이 혼란스럽게 몰려들었다. 모두들 무앗딥을 보자 침묵에 잠겼다.

"챠니 님이……." 탄디스가 말했다.

"죽었군. 그녀가 부르는 소리를 들었다." 폴이 속삭이듯 말했다.

그는 시에치를 향해 몸을 돌렸다. 이곳은 그가 잘 아는 곳이었다. 이곳은 그가 숨을 수 없는 곳이었다. 돌진하듯 몰아치는 환영이 프레멘 군중 모두의 모습을 밝혀주었다. 그는 탄디스를 '보고', 그 페다이킨 대원의 슬픔과 두려움과 분노를 느꼈다.

"그녀가 가버렸어." 폴이 말했다.

골라는 타오르는 듯한 코로나 속에서 이 말이 튀어나오는 것을 들었다. 그 단어들이 그의 가슴, 등뼈, 금속 눈의 눈자위를 불태웠다. 그는 자신의 오른손이 허리띠에 있는 칼을 향해 움직이는 것을 느꼈다. 그 자신의 머릿속에 떠오르는 생각이 낯설어지고 두서없어졌다. 그는 그 끔찍한 코로나 속에서 내려온 끈에 단단히 붙잡힌 꼭두각시였다. 그는 누군가 다른 사람의 명령에 따라, 그 사람이 원하는 대로 움직였다. 끈이 그의 팔을, 다리를, 턱을 움직였다. 쥐어짜는 듯한 소리가 그의 입에서 터져 나왔다. 소름이 끼치는 그 소리가 자꾸만 반복되었다.

"하앗! 하앗! 하앗!"

공격을 하려고 칼이 치켜 올라갔다. 그 순간 그는 자신의 목소리를 간신히 되찾아 갈라진 목소리로 말을 만들어냈다. "도망쳐요! 어린 주인님, 도망쳐요!"

"짐은 도망치지 않겠다. 짐은 품위 있게 움직일 것이다. 짐은 반드시 해야 하는 일을 할 것이다." 폴이 말했다.

골라의 근육이 굳어졌다. 그의 몸이 부르르 떨리면서 힘없이 흔들렸다.

"……반드시 해야 하는 일!" 그 말이 표면으로 떠오르는 거대한 물고기처럼 그의 머릿속을 지나갔다. "……반드시 해야 하는 일!" 아아, 그건 폴의 할아버지인 노공작의 말처럼 들렸다. 어린 주인님은 그 노인과 조금 닮아 있었다. "……반드시 해야 하는 일!"

이 말이 골라의 의식 속에서 뚜렷하게 자리 잡기 시작했다. 동시에 두 개의 삶을 살고 있다는 느낌이 그의 의식 전체로 번져나갔다. 헤이트, 아이다호, 헤이트, 아이다호……. 그는 두 개의 상대적인 존재를 품은 움직이지 않는 사슬이 되었다. 그는 특이한 존재였고 혼자였다. 과거의 기억들이 홍수처럼 머릿속으로 밀려들었다. 그는 그 기억들을 인식하고 자신의 새로운 이해력에 적응시켰다. 그리고 새로운 의식을 통합하는 작업을 시작했다. 새로운 인격이 일시적으로 그의 내면을 독재자처럼 장악했다. 그를 강하게 하는 그 통합 과정에는 아직 잠재적인 무질서가 가득 차 있었지만, 주위의 사건들이 그에게 일시적으로 그것을 조절하라고 압박을 가했다. 어린 주인님에게는 그가 필요했다.

그때 그 일이 이루어졌다. 그는 자신이 던컨 아이다호임을 알았으며, 헤이트의 모든 것을 기억했다. 마치 그 기억이 그의 내면에 비밀스럽게 저장되어 있다가 불꽃을 내뿜는 촉매에 의해 발화한 것 같았다. 코로나가 해체되었다. 그는 틀레이랙스의 강박을 털어버렸다.

"내 옆에 가까이 있게, 던컨." 폴이 말했다. "여러 가지 면에서 자네에게 의지해야 할 거야." 그는 아이다호가 여전히 무아지경에 빠진 사람처럼 서 있는 것을 보고 다시 말했다. "던컨!"

"예, 저는 던컨입니다."

"당연하지! 이제 자네가 돌아왔군. 이제 안으로 들어가세."

아이다호가 폴 옆에서 보조를 맞춰 걷기 시작했다. 옛날과 같았지만, 또한 옛날과는 달랐다. 이제 틀레이랙스 인들로부터 자유로워졌으므로 그는 그들이 자신에게 준 것에 감사할 수 있었다. 젠수니 훈련 덕분에 그는 지금의 충격적인 사건들을 극복할 수 있었다. 멘타트로서의 능력은 거기에 맞서 균형을 잡는 역할을 했다. 그는 모든 두려움을 떨쳐버리고 그 두려움의 원인을 내려다보며 서 있었다. 그의 모든 의식이 무한한 경이를 느끼는 위치에서 밖을 내다보고 있었다. 그는 이미 죽은 몸이었다. 그러나 그는 살아 있었다.

“폐하.” 두 사람이 다가오는 것을 보고 페다이킨 대원인 탄디스가 말했다. “리치나, 그 여자가 꼭 폐하를 뵈어야 한다고 합니다. 그녀에게 기다리라고 말해 두었습니다.”

“고맙군.” 폴이 말했다. “출산은…….”

“제가 의사들을 만났습니다.” 탄디스가 두 사람과 보조를 맞춰 걸으면서 말했다. “아기님이 두 명 태어났다고 합니다. 두 분 모두 건강하게 살아 계십니다.”

“둘?” 폴은 비틀거리다가 아이다호의 팔을 잡고 균형을 되찾았다.

“왕자님과 공주님입니다. 제가 직접 두 분을 뵈었습니다. 훌륭한 프레멘 아기님들이셨습니다.”

“그녀는…… 그녀는 어떻게 죽었지?” 폴이 속삭이듯 말했다.

“폐하?” 탄디스가 몸을 가까이 숙였다.

“챠니는?” 폴이 말했다.

“출산 때문이었습니다, 폐하.” 탄디스가 갈라진 목소리로 말했다. “출산의 진행 과정이 너무 빨라서 챠니 님의 몸에 있던 모든 것이 고갈되었다고 합니다. 저는 무슨 말인지 모르겠지만, 어쨌든 의사들이 그렇게 말했습니다.”

“그녀가 있는 곳으로 안내하라.” 폴이 속삭이듯 말했다.

“폐하?”

“날 그녀가 있는 곳으로 안내해!”

“지금 가고 있는 곳이 그곳입니다, 폐하.” 다시 탄디스가 폴에게 가까이 몸을 숙였다. “폐하의 골라가 왜 칼집에서 칼을 빼 들고 있는 겁니까?”

“던컨, 칼을 치우게. 폭력의 시간은 이미 지나갔어.” 폴이 말했다.

말을 하는 동안 폴은 자신의 목소리를 만들어내는 신체 기관의 작용보다 목소리 자체에 더 친밀감을 느꼈다. 아기가 두 명이라니! 환영에는 아이가 하나뿐이었다. 그러나 지금 이 순간은 환영 그대로 진행되고 있었다. 이곳에 슬픔과 분노를 느끼는 누군가가 있었다. 그 자신의 의식은 끔찍한 쳇바퀴에 꽉 잡혀서 그가 기억하고 있는 그대로 그의 삶을 재생하고 있었다.

'아이가 둘이라고?'

다시 그가 휘청거렸다. '챠니. 챠니. 다른 방법이 없었소. 챠니, 내 사랑, 이 죽음이 당신에게 더 빠르고…… 더 편안한 것이었음을 믿어줘요. 그들은 우리 아이들을 인질로 잡고 당신을 우리에 가둬 노예굴에 넣어두고 전시했을 거요. 그리고 나의 죽음이 당신 탓이라며 당신을 헐뜯었을 거야. 이 방법으로…… 이 방법으로 우리는 그들을 파멸시키고 우리 아이들을 구할 수 있는 거요.'

'아이들?'

그는 또다시 비틀거렸다.

'내가 이 일을 허용했어. 난 죄책감을 느껴야 해.' 그는 생각했다.

혼란스러운 소음이 앞쪽의 동굴을 가득 채우고 있었다. 그 소리는 그가 기억하는 그대로 점점 커졌다. 그래, 이것이 정해진 패턴이었다. 아이가 둘인데도 결코 바꿀 수 없는 패턴.

'챠니가 죽었다.' 그는 속으로 혼잣말을 했다.

그가 다른 사람들과 함께했던 먼 과거의 어느 순간에 이 미래가 그에게 도달했었다. 그리고 그를 귀찮게 쫓아다니며 벽이 점점 좁혀 들어오는 틈 속으로 몰아넣었다. 그는 벽이 자신을 향해 육박해 들어오는 것을 느낄 수 있었다. 환영 그대로였다.

'챠니가 죽었다. 난 지금 슬픔에 몸을 맡겨야 해.'

그러나 환영은 그렇게 진행되지 않았다.

"알리아를 불렀나?" 그가 물었다.

"알리아 님은 챠니 님의 친구분들과 함께 계십니다." 탄디스가 말했다.

폴은 그가 지나갈 길을 터주기 위해 사람들이 서로에게 바짝 밀착하며 뒤로 물러나는 것을 느꼈다. 그들의 침묵이 그보다 앞서 파도처럼 움직였다. 혼란스러운 소음이 점점 가라앉기 시작했다. 혼란스럽게 한 곳에 몰려 있는 감정이 시에치를 가득 채웠다. 그는 이 사람들을 자신의 환영에서 제거해 버리고 싶었지만 그럴 수 없음을 깨달았다. 그의 모습을 좇기 위해 고개를 돌리는 모든 사람들의 얼굴에 특별한 각인이 찍혀 있었다. 그들은 호기심으로 무자비했다. 그들이 슬픔을 느끼는 것은 사실이었다. 그러나 그는 그들을 흠뻑 적시고 있는 잔인성을 이해했다. 그들은 똑똑한 사람이 멍청해지는 것을, 현명한 사람이 바보가 되는 것을 지켜보고 있었다. 광대들도 항상 잔인성에 호소하지 않던가?

그들이 단순히 임종을 지켜보기 위해서만 이곳에 모인 것은 아니었지만, 그렇다고 초상집에서 밤샘을 하려는 것은 아니었다.

폴은 자신의 영혼이 휴식을 애걸하는 것을 느꼈다. 그러나 여전히 환영이 그를 움직였다. '이제 조금만 더 가면 돼.' 그는 속으로 혼잣말을 했다. 환영이 없는 검은 어둠이 바로 앞에서 그를 기다리고 있었다. 슬픔과 죄책감 때문에 환영에서 뜯겨 나온 장소가 거기 놓여 있었다. 달이 추락한 그곳이었다.

그는 그곳으로 휘청거리며 들어갔다. 아이다호가 그의 팔을 사납게 움켜쥐지 않았더라면 쓰러졌을 것이다. 아이다호는 침묵 속에서 슬픔을 나눌 줄 아는 믿음직한 존재였다.

"여기가 그곳입니다." 탄디스가 말했다.

"발밑을 조심하십시오, 폐하." 아이다호가 그를 도와 입구의 문턱을 넘으면서 말했다. 커튼이 폴의 얼굴을 스치고 지나갔다. 아이다호가 그를 잡아당겨 걸음을 멈추게 했다. 폴은 순간 자신의 뺨과 귀에 반사되는 방을 느낄 수 있었다. 이 방은 태피스트리 뒤에 감춰진 바위벽으로 둘러싸여 있었다.

"챠니는 어디 있나?" 폴이 속삭이듯 말했다.

하라의 목소리가 대답했다. "챠니 님은 바로 여기 있어요, 우슬."

폴은 떨리는 한숨을 내쉬었다. 그는 프레멘들이 부족의 물을 회수하는 증류소로 벌써 그녀의 몸을 옮겼을까 봐 걱정하고 있었다. 환영에서도 그랬던가? 그는 눈먼 자의 어둠 속에서 버림받은 듯한 기분을 맛보고 있었다.

"아이들은?" 폴이 물었다.

"아기님들도 여기 계십니다, 폐하." 아이다호가 말했다.

"아주 아름다운 쌍둥이들이에요, 우슬." 하라가 말했다. "한 명은 아드님이고 한 명은 따님이죠. 보이죠? 여기 요람 속에 눕혀두었어요."

'두 아이.' 폴은 경탄을 느끼며 생각했다. 환영 속에는 딸 하나밖에 없었다. 그는 아이다호의 팔에서 벗어나 하라가 말한 곳을 향해 표류하듯 움직였다. 그리고 비틀거리며 딱딱한 표면에 부딪혔다. 그는 손으로 그것을 더듬어보았다. 메타 유리로 만든 요람의 표면이었다.

누군가가 그의 왼팔을 잡았다. "우슬?" 하라였다. 그녀가 그의 손을 요람 속으로 이끌었다. 부드럽기 그지없는 살이 만져졌다. 너무 따뜻했다! 숨을 쉬고 있는 갈비뼈가 만져졌다.

"그분이 당신의 아드님이에요." 하라가 속삭였다. 그리고 그의 손을 움직였다. "그리고 이분이 당신의 따님이죠." 그녀가 그의 손을 잡은 손에 힘을 주었다. "우슬, 이제 정말로 장님이 된 건가요?"

그는 그녀가 무슨 생각을 하는지 알고 있었다. '눈먼 자는 반드시 사막에 버려야 한다.' 프레멘 부족은 쓸모없는 짐 덩어리를 데리고 다니는 법이 없었다.

"날 챠니에게 데려다줘." 폴이 그녀의 질문을 무시하고 말했다.

하라가 그의 몸을 돌려 왼쪽으로 이끌었다.

폴은 이제 챠니가 죽었음을 받아들이고 있는 자신을 느꼈다. 그는 이 우주에서 자신에게 맞지 않는 몸을 입고 자신이 원하지 않았던 자리를 차지했다. 매번 숨을 쉴 때마다 그의 감정에는 멍이 들었다. '아이가 둘이라니!' 그는 자신의 환영이 결코 되돌아오지 않을 통로에 자신이 몸을 던진 건지도 모르겠다고 생각했다. 그러나 그건 별로 중요하지 않은 것 같았다.

"오빠는 어디 있지?"

그의 뒤에서 알리아의 목소리가 들려왔다. 그는 그녀의 급한 발소리를 들었다. 그리고 그녀가 하라의 팔을 붙잡을 때 그녀의 압도적인 존재감을 느꼈다.

"오빠, 꼭 할 얘기가 있어요!" 알리아가 이를 악물고 소리쳤다.

"조금 있다가." 폴이 말했다.

"지금 당장 해야 돼요! 리치나에 대한 얘기예요."

"알아. 조금 있다가."

"오빠한텐 시간이 없어요!"

"나한텐 시간이 많아."

"하지만 챠니는 그렇지 않아요!"

"조용히 해!" 폴이 명령했다. "챠니는 죽었다." 그녀가 뭐라고 반박을 하려 하자 그는 손을 들어 그녀의 입을 막았다. "조용히 해! 이건 명령이다." 그는 그녀의 기세가 수그러지는 것을 느끼고 손을 치웠다. "네가 본 것을 얘기해 봐." 그가 말했다.

"폴!" 그녀가 화가 나서 어쩔 줄 모르는 목소리로 울먹이듯 말했다.

"됐다, 신경 쓰지 마." 폴이 말했다. 그리고 그는 자신의 내면을 억지로 가라앉힌 다음 이 순간을 향하고 있는 환영의 눈을 떴다. 그래, 그것이 아직 여기 있었다. 챠니의 시체가 둥그런 빛 속의 초라한 침상에 누워 있었다. 누군가가 출산 과정에서 흘린 피의 흔적을 감추려고 그녀의 하얀 로브를 잘 펴서 매끈하게 정리해 둔 모양이었다. 그런 건 중요하지 않았다. 그는 그녀의 얼굴을 보여주는 환영으로부터 자신의 의식을 떼어놓을 수 없었다. 저 고요한 얼굴에 거울처럼 비춰진 영원이라니!

그는 고개를 돌렸지만 환영이 그와 함께 움직였다. 그녀는 가버렸다……. 다시는 돌아오지 않을 것이다. 대기, 우주, 모든 것이 텅 비었다. 모든 곳이 텅 비었다. 이것이 그가 치러야 할 참회의 고행인가? 그는 눈물을 흘리고 싶었지만 눈물이 나오지 않았다. 프레멘으로 살아온 기간이 너무 길었던 걸까? 이 죽음은 수분을 요구하고 있는데!

근처에서 아이 울음소리가 들리고 곧 누군가가 '쉿' 소리를 내며 아이의 울음을 멈추게 했다. 그 소리가 그의 환영에 커튼을 씌웠다. 폴은 어둠이 반가웠다. '이건 또 다른 세상이군. 아이가 둘이라.' 그는 생각했다.

이 생각은 잊어버리고 있던 예지의 무아지경에서 튀어나온 것이었다. 그는 시간을 초월한 멜란지의 정신 팽창을 다시 포착하려고 했지만 그의 의식은 거기까지 미치지 못했다. 이 새로운 의식 속으로 튀어 들어오는 미래는 없었다. 그는 자신이 미래를, 모든 미래를 거부하고 있는 것을 느꼈다.

"안녕, 나의 시하야." 그가 속삭였다.

냉혹하고 강압적인 알리아의 목소리가 그의 등 뒤 어디에선가 들려왔다. "내가 리치나를 데려왔어요!"

폴이 몸을 돌렸다. "그건 리치나가 아니다. 얼굴의 춤꾼이지. 리치나는 죽었다."

"하지만 그녀가 하는 말을 일단 들어보세요." 알리아가 말했다.

천천히 폴은 여동생의 목소리를 향해 움직였다.

"당신이 아직 살아 있는 걸 봐도 별로 놀랍지 않군요, 아트레이데스." 그 목소리는 리치나의 것과 비슷했지만 미세한 차이가 있었다. 그 목소리의 주인공은 리치나의 성대를 사용하면서도 이제는 굳이 그 성대를 세심하게 조절하려고 하지 않는 것 같았다. 폴은 그 목소리에서 기묘하게 정직한 면을 발견하고 충격을 받았다.

"놀랍지 않다고?" 폴이 물었다.

"저는 틀레이랙스의 얼굴의 춤꾼인 사이테일입니다. 거래를 하기 전에 먼저 한 가지 알고 싶은 게 있는데, 당신 등 뒤에 있는 것은 골라입니까, 아니면 던컨 아이다호입니까?"

"던컨 아이다호다. 그리고 난 너와 거래를 하지 않을 것이다."

"거래를 하게 되실 겁니다."

"던컨." 폴이 어깨 너머로 말했다. "내가 요청하면 이 틀레이랙스 인을 죽여주겠나?"

"예, 폐하." 아이다호의 목소리에서 폭주하려는 분노를 억누르고 있는 기색이 느껴졌다.

"잠깐! 뭔지도 모르면서 무작정 거부하면 안 돼요." 알리아가 말했다.

"아니, 알고 있다." 폴이 말했다.

"정말로 아트레이데스 가문의 던컨 아이다호군요." 사이테일이 말했다. "우리가 마침내 해낸 겁니다! 골라가 자신의 과거를 되찾을 수 있게 됐어요." 폴은 발소리를 들었다. 누군가가 그의 왼쪽을 살짝 스치고 지나갔다. 이제 사이테일의 목소리가 등 뒤에서 들렸다. "당신의 과거에 대해 무엇을 기억하고 있습니까, 던컨?"

"어린 시절부터 모든 걸 다. 심지어 사람들이 나를 탱크에서 꺼낼 때 당신이 거기 있었던 것도 기억하고 있다." 아이다호가 말했다.

"굉장하군요." 사이테일이 속삭이듯 말했다. "굉장해요."

폴은 목소리가 움직이는 것을 알 수 있었다. '환영이 필요해.' 그는 생각했다. 어둠이 갑갑했다. 베네 게세리트 훈련을 받은 덕분에 그는 사이테일의 목소리에 소름 끼치는 위협이 담겨 있음을 알 수 있었다. 그러나 그가 느낄 수 있는 것은 여전히 사이테일의 목소리와 그림자 같은 움직임뿐이었다. 그로서는 어찌 해볼 도리가 없었다.

"이 애들이 아트레이데스 가문의 아기입니까?" 사이테일이 물었다.

"하라! 내 딸을 거기서 치워!" 폴이 소리쳤다.

"그 자리에 그대로 계십시오!" 사이테일이 소리쳤다. "당신들 모두! 내 미리 경고하는데, 얼굴의 춤꾼은 당신들이 생각하는 것보다 훨씬 더 빨리 움직일 수 있습니다. 당신들이 내 몸에 손을 대기도 전에 내 칼이 이 두 아이의 생명을 빼앗을 수 있어요."

폴은 누군가가 자신의 오른팔을 건드린 뒤 오른쪽으로 움직이는 것을 느꼈다.

"그 정도면 충분한 거리군요, 알리아." 사이테일이 말했다.

"알리아, 안 돼." 폴이 말했다.

"이건 내 잘못이에요. 내 잘못이라고요!" 알리아가 신음하듯이 말했다.

“아트레이데스, 이제 거래를 해볼까요?” 사이테일이 물었다.

폴의 등 뒤에서 누군가가 갈라진 목소리로 욕을 하는 소리가 들렸다. 폭력을 억누르고 있는 아이다호의 그 목소리를 듣고 폴의 목이 죄어들었다. 아이다호가 튀어나가면 안 돼! 그러면 사이테일이 아이들을 죽일 거야!

“거래를 하려면 팔 물건이 필요하죠. 그렇지 않습니까, 아트레이데스?” 사이테일이 말했다. “챠니를 되찾고 싶습니까? 우린 그녀를 복원해서 당신에게 돌려줄 수 있습니다. 골라죠, 아트레이데스. 모든 기억을 갖고 있는 골라란 말입니다! 하지만 서둘러야 합니다. 당신 친구들을 불러서 저 몸을 보존할 저온 탱크를 가져오라고 하세요.”

‘챠니의 목소리를 한 번만 더 들을 수 있다면. 내 옆에서 그녀의 존재를 느낄 수 있다면. 아아, 저들이 아이다호를 골라로 만들어 내게 준 건 바로 이 때문이었구나. 재창조된 골라가 원래 인물과 얼마나 똑같은지 내게 알리려고. 하지만 완벽한 복원에는…… 저들이 정한 대가가 따르겠지. 난 영원히 틀레이랙스의 꼭두각시가 될 거다. 그리고 챠니는…… 우리 아이들에 대한 위협 때문에 나와 똑같은 운명의 사슬에 묶여서 또다시 퀴자라트의 음모에 노출되겠지…….’

“챠니의 기억을 되살리기 위해 당신들은 어떤 압박을 사용할 건가?” 폴이 차분한 목소리를 유지하려고 애쓰면서 물었다. “그녀 자신의 아이들 중 하나를 죽이도록…… 그녀를 세뇌할 건가?”

“우린 필요한 압박이라면 무엇이든 이용합니다. 어떻습니까, 아트레이데스?” 사이테일이 말했다.

“알리아, 이 물건과 거래를 해라. 난 내 눈에 보이지 않는 것과 거래할 수 없어.” 폴이 말했다.

"현명한 선택입니다." 사이테일이 흡족한 듯이 말했다. "자, 알리아, 당신 오빠의 대리인으로서 내게 뭘 제안하겠습니까?"

폴은 고개를 숙이고 차분한 가운데에서도 더욱 차분해지도록 마음을 가라앉혔다. 바로 그때 그는 뭔가를 얼핏 보았다. 환영과 비슷했지만 환영은 아니었다. 그가 본 것은 자신에게 가까이 다가와 있는 칼이었다. 세상에!

"생각할 시간이 필요하다." 알리아가 말했다.

"내 칼은 참을성이 많습니다. 하지만 챠니의 몸은 그렇지 않죠. 시간을 지나치게 지체하지 마십시오." 사이테일이 말했다.

폴은 자신이 눈을 깜박이고 있음을 느꼈다. 그럴 리가 없는데……. 하지만 분명히 그랬다! 그는 눈의 존재를 느끼고 있었다! 그런데 시야의 각도가 조금 이상했고, 눈동자도 제멋대로 움직였다. '세상에!' 칼이 그의 시야 속으로 미끄러지듯 들어왔다. 숨이 멎을 듯한 충격과 함께 폴은 이것이 누구의 시야인지 깨달았다. 그의 아이들 중 한 명의 시야였다! 그는 요람 안에서 사이테일의 칼을 보고 있었다! 겨우 몇 센티미터 떨어진 곳에서 칼이 반짝였다. 게다가 그는 방 건너편에 고개를 숙이고 조용히 서 있는 자신의 모습도 볼 수 있었다. 전혀 위협적이지 않은 그 모습은 이 방 안의 사람들에게 무시당하고 있었다.

"우선 당신의 초암 주식 전부를 우리에게 양도하시는 게 어떻겠습니까?" 사이테일이 제안했다.

"주식 전부?" 알리아가 반발했다.

"전부."

요람 안의 눈을 통해 자신을 지켜보면서 폴은 허리띠의 칼집에서 크리스나이프를 살짝 꺼냈다. 마치 두 사람이 움직이고 있는 것 같은 기묘한 느낌이 들었다. 그는 거리와 각도를 가늠했다. 기회는 한 번뿐이었다. 그는 곧 베네 게세리트 방법으로 자신의 몸을 준비시키고, 단 한 번의 응축된 움직임을 위해 잔뜩 젖혀진 용수철처럼 스스로를 무장시켰다. 그것은 절묘한 통일성 속에서 그의 모든 근육이 균형을 이루고 있어야만 가능한 프라즈나 방법이었다.

크리스나이프가 그의 손에서 도약했다. 우윳빛 칼이 번개처럼 휙 날아가 사이테일의 오른쪽 눈에 꽂히자 그의 머리가 뒤로 홱 젖혀졌다. 사이테일은 양손을 모두 들어 올리고 비틀거리며 벽을 향해 뒷걸음질 쳤다. 그의 칼은 챙그랑 소리와 함께 천장에 부딪혔다가 바닥에 떨어졌다. 사이테일이 벽에 부딪혀 튕겨 나왔다. 그리고 얼굴을 앞으로 한 채 쓰러졌다. 그의 몸이 바닥에 닿기도 전에 그는 이미 죽어 있었다.

여전히 요람 안의 눈을 통해 사물을 보면서 폴은 방 안의 사람들이 눈이 없는 자신을 향해 얼굴을 돌리는 것을 지켜보았다. 그리고 그들의 얼굴에서 한결같은 충격을 읽었다. 이내 알리아가 요람으로 달려가 몸을 숙이는 바람에 그의 시야가 가려졌다.

"아, 아이들은 무사해. 아이들은 무사해." 알리아가 말했다.

"폐하." 아이다호가 속삭이듯 말했다. "그것도 폐하가 본 환영의 일부였습니까?"

"아니." 그는 아이다호가 있는 쪽을 향해 손사래를 쳤다. "더 이상 생각하지 말게."

"내가 잘못했어요, 폴." 알리아가 말했다. "하지만 저놈이 되살릴 수…… 있다고 말하는……."

"아트레이데스 가문이 반드시 거절해야 하는 거래가 몇 가지 있지. 너도 그걸 알지 않느냐." 폴이 말했다.

"알아요." 그녀가 한숨을 쉬었다. "하지만 귀가 솔깃해져서……."

"누가 솔깃하지 않겠느냐?" 폴이 물었다.

그는 사람들에게서 몸을 돌려 더듬더듬 벽을 향해 나아갔다. 그리고 벽에 몸을 기대고 자신이 한 일을 이해하려고 애썼다. '어떻게? 어떻게? 요람 속의 눈이라니!' 소름 끼치는 사실이 금방이라도 밝혀질 듯한 느낌이 들었다.

"제 눈이에요, 아버지."

이 단어들의 형태가 보이지 않는 그의 시야 앞에 아지랑이처럼 나타났다.

"내 아들!" 폴은 속삭였다. 아무도 듣지 못할 정도로 낮은 목소리였다. "너…… 의식을 갖고 있구나."

"예, 아버지. 보세요!"

폴은 갑자기 현기증이 밀려와서 벽에 등을 기댄 채 축 늘어졌다. 커다란 충격을 받아서 기운이 다 빠져나간 것 같았다. 그의 일생이 채찍처럼 그를 후려치며 지나갔다. 아버지의 모습이 보였다. 그 자신이 바로 아버지였다. 그리고 할아버지와 그 이전 세대 할아버지들의 모습이 보였다. 그의 의식은 가문의 모든 남자 조상들이 늘어선, 정신을 산산이 부숴버리는 통로를 정신없이 구르듯 통과하고 있었다.

"어떻게?" 그가 조용히 물었다.

희미한 단어의 형태들이 나타났다가 점점 희미해지면서 사라졌다. 형태를 유지하기가 힘든 것 같았다. 폴은 입가의 침을 훔쳤다. 알리아도 레이디 제시카의 자궁에서 의식의 각성을 경험한 것이 생각났다. 그러나 이번에는 생명의 물도 없었고 멜란지의 과용도 없었다……. 아니 있었던가? 챠니가 계속 허기를 느낀 것이 그 때문이었나? 아니면 가이우스 헬렌 모히암 대모가 예견했던 것처럼 그의 혈통이 낳은 유전적 산물인 걸까?

폴 자신이 요람 안에 들어가 있는 것 같았다. 알리아가 그를 내려다보며 어르고 있었다. 그녀의 손이 그를 위로해 주었다. 그의 몸 바로 위에 있는 그녀의 얼굴이 거대하게 보였다. 그때 그녀가 그의 몸을 돌리는 바람에 그는 요람에 함께 누워 있는 다른 아기의 모습을 볼 수 있었다. 사막 혈통의 특징을 따라 뼈대가 튼튼해서 강해 보이는 여자아이였다. 황갈색이 섞인 빨간 머리카락이 아이의 머리에 가득 자라 있었다. 그가 계속 바라보자 아이가 눈을 떴다. 세상에! 챠니가 그 눈 속에서 그를 바라보고 있었다……. 레이디 제시카의 흔적도 보였다. 수많은 사람들이 그 눈 속에서 그를 바라보고 있었다.

"저것 좀 봐. 애들 둘이 서로를 뚫어지게 바라보고 있어." 알리아가 말했다.

"갓난아기들은 아직 눈동자의 초점을 맞추지 못해요." 하라가 말했다.

"난 그럴 수 있었어." 알리아가 말했다.

서서히 폴은 자신이 그 끝없는 의식으로부터 떨어져 나오는 것을 느꼈다. 다음 순간 그는 자신이 기대고 있는 그만의 통곡의 벽으로 되돌아왔다. 아이다호가 그의 어깨를 부드럽게 흔들었다.

"폐하?"

"아버지의 이름을 따서 내 아들의 이름을 레토라고 하겠네." 폴이 몸을 똑바로 세우면서 말했다.

"이름을 지어줄 때 제가 아이 어머니의 친구로서 당신 옆에 서서 아이에게 그 이름을 주겠습니다." 하라가 말했다.

"그리고 내 딸의 이름은 가니마야." 폴이 말했다.

“우슬!” 하라가 반대하고 나섰다. “가니마는 불길한 이름이에요.”

“그것이 너의 생명을 구했다. 알리아가 그 이름을 갖고 너를 놀린 건 중요하지 않아. 내 딸은 가니마다. 전쟁의 전리품이야.” 폴이 말했다.

그때 등 뒤에서 바퀴가 끽끽 움직이는 소리가 들렸다. 챠니의 시체가 있는 침상이 옮겨지고 있었다. 물의 의식의 영창이 시작되었다.

“할 욤!” 하라가 말했다. “신성한 진실을 지켜보는 자가 되어서 마지막으로 내 친구의 곁을 지켜주려면 지금 가봐야 해요. 그녀의 물은 부족에게 속한 것이니까.”

“그녀의 물은 부족에게 속하지.” 폴이 중얼거렸다. 하라가 밖으로 나가는 소리가 들렸다. 더듬더듬 손을 뻗자 아이다호의 소매가 만져졌다. “날 내 거처로 데려다주게, 던컨.”

거처 안에서 그는 부드럽게 몸을 흔들었다. 지금은 혼자 있어야 할 시간이었다. 그러나 아이다호가 그의 곁을 떠나기 전에 문간에서 소란이 일었다.

“주인님!” 비자즈가 문간에서 소리치고 있었다.

“던컨, 비자즈에게 앞으로 두 발짝 걸어 나오라고 하게. 더 이상 다가오면 죽여버려.” 폴이 말했다.

“예.” 아이다호가 말했다.

“던컨이라고? 정말 던컨인가?” 비자즈가 물었다.

“그래. 난 기억을 되찾았다.” 아이다호가 말했다.

“그럼 사이테일의 계획이 성공한 거로군!”

“사이테일은 죽었다.” 폴이 말했다.

“하지만 전 죽지 않았고 계획도 죽지 않았어요. 내가 자란 그 탱크처럼 굉장하군요! 그걸 해낼 수 있다니! 저도 저의 과거를 되찾을 거예요. 과거의 모든 것을. 적당한 방아쇠만 있으면." 비자즈가 말했다.

"방아쇠라니?" 폴이 물었다.

"폐하를 죽여야 한다는 강박입니다." 아이다호가 분노가 짙게 배인 목소리로 말했다. "멘타트로서의 계산 결과는 이렇습니다. 저들은 아이를 가져본 적이 없는 제가 폐하를 제 아들처럼 생각한다는 걸 알아냈습니다. 그래서 진짜 던컨 아이다호라면 폐하를 죽이는 대신 골라의 몸을 장악하려고 하겠죠. 하지만…… 그 계획이 실패했을 가능성도 있습니다. 난쟁이, 말해라. 너희의 계획이 실패했다면, 그래서 내가 폐하를 죽였다면 어찌하려 했나?"

"오…… 그럼 우린 오빠를 구해 주겠다는 명목으로 그 여동생과 거래했을 거야. 하지만 거래를 하기에는 이쪽이 더 좋지."

폴은 몸을 부르르 떨며 숨을 들이쉬었다. 추모객들이 시에치 깊숙한 곳에 있는 물 증류기를 향해 마지막 통로를 지나가는 소리가 들렸다.

"아직 늦지 않았어요, 주인님." 비자즈가 말했다. "사랑하는 사람을 되찾고 싶으세요? 우린 그녀를 주인님께 복원해 드릴 수 있어요. 골라죠. 하지만 이번에는 완전한 복원을 약속할 수 있습니다. 저온 탱크를 갖고 있는 하인들을 부를까요? 주인님이 사랑하시는 분의 몸을 보존해서……."

이번에는 더 힘들다는 것을 폴은 깨달았다. 처음 틀레이랙스의 유혹적인 제안을 들었을 때 가진 힘을 다 써버린 모양이었다. 그런데 그렇게 애를 쓴 것이 아무 소용없는 일이 되다니! 챠니의 존재를 한 번만 더 느낄 수 있다면…….

"저놈 입을 다물게 해." 폴이 아트레이데스의 전투 암호로 아이다호에게 말했다. 아이다호가 문을 향해 움직이는 소리가 들렸다.

"주인님!" 비자즈가 새된 비명을 질렀다.

"나를 사랑한다면 내 부탁을 들어주게. 내가 굴복하기 전에 저놈을 죽여!" 폴이 계속 전투 암호로 말했다.

"안 돼에에에에……." 비자즈가 비명을 질렀다.

비명 소리는 겁에 질린 신음 소리와 함께 뚝 끊어졌다.

"제가 그에게 친절을 베풀어주었습니다." 아이다호가 말했다.

폴은 고개를 수그리고 귀를 기울였다. 추모객들의 소리는 더 이상 들리지 않았다. 그는 지금 시에치 깊숙한 곳, 부족이 물을 회수하는 죽음의 증류기가 있는 저 아래쪽 방에서 치러지고 있을 프레멘의 전통 의식에 대해 생각했다.

"선택의 여지가 없었어. 이해하지, 던컨?" 폴이 말했다.

"이해합니다."

"세상에는 어느 누구도 견딜 수 없는 일들이 몇 가지 있지. 난 내가 만들어낼 수 있는 모든 미래들에 간섭했네. 그러다가 결국 그 미래들이 나를 창조해 내게 되었지."

"폐하, 그런 말씀은……."

"이 우주에는 답이 전혀 없는 문제들이 존재하고 있네. 정말 어떻게도 손을 써볼 수가 없어."

이 말을 하면서 폴은 환영과의 연결 고리가 산산이 부서지는 것을 느꼈다. 무한한 가능성들에 압도당한 그의 정신이 움츠러들었다. 그가 잃어버린 환영은 바람 같은 것이 되어 마음 내키는 대로 불어 갔다.

우리는 우리가 발자국을 남기지 않고 걷는 땅으로 무앗딥이 여행을 떠났다고 말한다.

—「퀴자라트 강령」 전문(前文)

모래밭에 물이 들어 있는 도랑이 있었다. 그것은 시에치 소유의 땅에서 식물을 심을 수 있는 경계선을 의미했다. 그다음에는 바위 다리가 있고, 그 다리 너머엔 아이다호가 밟고 있는 탁 트인 사막이 있었다. 공중으로 불쑥 튀어나온 모양의 타브르 시에치가 그의 등 뒤에서 밤하늘을 호령했다. 두 개의 달에서 나온 빛 때문에 타브르 시에치의 높다란 가장자리가 서리를 맞은 것처럼 보였다. 과수원 하나가 바로 물이 있는 곳까지 이어져 있었다.

아이다호는 사막과 면한 쪽에서 걸음을 멈추고 조용한 물 위에 드리워진, 꽃이 피어 있는 나뭇가지들과 두 개의 달, 그리고 물에 비친 그들의 그림자를 뒤돌아보았다. 피부에 닿는 사막복이 때가 묻어 더럽게 느껴졌다. 젖은 부싯돌 냄새가 필터를 뚫고 그의 콧구멍으로 침입했다. 과수원을 통과하는 바람에서 악의 서린 선웃음 같은 느낌이 났다. 그는 밤의 소리에 귀를 기울였다. 물가의 풀밭에는 캥거루쥐들이 살고, 절벽의 그림자 속에서는 매올빼미의 단조로운 울음소리가 메아리쳤다. 광활한 사막에서부터 모래 떨어지는 소리가 바람 소리에 가려 간간이 들려왔다.

아이다호는 그 소리를 향해 몸을 돌렸다.

달빛을 받은 모래언덕들에서는 전혀 움직임이 없었다.

폴을 여기까지 데려온 것은 탄디스였다. 그러고 나서 탄디스는 보고를 하러 돌아가 버렸다. 폴은 프레멘처럼 사막 안으로 걸어 들어갔다.

"그분은 장님이 되었소. 진짜 장님이." 탄디스는 이것만으로도 충분한 설명이 된다는 듯이 말했다. "전에는 그분이 얘기해 주셨던 환영이 있었지……. 하지만……."

그는 어깨를 으쓱했다. 눈먼 프레멘은 사막에 버려지는 법이었다. 무앗딥이 황제인지는 몰라도, 또한 프레멘이기도 했다. 프레멘들이 그의 아이를 지키고 기를 수 있게 그가 미리 준비를 해놓지 않았던가. 그는 프레멘이었다.

아이다호는 이곳이 뼈대만 남은 사막임을 알아보았다. 달빛에 은색으로 변한 바위들이 모래 사이로 갈비뼈처럼 드러나 있었다. 그리고 그 뒤에서 모래언덕들이 시작되었다.

'단 한순간이라도 폐하를 혼자 내버려두지 말았어야 했어. 폐하가 뭘 생각하는지 나도 알고 있었는데.' 아이다호는 생각했다.

"그분은 미래가 그분의 물리적 존재를 더 이상 필요로 하지 않는다고 내게 말씀하셨습니다. 그분이 저를 떠나시면서 뒤를 향해 이렇게 소리치셨죠. '이제 난 자유다'라고." 탄디스는 이렇게 보고했다.

'빌어먹을 놈들!' 아이다호는 생각했다.

프레멘들은 오니솝터를 비롯해서 어떤 형태로든 수색대를 보내는 것을 거부했다. 구조에 나서는 것은 고대로부터 내려온 그들의 관습에 어긋나는 일이었다.

"무앗딥을 데리러 모래벌레가 올 거요." 프레멘들은 이렇게 말했다. 그리고 사막에 바쳐진 자들, 샤이 훌루드에게 물을 주게 될 자들을 위한 영창을 시작했다. "사막의 어머니시여, '시간'의 아버지시여, 생명의 시작이여, 그의 통행을 허락하소서."

아이다호는 평평한 바위에 앉아 사막을 노려보았다. 사막의 밤은 사물을 감춰주는 무늬들로 가득 차 있었다. 폴이 어디로 갔는지 도저히 알아낼 길이 없었다.

"이제 난 자유다."

아이다호는 이 말을 큰 소리로 되뇌어보다가 자기 목소리에 깜짝 놀랐다. 그는 어린 폴을 칼라단의 해상 시장에 데리고 갔던 날을 기억하면서 한동안 자신의 마음이 멋대로 날뛰도록 내버려두었다. 물 위를 비추던 눈부신 햇빛과 죽어서 상품으로 끌려온 바다의 풍요로운 산물들이 기억났다. 아이다호는 자기들을 위해 발리세트를 연주해 주던 거니 할렉의 모습도 기억했다. 그때의 즐거움과 웃음소리도. 노래의 리듬이 그의 의식 속을 의기양양하게 지나가며 기억 속의 즐거움이 늘어서 있는 통로로 그의 정신을 노예처럼 이끌었다.

거니 할렉. 거니는 이 비극에 대해 아이다호를 탓할 것이다.

기억 속의 음악이 희미해졌다.

폴의 말이 기억났다. "이 우주에는 답이 전혀 없는 문제들이 존재하고 있네."

아이다호는 폴이 이 너른 사막에서 어떻게 죽어갈지 생각하기 시작했다. 모래벌레에게 잡혀서 빠른 죽음을 맞이할까? 햇빛 속에서 천천히 죽어갈까? 시에치의 프레멘들 중 일부는 무앗딥이 결코 죽지 않을 것이며, 그가 발생할 가능성이 있는 모든 미래가 존재하는 루 세계로 들어갔고, 지금부터는 알람 알 미탈에 존재하며 육체가 사라진 뒤에도 끝없이 방랑을 계속할 것이라고 말했다.

'폐하가 죽어가고 있는데, 난 그 죽음을 막을 힘이 없어.' 아이다호는 생각했다.

어쩌면 흔적도 없이 죽음을 맞는 것이 꽤나 까다로우면서도 호의적인 일이 될 수도 있겠다는 생각이 조금씩 들었다. 흔적 하나 없이 행성 전체를 무덤으로 삼는 죽음이 될 테니까.

'멘타트, 너 스스로 문제를 해결해야 해.' 그는 생각했다.

누군가의 말이 그의 기억 속으로 침범해 들어왔다. 페다이킨 장교가 무앗딥의 아이들에게 경비병을 붙이면서 의식을 치르듯이 한 말이었다. "이것은 이 일을 맡은 장교의 엄숙한 의무가 될 것이며……."

정부 관리들 특유의 이 거만하고 단조로운 말에 그는 격분했다. 이런 말이 프레멘들을 유혹하고 모든 사람들을 유혹했다. 한 위대한 사람이 저 사막에서 죽어가고 있는데, 사람들은 한없이 말만 늘어놓을 뿐이었다.

헛소리를 걸러내는 분명한 의미를 지닌 말들은 다 어디로 갔단 말인가? 어딘가, 제국이 만들어놓고서 잃어버린 어떤 곳에 그 말들은 우연하게라도 발견되지 않도록 단단히 봉인되어 있었다. 그의 정신은 멘타트의 방법으로 해결책을 찾아 헤맸다. 지식의 패턴들이 그곳에서 반짝이고 있었다. 어쩌면 로렐라이의 머리칼도 그렇게 희미하게 반짝이면서…… 그녀에게 홀려버린 선원들을 에메랄드 동굴 속으로 유인했는지도 모른다.

아이다호는 갑자기 깜짝 놀라 멍한 망각 속에서 몸을 빼냈다.

'이런! 내 실패를 직시하느니 차라리 나의 마음속으로 사라져버리려 하다니!'

하마터면 망각 속에 완전히 빠져버릴 뻔했던 그 순간이 그의 기억 속에 남았다. 그 순간을 조사하면서 그는 자신의 생명이 우주가 존재하는 길이만큼 길게 늘어나는 것을 느꼈다. 진짜 육체는 의식이라는 에메랄드 동굴 속에 유한한 존재로서 응축되어 놓여 있었지만, 무한한 생명이 그의 존재를 공유했다.

아이다호는 사막에 의해 정화된 듯한 느낌을 받으면서 자리에서 일어났다. 모래알들이 바람 속에서 지저귀면서 그의 등 뒤에 있는 과수원의 이파리들을 쪼아대기 시작했다. 밤공기 속에는 흙먼지가 사물을 긁을 때 나는 냄새와 건조한 냄새가 섞여 있었다. 그의 로브가 갑작스레 불어온 돌풍의 고동에 맞춰 펄럭였다.

아이다호는 광활한 사막의 깊숙한 곳에서 어머니 폭풍이 맹위를 떨치면서 바람에 실린 흙먼지의 난폭한 소용돌이를 만들어내고 있음을 깨달았다. 그것은 뼈에서 살을 발라낼 정도로 강력한, 모래로 된 거대한 벌레였다.

'폐하는 사막과 하나가 될 거다. 사막이 폐하를 가득 채워줄 거야.' 아이다호는 생각했다.

이 젠수니다운 생각이 그의 마음속을 깨끗한 물처럼 씻고 지나갔다. 폴이 저 사막에서 행군을 계속할 것이라는 깨달음이 왔다. 아트레이데스 가문의 사람이라면 운명에 모든 것을 맡겨버리는 짓은 하지 않을 것이다. 그것이 불가피한 일임을 분명히 인식하고 있을 때에도.

순간 예지력이 아이다호를 가볍게 스치고 지나갔다. 그는 미래의 사람들이 폴을 얘기할 때 바다와 관련된 말을 사용하는 것을 보았다. 흙먼지

속에 푹 잠긴 삶이었는데도 물은 계속 그의 뒤를 따라다닐 것이다. 그리고 미래의 사람들은 이렇게 말할 것이다. "그분의 몸이 침몰했지만 그분은 계속 헤엄쳤다."

아이다호의 뒤에서 어떤 남자가 헛기침을 했다.

아이다호가 뒤를 돌아보니 카나트 위의 다리에 서 있는 스틸가의 모습이 보였다.

"그분은 발견되지 않을 거요. 하지만 모든 사람이 그분을 발견하게 되겠지." 스틸가가 말했다.

"사막이 폐하를 데려가서 신으로 만들었소. 하지만 이곳에서 폐하는 침입자였소. 이 행성에 물이라는 낯선 화학 물질을 갖고 오셨지." 아이다호가 말했다.

"사막은 나름의 리듬을 강요하오. 우린 그분을 환영했고, 그분을 우리의 마디, 우리의 무앗딥이라 부르며 기둥의 기초라는 뜻의 우슬이라는 비밀 이름을 주었소."

"하지만 폐하는 애당초 프레멘으로 태어나지 않았소."

"그렇다고 해서 그분이 우리에게 속한다는 사실이 변하지는 않소……. 이제 우리가 마침내 그분을 완전히 우리 것으로 만들었다는 사실도." 스틸가가 아이다호의 어깨에 손을 얹으며 말을 이었다. "인간은 모두 침입자요, 오랜 친구."

"당신은 생각이 깊은 사람이군. 그렇지 않소, 스틸?"

"그런 셈이지. 난 우리가 이리저리 돌아다니며 우주를 혼란하게 만들고 있다는 걸 알고 있소. 무앗딥은 우리에게 혼란해지지 않은 어떤 것을 주었소. 사람들은 그 이유 때문에라도 그의 지하드를 기억할 거요."

"폐하는 순순히 사막에 스스로를 내주지 않을 것이오. 폐하는 장님이지만 포기하지 않을 거요. 폐하는 명예와 원칙을 아는 분이오. 아트레이데스 가문의 훈련을 받았으니까."

"그리고 그분의 물이 모래 위에 쏟아지겠지. 오시오." 스틸가가 아이다호의 팔을 부드럽게 잡아당겼다. "알리아 님이 돌아와서 당신을 찾고 있소."

"아가씨가 당신과 함께 마캅 시에치에 있었소?"

"그렇소. 약해진 나입들을 다시 조련하는 걸 아가씨가 도와줬지. 그들은 이제 아가씨의 명령에 복종할 거요…… 나처럼."

"무슨 명령?"

"아가씨가 반역자들의 처형을 명령했소."

"아." 아이다호는 툭 튀어나온 타브르 시에치를 올려다보며 현기증을 억눌렀다. "어떤 반역자들 말이오?"

"조합의 대사, 모히암 대모, 코르바…… 그리고 몇 명 더."

"대모를 죽였단 말이오?"

"내가 죽였소. 무앗딥은 절대로 그리해서는 안 된다는 말을 남기셨지만." 스틸가는 어깨를 으쓱했다. "난 그분의 명령을 어겼소. 알리아 님은 내가 그러리라는 걸 이미 알고 계셨지."

아이다호는 다시 사막을 물끄러미 바라보며, 폴이 창조한 것들의 패턴을 볼 수 있는 완전한 하나의 사람이 된 것 같은 기분을 느꼈다. '심판의 전략.' 아트레이데스 가문은 훈련 교본에서 그것을 이렇게 불렀다. '사람들은 정부에 복종하지만, 다스림을 받는 자 또한 다스리는 자에게 영향을 미친다.' 지금 다스림을 받는 자들은 여기에서 자신들의 도움으로 무엇이 창조되었는지 짐작이나 하고 있을까? 아이다호는 속으로 질문을 던졌다.

"알리아 님은……." 스틸가가 헛기침을 하면서 말했다. 쑥스러운 듯한 목소리였다. "아가씨에게는 당신의 위로가 필요하오."

"그리고 이제는 아가씨가 바로 정부(政府)지." 아이다호가 중얼거렸다.

"섭정일 뿐이오."

"아가씨의 아버님은 '운은 모든 곳을 흐른다'고 자주 말씀하셨소." 아이다호가 중얼거렸다.

"우린 미래와 우리 나름대로 흥정을 하고 있소." 스틸가가 말했다. "이제 그만 갑시다. 당신은 우리에게 필요한 사람이오." 이번에도 쑥스러워하는 것 같은 목소리였다. "아가씨는…… 몹시 괴로워하고 있소. 오빠를 원망하며 울부짖다가 금방 오빠의 죽음을 애도하곤 하지."

"곧 가겠소." 아이다호가 약속했다. 스틸가가 자리를 뜨는 소리가 들렸다. 아이다호는 점점 강해지는 바람을 정면으로 바라보며 모래알들이 사막복에 부딪쳐 요란한 소리를 내는 것을 내버려두었다.

멘타트의 의식으로 그는 밖을 향해 흐르는 패턴들을 미래에 투사시켰다. 미래의 가능성들은 눈이 부실 정도였다. 폴은 정신없이 휘몰아치는 소용돌이를 만들어 놓았고, 이제 그 소용돌이가 지나가는 길목에서는 어떤 것도 가만히 서 있을 수 없었다.

베네 틀레이랙스와 조합은 자신들의 패를 지나치게 써먹으려다가 싸움에 패해서 체면을 구겼다. 퀴자라트는 코르바를 비롯한 내부의 고위급 인사들이 반역을 저지르는 바람에 흔들리고 있었다. 그리고 폴이 자발적으로 선택한 마지막 행동, 즉 프레멘의 관습을 끝까지 받아들인 것 때문에 그와 그의 가문에 대한 프레멘들의 충성심은 여전히 확고했다. 이제 그는 영원히 프레멘이었다.

"폴이 죽었어요!" 알리아가 목멘 소리로 말했다. 그녀는 거의 아무 소리도 내지 않고 아이다호가 있는 곳까지 다가와 그의 옆에 서 있었다. "오빠는 바보였어요, 던컨!"

"그런 말씀 마십시오!" 아이다호가 날카롭게 소리쳤다.

"내가 말하지 않아도 온 우주가 그렇게 말할 거예요." 그녀가 말했다.

"왜요? 천국을 사랑하기 때문에?"

"천국이 아니라 우리 오빠를 사랑하기 때문이에요."

젠수니의 통찰력이 아이다호의 의식을 팽창시켰다. 그는 그녀 안에 예지의 환영이 전혀 없음을 느낄 수 있었다. 챠니가 죽은 후 그녀는 환영을 한 번도 보지 못한 상태였다. "아가씨는 이상한 사랑을 실천하시는군요." 그가 말했다.

"사랑? 던컨, 오빠는 그냥 그 길에서 내려서기만 하면 됐어요! 오빠의 등 뒤에서 우주가 무너져 내리는 게 뭐가 그리 대단하죠? 오빠는 안전해질 수 있었어요…… 챠니와 함께!"

"그럼…… 왜 그렇게 하지 않으셨을까요?"

"천국을 사랑했기 때문이죠." 그녀가 속삭이듯 말했다. 그리고 더 커다란 목소리로 말을 이었다. "폴은 평생 동안 지하드와 신격화에서 도망치려고 몸부림을 쳤어요. 지금은 적어도 그것들로부터 자유로워진 셈이죠. 이건 오빠가 선택한 거예요!"

"아, 예. 예언 말이군요." 아이다호가 경탄스럽다는 듯이 고개를 저었다. "심지어 챠니 님의 죽음까지도 예언했죠. 그분의 달이 떨어졌으니까."

"오빠는 바보였어요. 안 그래요, 던컨?"

슬픔을 참느라 아이다호의 목이 꽉 메었다.

"그런 바보짓을 하다니!" 알리아가 숨을 몰아쉬며 말했다. 그녀의 자제력이 무너지고 있었다. "우리는 반드시 죽을 테지만 오빠는 이제 영원히 살게 된 거예요!"

"알리아, 그런……."

"그냥 슬퍼서 이러는 거예요." 알리아가 낮은 목소리로 말했다. "그냥 슬퍼서. 내가 오빠를 위해 해야 하는 일이 뭔지 알아요? 난 이룰란 공주의 목숨을 구해 줘야 해요. 공주의 목숨을! 당신도 그녀가 슬퍼하는 걸 한번 봐야 해요. 울부짖으면서 죽은 자에게 수분을 주는 모습을. 그녀는 자기가 오빠를 사랑했는데 그걸 모르고 있었다고 강력하게 주장하고 있어요. 그리고 자기네 교단을 욕하면서 폴의 아이들을 가르치는 데 평생을 바치겠대요."

"그녀를 신뢰하십니까?"

"공주는 신뢰의 냄새를 풀풀 풍기고 있어요!"

"아아." 아이다호가 중얼거렸다. 마지막 패턴이 천에 새겨진 디자인처럼 그의 의식 앞에 펼쳐졌다. 이룰란 공주의 변절은 마지막 단계였다. 이제 베네 게세리트에게는 아트레이데스의 후계자에게 사용할 수 있는 지렛대가 하나도 남아 있지 않았다.

알리아가 그에게 몸을 기대고 얼굴을 그의 가슴에 묻은 채 흐느끼기 시작했다. "오, 던컨, 던컨! 오빠가 죽었어요!"

아이다호는 그녀의 머리칼에 입을 맞췄다. "쉬." 그가 속삭였다. 그녀의 슬픔과 자신의 슬픔이 똑같은 연못으로 흘러가는 두 개의 개울물처럼 섞이는 게 느껴졌다.

"내겐 당신이 필요해요, 던컨. 날 사랑해 줘요!" 알리아가 흐느끼면서 말했다.

"저는 아가씨를 사랑합니다." 그가 속삭였다.

그녀가 고개를 들고 달빛에 하얗게 빛나는 그의 얼굴 윤곽을 바라보았다. "알아요, 던컨. 사랑은 사랑을 알아보니까."

그녀의 말이 그를 전율케 했다. 과거의 자아로부터 멀어진 것 같은 느낌 때문이었다. 처음 이곳으로 나올 때는 이런 것을 원하지 않았는데. 마치 익히 알고 있는 사람들이 가득 있는 방 안으로 비틀거리며 들어왔다가 모두가 모르는 사람이라는 사실을 너무 늦게 깨달은 것 같았다.

그녀가 그에게서 몸을 떼고 그의 손을 잡았다. "나랑 같이 가겠어요, 던컨?"

"아가씨가 이끄는 곳이라면 어디든지 가겠습니다." 그가 말했다.

그녀는 그를 이끌고 카나트를 건너서 절벽 밑동에 있는 어두운 곳, 안전을 상징하는 장소로 돌아갔다.

에필로그

무앗딥에게는 장례용 증류기의 씁쓸한 악취가 없다.
탐욕스러운 그림자들로부터
정신을 해방시키기 위한 종소리나 엄숙한 의식도 없다.
그는 바보 성자,
이성의 가장자리에서
영원히 살아가는 황금의 이방인.
경계를 풀면 그가 있을 것이다!
그의 진홍빛 평화와 군주다운 창백함이
예언의 거미줄 위에서 우리 우주 안으로 침투한다.
조용한 시선의 가장자리 — 거기까지!
잔뜩 곤두선 별의 정글로부터
신비스럽고, 치명적이며, 눈이 없는 예언,
영원히 죽지 않는 목소리를 지닌 예언의 미풍!
샤이 훌루드여, 그가 물가에서 그대를 기다린다
그곳은 연인들이 함께 걸으며 눈과 눈을 맞대고,
사랑의 감미로운 권태를 바로잡는 곳.
그는 긴 시간의 동굴을 성큼성큼 걸으면서
자신이 꿈꿨던 바보 자아를 흩뿌린다.

— 골라의 찬미가

옮긴이 | **김승욱**

성균관대학교 영어영문학과를 졸업하고, 뉴욕 시립대학교 대학원에서 여성학을 공부했다.
《동아일보》 문화부 기자로 일했고, 현재는 전문 번역가로 활동 중이다.
옮긴 책으로는 『리스본 쟁탈전』,『우아한 연인』, 『19호실로 가다』, 『대담한 작전』,
『나보코프 문학강의』, 『소크라테스의 재판』, 『노년에 대하여』, 『신은 위대하지 않다』,
『행복의 지도』, 『제1구역』, 『분노의 포도』 등이 있다.

듄의 메시아 DUNE MESSIAH

1판 1쇄 펴냄 2001년 11월 7일
개정판 1판 1쇄 펴냄 2021년 1월 21일
개정판 1판 18쇄 펴냄 2024년 9월 26일

지은이 | 프랭크 허버트
발행인 | 박근섭
옮긴이 | 김승욱
편집인 | 김준혁
펴낸곳 | 황금가지

출판등록 | 2009. 10. 8 (제2009-000273호)
주소 | 06027 서울 강남구 도산대로 1길 62 강남출판문화센터 5층
전화 | 영업부 515-2000 편집부 3446-8774 팩시밀리 515-2007
홈페이지 | www.goldenbough.co.kr

도서 파본 등의 이유로 반송이 필요할 경우에는 구매처에서 교환하시고
출판사 교환이 필요할 경우에는 아래 주소로 반송 사유를 적어 도서와 함께 보내주세요.
06027 서울 강남구 도산대로 1길 62 강남출판문화센터 6층 민음인 마케팅부

ISBN 979-11-5888-755-1 04840 (2권)
979-11-5888-760-5 04840 (세트)

㈜민음인은 민음사 출판 그룹의 자회사입니다.
황금가지는 ㈜민음인의 픽션 전문 출간 브랜드입니다.